第一屆辭章章法學學術研討會論文集

章法論叢

【第一輯】

辭章章法學會籌備會　主編

陳　序

　　「章法學」是探討「辭章內容邏輯結構」的一門學問，而辭章的「內容邏輯結構」又與「自然規律」相對應，因此表現「辭章內容邏輯結構」之「章法」，和「自然規律」不能分開，屬「客觀之存在」，而與「人爲研究」之「章法學」有著天、人對應之關係。

　　開始涉足「章法學」此一領域，是在三十多年前，先以捕捉到的有限「章法」，切入各類文章，作一檢視；再就所發現的「章法」現象，加以分析、統整，以求得其「通則」，然後由「通則」來解釋「現象」。這樣反復檢驗，一路走來，才逐漸地集樹而成林，深入「章法」的領域，確認了「章法」是「客觀存在」，而「章法能力」是來自「先天」的事實。到了近幾年，承續多年之探究，帶領仇小屏、陳佳君、蒲基維、謝奇懿、黃淑貞、顏智英……等博碩士研究生多人，加緊作攻堅的努力，先後指導博、碩士生完成二十幾篇有關「章法」之學位論文，而個人也發表了相關論文近兩百篇，並經於 1999 年出版《文章結構分析》、2000 年出版《詞林散步－唐宋詞結構分析》、2001 年出版《章法學新裁》、2002 出版《章法學論粹》，又陸續於 2003 年出版《章法學綜論》、2005年出版《篇章結構學》與《篇章辭章學》等書、2006 年出版《辭章學十論》並將推出《意象學廣論》與《「多」、「二」、「一（0）」螺旋結構論》等書，全面以「陰陽二元對待」爲

1

基礎，貫通「章法哲學」、「章法結構」、「章法美學」、「比較章法」等內容，成功地爲章法學建構了一個完整的體系。不但以「多」、「二」、「一（0）」的螺旋結構將哲學、文學（章法）與美學「一以貫之」，也運用此結構，理清了辭章與章法、內容與章法、章法與主旨、意象、韻律（節奏）和風格之間的關係，以證明章法結構與自然規律的一體性，並由此進一步地扣緊與風格關係至爲密切之「二」（陰陽、剛柔）與「（0）」，先就「移位」（順、逆）與「轉位」（抝），探討章法風格之形成因素，而特以詩詞爲例，破天荒地對整體結構之陽剛與陰柔的成分予以量化，推算出其比例，以見章法風格之梗概。雖然在目前，對各種結構所引生「陰柔」或「陽剛」之「勢」數（倍）的推斷，還十分粗糙；但畢竟已試著從「無」生「有」地跨出一大步，作了一些探討，對一篇辭章之剛柔成分，初步推定其量化之準則與公式，從而計算出其比例。這樣冒著招來「走火入魔」之譏的危險，作此嘗試，就是希望藉此拋磚引玉，能使辭章風格學，甚至整個辭章學之研究，加緊腳步邁向科學化，在「直覺」、「直觀」之外，拓展出「有理可說」的無限空間。

這種努力，終於受到兩岸學者之肯定，認爲具有「哲學思辨」、「多科融合」、「（讀寫）雙向兼顧」、「體系完整」、「重點突出」、「行知相成」等六大特點，而讚譽這種研究成果是「空前」的（鄭頤壽〈臺灣辭章學研究述評〉），並進一步地先指出：如此「建立章法學理論大廈，這還是第一次。如果唐鉞、王易、陳望道等人轉變了中國修辭學，建

立了學科的中國現代修辭學，我們也可以說，陳滿銘及其弟
子轉變了中國章法學的研究大方向，建立了科學的章法學，
把漢語章法學的研究轉向科學的道路」（王希杰〈章法學門
外閒談〉）、再指出：「陳滿銘教授的辭章章法學論著，展現
了創新的章法觀，建立了比較系統、合理的理論體系，揭示
了章法現象本體的基本規律，運用了比較科學的研究方法，
使漢語章法學基本具備了成爲一門學科的資格」（黎運漢〈陳
滿銘對辭章章法學的貢獻〉）。因此肯定：「陳滿銘教授及其
弟子所創立的辭章章法學，是目前的當代漢語辭章學所有分
支學科中，最系統、最全面、最完整、規模最大、成就最突
出的一個專門學科。它是當代漢語辭章學分支學科的建立與
發展的極爲重要的標誌」（林大礎、鄭娟榕〈當代漢語辭章
學的三個時期與主要標誌〉），並且認爲「這一綱領性理論，
是從中華原典文化的《易經》、《老子》的辯證的哲學思想引
申出來的，用《易經》之八卦、六十四卦、陰爻、陽爻的變
化原理，用《老子》之『道』所講的『有』、『無』以及『有
無相生』的理論來解釋篇章辭章學之『四大律』以及約四十
種章法結構和篇章的風格、韻律、氣象、境界等，解決了篇
章辭章學中宏觀、中觀、微觀的諸多理論問題。它做到融合
儒道、貫通古今，交流兩岸哲學、文學、美學的研究成果，
使『篇章辭章學』真正可以成『學』，而陳教授也真正建構
了『一家之言』，成爲『篇章辭章學』的『大家』。它富有中
華風，民族味。也正由於最富民族性，也才具有世界性。而
不亦步亦趨地演繹『舶來品』」（鄭頤壽〈從「章法辭章學」

登上「篇章辭章學」的寶座－讀陳滿銘教授的《篇章辭章學》〉）。

這些肯定，終於得到了一些迴響。就在 2001 年 9 月，起先在臺北臺灣師大國研所開始開「章法學研討」的課，一年四學分，由本人擔任，讓博、碩士生選修，這可算是兩岸在研究所開「章法學」課程之第一次嘗試；接著又在臺南成功大學中文系，於 2002 年 2 月開始開「章法學」的課，一學期三學分，由仇小屏博士擔任，讓大學部與進修部的學生選修，這又算是兩岸在大學部開「章法學」課程之首次，值得珍惜；然後又在臺北臺灣師大國文系，於 2005 年 9 月起開「章法學」的課，半年二學分，讓大學部學生選修；可見「章法學」已逐漸受到重視。

與此同時，這種成就也受到了學術團體與出版界廣泛之注目與高度之評價，先以〈章法「多、二、一（0）」結構的節奏與韻律〉一文，被評定「在科技發展理論探索方面取得傑出成就與卓越貢獻」，編入《中國科技發展精典文庫》第二輯，並獲頒「優秀論文證書」。次以〈論辭章章法的「多、二、一（0）」結構〉一文，榮獲「國際優秀論文獎」，編入《當代中國科教文集》；業績入編《世界優秀專家人才名典》、《中國專家人名辭典》、《中國當代創新人才》。然後以〈論意象與辭章「多」、「二」、「一（0）」螺旋結構〉，編入《中華名人文論大全》、《中國改革發展理論文集》，獲「優秀徵文壹等獎」，業績入編《中華名人大典》、《中國改革撷英》及英文版《世界專業人才名典》（美國 ABI）、《二十一

世紀 2000 世界傑出思想家》（英國 IBC）等珍藏典籍。

　　就在這種基礎上，於去年成立「辭章章法學會籌備會」，並於今年 5 月 7 日由臺灣師大國文系與國文天地雜誌社之協辦下，在臺灣師大教育大樓國際會議廳舉行「第一屆辭章章法學學術研討會」，以推廣章法、擴大影響力。會中發表論文的，依序為李靜雯、黃淑貞、陳玉琴、馮蔚寧（大陸學者）、謝奇峰、仇小屏、林淑雲、劉妙錦、顏智英與朱瑞芬等十人，而由本人以「論章法結構與真、善、美－以『多』、『二』、『一（0）』螺旋結構切入作考察」為題作專題演講。當日與會者相當踴躍，除博碩士、博碩士研究生、大學生與社會人士外，受邀擔任主持人與特約或共同討論的專家學者，有臺灣師大國文系王開府主任、邱燮友教授、賴明德教授、蔡宗陽教授、傅武光教授、戴維揚教授、張春榮教授、亓婷婷教授、陳正一教授等。有了這些人士之熱心參與與鼓勵，使此次研討會增光不少。

　　本研討會論文，原想採「學報」之形制刊出，最後卻接納蔡宗陽與戴維揚兩位教授之建議，循修辭學模式，以「章法論叢」（第一輯）為名出版。而為了充實本書內容，臨時又增加未及發表的蒲基維、陳佳君與謝奇懿三位博士之論文，更凸顯了章法之多樣面貌。概括起來說，這十幾篇論文共同之特色為：「理論與應用並重」；尤其值得一提的是，劉妙錦與陳玉琴兩位是小學老師，依序為陳佳君與仇小屏兩位博士在教學碩士班之學生，她們的論文，均從章法切入，研討小學階段的閱讀或寫作教學，都呈現了令人「驚艷」之效

果。此外，此次研討會由於是籌備性質，而時間又很急迫，因此還沒嘗試向外徵稿，以致有所侷限，而有待改善。不過，這種以師生為主的研討會雖然少見，卻也有另一種收穫，會中除了有彼此切磋的學術交流外，還有彼此鼓勵、互相欣賞的情感交流，正如張春榮教授所言：「陳門學生可以知無不言、言無不盡地坦誠切磋，而且不傷和氣，很令人感動。」如此在檢討中求進步，發揮團隊更大的力量，結合理論與應用來推廣章法，一步一步地謹慎踏出，相信對章法研究與教學應用，以逐步提升其品質而言，是會有巨大助益的。

本次研討會得以圓滿成功、《章法論叢》第一輯得以順利出書，首先要感謝章法學會籌備會全體會員之努力及眾多與會人士之鼓勵，其次要感謝國內專家學者之蒞臨指導與對岸辭章學者之賀電祝福，最後要感謝蒲基維博士之編排設計與萬卷樓梁錦興總經理之協助出版。值此出版前夕，特綴數語如此，以交代出書原委並申述誠摯謝意，從而表達深深的祝賀之忱。

陳滿銘　序於臺灣師大國文系 835 研究室
2006 年 8 月 27 日

章法論叢　第一輯

目　　次

論章法結構與真、善、美

——以「多」、「二」、「一(0)」螺旋結構切入作考察

陳滿銘

臺灣師範大學國文系兼任教授

摘要:

「章法結構」奠基於「多」、「二」、「一(0)」螺旋結構上,而這種「多」、「二」、「一(0)」螺旋結構,乃先賢探尋宇宙創生、含容萬物的規律,由「有象而無象」,再由「無象而有象」,往復研討所得到的智慧結晶。它如果對應於「真」、「善」、「美」來看,則「一(0)」為「真」、「二」的規律作用與過程為「善」、「多」為「美」。本文即著眼於此,特地鎖定「章法結構」與「真、善、美」,由融合《周易》與《老子》思想為一而特別凸顯「中和」之美的《中庸》切入,藉其「多」、「二」、「一(0)」螺旋結構,來探討兩者對應之情形,以見兩者一而二、二而一的密切關係。

關鍵詞:「真、善、美」、章法、『「多」、「二」、「一(0)」』螺旋結構、《中庸》。

一、前言

「多」、「二」、「一（0）」螺旋結構，是可從《周易》（含《易傳》）與《老子》等古籍中去考察其究竟的。它不但可由「有象」而「無象」，找出「多、二、一（0）」之逆向結構；也可由「無象」而「有象」，尋得「（0）一、二、多」之順向結構；並且透過《老子》「反者道之動」（四十章）、「凡物芸芸，各復歸其根」（十六章）與《周易・序卦》「既濟」而「未濟」之說，將順、逆向結構不僅前後連接在一起，更形成互動、循環、提昇不已的螺旋結構，以反映宇宙人生生生不息之基本規律[1]。而這種規律，是落可到「章法結構」上，對應於「真、善、美」加以檢驗的。因此本文即從融合《周易》與《老子》思想為一，而特別凸顯「中和」之美的《中庸》切入，鎖定「多」、「二」、「一（0）」螺旋結構作考察，以見兩者密切之對應關係，從而證明這種螺旋結構之原始性與普遍性。

---

[1] 見拙作〈論「多」、「二」、「一（0）」的螺旋結構─以《周易》與《老子》為考察重心〉（臺北：《師大學報・人文與社會類》48 卷 1 期，2003 年 7 月），頁 1-20。而此「螺旋」一詞，本用於教育課程之理論上，早在十七世紀，即由捷克教育家夸美紐思所提出，乃「根據不同年齡階段（或年級），遵循由淺入深，由簡單到複雜，由具體而抽象的順序，用循環、往復螺旋式提高的方法排列德育內容。螺旋式亦稱圓周式」，見《簡明國際教育百科全書》（北京：新華書局北京發行所，1991 年 6 月一版一刷），頁 611。又，相對於人文，科技界亦發現生命之「基因」和「DNA」等都呈現雙螺旋結構。參見約翰・格里賓著、方玉珍等譯《雙螺旋探密 — 量子物理學與生命》（上海：上海科技教育出版社，2001 年 7 月），頁 271-318。

二、「眞」「善」「美」與「多」、「二」、「一（０）」 螺旋結構之對應理論

「真」、「善」、「美」三者之關係，一直以來都認爲是「美與真、善既有聯繫又有區別」的。歐陽周、顧建華、宋凡聖等在《美學新編》中即指出：

> 真是美的源頭和基礎，美以真為內容要素。……善是美的靈魂，美以善為內涵和目的。……雖然真是美的基礎，善是美的靈魂，但不能因而主觀地以為真的、善的就一定是美。這是因為真、善、美分屬於不同的範疇，標誌著不同價值：真屬於哲學的範疇，是人們在認識領域內衡量是與非的尺度，具有認知的價值；善屬於倫理學的範疇，是人們在道德領域內辨別好與壞的尺度，具有實用價值；美屬於美學的範疇，是人們在審美領域內觀照對象並在情感上判斷愛與憎的尺度，具有審美的價值。[2]

而在西洋的早期，是將「善」置於「真」之上，當作「神」或「上帝」來看待，是帶有神秘色彩的；後來「形式論」興起，才認爲美和善一樣，都是建立在「真實的形式上面」，

---

[2] 見《美學新編》（杭州：浙江大學出版社，2001 年 5 月一版九刷），頁 52-54。

而把「善」放在「真」之下，從倫理學的層面加以把握 [3]。
這樣一來，就像歐陽周、顧建華、宋凡聖他們所說的：

> 所謂真，指的世人們對客觀存在著的事物及其運動、
> 變化、發展的規律性的正確認識。也就是說，一切事
> 物的存在及其運動、變化、發展的內在聯繫和規律性
> 是不依人的意志為轉移的外部現實世界。這裡所講的
> 「規律性」，既包括自然界發展的規律，也包括人類
> 社會發展的規律。……所謂善，指的是人類在社會實
> 踐活動中所追求的有利、有益、有用的功利價值。凡
> 是在實踐中符合人的功利目的的東西就是善；反之就
> 是不善甚至是惡。[4]

如今對「真」和「善」的認識，大致是如此，而這樣的認識，
和「多」、「二」、「一（0）」螺旋結構是有些接不上頭的。因
此需要作一些「求同」面的調整：

先以「真」來說，要等同於「一（0）」，就必須追溯到
宇宙創生、含容萬物之原動力來觀察，而這種原動力，由「未
形」而「已形之始」，為「一（0）」，其中之「（0）」，就和「至
誠」（誠）或「无」有關 [5]。朱熹注《中庸》，對所謂「至誠」，

---

[3] 見拙作〈「真、善、美」螺旋結構論 － 以章法「多」、「二」、「一（0）」
　　螺旋結構作對應考察〉（福州：《閩江學院學報》總 89 期，2005 年
　　6 月），頁 96-101。

[4] 見《美學新編》，同注 2，頁 52。

[5] 見拙作〈《中庸》「多」、「二」、「一（0）」螺旋結構論〉，《第三屆中

雖沒有直接解釋，但在《中庸》二十四章（（依朱熹《章句》），下併同）「至誠如神」下卻以「誠之至極」來釋「至誠」，意即「誠之極致」。而單一個「誠」，則在十六章「誠之不可揜如此夫」下注云：

> 誠者，真實無妄之謂。[6]

這個注釋，受到眾多學者的注意與肯定。如果稍加尋繹，便可發現這與《老子》與《周易》脫不了關係。《老子》第二十二章說：

> 道之為物，惟恍惟惚。惚兮恍兮，其中有象。恍兮惚兮，其中有物。窈兮冥兮，其中又精。其精甚真，其中有信。

此所謂「真」、「信」，即「真實」，因為《說文》就說：「信，實也」。而此「真實」，指的就是《老子》「无，名天地之始」（一章）、「有生於无」（四十章）之「无」[7]，亦即「无極」。馮有蘭說：

國經學國際學術研討會論文集》（臺北：洪葉文化事業有限公司，2003 年 11 月），頁 214-265。

[6] 見《四書集註》（臺北：學海出版社，1984 年 9 月初版），頁 31。

[7] 宗白華即引《老子》二一章云：「道是无名，素樸，混沌。這個先天地而自生的道體，它本身雖是具體的，然尚未形成任何有形的事物，所以不能有名字。它是素樸混沌，不可視聽與感觸。正是『道常无名樸』（三十二章）。」見《宗白華全集》2（合肥：安徽教育出版社，1996 年 9 月一版二刷），頁 810。

「恍」、「惚」言其非具體之有；「有象」、「有物」、「有精」，言其非等於零之无。第十四章「无狀之狀，无物之象」，王弼注云：「欲言无耶，而物由以成；欲言有耶，而不見其形」，即此意。[8]

因此朱熹以「真實」釋「誠」，該與老子「无」之說有關，而且加上「无妄」兩字，取義於《周易‧无妄》，表示這種「真實而不是虛無（零）」的特性；看來是該有周敦頤「太極本无極」之義理邏輯在內的。這樣，「至誠」也因此可看作是「先天地而自生的道體」[9]了。《中庸》第二十六章：

> 故至誠（「0」）無息，不息則久，久則徵（「一」），徵則悠遠，悠遠則博厚，博厚則高明。博厚，所以載物也；高明，所以覆物也（「二」）；悠久，所以成物也（「多」）。

這段文字指出：「至誠」作用不已，先經過「久」的時間歷程，而有所徵驗，成爲「（0）一」。再由時間帶出空間，經過「悠遠」的時空歷程，終於形成「博厚」之「地」與「高明」之「天」。而此「天」爲「乾元」、「地」爲「坤元」，前者指陽氣之始，是「一種剛健的創生功能」；後者指陰氣之始，爲「一種柔順的含容功能」，而萬物就在這兩種功能之

---

[8] 見《馮有蘭選集》上卷（北京：北京大學出版社，2000年7月一版一刷），頁85。

[9] 見《宗白華全集》2，同注7，頁810。

作用下規律地生成、變化；此為「二」。如此先由「乾元」創生，再由「坤元」含容，萬物就不斷地依循規律，盡其本性而實現、完成自我，以趨於和諧之境界，這就是所謂的「悠久所以成物」，為「多」。可見這段文字所呈現的，就是「『（０）一』（元）、『二』（乾、坤）、『多』（萬物）」的過程[10]，這和《周易》與《老子》的「（０）一、二、多」的順向結構，是兩相疊合的。

因此，「真」歸本到這個層面來說，就是「太極」（本无極）、「道生一」、「至誠無息，不息則久，久則徵」，即「（０）一」。換句話說，就是形成宇宙人生規律的源頭力量。

再以「善」來說，說得簡單一點，就是「規律」。《周易·說卦傳》說：「立天之道，曰陰與陽；立地之道，曰剛與柔；立人之道，曰仁與義；兼三才而兩之。」而這所謂「兼三才而兩之」的「陰陽」、「剛柔」、「仁義」，就是萬事萬物形成「規律」發展、變化之憑據。因此，人生的規律（禮），是對應於自然（天地）的規律（理）的。易言之，無論人生或自然的種種，只要在「至誠無息」的作用下，發揮「剛健」與「柔順」兩種最基本之創生、含容功能，必能依循「規律」發展、變化，而合乎人情（禮）天理（理），達於「善」的要求。《中庸》第二十六章說：

> 天地之道，可一言而盡也：其為物不貳，則其生物不

---

[10] 見拙作〈《中庸》「多」、「二」、「一（０）」螺旋結構論〉，《第三屆中國經學國際學術研討會論文集》，同注 5，頁 227-238。

測。天地之道，博也，厚也，高也，明也，悠也，久也。今夫天，斯昭昭之多，及其無窮也，日月星辰繫焉，萬物覆焉；今夫地，一撮土之多，及其廣厚，戴華嶽而不重，振河海而不洩，萬物載焉；今夫山，一卷石之多，及其廣大，草木生之，禽獸居之，寶藏興焉；今夫水，一勺之多，及其不測，黿鼉蛟龍魚鱉生焉，貨財殖焉。

在這段話裡，《中庸》的作者首先告訴我們：天地之道是可以用一句話來概括的，那就是「其為物不貳，則其生物不測」，這所謂的「為物」，猶言「為體」，指的是天地「運行化育之本體」[11]；而「不貳」，義同「無息」、「不已」，乃「誠」的作用[12]。這是《中庸》的作者透過「內在的遙契」、「通過有象者以證無象」所獲致的結果[13]。瞭解了這點，那就無怪

---

[11] 王船山：「其為物，物字，猶言其體，乃以運行化育之本體，既有體，則可名之曰物。」見《讀四書大全說》卷三（臺北：河洛圖書出版社，1974年5月），頁96。

[12] 王船山：「無息也，不貳也，也已也，其義一也。章句云：『誠故不息』，明以不息代不貳。蔡節齋為引申之，尤極分曉；陳氏不察，乃混不貳與誠為一，而以一與不貳作對，則甚矣其惑也。」見《讀四書大全說》卷三，同注11，頁312。

[13] 牟宗三在〈由仁、智、聖遙契性、天之雙重意義〉一文中，曾引《中庸》「肫肫其仁」一章，對「內在的遙契」做過如下之說明：「內在的遙契，不是把天命、天道推遠，而是一方把它收進來做為自己的性，一方又把它轉化而為形上的實體，這種思想，是自然地發展而來的。……首先《中庸》對於『至誠』之人做了一個生動美妙的描繪。『肫肫』是誠懇篤實之貌。至誠的人有誠意，有『肫肫』的樣子，便可有如淵的深度，而且有深度才可有廣度。如此，天下至誠者的生命，外表看來既是誠篤，而且有如淵之深的深度，有如天浩

他在說明了天道之「為物不貳」後，要接著用聖人「至誠無息」之外驗來上貫於天地，而直接說「博厚」、「高明」、「悠久」就是「天地之道」，以生發下文了了。很明顯地，這所謂「高明」指的就是下文「日月星辰繫焉，萬物覆焉」的天德；所謂「博厚」，總括來說，指的就是「載華嶽而不重（山），振河海而不洩（水），萬物載焉（山和水）的地德；分開來說，指的乃是「草木生之，禽獸居之，寶藏興焉」的山德與「黿鼉蛟龍魚鱉生焉，貨財殖焉」的水德；而「悠久」，指的則是天光及於「無窮」（高明）、地土及於「博厚、山石及於「廣大」、水量及於「不測」（博厚）的時、空歷程。《中庸》的作者透過此種天的「高明」與「地」（包括山、水）的「博厚」，經由「悠久」一路追溯上去，到了時、空的源頭，便尋得「斯昭昭」、「一撮土」、「一卷石」、「一勺水」等天地的初體，以致終於洞悟出天地會由最初的「昭昭」或「一」而「多」而「無窮」、「不測」，以至於「博厚」、「高明」，即是至誠在無息地作用所形成的規律性「外驗」，也就是「生

大的廣度。生命如此篤實深廣，自然可與天打成一片，洋然無間了。如果生命不能保持聰明聖智，而上達天德的境界，又豈能與天打成一片，從而了解天道化育的道理呢？當然，能夠至誠以上達天德，便是聖人了。」見《中國哲學的特質》（臺北：學生書局，1976 年10 月四版），頁 35。又唐君毅：「中國先哲，初唯由『人之用物，而物在人前亦呈其功用』『物之感人、而人亦感物』之種種事實上，進以觀天地間之一切萬物之相互感通，相互呈其功用，以生生不已，變化無窮上，見天道與天德。而此亦即孔子之所以在川上嘆『逝者之如斯，不舍晝夜』，而以『四時行，百物生』，為天之無言之盛德也。」見《哲學概論》（上）（臺北：學生書局，1985 年全集校訂版），頁 108-109。

物不測」的結果。

由於《中庸》所說「博厚，所以載物也；高明，所以覆物也；悠久，所以成物也。博厚配地，高明配天，悠久無疆」這幾句話，和《周易》「乾元」、「坤元」的道理是相通的。因此在這裡把「天」（陽）、「地」（陰），對應於「（０）一、二、多」的結構，看成是「二」（陰陽），該是不會太牽強的。既然「天地」可視為「二」，而它們是「為物不貳」的，所以能「無息」地發揮「剛健」與「柔順」兩種最基本之創生、含容功能，以創生、含容萬物，經過「悠久」之時空歷程，所謂「不見而章，不動而變，無為而成」，自然就達於「生物不測」的地步了。

然後以「美」來說，「至誠」由不息而使天地發揮「剛健」與「柔順」兩種最基本之創生、含容功能，化生萬物，形成規律，便為和諧的至善之境構築了堅實的橋樑。而這種和諧的境界，便是所謂的「中和」，也就是「美」。《中庸》首章說：

> 中也者，天下之大本也；和也者，天下之達道也。致
> 中和，天地位焉，萬物育焉。

這所謂的「中和」，本來是指人的性情而言的，因為在這一節話之前，《中庸》的作者即已先為此二字下了定義說：「喜怒哀樂之未發，謂之中；發而皆中節，謂之和」，對這幾句話，朱熹曾作如下解釋：

> 喜怒哀樂，情也；其未發，則性也，無所偏倚，故
> 謂之中。發而皆中節，情之正也；無所乖戾，故謂
> 之和 [14]。

可見「中」是以性言，屬「陰」；而「和」則以情言，屬「陽」。
指的乃「無所偏倚」和「無所乖戾」的心理狀態，亦即至誠
的一種存在與表現。很明顯地，先作了這番說明之後，《中
庸》的作者才好接著就「性」說「中」是「天下之大本」、
就「情」說「和」是「天下之達道」。這「大本」和「大道」
的意義，照朱熹的解釋是：

> 大本者，天命之性、天下之理皆由此出，道之體也；
> 達道者，循性之謂，天下古今之所共由，道之用也[15]。

「大本」既是天命之性、天下之理之所從出，而「大道」則
為天下古今之所共由，那麼，一個人若能透過至誠之性（仁
與智）的發揮，而達到這種是屬「大本」和「大道」的中和
狀態，則所謂「天地萬物，本吾一體，吾之心正（中），則
天地之心亦正矣；吾之氣順（和），則天地之氣亦順矣」[16]，
不僅可藉「仁」之性以成己（盡其性、盡人之性），造就孝、
悌、敬、信、慈等德行，以純化人倫社會；也可藉「智」之
性以成物（盡物之性），使「萬物並育而不相害」（《中庸》

---

[14] 見朱熹《四書集註》，同注 6，頁 21。
[15] 見朱熹《四書集註》，同注 6，頁 22。
[16] 見朱熹《四書集註》，同注 6。

第三十章），以改善物質環境 [17]。於是《中庸》的作者便又接著說：「致中和，天地位焉，萬物育焉」，這三句話，從其涵義來看，顯然與《中庸》「誠者非自成己而已」（二十五章）、「唯天下至誠，爲能盡其性」（第二十二章）的兩段話，是彼此相通的，因爲誠能盡性，則必然可以「致中和」，所以我們可以把這兩段話說成：

　　誠者，非自致其中和而已也，所以致物之中和也。

和

　　唯天下至誠，為能致其中和；能致其中和，則能致人之中和；能致人之中和，則能致物之中和；能致物之中和，則可以贊天地之中和；可以贊天地之中和，則可以與天地參矣。

這樣，意思是一點也不變的。而這所謂「中和」，若換個角度說，就是「和諧」，就是「美」。而有此「誠」（真）的動力，則所謂「人類在社會實踐活動中所追求的有利、有益、有用的功利價值」，才能因時因地作靈活的調整，以適應實際的需要，做到「善」，進而臻於「贊天地之中和」的和諧，亦即「至美」之境界。

　　由此看來，「真」、「善」、「美」與「多」、「二」、「一（0）」之螺旋結構，可製成下圖，以表示其對應關係：

---

[17] 參見拙作〈《中庸》的思想體系〉上、下（臺北：《國文天地》12卷 8、9 期，1997 年 1、2 月），頁 11-17、14-20。

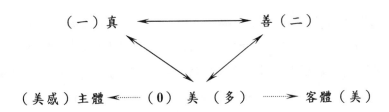

這種螺旋結構，如落在辭章上來看，則：

（一）創作（順向－寫）：

美感（0）→真（一）→善（二）→美（多）

（二）鑑賞（逆向－讀）：

美（多）→善（二）→真（一）→美感（0）

從創作（寫）面看，所呈現的是由「意」下貫到「象」的過程；從鑑賞（讀）面看，所呈現的是由「象」回溯到「意」的過程[18]。這種流動性的雙向過程，無論是創作或鑑賞，都是經互動、循環而提昇的作用，而形成「意→象→意」或「象→意→象」的螺旋關係的。

而其中的「（0）」，在美學上，指主體之「美感」，而這主體可以指作者，也可以指讀者；在辭章上，指風格、境界

---

[18] 見拙作〈論章法結構與意象系統－以「多」、「二」、「一（0）」螺旋結構切入作考察〉（金華：《浙江師範大學學報‧社會科學版》30卷4期，2005年8月），頁40-48。

等。「一」，在美學上，指「真」；在辭章上，指作者所要表達的核心情、理，即一篇「主旨」。「二」，在美學上，指「規律」，「包括自然界發展的規律，也包括人類社會發展的規律」；在辭章章法上，指兩相對待之「陰陽二元」，一篇之核心結構與各輔助結構即由此而形成，以呈現一篇「規律」，而其中居於徹下徹上的關鍵性地位的，即核心結構 [19]。「多」，在美學上，指客體之「美」；在辭章章法上，指由「陰陽二元對待」所形成之各輔助結構，藉以組合各個別意象或材料。可見「真」、「善」、「美」也可形成可順可逆的螺旋結構，與哲學或辭章章法的「多」、「二」、「一（0）」之螺旋結構，是互相對應的。

這樣將「真、善、美」落在辭章上來認識，從大的方面來說，東西方是一致的。辭章學家鄭頤壽說：

> 從文藝復興到 18 世紀的許多美學家、藝術家，如達·芬奇、荷加斯等，其後的柏克、費爾巴哈、車爾尼雪夫斯基直至馬克思，對美的本質及其與「真」、「善」的關係的認識逐步科學化了。……莎士比亞有一段關於真、善、美和辭章的關係，談得十分深刻。他說：「真、善、美，就是我全部的主題，真、善、美，變化成不同的辭章，我底創造力就花費在這種變化裡，三題合一，產生瑰麗的景象。真、善、美，過去式各

---

[19] 見拙作〈論章法「多、二、一（0）」的核心結構〉（臺北：《師大學報·人文與社會類》48 卷 2 期，2003 年 12），頁 71-94。

- 14 -

不相關，現在呢，三位同座，真是空前。」[20]

這麼說雖未涉及細微的部分，但已足以看出「真、善、美」和辭章關係之緊密了。

三、「眞」、「善」、「美」與章法「多」、「二」、「一（0）」螺旋結構之對應舉隅

眾所週知，自來在美學上，十分強調「多樣的統一」。而這種主張，如對應於「多」、「二」、「一（0）」螺旋結構來說，則指的是「多」與「一（0）」之融合。就在此「多」與「一（0）」之間，就層次邏輯系統來看，是有「二」充當徹下徹上之媒介的。而這個「二」即「二元」，乃使形神、內外產生「對稱」，以獲得基本美感的主要動力。宗白華在其《藝術學》中說：

> 有謂節奏為生理、心理的根本感覺，因人之生理，均兩兩相對，故於對稱形體，最易感入。[21]

說的就是這個道理。也唯有藉著這個「二」的動力，才能徹下徹上，以形成完整的「多」、「二」、「一（0）」螺旋結構，以引起人的「審美注意」。李澤厚在其《美學四講》中說：

---

[20] 見《辭章學導論》（臺北：萬卷樓圖書公司，2003 年 11 月初版），頁 500。
[21] 見《宗白華全集》1，同注 7，頁 506。

（審美注意）長久地停留在對象的形式結構本身，
並從而發展其心理功能如情感、想像的滲入活動。
因之其特點就在各種心理因素傾注在、集中在對象
形式本身，從而充分感受形式。線條、形狀、色彩、
聲音、時間、空間、節奏、韻律、變化、平衡、統
一、和諧或不和諧等形式、結構的方面，便得到了
充分的「注意」。讓感覺本身充分地享受對對象形式
方面的這些東西，並把主觀方面的各種心理因素如
感情、想像、意念、願望、期待等等，自覺或不自
覺地投入其中。[22]

這雖然是針對造型藝術來說，卻一樣適用其他事物，甚至辭
章的章法結構與規律之上。其中所謂「時間、空間、節奏、
韻律」，便關涉到章法局部的「移位」與「轉位」[23]、「調和」
與「對比」[24]與整體的「多」、「二」、「一（0）」結構，而「變
化、平衡、統一、和諧」，則涉及到章法的四大律（秩序、
變化、聯貫、統一）[25]。

　　既然事物之結構或規律，容易引起人之「審美注意」，

---

[22] 見《美學四講》（天津：天津社會科學院出版社，2001 年 11 月一
版一刷），頁 158-159。

[23] 見仇小屏〈論章法的移位、轉位及其美感〉，《辭章學論文集》上冊
福州：海潮攝影藝術出版社，2002 年 12 月，頁 98-122。

[24] 見仇小屏〈論章法的對比與調和之美〉，《第四屆中國修辭學國際學
術研討會論文集》（臺北：輔仁大學，「第四屆中國修辭學國際學術
研討會」，2002 年 5 月），頁 118。

[25] 見拙作〈論辭章章法的四大律〉（臺北：《國文天地》17 卷 4 期，
2001 年 9 月），頁 101-107。

邢就必然也可容易地獲得美感效果。邱明正在其《審美心理學》中說：

> 在這(審美心理活動)一過程中,主體通過求同、求異性探究,把握對象審美特性,使主客體之間、主體審美心理要素之間的矛盾、差異達於和諧、統一,獲得美感;或保持主客體的差異、矛盾、對立,以確保自己審美、創造美的獨立性、自主性和獨特個性。這一過程,是種有著內在節奏的的有序運動的過程。[26]

經過這種「有著內在節奏的的有序運動的過程」,人(主體)之對於各種結構體(客體),自然可以「獲得美感」;而辭章就是其中相當重要的一環。

因此「多」、「二」、「一(0)」之螺旋結構落於辭章上,是主要由形成篇章邏輯組織之「章法」來呈現的。而章法「多」、「二」、「一(0)」螺旋結構,如單著眼於鑑賞一面作章法之分析,則所呈現的是「多、二、一(0)」的逆向結構。這種結構相應地也可形成「美(客體)、善、真(主體-美感)」,它們的關係可呈現如下圖:

---

[26] 見《審美心理學》(上海:復旦大學出版社,1993 年 4 月一版一刷),頁 92。

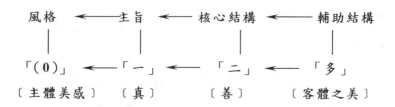

而這種結構很普遍地可從不同文體之作品中獲得檢驗，文如宋玉的〈對楚王問〉：

> 楚襄王問於宋玉曰：「先生其有遺行與？何士民衆庶不譽之甚也！」
>
> 宋玉對曰：「唯，然，有之；願大王寬其罪，使得畢其辭。客有歌於郢中者，其始曰下里巴人，國中屬而和者數千人；其爲陽阿薤露，國中屬而和者數百人；其爲陽春白雪，國中屬而和者，不過數十人；引商刻羽，雜以流徵，國中屬而和者，不過數人而已；是其曲彌高，其和彌寡。故鳥有鳳而魚有鯤。鳳凰上擊九千里，絕雲霓，負蒼天，翱翔乎杳冥之上；夫蕃籬之鷃，豈能與之料天地之高哉？鯤魚朝發昆侖之墟，暴鬐於碣石，暮宿於孟諸，夫尺澤之鯢，豈能與之量江海之大哉？故非獨鳥有鳳而魚有鯤也，士亦有之。夫聖人瑰意琦行，超然獨處，夫世俗之民，又安知臣之所爲哉？」

此文是以「先問後答」的結構寫成的。「問」的部分，是本文的引子，主要是在提明問者、被問者及所問者的問題，以引出下面回答的部分。「答」的部分，是本文的主體，

采「先點後染」之結構來安排。「點」指「宋玉對曰」一句，而「染」即「曰」的內容。這個內容，首先以「唯，然，有之」承問作了三應，然後以「願大王寬其罪，使得畢其辭」兩句話，委婉的領出所以「不譽」的正式回答來；這是「凡」的部分。而這個針對「不譽」所作的正式回答，即「目」，是以「先賓後主」的結構表出的。其中「賓」的部分，自「客有歌於郢中者」至「豈能與之量江海之大哉」止，共含三小節：第一節以曲爲喻，先依和曲者人數之遞減，條分爲四層來說明，形成正反對比，以得出「其曲彌高，其和彌寡」的結論，初步爲「主」的部分蓄勢；爲「賓一」。第二節以鳥爲喻，拿鳳凰和藩籬之鷃作個比較，以得出藩籬之鷃不足以「料天地之高」的結論，也形成正反對比，進一步的爲「主」的部分蓄勢；爲「賓二」。第三節以魚爲喻，拿鯤魚與尺澤之鯢一正一反作個比較，以得出尺澤之鯢不足以「量江海之大」的結論，又再一次的爲「主」的部分蓄勢；爲「賓三」。而「主」的部分，則先以「故非獨鳥有鳳而魚有鯤也，士亦有之」兩句作上下文的接榫，再承上文的鯤、鳳凰和「引商刻羽，雜以流征」的高雅曲子帶出「夫聖人瑰意琦行，超然獨處」兩句，然後承「尺澤之鯢」、「藩籬之鷃」及「國中屬而和者數千、「數百人」等句，引出「世俗之民，又安知臣之所爲哉」兩句，一樣形成正反對比，以暗示「行高由於品高，不合於俗由於俗不能知」的道理，既回答了楚王之問，也藉以罵倒了那些無知的世俗人，真是短筆短掉，其妙無比啊！林西仲說：「惟賢知賢，士民口中，如何定得人品？楚

王之問，自然失當，宋玉所對，意以爲不見譽之故，由於不合於俗，而所以不合之故，又由於俗不能知，三喻中不但高自位置，且把一班俗人伎倆、見識，盡情罵殺，豈不快心！」[27]由此看來，這篇短文之所以能獲得古今人之讚譽，並不是沒有理由的。附結構分析表如下：

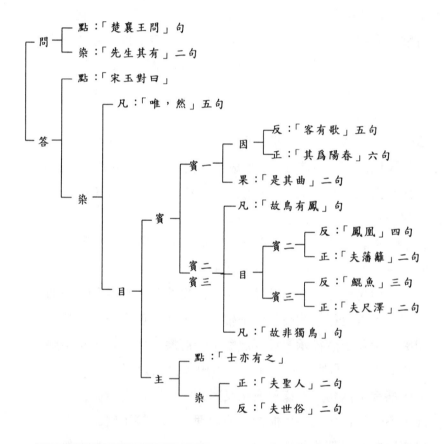

[27] 見林雲銘《古文析義合編》卷三（臺北：廣文書局，1965 年 10 月再版），頁 126。

其分層簡圖如下：

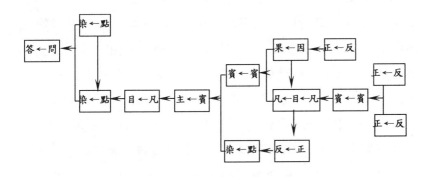

可見此文，一共用了「問答」、「點染」（三疊）、「凡目」（二疊）、「賓主」（一疊）、「因果」（一疊）、「並列」（二疊：賓←賓）、「正反」（四疊）等章（含）法形成結構，因其移位或轉位，而造成層層節奏，以串聯爲一篇韻律。如對應於「多、二、一（0）」與「美、善、真」來看，其中「問答」（上層）、「點染」（次層）與「凡目」（三層）等所形成之結構，由於在文裡都僅作爲引渡之用，因此都不能視爲核心結構，只能和其他結構（含五、六、七、底層）都視爲核心結構的輔助性結構，此即「多」，以呈現客體之「美」。而「先賓後主」的結構，則可以說是全文的主體所在，所以認定它是此文之核心結構，即所謂關鍵性之「二」，是最恰當的。就在此「先賓後主」的核心結構下，除用「凡目」、「點染」、「因果」等

所形成之輔助結構，來統合梳理各次層結構，形成「多」之外，最令人注意的是，既以三疊「先反後正」之輔助結構來支援「賓」，又以一疊「先正後反」的結構來支援「主」，而「正反」的對比性又是極強烈的，這就使得「先賓後主」這種屬於關鍵「二」之核心結構，蘊含著毗剛之氣，藉以徹下徹上，形成一篇規律，以呈現「善」。這樣結合形象思維與邏輯思維，在「先賓後主」的調和性結構下，由「多」而上徹於「一（0）」，來凸顯「行高由於品高，不合於俗由於俗不能知」的主旨，而將「一班俗人伎倆、見識，盡情罵殺」，以形成「柔中寓剛」之風格，是屬於「一（0）」，以呈現「真」（含主體之美感）。張大芝以爲「宋玉虛設襄王的責問本身，實際上也曲折而婉轉地表露出宋玉在政治上不得意的憤懣之情」[28]，這從其結構安排上，也可以獲知初步訊息。而何伍修也說：「全文以問句開篇，又以問句結尾，章法新穎。楚王發問，綿裏藏針，意在責難，問中潛藏著幾分狡黠；宋玉反問，剛柔並濟，旨在辯解，問中包含著無限慨歎，同時也流露出一種自命不凡、孤芳自賞之情。」[29]所謂「剛柔並濟」、「包含著無限慨歎，同時也流露出一種自命不凡、孤芳自賞之情」，指出了本文「柔中寓剛」之特色。這種特色，可由其「多」、「二」、「一（0）」或「真」、「善」、「美」之結

---

[28] 見《古文鑑賞大辭典》（杭州：浙江教育出版社，1998 年 10 月二版四刷），頁 151。
[29] 見《古文鑑賞辭典》（南京：江蘇文藝出版社，1987 年 11 月一版一刷），頁 176。

構窺探出來。

詩如王維的〈輞川閑居贈裴秀才迪〉詩：

> 寒山轉蒼翠，秋水日潺湲。倚杖柴門外，臨風聽暮蟬。
> 渡頭餘落日，墟里上孤煙。復值接輿醉，狂歌五柳前。

此詩乃作者與裴迪秀才相酬為樂之作。在一特定時空之下，作者藉自然景物與人物形象之刻劃，以寫自己閒適之情。它一面在首、頸兩聯，具體描繪了「輞川」附近的水陸秋景與暮色，勾勒出一幅有色彩、音響和動靜的和諧畫面；另一面又在頷、末兩聯，於一派悠閒之自然圖案中，很生動地嵌入了作者自己倚杖聽蟬，和裴迪狂歌而至的人事景象；使兩者相映成趣，而形成了物我一體的藝術境界。附結構分析表如下：

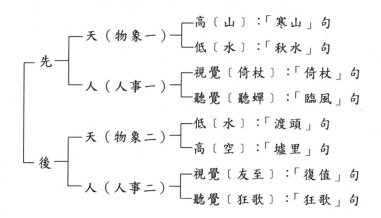

可見此詩主要以「今（後）昔（先）」、「天（物象）人（人

事）」、「遠近」、「高低」與「知覺（視、聽）轉換」等章法，形成其移位結構，以「調和」全詩。其中除「今昔」之外，又將「天人」、「高低」、「知覺轉換」組成雙疊的形式，以增添其節奏流轉之美；尤其是天與人對照，將空間拓大，又擴展了氣象；這些都強化了作者閒逸之趣。其分層簡圖如下：

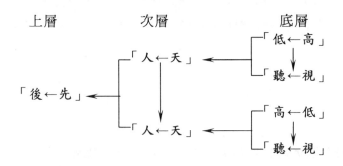

| 上層 | 次層 | 底層 |

這些，如對應於「多、二、一（0）」與「美、善、真」來看，則此詩以「遠近」、「高低」（二疊）與「知覺（視、聽）轉換」（二疊）等章法所形成輔助性之移位結構與節奏（韻律），算是「多」，以呈現客體之「美」；以二疊「天人」（含「今（後）昔（先）」）自為陰陽所形成核心之移位結構與節奏（韻律），算是關鍵性之「二」，藉以徹下徹上，形成一篇規律，以呈現「善」；以「閒適之趣」之主旨與所形成之飄逸風格，是為「一（0）」，以呈現「真」，使人產生（主體）美感。高步瀛說此詩「自然流轉，而氣象又極闊大」[30]，道出了本詩的特色。

---

[30] 見《唐宋詩舉要》（臺北：學海出版社，1973 年 2 月初版），頁 422。

詞如周密題作「吳山觀濤」的〈聞鵲喜〉詞：

> 天水碧，染就一江秋色。鼇戴雪山龍起蟄，快風吹海
> 立。　　數點煙鬟青滴，一杼霞綃紅濕。白鳥明邊帆
> 影直，隔江聞夜笛。

這闋詞詠錢塘江潮，是按時間的先後，由潮起（先）寫
到潮過（後）的。寫潮起（先）的部分，爲上片。先以起二
句，寫江天一碧的秋色，爲潮起設下遠大的背景。後以「鼇
戴」二句，寫潮水陡起的迅猛景象；作者在此，除用鼇背雪
山、龍騰水底來加以形容外，又以「快風」來推波助瀾，這
樣當然就使「海」空高立了。而寫潮過（後）的部分，爲下
片。它先以「數點」二句，寫潮過後的遠山和雲霞，在煙水
上，一青一紅，顯得格外綺麗。後以「白鳥」二句，就視覺，
寫帆影邊的鷗鷺；就聽覺，寫隔江傳來的夜笛。作者就這樣
以平和的靜景，和上片所寫潮來時壯觀的動景，形成強烈對
比，產生了映襯的最佳效果。李祚唐分析此詞說：「上片依
人的視覺，由遠及近，潮來時雷霆萬鈞之勢，已全在眼前。
下片復由上片的劇烈動態轉爲平緩，逐漸消失爲靜態。」又
針對著下片說：「這種平靜，正是在洶湧喧囂過後，才體驗
得分外真切；而它反過來，不也襯托出錢塘江潮的格外壯觀
嗎？詞人寫潮，即充分借助了這種靜與動的相互對比和彼此
轉換，因而著語雖不多，效果卻非常明顯」[31]。體會得很真

---

[31] 見《詞林觀止》（上）（上海：上海古籍出版社，1994 年 4 月一版），

切。雖然有人以爲此詞「作意如題」[32]，但就其結句看來，卻該有杜牧「商女不知亡國恨，隔江猶唱後庭花」（〈泊秦淮〉）的感喟。蕭鵬認爲此句「似收未收，似闔未闔，頗有『餘音裊裊，不絕如縷』之感，與唐人的『曲終人不見，江上數峰青』（錢起〈湘靈鼓瑟〉）同有『言有盡而意無窮』之妙」[33]，所謂「意無窮」之「意」，該是指這種江山雖麗卻已易色的亡國之痛吧！附結構分析表如下：

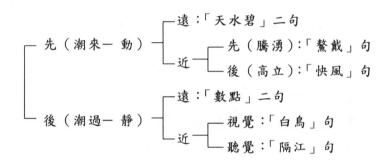

作者在此詞，藉江潮之雄奇，暗寓江山雖麗卻已易色的亡國之痛，所謂「一切景語皆情語」[34]，就是這個意思。而作者特別將這種主旨隱藏起來，置於篇外，完全經由「邏輯思維」

頁 694。

[32] 見常國武《新選宋詞三百首》（北京：人民文學出版社，2000 年 1 月一版一刷），頁 492。

[33] 見《唐宋詞鑑賞集成》（香港：中華書局香港分局，1987 年 7 月初版），頁 1250。

[34] 見王國維《人間詞話刪稿》，《詞話叢編》五（臺北：新文豐出版公司，1988 年 2 月臺一版），頁 4257。

作最好之安排，並用「先（動）後（靜）」的核心結構，形
成移位、對比；又用「先遠後近」、「先視覺後聽覺」、「先（昔）
後（今）」等輔助性之移位結構，形成調和；而將整個具體
材料「一以貫之」，真正收到了「言有盡而意無窮」之效果。
其分層簡圖如下：

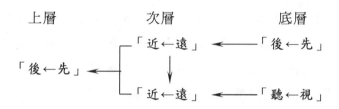

這種結構安排，如對應於「多、二、一（0）」與「美、善、
真」來看，則以核心結構之外的「遠近」（二疊）、「先（昔）
後（今）」（一疊）、「視聽」（一疊）等所形成移位性的調和
結構與節奏（韻律），用於輔助核心結構，可視作「多」，以
呈現客體之「美」；以「先（動）後（靜）」所形成一陰一陽
的對比性（移位）結構與節奏（韻律），藉以徹下徹上，形
成一篇規律，以呈現「善」的，為核心結構，可視作關鍵性
之「二」；以暗寓「亡國之痛」的主旨與「宏麗綿邈」之風
格的，可視作「一（0）」，以呈現「真」（含主體之美感）。
這種「多」、「二」、「一（0）」或「美、善、真」之結構，就
相當於一棵樹之合其樹幹與枝葉而成整個形體、姿態與韻味
一樣，是一體的，是密不可分的。

四、結語

　　綜上所述，可知「章法結構」與「真」、「善」、「美」，都可對應於「多」、「二」、「一（0）」而形成螺旋結構。它們在辭章創作（寫）面所形成的是：「美感（0）→ 真（一）→ 善（二）→ 美（多）」的順向結構，由此呈現出由「意」而成「象」的歷程；在鑑賞（讀）面所形成的是：「美（多）→ 善（二）→ 真（一）→ 美感（0）」的逆向結構，由此呈現出由「象」而溯「意」的歷程。而此兩者必須同時兼顧，才能深入辭章之底蘊，獲得圓滿的結果。有人說：「文章就是小宇宙」，從這裡可獲得初步證明。

重要參考文獻

仇小屏〈論章法的移位、轉位及其美感〉，《辭章學論文集》
　　　上冊，福州：海潮攝影藝術出版社，2002 年 12 月，
　　　頁 98-122。

仇小屏〈論章法的對比與調和之美〉，《第四屆中國修辭學國
　　　際學術研討會論文集》，臺北：輔仁大學，「第四屆中
　　　國修辭學國際學術研討會」，2002 年 5 月，頁 118。

王國維《人間詞話刪稿》，《詞話叢編》五，臺北：新文豐出
　　　版公司，1988 年 2 月臺一版。

王船山《讀四書大全說》，臺北：河洛圖書出版社，1974 年

5 月。

朱　熹《四書集註》，臺北：學海出版社，**1984** 年 **9** 月初版。

牟宗三《中國哲學的特質》，臺北：學生書局，**1976** 年 **10** 月
　　四版。

李澤厚《美學四講》，天津：天津社會科學院出版社，**2001**
　　年 **11** 月一版一刷。

吳功正主編《古文鑑賞辭典》，南京：江蘇文藝出版社，**1987**
　　年 **11** 月一版一刷。

宗白華《宗白華全集》，合肥：安徽教育出版社，**1996** 年 **9**
　　月一版二刷。

林雲銘《古文析義合編》，臺北：廣文書局，**1965** 年 **10** 月再
　　版。

邱明正《審美心理學》，上海：復旦大學出版社，**1993** 年 **4**
　　月一版一刷。

約翰・格里賓著、方玉珍等譯《雙螺旋探密－量子物理學與
　　生命》，上海：上海科技教育出版社，**2001** 年 **7** 月。

高步瀛《唐宋詩舉要》，臺北：學海出版社，**1973** 年 **2** 月初
　　版。

唐君毅《哲學概論》，臺北：學生書局，**1985** 年全集校訂版。

唐圭璋主編《唐宋詞鑑賞集成》，香港：中華書局香港分局，
　　1987 年 **7** 月初版。

徐中玉主編《古文鑑賞大辭典》，杭州：浙江教育出版社，

1998 年 10 月二版四刷。

常國武《新選宋詞三百首》，北京：人民文學出版社，2000
年 1 月一版一刷。

陳邦炎《詞林觀止》，上海：上海古籍出版社，1994 年 4 月
一版。

陳滿銘〈《中庸》的思想體系〉上、下，臺北：《國文天地》
12 卷 8、9 期，1997 年 1、2 月，頁 11-17、14-20。

陳滿銘〈論辭章章法的四大律〉，臺北：《國文天地》17 卷 4
期，2001 年 9 月，頁 101-107。

陳滿銘〈論「多」、「二」、「一（0）」的螺旋結構 － 以《周
易》與《老子》爲考察重心〉，臺北：《師大學報・人
文與社會類》48 卷 1 期，2003 年 7 月，頁 1-20。

陳滿銘〈《中庸》「多」、「二」、「一（0）」螺旋結構論〉，《第
三屆中國經學國際學術研討會論文集》，臺北：洪葉
文化事業有限公司，2003 年 11 月，頁 214-265。

陳滿銘〈《中庸》「多」、「二」、「一（0）」螺旋結構論〉，《第
三屆中國經學國際學術研討會論文集》，臺北：洪葉
文化事業有限公司，2003 年 11 月，頁 214-265。

陳滿銘〈論章法「多、二、一（0）」的核心結構〉，臺北：《師
大學報・人文與社會類》48 卷 2 期，2003 年 12 月，
頁 71-94。

陳滿銘〈「真、善、美」螺旋結構論 － 以章法「多」、「二」、

「一（0）」螺旋結構作對應考察〉，福州：《閩江學院學報》總 89 期，2005 年 6 月，頁 96-101。

陳滿銘〈論章法結構與意象系統－以「多」、「二」、「一（0）」螺旋結構切入作考察〉，金華：《浙江師範大學學報‧社會科學版》30 卷 4 期，2005 年 8 月，頁 40-48。

馮友蘭《馮友蘭選集》，北京：北京大學出版社，2000 年 7 月一版一刷。

歐陽周、顧建華、宋凡聖等《美學新編》，杭州：浙江大學出版社，2001 年 5 月一版九刷。

鄭頤壽《辭章學導論》，臺北：萬卷樓圖書公司，2003 年 11 月初版。

論新聞語言章法美

馮蔚寧

福建閩江學院中文系主任編輯

摘要：

　　新聞語言本質上是傳播資訊、報導事實、解釋問題、快速交流的語言。通過新聞媒介，向受眾報導新近發生的事實，傳播具有新聞價值時所使用的文字語言就叫新聞語言。新聞語言具有它本身的結構形式，構成特殊的章法，其外在的形式與內在的內容表現為一定的美感，就有了新聞語言的章法美。體現在新聞作品的各種文體，如消息、通訊、特寫等各種題材中的語言結構美及其標題的語言辭彙美、語言句式美、語言修辭美語言的內容美等。

關鍵字：新聞語言、語言結構、句式、辭彙、修辭、美

新聞語言本質上是傳播資訊、報導事實、解釋問題、快速交流的語言。新聞語言的主要表現形式有兩種，即書面語言和口頭語言。這種訴諸文字的新聞語言可以通用於報紙、廣播、電視。網際網路四大媒體進行傳播。報紙、刊物等媒體通過書面語言形式傳遞資訊；廣播、電視等媒體將書面語言通過播音員之口，轉變成口頭語言向大眾傳播。新聞語言本質上指文字形式的語言。作爲報紙的版面語言、廣播的音響語言、電視的畫面語言以及網際網路的視頻、音頻語言不在本文所論之列。

新聞語言是通過新聞媒介，向受眾報導新近發生的事實，傳播具有新聞價值的資訊。新聞語言具有它本身的結構形式，構成特殊的章法，其外在的形式與內在的內容和諧統一就表現爲一定的美感，構成了新聞語言的章法美。體現在新聞作品各種文體，具體就有如消息、通訊、新聞特寫等各種題材中的語言形式美、語言內容美以及新聞標題的語言辭彙美、語言句式美、語言修辭美等。

一、新聞語言的形式美規範

「語言是音義結合的符號。」[1]全民性語言是人類

---

[1]葛本儀主編《語言學概論》[M]濟南：山東大學出版社，

特有的交際的工具，同時又是思維的工具，它具有社會性的全民性。[2]而新聞語言則是新聞報導所使用的語言，它具有通俗性、簡明性、生動性、典雅性等。新聞語言作爲傳播語言，是一種新聞資訊傳播的載體。「通過新聞媒介，向受眾報導新近發生的事實，傳播具有新聞價值的資訊時所使用的文字語言就叫做新聞語言。」[3]艾豐說得好：「好的新聞語言是一種獨立的語言。創造和推廣實用的優美的新聞語言，是我們的歷史責任。」[4]「新聞語言就是從新聞的角度對全社會進行『選擇』和反映時所用的工具。它的本質是資訊傳播的語言、報導事實的語言、解釋問題的語言、快速交流的語言。」[5]「新聞語言可以通過不斷地改造完善，成爲與其他文學作品相比毫不遜色的語言。——當然是就各有特色而言。」[6]

「根據新聞寫作的基本要求，即時效性（新鮮、快速、簡短）與可讀性（具體、生動、通俗），新聞語言的具體特色可以用八個字概括：準確、簡潔、鮮

1999.10，第一版，P11，P15~19。

[2] 同註 1。

[3] 劉明華、徐泓、張征《新聞寫作教程》[M]北京：中國人民大學，2002.3，第一版，p126，p127。

[4] 艾豐《新聞寫作方法論》[M]北京：人民日報出版社 1996.7，p231，p234，p 233。

[5] 同註 4。

[6] 同註 4。

明、生動。」[7]

　　李元授、白丁在《新聞語言學》中指出:「新聞
的客觀性,要求新聞語言應該是準確的,平實的;
新聞的時空性,要求新聞語言應該是簡明的,便捷
的;新聞的群眾性,要求新聞語言應該是通俗的,
易懂的;新聞的敏感性,要求新聞語言應該是銳利
的,鮮活的。「所以「新聞語言的基本要求可用 16
個字概括起來:具體形象、簡潔生動、準確鮮明、
通俗易懂。」[8]

　　新聞需要傳播,由於其受眾的廣泛性和不定性,
所以新聞語言就必須有通俗易懂的要求,從而產生通
俗之美。新華社曾經發文要求:「我們一切發表的文
字必須以最大多數的讀者能夠明瞭為原則。「新聞語
言要做到通俗易懂,用語要簡潔通俗,用詞貼切、得
體、有力,並達到語言雅俗共賞的較高境界。

　　「新聞語體是一種橫跨口語與書面語之上的一
種有其特殊體式的語體。」[9]尤其是廣播、電視媒體,
更要注重新聞語言的通俗化和口語化,以利於受眾
(聽眾或者觀眾)通過聽覺來接受新聞資訊。李元
授、白丁認為口語化要做到「五化」,即「長句短化」、

---

[7] 同註 3。
[8] 李元授、白丁《新聞語言學》[M]北京:新華出版社,
　2001.12,第一版,p12,p32,p51,p81,p100-104,p 143-144。
[9] 同註 8。

「複句簡化」、「倒裝句正化」、「書面語口頭化」、「文言白話化」。[10][⑩]即使是新華社文字稿，也注重文字的通俗化和口語化。如寫到劉胡蘭被閻軍殺害前，劉胡蘭說的話：「要殺由你吧，我再活 17 歲也是這個樣子。」（參見新華社晉綏 1947 年 2 月 7 日電文）[11]新聞語體天然地具有簡練、樸實、明快、莊重等風格。獲 1992 年度中國新聞獎二等獎通訊作品《喝茶喝了 1000 塊》，開頭寫道：「一壺茶多少錢？三星級龍泉賓館的歌廳，一壺茶要價 75 元。」第三段寫著：「『OK』完畢，且看帳單，喝茶一項要付 1050 元。」（《北京日報》大市場版 1992 年 12 月 5 日）[12]除了內容的批評性，全篇篇幅簡短，僅 800 字，而語言比較大眾化，通俗易懂也是其獲獎的一個因素。

語言符號的形式和意義的結合完全是由社會約定俗成的，它們之間沒有必然的、本質的聯繫。媒介語言介於官方語言與民間語言之間，媒介要運用主流語言，要適合大眾的水準就必須做到語言通俗易懂。新聞語言包含多種類型、多種語體色彩。諸如通訊、消息之類，經常使用通俗語言、口語辭彙；而社論、評論大多使用書面語言，風格莊重典雅。就媒體所依

---

[10] 同註 8。

[11] 艾豐《新聞採訪方法論》[M]北京：人民日報出版社 2002.2，p317。

[12] 中國新聞獎作品獎（1992 年）[M]北京：新華出版社 1994.7，第一版 p142,p115。

賴的載體不同而言，報刊語言一般比較嚴謹；廣播電視播音員的語言講究發音吐字的標準、規範；電視節目主持人的語言聲畫一體、比較活潑；網路語言追求新異，行文相對比較自由。

新聞是一種運用最廣泛的語體形式。新聞詞語必須通俗易懂，明確樸實，使用規範的現代漢語詞語。「有專家統計了 **19** 篇新聞作品的 **6500** 個總詞量並加以分析，通用詞語占絕大多數，口語詞次之，專業術語、行業習慣語、方言、俚語、歇後語、諺語、格言、古語詞、外來詞用得極少。有些專業術語非用不可時也用得十分謹慎，對極少數一般讀者不熟悉的專業術語還作必要的解釋。」[13]可見，新聞語言的通俗易懂是大眾傳媒要獲得良好傳通效果的一個必然途徑。

新聞語言在形式上表現為，新聞的句式結構簡單。新聞報導中最常見的句式多由主語、謂語、賓語構成。新聞用語中的句式主要是：多用短句，少用長句；多用陳述句，少用祈使句、感歎句；多用散句，少用整句；多用口語句式，少用書面語句式。[14]一般說來，長句較嚴謹，短句明快。消息的語言是一種具體陳述與抽象概括相結合的語言。如 **1992** 年中國好新聞獎二等獎作品《貴州告別最後一條馬班郵路》的開頭一段：「唱了幾十年『馬兒啊，你慢些走』的晴

---

[13] 同註 **8**。
[14] 同註 **8**。

隆縣城至中營郵路，去年末響起了汽車喇叭聲。至此，全省告別了最後一條農村馬班郵路。」[15]第一句是具體陳述，第二句是抽象概括。「馬兒啊，你慢些走「是一首民歌，在此指代馬班郵路；汽車喇叭聲代客車營運直發到花貢。縣郵電局交發的隨車郵件，三個半小時可到花貢，再經自行車班銜接，當天到達中營支局。原先繞道，郵件往返一班要三四天。

　　新聞語言是一種以白描為主要特徵的語言，不用或少用形容渲染，以質樸的文筆，簡練而直接地勾勒出事物的特徵。一是多用動詞，用准動詞。如《上海打出「中華牌」》：「打『中華牌』，是上海的一次飛躍。」「近些年來，哀歎『上海在沉淪』的人們，今天終於找到了問題的癥結：關著城門唱獨角戲的上海，無論如何也唱不下去了。」其中「打」、「哀歎」、「找到」、「關」、「唱」都是富有表現力的動詞。

　　二是多用大眾口語。《內蒙古阿拉善右旗：做個畜生好辛苦》：「據新華社巴顏浩特（2002年）3月19日電　在沙塵源頭探訪，記者時常遇到倒斃在戈壁灘和沙漠中的駝羊的屍骨，而覓食的駝羊也形容憔悴。記者不禁歎息：在這裏做個畜生好辛苦。/在阿拉善右旗努日蓋蘇木一個叫梭梭井的地方，牧民白桂珍告訴記者：『這幾年的沙塵暴越來越猛，一場大風過後，

---

[15] 同註 12。

就能在草場中找到死羊。』/走進額濟納旗蘇泊淖爾蘇
木牧民達布罕家，我們驚奇地發現，每只山羊都戴著
一隻口罩。達布罕老人解釋說：『哪是口罩呀，這是
給山羊補喂飼料。』」[16]「在這裏做個畜生好辛苦」、「一
場大風過後，就能在草場中找到死羊」、「哪是口罩
呀，這是給山羊補喂飼料」等等，都是口語化和對話
實錄。穆青提出：「如何把群眾的語言巧妙地用到我
們的新聞寫作裏，這是很有意義的事情。語言要經常
搜集，經常學，經常記。寫東西要概括，最好用群眾
的語言來概括，不要用咱們的腔調來概括。」[17]當然，
新聞語言必須以規範化了的現代漢語語言作爲基
礎，使用規範化的語言不僅要注意語法修辭的正確，
也包括要求記者在寫報導時儘量使用普通話，而不要
濫用方言。

二、新聞篇章的內容與結構關係分析

在中國大陸和港澳臺地區以及海外華文報紙、通
訊社、廣播電臺、電視臺、網際網路、手機報紙等媒
體，其新聞語言是通過漢語來表達的。因而，新聞語

---

[16] 劉明華、張征選編《新聞作品選讀》[M]北京：中國人民
大學出版社，2003.5，第一版，p23。
[17] 穆青《新聞散論》[M]北京：新華出版社，1996.9，第一
版，p233。

言的規範化與現代漢語的規範化是不可分割的，現代漢語規範化的一些原則也適用於新聞語言的規範化。新聞工作者，包括廣播電臺、電視臺的播音員、主持人存在語音不規範的現象（在港澳臺有其特殊原因，本文不作討論），因此需要講規範的普通話語音。對於辭彙規範化要求，總的有三個原則：一是表述的必要性原則，如以新詞「弱智」代替「低能」，保留古漢語中的「覷覬」，可以適當吸收外來語「三明治」、「漢堡包」、「熱狗」等；二是使用的普遍性原則，如捨「黎民」取「人民」，選「土豆兒」入普通話用詞，保留「作家協會」爲「作協」的簡稱；三是詞義的明確性原則，如取「話筒」而捨音譯「麥克風」。

普通話是「以北京語音爲標準音，以北方話爲基礎方言，以典範的現代白話文著作爲語法規範」，在新聞資訊的傳播活動中，新聞語言也必須遵守現代漢語語法規範。如《學習南京市綠化經驗要注意三點不足之處》即「第一，五六十年代綠化的街道，樹幹定高一般爲 2.5 米，太低了，影響了交通安全」；「第二，行道樹在栽植時打洞普遍偏小」；「樹的品種單一，懸鈴木（法國梧桐）太多」。這些句子都符合現代漢語語法規範，讀來順口悅耳，言指明確。

據李元授、白丁的研究，新聞的篇章結構具有這些特點：「開頭即接觸基本事實」、「突出安排新聞價值的核心部分」、「新聞背景穿插其中」、「篇幅簡短」。

[18]尤其是導語，它是消息體裁特有的現象。導語主要有概述型、描述型、評述型、櫥窗式幾種。新聞篇章結構的基本形式有倒金字塔式、懸念式、編年體式、綜合式。倒金字塔式結構特徵是先交代最重要的內容，再交代次要內容，後面的每一部分都是前面部分的補充和解釋，形成在內容上由重到輕的順利，遞降下來，狀似金字塔倒置。如《從廈門眺金門 吳伯雄發感慨》，第一段寫「臺灣政界知名人士吳伯雄等一行昨日（2000 年 11 月 19 日）上午在廈門環島路通過望遠鏡看金門，頗有一番感慨。」（消息導語）第二段寫「吳伯雄說，38 年前，他當兵就在對面的金門，時代變化很快，如今，至少廈門與金門永遠不會象以前那樣槍口相對了。『三通』是必然的趨勢，說不定將來廈門、金門間還會修橋通船。」（新聞背景）第三段更詳細交代吳伯雄的祖籍，第四段寫吳伯雄一行飽覽了廈門美麗的風光。第五段寫「據悉，吳伯雄是第一次來廈門，也是臺灣第一位來祖國大陸的國民黨副主席。」(已經有所變化，不一定是全文最次要的內容了。)

新聞標題是報紙、通訊社、電臺、電視臺傳播的新聞的題目，其內涵一是新聞事實，二是媒介對新聞事實的評價、態度。」《工人日報》頭版頭條安排一

---

[18] 同註 8。

篇題為《如此吃法，企業怎麼受得了》的讀者來信，編輯把大標題改為《吃，吃，吃，企業如何吃得消！》（1988年6月13日《工人日報》第一版）編輯在標題中突出了「吃」字，一字中的。用了反復和拈連修辭手法，給人印象特別深刻，上口易記。

　　新聞標題有單一結構和複合結構。單一結構只有主題，複合結構不僅有主題，而且有引題或副題，或者兩者兼而有之。新聞標題的內容具有新聞性，通常用新聞要素表明真實性。單一主題只有實標題，主題輔題（引題和副題）可以皆有，通過主題副題的配合把主要新聞事實所要強調的觀點闡釋清楚，標題可虛實結合。新聞標題的句子一般具有完整性。如（引題）「『錢廣』的錢就是廣／（主題）父子四人都是趕車的好把式。」這標題是完整的句子。此外，標題一般要求簡練精粹，主標題是八九個字左右。漢語發聲在八九個字以內一般能夠一氣呵成。《大公報》總主筆張季鸞改的標題」吳子玉飄然南下「較上題讀來就順暢多了。融合新聞作品的內容，化用中國傳統古典詩歌句子、巧用相關成語、俗語等用於標題中，也將使新聞標題增色添彩。

三、新聞作品美之表現

　　新聞作品語言之美，既包含新聞語言的風格美，

也包含新聞語言的修辭美。

新聞語言風格美主要表現在十個方面：

1、以簡練為美

新聞貴新貴短，意惟求多，字惟求少。評新聞獎時一般在字數上作這樣的規定：一篇消息的篇幅在1000字以下，新聞評論在1500字以下，通訊類作品3000字以下。短而實，短而重大的新聞隨著社會生活節奏的加快，越來越受到媒體的重視和受眾的青睞。而新聞標題也以簡短、簡練、簡潔為優。有的消息本身就是標題新聞、「一句話新聞」、簡訊等，無不以短取勝。

2、以真實為美

真實是新聞的認識論基礎，真實性的新聞的基本屬性，也是新聞報導的原則。新聞報導必須反映客觀事物的原貌。大眾傳媒取信於民必須堅持新聞的真實性原則。寫作新聞時，要以客觀事實說話，堅持客觀、公正，所報導的事實真實準確，對所報導的事實進行的整體綜合、概括、分析符合客觀實際。否則就出現了虛假新聞。選用最準確的語言，表達明確的語意，使用新聞語詞要做到通用規範、客觀準確、簡潔明瞭。美國新聞學者赫伯特·阿特休爾在《權力的媒介》中說：「不管新聞媒介處於何種政治、經濟或社會制

度之下，其任務均是打著社會責任的旗號追求真理。」[19]堅持真實性，堅持社會責任，堅持公平公正，是媒體樹立社會公信力的幾個必然原則。

3、以通俗爲美

新聞報導作品必須與受眾有較強的接近性。具體、生動、通俗，讓受眾一看就懂，一看就喜歡，所謂「一見如故」、「一見鍾情」，其中語言的通俗性起到很大的作用。受眾感到資訊與自己的接近性越高，他對新聞作品的興趣就越大。大眾傳媒中，除了精英階層和中間階層，更多的是弱勢階層。爲了照顧占人口大多數的弱勢階層的利益，媒體即有新聞語言及寫作的的通俗化要求，即便是精英和中間階層的人群，也需要新聞媒體的通俗化要求，雅俗共賞。

4、以鮮活爲美

新聞姓「新」。時效性和新鮮性是新聞的兩大特點。新聞從過去的「過去完成時態」向當今的「現在進行時態」過渡。尤其是在廣播、電視、網際網路以及手機媒體興盛的狀況下，新聞的同步、直播等推進了新聞時態的即時化和「live」即現在進行時的新聞

---

[19] 赫伯特·阿特休爾《權力的媒介》[A]張國良主編.《20世紀傳播學經典文本》[M]上海：復旦大學出版社，2003.1，第一版，p493。

直播化。快，是新聞的生命。快速反應，是新聞媒體從業人員的必備素質。快速是一種動感的美，充滿活力的美。

5、以樸實爲美

「大音稀聲，大巧若拙」。樸實的語言是用詞質樸、平白如畫。 如《科技日報》2000 年 6 月 27 日載《清徐人人盼清如許》中寫道:「清風徐徐，清水徐徐。清徐的老百姓期盼環境清如許。當官的不惜以犧牲環境爲代價換取經濟的發展，換取政績；而老百姓卻要祖祖輩輩、世世代代生活在這裏，他們要求碧水藍天，空氣清新。」文章寫到山西清徐縣的歷史上的美好環境、現今的環境污染問題以及當地政府採取的治理行動。文筆樸實優美。當然，樸實如果走向極端就走向枯燥呆板。這也必須避免的。

6、以優雅爲美

優雅與華麗相似，選用大量的形容詞和比喻、比擬、排比等修辭方式，文辭優美，音節和諧，色彩絢麗，意境高雅。主要用在通訊類作品、反映文教、旅遊、影視娛樂等消息作品中。有時也體現在標題上。《懸泉漢簡研究認爲/2100 年前敦煌也曾山清水秀》「郵驛性質的懸泉置擁有大量馬匹，漢簡記載『每天都有人員出外割草、運水』，可以證明當地水源充足、

水草茂盛。由此可見，當時的敦煌郡（今敦煌市至安西縣）境內也是綠色滿目，一派秀美風光。」（上海《文匯報》2002 年 5 月 8 日）又如，《人有愛心鳥有情/青島呵護生態人鳥同樂》：「雖然已過了海鷗北飛的正常時間，前往青島觀光的遊人卻驚奇地發現，仍有成群結隊的海鷗翱翔在青島灣，戀戀不捨。是什麼原因使得海鷗『樂不思蜀』？答案是 6 年前青島市林業局與青島晚報社聯合發起的『挽留海鷗』行動。」（《人民日報》2000 年 4 月 11 日）陽春白雪與下里巴人同樣爲一些受眾所歡迎。

7、以形象爲美

通過新聞文字描寫形象可感的畫面，給受眾以美感享受。《驚心錢塘潮》「錢塘九溪的大潮 8 日下午三時左右湧到橋邊，遠遠望去，一道白線緩緩推進。/白線到達一橋橋墩時，突然向上翻，最高水位竟然與鐵路橋持平。面前的江水暫態象被抽空一樣，還沒等人反應過來，翻滾的大潮騰空而至，沖過防波堤，迅速向珊瑚沙水閘方向湧去，只聽得砰的一聲巨響，浪竟然躥起達十余米高。岸上的人逃跑不及，被浪頭打倒在地。停在路邊的十多輛汽車被浪頭拋到數米開外，更有一輛飛越了綠化帶而撞上一輛反向行駛的計程車。」（《廣州日報》2002 年 9 月 10 日綜合報導）將錢塘潮的兇猛摹狀得呼之欲出，盡得形象之妙趣。

8、以生動為美

　　所謂生動，是要求將新聞寫活，讓新聞報導富有感染力。首先，越具體就越容易生動；其次寫好人也使稿件生動、鮮活；再次，注意謀篇佈局。《3000「的哥」急尋斷指/短指從遺落到送達醫院只用了半小時》:「本報上海消息 3 月 21 日下午，上海市 3000 輛計程車緊急行動，為一位傷患尋找遺失在計程車上的短指。經過大家的共同努力，最終使這位已經絕望的短指傷患接指成功。/據中央電視臺報導，3 月 21 日中午，松江某汽車配件廠的機床工張棟由於操作不慎，右手食指不幸被機床截斷。同事忙將張棟送醫院搶救，結果忙中出錯，將短指遺落在計程車上。如此一來，醫生無法進行手術。更讓人著急的是計程車的發票也不知弄到哪兒去了。於是同事們經過回憶，根據計程車的顏色撥通了強生公司的服務電話。服務人員一聽這個情況，全體總動員，強生所屬的 3000 輛計程車同時收到調度中心的緊急呼叫，尋找短指。3分鐘後，司機徐貴寶確認傷者是他送進醫院的，立即說服車中的乘客下車，直接駕車趕往傷者所在醫院。就這樣，張棟的短指從遺落到送達醫院，只用了半個小時，沒有延誤手術時間，昨天記者見到張棟，被告知手術十分成功。(《北京晚報》2002 年 3 月 23 日)300 餘字的篇幅中，將 21 日傷者短指、打的失指、醫

生待指、工友和計程車公司尋指以及徐司機送指等過程交代得十分清晰、形象，並告知了接指十分成功的結果（22 日），彌補了時效滯後於電視臺的缺陷（23 日發表），但在文字的形象、可感性方面絲毫不遜色於電視畫面。漢語言文字的魅力和張力在這條短新聞中得到了很好的驗證。

9、以模糊為美

新聞以客觀性為基礎，以真實性為準則，當然重視語言文字的準確性。但是，語言的準確性並不排除語言的模糊性。模糊是自然語言的客觀屬性。從詞的概念上說，詞義越多，含量越大，詞義的外延也就越模糊。新聞報導的客觀事實也存在模糊狀態。因此在進行新聞報導時就不可回避模糊語言。如《北京城告別沉重的糞桶》：（2001 年），「目前，北京市共有 4500 多座公共廁所，全部進行了改造」。（《人民政協報》2001 年 1 月 4 日）類似「多」、「大約」、「將近」、「左右」、「很多」、「很豐富」等，都是模糊語言。語言的準確與否是相對的，沒有絕對的準確；模糊不等於含糊，模糊語言也能做到準確；準確不等於精確，精確語言可以做到準確，模糊語言也可以做到準確。新聞的高度概括需要模糊語言。社會語言學家陳原在《社會語言學》裏所說：「準確性在一種情況下要求更大的精確性，在另一種也可以容忍一定的模糊性。」模

糊語言具有不確定性、不精確性、非量化等特性。使
用模糊的句式、詞語，勢必表現出模糊色彩。從而帶
來模糊美。

10、以音韻為美

中國古典詩歌，從詩經到楚辭、唐詩等，無不重視音
韻美。韻腳的押韻，形成音節的和諧。押韻是詩歌的
要素之一，近體詩押韻的要求很嚴格，一首詩必須一
韻到底；韻腳固定，偶句末一字押韻，首句可以入韻，
也可以不入韻。平仄協調。在新聞作品中也採用一些
押韻、對仗等，但是沒有近體詩那麼嚴格。包括引用
古詩句，如「『接天蓮葉無窮碧，映日荷花別樣紅』。
進入七月份以來，山東微山湖 10 萬畝荷花競放，百
里湖面潑綠流紅。」（1989 年 8 月 2 日《新民晚報》
上《微山湖十萬畝野生荷花溢清芳》）又如新聞標題
《今日輕舟再過小三峽/又聞兩岸猿聲啼不住》，化用
李白「兩岸猿聲啼不住，輕舟已過萬重山」，突出了
四川巫山縣對動植物資源進行的卓有成效的研究和
保護。意境優美，形象生動。

　　此外，還有華麗、細膩、明快、含蓄、莊重、幽
默、豪放、柔婉等多種語言風格美。限於篇幅，本文
就不展開了。

　　新聞語言美還表現為新聞語言修辭美，主要可採
用多種修辭手法：如比喻（如「我覺得我們這代人，

不能象攀枝花靠老樹枝炫耀自己」)、比擬（「山走了」，土浪「翻騰號叫」，老柳樹「站立著 」，都有擬人的意味）、借代(「他對這裏的一山一水、一草一木，都含有深厚的感情」)、誇張（在煤礦「簡直走進了煤的海洋」）、雙關（京劇舞臺上的「洋貴妃」/美國留學生魏莉莎主演《貴妃醉酒》)、反語、對偶（「謠言腿短/真理氣壯」）、反復（「有多少人、多少人啊，他們日日夜夜思念著北京，思念著全世界矚目的地方」）、頂真（「撫順大地哺育過雷鋒，雷鋒是撫順人的驕傲」）、排比（「說老實話、辦老實事、做老實人，是我們的一貫要求。」）、映襯、回環（「人若負田田負人，人若養田田養人」）等。

總之，新聞作品的形式與新聞內容是密切結合的，兩者相輔相成。光有形式的美或正確而缺少了內容的美或真實，新聞作品的表現可能就導致虛假或失實。只有當新聞作品的形式與內容達到有機、合理、科學、準確、優美的結合時，新聞作品才是真實、準確、優美的。

論「知覺」與「心覺」之呼應

――主要以「知覺轉換」章法切入作考察

仇小屏

國立成功大學中文系副教授

摘要：

　　本論文關注知覺與心覺的呼應，而要處理這個課題，必先廓清感覺、知覺與心覺的聯繫與區別；然後主要藉由知覺轉換法，就新詩作品進行實際批評，並區分為兩大類：「先『知覺』後『心覺』者」、「先『心覺』後『知覺』者」來考察；對象現作較為精準的掌握後，方可進於美感之探討，而且可以從兩個方向來掌握：知覺與心覺之呼應，以及知覺、心覺與主旨之呼應，此二者都形成了虛實呼應，並且這兩種層次的虛實呼應，在篇中、篇外交流溝通，美感層層生發，形成「虛實相生」的不絕美感。

關鍵詞：知覺轉換法、知覺、心覺、感覺、主旨、虛實、新詩

一、前言

　　劉勰《文心雕龍・物色》即指出：「詩人感物，聯類不窮。流連萬象之際，沉吟視聽之區，寫氣圖貌，既隨物以宛轉，屬采附聲，亦與心而徘徊。」其中「既隨物以宛轉」、「亦與心而徘徊」分別標舉出物理境與心理場，童慶炳《中國古代心理詩學與美學》針對此指出：「劉勰提出的『隨物以宛轉』到『與心而徘徊』，其旨義是詩人在創作中要從對外在世界物貌的隨順體察，到對內心世界情感印象步步深入的開掘，正是體現了由物理境深入心理場的心理活動規律。」[1]因此，發而爲詩時，「物理境」就呈現爲知覺的描寫，「心理場」就呈現爲心覺的描寫。章法中有所謂的「知覺轉換」法，剛好可以針對描寫知覺的現象來分析，此種章法的定義爲：「知覺轉換法便是以節段的篇幅去描摹不只一種的知覺，藉此可以更多面地展現創作者對大千世界的認識。」[2]不過，「心覺」並未包括在其中。

---

[1] 見童慶炳《中國古代心理詩學與美學》（台北：萬卷樓圖書股份有限公司，1984.8 初版）頁 5。

[2] 見拙著《篇章結構類型論》增修版（台北：萬卷樓圖書股份有限公司，2000.2 初版，2005.7 再版）頁 150。另外修辭格中有摹寫格（或稱摹況、摹狀），黃慶萱《修辭學》（台北：三民書局股份有限公司，1975.1 初版一刷，2002.10 增訂三版一刷）爲其所下的定義爲：「對自己感受到的各種境況和情況，特別是其中的聲音、色彩、形狀、氣味、觸感等，恰如其實地加以形容描述，叫做『摹況』。」頁 67，並分成視覺、聽覺、嗅覺、味覺、觸覺、綜合的摹寫來談，頁 76-85，還強調「僅可能作綜合的摹寫」頁 87；如果著眼在知覺與知覺的聯繫上，那就是材料的組織了，可以和知覺轉換法相互參看。

因此本論文以知覺轉換法爲主要切入的工具，並且結合
對心覺的認識，企圖考察知覺與心覺呼應的原理、現象及其
美感；而且爲了配合個人的研究取向，特鎖定新詩爲考察對
象，且聚焦於「篇」結構，以期在知覺與心覺之上，還能進
一層地探索到一篇主旨。

二、感覺、知覺與心覺

感覺、知覺與心覺之間關聯密切，但又各各不同，有著
層次上的區別，因此需要做個清楚的說明。

彭聃齡主編《普通心理學》說：「外部感覺接受外部世
界的刺激並反映它們的屬性，這類感覺稱外部感覺。如視
覺、聽覺、嗅覺、味覺、皮膚感覺等。」[3]因爲人具有視、聽、
嗅、味、膚[4]五種感覺，所以才能捕捉外在世界的訊息。「知
覺」則是在「感覺」的基礎上，再往上提升、抽繹而產生的，
關於此點，張春興《現代心理學》一言以蔽之：「感覺與知
覺相比，前者是從生理歷程到心理歷程的開端，而後者則
全屬心理歷程。」[5]張氏針對此補充說道：「只覺察到刺激的

---

[3] 見彭聃齡《普通心理學》（北京：北京師範大學出版社，2001.5 二
版，2003.1 十五刷）頁 176。
[4] 「膚覺」一般多稱爲「觸覺」，然而正如張春興《現代心理學》（上
海：上海人民出版社，1994.5 一版，2004.11 二十一刷）所言：「膚
覺又可分爲觸覺、痛覺、溫覺、冷覺等多種。」頁 81，因此不宜
稱爲「觸覺」，應以「膚覺」較爲恰當。
[5] 見張春興《現代心理學》頁 117。

存在，並立即分辨出刺激的各別屬性。在心理學上，稱此一層次為感覺（sensation）。較為複雜的另一個層次是，不僅覺察到刺激的存在及其重要屬性，而且知道該刺激所代表的意義。在心理學上，稱此一層次為知覺（perception）。顯然，感覺與知覺之間是連續的，後者是以前者為基礎的；前者是以生理作用為基礎的簡單心理歷程，而後者則純屬複雜的心理歷程；前者是普遍現象（眼睛正常者均有視覺），而後者則有很大的個別差異，不同的人對所覺察到的相同刺激，可能在知覺上有極大的差異。」[6]因此表現在文學作品中的，顯然已非簡單的「感覺」而已了，應該以「知覺」來認定較為合適。

　　不過，與內在情志關係更密切的，那就是「心覺」了。關於心覺與其他知覺的區別，可以引用黃麗貞《實用修辭學》中的說法：「這種直訴於內在心靈的感覺的手法，可以稱為『心覺』；與其他訴諸外在形體感官的視、聽、嗅、味、觸五覺並列。」[7]這種說法區別出心覺與知覺的不同，不過還須

---

[6] 見張春興《現代心理學》頁 80。

[7] 見黃麗貞《實用修辭學》（台北：國家出版社，1999.3 初版一刷）頁 158。關於心覺，也可以引用王玨《現代漢語名詞研究》（上海：華東師範大學出版社，2001.1 一版一刷）對於「抽象名詞」的看法作為旁證：「抽象名詞和一般名詞有很大不同，它們的所指不是人或事物等可視可觸的東西，而是看不見摸不著的概念，是人們對客觀世界認識的過程或結果在人們頭腦中的反映。」頁 140。此外，朱國能《文學概論》（台北市：里仁書局，2003.9 初版）談到「感覺的要素」時，引用佛家說法，認為人有眼、耳、鼻、舌、身、意，佛家稱之為「六根」，「六根」包括了生理上（前五項）與心理上（意）的功能，當與外界接觸時，因對應而有識別，因識別而有各種不同

商榷的是：感官上的知覺匯聚於知覺主體，會引起心覺是理所當然的，因此知覺與心覺有本末、先後的區別也是理所當然的，所以認爲心覺與知覺「並列」，可能並不適當；由此出發還可探討一個問題：因爲心覺與前面所提及的五種知覺關聯相當密切，因此向來有人稱之爲「第六知覺」，但是此二者的差別相當明顯，如果稱之爲第六知覺，容易與前五種知覺混淆，產生處於平列地位的錯覺，並不恰當，所以稱爲心覺應該是比較合適的。

三、知覺與心覺呼應現象之分析

由知覺轉換法切入，可以分析出新詩中知覺運用的情形，藉此可清晰地區別出知覺與心覺，更重要的，是可以從中看出知覺與心覺是如何相呼相應的。在知覺與心覺呼應現象之分析中，還可區別爲兩大類：「先『知覺』後『心覺』者」，以及「先『心覺』後『知覺』者」，前者符合一般構思、寫作的通則，因此例證較多，共舉十一例，後者則較少見，目前僅得兩例。

（一）先「知覺」後「心覺」者

的反應與效果，可列述如下：「眼－色：眼觀物象形態」、「耳－聲：耳聽聲音大小」、「鼻－香：鼻嗅味道香臭」、「舌－味：舌嘗鹹酸甜苦」、「身－觸：身觸外物本質」、「意－法：心識分別現象」（頁128）關於「六根」的分別，可以與知覺、心覺的說法參看。

在此部分中，以單一知覺與心覺結合者較多，呈現於前，而且其中「先視覺後心覺」者最爲常見，其他尚有聽覺、嗅覺與心覺結合者；至於兩種以上知覺與心覺結合者較爲少見，目前僅得兩例。

1、單一知覺與心覺結合者

其下即舉例證明：

其一爲冰心〈春水－－六五〉：

> 只是一顆星罷了！
>> 在無邊的黑暗裡
>> 已寫盡了宇宙的寂寞。

其結構分析表如下：

```
┌ 視（因）┌ 圖：「只是一顆星罷了」
│         └ 底：「在無邊的黑暗裡」
└ 心（果）：「已寫盡了宇宙的寂寞」
```

此詩後兩句承前省略主語，補足後應爲「（一顆星）在無邊的黑暗裡\（一顆星）已寫盡了宇宙的寂寞」，因此三行就是三句。作者一開始就從視覺出發，圈定星兒來描寫：「只是一顆星罷了！\在無邊的黑暗裡」，前一句是焦點（圖），後一句是背景（底），在無邊黑暗的烘托下，這顆星兒閃爍著微光，彷彿有著無限的寂寞。因此順勢帶出最後一句的感喟：「已寫盡了宇宙的寂寞」，在浩瀚無垠的靜寂宇宙中，微

微的星光擴散著，寂寞也擴散著，此處已經提升至心覺了的
層次了。

其二為郭沫若〈夕暮〉：

> 一群白色的綿羊，
> 團團睡在天上，
> 四圍蒼老的荒山，
> 好像瘦獅一樣。

> 昂頭望著天，
> 我替羊兒危險，
> 牧羊的人喲，
> 你為什麼不見？

其結構分析表如下：

```
┌ 視（因）┌ 小：「一群白色的綿羊」二行
│         └ 大：「四圍蒼老的荒山」二行
└ 心（果）┌ 果：「昂頭望著天」二行
          └ 因：「牧羊的人喲」二行
```

　　此詩前幅描寫遠眺所見，作者先寫小處的浮雲，並且譬
為「一群白色的綿羊」，而四週的荒山，順理成章地被譬為
「瘦獅」，因著這樣的譬喻，這幅荒山雲影之景引起了作者
無限的感嘆，所以過渡到下幅的心覺。作者先寫結果：「昂
頭望著天，\我替羊兒危險，」，次寫原因：「牧羊的人喲，\

你爲什麼不見？」余海章在《中國新詩詩藝品鑑》中，針對
此詩評道：「這首詩有隱顯兩個層次。從表層看，這是一首
寫景的詩，以綿羊暗喻天上的雲，以瘦獅明喻地上的荒山。
從深層意蘊看，這首詩又象徵著當時國家民族危亡的形勢和
詩人的隱憂。……詩人寄希望於救國救民的英雄出現，像牧
羊的人解除羊兒的危險一樣，解除國家的危險。」[8]這首詩頗
有凜然霸氣，但是如果要解釋這股霸氣的由來，那麼就一定
要從視覺到心覺，進而深入探求到它深層的意旨，才能夠作
充分的瞭解。

其三爲夐虹〈河彎〉

> 只知是在溪頭和台北之間
>
> 安靜寬廣的河流慢慢流
>
> 蘆荻自綠在兩岸
>
> 柔美的河彎哪
>
> 沒有行人也沒有建築
>
> 夕陽把天庭的安靜
>
> 用暈紅和淡黃的色調說出來
>
> 我沒有及時記下這荒僻的河岸
>
> 靠近的是那一村那一站
>
> 因此再也無法去尋找

其結構分析表如下：

---

[8] 見周金聲主編《中國新詩詩藝品鑑》（武漢市：湖北教育出版社，
1999.10 一版一刷）頁 585。

```
┌ 視（因）┌ 低：「只知是在溪頭和台北之間」五行
│        └ 高：「夕陽把天庭的安靜」二行
└ 心（果）┌ 因：「我沒有及時記下這荒僻的河岸」二行
         └ 果：「因此再也無法去尋找」
```

　　此詩前七行爲寫景，作者從視覺出發，「由低而高」地
描繪出一個黃昏的河彎，張默《小詩選讀》說道：「一開頭
她借溪頭、台北之間的河流爲引子，穿插蘆荻、夕陽、空曠
的天庭，任她一筆一筆地抒寫，把讀者帶進一個靜靜柔美的
畫面。」[9]那種徐緩的調子，實在是非常吸引人哪！接下來就
過渡到心覺的部分，因爲「我沒有及時記下這荒僻的河岸＼
靠近的是那一村那一站」，所以「因此再也無法去尋找」，唉！
畢竟是無法尋找啊！從陶淵明的〈桃花源〉以降，這幾乎已
經是一條定律了，失去才能保持純粹嗎？作者對此不禁發出
小小的喟嘆。

　　其四爲朱文〈1970 年的一家〉：

> 父親是多麼有力。肩上馱著弟弟
> 背上背著我，雙手抱著生病的姊姊
> 十里長的灌溉河堤，只有父親
> 在走。灰色的天空被撕開一條口子
> 遠在閩南的母親，像光線落下
> 照在父親的前額

---

[9] 見張默《小詩選讀》（台北市：爾雅出版社有限公司，1987.5 初版，
　　1994.9 四印）頁 157。

　　　逆著河流的方向。我感到
　　　父親走得越快，水流得越急

其結構分析表如下：

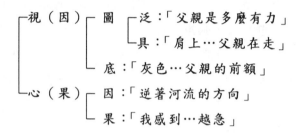

　　題目爲〈1970 年的一家〉，因此作者以父親爲中心，在詩篇中帶出了一家人。詩篇前幅都由視覺出發來描寫，作者先泛寫父親是有力的，然後以具體的事件來描述：「肩上馱著弟弟\背上背著我，雙手抱著生病的姊姊\十里長的灌溉河堤，只有父親\在走」，此時父親、弟弟、我、姊姊都出現了，此爲焦點（圖）；可是母親呢？作者藉著寫景，不僅巧妙地帶出了母親，也成了最好的背景（底）：「灰色的天空被撕開一條口子\遠在閩南的母親，像光線落下\照在父親的前額」，遠方溫柔的母親呀，她像光線，照亮了父親，

　　順此發展，在詩篇後幅，作者寫道：因爲父親「逆著河流的方向」，所以「我感到\父親走得越快，水流得越急」，伏在父親背上，感覺到父親越走越快，往下望，水流得越來越急，這個印象深深地刻在作者的心版上。此節抒寫心覺，情

感已隱伏在其中；1970 年，對作者的家庭來說，大概是不安的一年吧，因此整首詩以灰色爲背景，可是卻有雲縫中漏出的光線，溫暖了全詩。所以 1970 年的一家，以父親爲中心，是緊密地結合在一起的。

其五爲張洪波〈秋收〉（外一首）：

> 莊稼倒了的時候
> 秋天也就站不穩了
>
> 季節老了
> 皮膚有許多雜亂的紋路
> 眼看著搖搖晃晃的馬車遠去
> 心情難以描述

其結構分析表如下：

```
┌ 視（因）┌ 天：「莊稼倒了的時候」三行
│         └ 人┌ 靜：「皮膚有許多雜亂的紋路」
│             └ 動：「眼看著搖搖晃晃的馬車遠去」
└ 心（果）：「心情難以描述」
```

此詩所欲傳達的是最後一句：「心情難以描述」，但是這種難以描述的心情又如何能爲讀者所領略呢？作者選取了三個「視覺之景」作爲媒介，首先是天然景：「莊稼倒了的時候\秋天也就站不穩了\季節老了」，其次是分別爲靜、動的兩個人事景：「皮膚有許多雜亂的紋路」、「搖搖晃晃的馬車

遠去」，細細品味這三個景象，一種蕭瑟之感油然而生，這不就是作者所欲言宣、但是卻又難以描述的心情嗎？

其六為阿信〈雪地〉：

> 雪地上已有踐踏的痕跡。是誰
> 比我更早來到了高地？比我更盲目
> 在一片茫茫中，把自己交給荒原
> 而沒有準備返回的路

其結構分析表如下：

```
┌視（因）：「雪地上已有踐踏的痕跡」
└心（果）┬淺：「是誰…高地」
         └深：「比我…返回的路」
```

此詩是從一個清冷異常的視覺景象開始的：「雪地上已有踐踏的痕跡」，「雪」是高潔的，然而「雪」也是冰冷的，因此由這個景象，引起了作者的心覺，並且「由淺而深」地將這心覺推衍開來：「是誰\比我更早來到了高地？」高地酷冷，誰如同我一般來到高地，追求的又是什麼呢？接著作者深深地感嘆道：「比我更盲目\在一片茫茫中，把自己交給荒原\而沒有準備返回的路」，感慨良多啊！「雪」的高潔與冰冷，引人嚮往然而又嚴酷異常，對「雪」的追求，注定是沒有「返回的路」呀！

其七為聞一多〈聞一多先生的書桌〉：

忽然一切的靜物都講話了，

　　忽然間書桌上怨聲沸騰：

墨盒呻吟道：「我渴得要死！」

　　字典喊雨水漬濕了他的背；

信箋忙叫道彎痛了他的腰；

　　鋼筆說煙灰閉塞了他的嘴，

毛筆講火柴燒禿了他的鬚，

　　鉛筆抱怨牙刷壓了他的腿，

香爐咕嚕著：「這些野蠻的書

　　早晚定規要把你擠倒了！」

大鋼表嘆息快睡鏽了骨頭；

　　「風來了！風來了！」稿紙都叫了；

筆洗說他分明是盛水的，

　　怎麼吃得慣臭辣的雪茄灰；

桌子怨一年洗不上兩回澡，

　　墨水壺說：「我兩天給你洗一回。」

「什麼主人？誰是我們的主人？」

　　一切的靜物都同聲罵道，

「生活若果是這般的狼狽，

　　倒還不如沒有生活的好！」

主人咬著煙斗迷迷的笑，

「一切的眾生各安其位。

我何曾有意的糟蹋你們，

秩序不在我的能力之內。」

其結構分析表如下：

```
┌ 聽（因）┬ 凡：「忽然一切的靜物都講話了」二行
│        └ 目 ┬ 因：「墨盒呻吟道：『我渴得要死！』」十四行
│             └ 果：「什麼主人？誰是我們的主人？」四行
└ 心（果）：「主人咬著煙斗迷迷的笑」四行
```

　　全詩共分四節。前三節中出現的物件相當繁多，因此作者在一開始就用「一切的靜物」先來作個總括提起（凡），而且其中出現「講話」、「怨聲沸騰」，所以底下條分的部分（目），就是用對話的方式串起來的；整個說來，此三節是用「先凡後目」的方式來組織的。而「目」的部份共有十八行，又形成了「先因後果」的結構：眾物件的抱怨內容是「因」，抱怨之後乾脆開罵則是「果」。不過前三節所寫的全都屬於「聽覺所得」，最後一節則是藉著主人之口來闡發「心覺」，強調物盡其用才是適得其所，這是全詩的重心所在[10]。

---

[10] 可參見陳義芝《不盡長江滾滾來──中國新詩選注》之賞析：「這是一首生動有趣的詩，乍看寫書桌上的文物，實則要表現的是聞一多的書齋生活，和他孜孜矻矻做研究的精神情態。算是一種側寫法吧。由於採用『擬人化』演出方式，故又帶著十足的戲劇味。參與經營情境的物件有墨盒、字典、信箋、鋼筆、毛筆、鉛筆、稿紙、筆洗等，全是讀書人才用得著的。至於香爐，薰香所用；煙斗，助興文思之物；大鋼錶嘆息快睡鏽了骨頭，反襯出主人的廢寢忘食。

其八爲方莘〈開著門的電話亭〉：

　　　　　　一個孤獨少年說：
　　他的笑聲是一把閃亮閃亮的銀角子
　　撒得滿地叮噹叮噹作響。
　　而我不是一座開著門的電話亭
　　唉，根本不是——

　　就連小小的小小的一枚企望
　　都不能投入。

其結構分析表如下：

```
┌聽（因）：「一個孤獨少年說」三行
└心（果）┬因：「而我不是一座開著門的電話亭」二行
        └果：「就連小小的小小的一枚企望」二行
```

　　這一則小小的詩篇，寫的是孤獨男孩的單戀。作者先由聽覺入手，藉著摹繪笑聲（叮噹作響的銀角子），勾勒出一幅明麗少女的剪影；而且這是從「孤獨少年」的口中道出的，其實也就從側面輕輕地點出少年心中的戀慕。隨後過渡至

詩中選用這些『形象』，全是有意的，都經過作者一番匠心運作，絕非隨手亂抓、拿來就用。……他所關切的是研究成果，所有的文物如何供他充分利用，而非供他整齊擺設。最後一節主人咬著煙斗瞇瞇的笑著說的話，說明學者（聞一多）安撫眾生的方法是使其適得其所、物盡其用；如只是將它們當裝飾品，反而糟蹋了它們。」頁 59。

「心覺」，抒寫少年心中種種的糾結與憧憬。其中，「開著門的電話亭」可以接納任何人來使用、通話，意味著人與人之間能夠溝通交流，但是少年自云「我根本不是」，表示他不像一座開著門的電話亭般，容易與人交往，這樣就導致一個嚴重的後果——關上門的電話亭無法投幣通話，就好像關上心門的少年無法與少女溝通交往，所以作者在最末一節說：「就連小小的小小的一枚企望\都不能投入」，企望無著，少年的孤獨可說是其來有自了。

其九為朱自清〈春〉：

> 「聞著梅花香麼？——」
> 徜徉在山光水色中的我們，
> 陡然都默契著了。

其結構分析表如下：

```
┌ 嗅（因）：「聞著梅花香麼」
└ 心（果）：「徜徉在山光水色中的我們」二行
```

「聞著梅花香麼？——」，多麼親切的一個問句。因為梅花在初春綻放，可說是「春」的報信使，所以從這個問句中，宛然可以想見一片自然好景；不只如此，心理學的知識告訴我們：在各種知覺中，嗅覺是最容易引發人們回憶的。因此此詩是從嗅覺開始引動，然後深化到心覺，於是發展出這樣的詩句：「徜徉在山光水色中的我們，\陡然都默契著了。」「默契」一語所涵泳的時空是較為綿長的，由當下的一個定

點開始發想,回憶在時間之流中波波湧動,剎時間心頭就騰湧著種種關於「春」的記憶與感受。那種悠然的況味,是非常吸引人的哪!

2、兩種以上知覺與心覺結合者

其一為李金髮〈律〉:

> 月兒裝上面幙,
>
> 桐葉帶了愁容,
>
> 我張耳細聽,
>
> 知道來的是秋天。
>
> 樹兒這樣消瘦,
>
> 你以為是我攀折了
>
> 你的葉子麼?

其結構分析表如下:

```
┌─平提┬─目(視)┬─月:「月兒裝上面幙」
│    │        └─桐:「桐葉帶了愁容」
│    └─凡(聽):「我張耳細聽」二行
└─側注(桐、心)┬─實:「樹兒這樣消瘦」
              └─虛:「你以為是我攀折了」二行
```

此詩運用了新詩中罕見的「先平提、後側注」的結構。作者先在首節敘寫月兒的朦朧和桐葉的枯萎,然後用「我張

耳細聽\知道來的是秋天」二行加以統攝，而且前二行是以視覺來捕捉，但是後二行卻是用聽覺來收攝，爲此詩增添了許多聲色。第二節捨棄了月兒，只承接前面的桐葉來發展，因此首節是「平提」月與桐，次節則是「側注」在桐葉上面；從「樹兒這樣消瘦」一行，我們得知桐葉已經凋落，不過新奇的是其後的設想：「你以爲是我攀折了\你的葉子麼」，真是出人意料之外的問題，引人玄想，這已經是心覺了。

題目定名爲〈律〉，所指的應是大自然的規律，就此詩而言，特別是指萬物到秋天即凋零的規律而言，既然是規律，那就是無可改變，只能全盤接受的；然而儘管非接受不可，但是人面對這種凋零也難免心有所感，這就是所謂的「秋心」，歐陽修〈秋聲賦〉即對此有過精釆的描寫，作者的心思也是一樣的，領略秋的凋零，卻又忍不住感嘆秋的凋零，這種感嘆就化作了最後的問句：「你以爲是我攀折了\你的葉子麼」？當然不是的，那是「律」呀！

其二爲田桑〈雪地上的烏鴉〉：

雪地上的烏鴉

呵，多麼耀眼！

雪地上的一粒小黑點

天地間唯一的亮光。

它的美打亂了凝視的規則

使萬物凸現它們一向深藏不露的

最高秩序。

> 我不敢讚美，
>
> 不敢咳嗽，甚至不敢呼吸。
>
> 唯恐一出聲就驚擾了
>
> 這平衡的大寧靜。

其結構分析表如下：

```
┌ 因 ┌ 視（因）：「雪地上的烏鴉」四行
│    └ 心（果）：「它的美打亂了凝視的規則」三行
└ 果 ┌ 聽（因）：「我不敢讚美，」二行
     └ 心（果）：「唯恐一出聲就驚擾了」二行
```

　　首節前四行，從眼前所見的雪地上一小粒烏鴉寫起，而且原本是「黑點」，卻反成「天地間唯一的亮光」，從而引發作者心中的玄想：「它的美打亂了凝視的規則\使萬物凸現它們一向深藏不露的\最高秩序。」此節詩篇的佈局是「由視而心」的；而且也因此節，帶出第二節的發展，所以一、二節之間形成了「先因後果」的關係。第二節前兩行從聽覺出發來寫，而且特別的是，所捕捉的是聽覺中的無聲之美：「我不敢讚美，\不敢咳嗽，甚至不敢呼吸。\」更因此而引發出心覺：「唯恐一出聲就驚擾了\這平衡的大寧靜。\」所以此節的佈局是「由聽而心」的。

　　作者聯合了視覺、聽覺，來寫一片寂靜中的雪地上的烏鴉，並在「心覺」的部分表露出：這雪地上的烏鴉所彰顯出

的美的規律，是多麼沁人心脾啊！

（二）先「心覺」後「知覺」者

其一為沈志方〈給時間〉：

> 當我驚醒
> 當年輕的夢被午夜驚醒
> 被及胸的風
> 與花與雪與月
> 驚醒
>
>
> 白髮，我聽到你一根
> 又一根裂膚而出的聲音

其結構分析表如下：

```
┌ 心（因）┬ 點：「當我驚醒」
│         └ 染：「當年輕的夢被午夜驚醒」四行
└ 聽（果）：「白髮，我聽到你一根」二行
```

詩篇一開始從「心覺」入手，先藉著「當我驚醒」一句，「點」出「驚醒」，然就再就此來「染」。所以作者接著寫道：「當年輕的夢被午夜驚醒\被及胸的風\與花與雪與月\驚醒」，這四句中最引人注目的，當屬「年輕的夢」被「午夜」和「及胸的風花雪月」驚醒。夢還年輕？抑或是只有在夢中才能年輕？可是儘管如此，它還是被驚醒了；「被午夜驚醒」

敘說的是午夜時分、萬籟俱寂，然而唯我驚醒；至於「被及胸的風\與花與雪與月\驚醒」，顯然寄託了作者對時間的驚心感受，張默《小詩選讀》說道：「詩人自節令現象中，抽出『風、花、雪、月』，借以形容它的前進的步履，誠然一語雙關，當它悄然隱逝，吾人在不知不覺中一驚，這麼著，一個下午就過去了，……甚至一生一世就這麼無聲無息的過去了。」[11]

第二節轉為用「耳」捕捉時間，時間的聲音又是怎麼樣的呢？「白髮，我聽到你一根\又一根裂膚而出的聲音」，這樣的寫法未免予人「超現實」的奇詭感受，因為髮是從髮根抽長，怎能說是「裂膚而出」呢？而且這種抽長是緩慢無聲的，怎麼可能為人所聽聞呢？可是這種「不可置信」之感正是作者所要的，因為這樣才能淋漓盡致地表達出「白髮」帶給作者的巨大衝擊。

從全篇看來，有第一節的「驚醒」，才有第二節的「聽見」，所以彼此之間是形成「先因後果」的關係；然而不管是「因」還是「果」，所透顯的都是「時不我予」的驚心感受，所謂「時不我予」，是時間留給人最驚心的喟嘆，此詩就是捕捉住這一點，來為時間下個驚嘆號。年光有限而夢想無窮，這其間的巨大衝突，向來是無解的啊！

其二為蕭蕭〈白楊〉：

惹人發慌的

---

[11] 見張默《小詩選讀》頁 232。

就是那些，那些迎風的白楊

一排

比一排

悠

閒

其結構分析表如下：

```
┌─心（果）┬─ 點：「惹人發慌的」
│         └─ 染：「就是那些，那些迎風的白楊」
└─視（因）：「一排」四行
```

　　此詩從「發慌」點起，然後寫出原來是迎風的白楊所引起的，形成了「先點後染」的結構，而且此二行抒發「心覺」，是結果；後面四行承前省略主語：「那些迎風的白楊」，出現一個視覺之景，這才點出原因：「一排\比一排\悠\閒」，「一排\比一排」用作狀語，可以加強加強「悠閒」，作者還特意將它割截成兩行，讓形象更是鮮明，當然效果也就越發明顯了，而且「悠」、「閒」兩字被獨立成兩行，顯然是意欲藉著音節的拉長，讓悠閒之感流溢漫衍。因此就作者來說，那些白楊「惹人發慌」，但就白楊本身來說，卻是「悠閒」的，白楊的悠閒為何會引起作者的慌亂呢？此時再回過頭去玩索篇首出現的心覺，那就更富趣味了。

四、知覺與心覺呼應之美感

知覺與心覺呼應之美感，可以從兩個方向來掌握：知覺
與心覺之呼應，以及知覺、心覺與主旨之呼應。知覺與心覺
比較起來，知覺偏向「實」，心覺偏向「虛」，因此這是是第
一個層次的虛實呼應；但是知覺、心覺與主旨比較起來，知
覺、心覺又偏向「虛」，主旨偏向「實」，因此這是第二個層
次的虛實呼應；這兩種層次的虛實呼應，在篇中、篇外交流
溝通，美感層層生發，形成「虛實相生」的不絕美感。

（一）虛實呼應之一

在處理知覺與心覺的呼應之前，宜先對知覺的表現作一
檢討。從前面所賞析的例證中，可以發現一個事實：那就是
視、聽兩種知覺出現的頻率最高，而且兩者之間也常常相輔
相成；揆諸心理學的事實，這樣的情況是理所當然的，因為
視覺和聽覺在五種知覺中，獲取的信息量最大，與美的關係
也最緊密，因此地位也最為重要，所以特稱為「高等感覺」
或「美的感覺」[12]，不過張法《中西美學與文化精神》也強
調道：「在中國的審美感官中，五官一直沒有高低之分。只
是在自然和藝術中，口舌的用武之地不多了，但只要對象有

---

[12] 參見陳望道《美學概論》（台北市：文鏡文化事業公司，**1984.12** 重
排出版）頁 **30-31**。邱明正《審美心理學》（上海：復旦大學出版社，
1993.4 一版一刷）頁 **147**。

這一面，用得上，**就會用上**。」[13]因此其他知覺的運用也可能出現在詩篇中（不過本論文中僅得一例，即朱自清〈春〉）。而且儘管知覺所得只是**素材**而已，還需經過進一步的藝術加工，但是這是**最基礎**的，重要性不可小覷，所以劉兆吉主編《文藝心理學綱要》即說道：「在文藝鑑賞和創作過程中，表象起著重要作用。表象是當前沒有作用於感覺器官的對象和現象在頭腦裡產生的映象，它是對過去的感知覺進行加工和概括的結果。……藝術表象的鮮明性和豐富性是以感知覺的鮮明性和豐富性為前提的。」[14]

不管是對哪一種或多種知覺的描寫，都很自然地會與心覺聯繫起來，因為正如劉兆吉主編《文藝心理學綱要》所言：感覺與情緒相聯繫[15]，金開誠《文藝心理學概論》也說：「在人的實際心理活動過程中，感覺、知覺的產生往往又引起其他心理活動，如回憶、聯想、想像、思維等，與此相應也就必然引起情感活動的變化和深入。」[16]所以知覺、心覺相伴生發，是理所當然的。而且知覺與心覺相聯繫、相呼應時，很顯然地，知覺因為偏具象，所以屬性為「實」，心覺因為偏抽象，所以屬性為「虛」。張少康《中國古代文學創作論》

---

[13] 見張法《中西美學與文化精神》（台北市：淑馨出版社，**1998.10** 初版一刷）頁 **312**。

[14] 見劉兆吉主編《文藝心理學綱要》（重慶：西南師範大學出版社，1992.7）頁 35。

[15] 見劉兆吉主編《文藝心理學綱要》頁 34。

[16] 見金開誠《文藝心理學概論》（北京：人民文學出版社，1987.9 一版一刷）頁 181。

總結指出虛和實的關係在我國古代文藝理論中有三種不同的含義，其中比較切合知覺與心覺的呼應者，應爲第一種說法：「是指藝術形象塑造中的實的部分和虛的部分，亦即藝術形象中的具體的有形的描寫和由它所引起的聯想所構成的虛的無形的部分。」[17]李元洛《詩美學》也認爲：「實，就是詩人對生活具體而真實的形象描繪，及形象的直接性；虛，即留給讀者的聯想與想像的再創造空間，及形象的間接性。」[18]

　　因此知覺與心覺相呼相應是必然且顯然的，而且呼應之密切，特別會表現出鮮明的因果關係，這是值得注意的。揆諸前面所引的詩例，在形成「先知覺和後心覺」結構的詩例中，幾乎都形成有先因後果的關係，「先心覺後知覺」者只有兩例，分別呈現「先因後果」、「先果後因」的結構（因果邏輯以輔助結構標明在其中）。之所以會如此，除了陳師滿銘所提及的因果邏輯具有母性外[19]，還因爲知覺與心覺呼應實爲密切，所以才會呈現如此的現象。

（二）虛實呼應之二

---

[17] 見張少康《中國古代文學創作論》（台北：文史哲出版社，1991.6 初版）頁 229。其他兩種說法爲：「二、是指虛構和真實的關係，亦即我們前面已經說過的假與真的關係。三、是指文學作品（主要是詩詞）中的虛字和實字所起的不同作用。」頁 229。

[18] 見李元洛《詩美學》（台北：東大圖書股份有限公司，1990.2 初版）頁 257。

[19] 見陳師滿銘〈論「因果」章法的母性〉（臺北：《國文天地》18 卷 7 期，2002 年 12 月），頁 94-101。

　　知覺、心覺在篇中的呈現都是詩篇的內容材料，統合起來會指向內容的核心－－篇外的主旨。關於主旨，陳師滿銘《章法學綜論》認為內容結構的核心成份，即一篇之主旨，它安排在篇內時，都以情語或理語來呈現，既可置於篇首，也可置於篇腹，更可置於篇末；如果主旨未安置於篇內，那就要從篇外去尋找[20]。

　　探討到這裡，就必須釐清一個問題：心覺與主旨的差別何在？與知覺比較起來，心覺與主旨的關聯當然是更緊密的，因為正如同前面所論述的，知覺因為偏具象，所以屬性為「實」，心覺因為偏抽象，所以屬性為「虛」，從抽象的心覺中抽繹出更為凝聚的情意、理念，其性質更虛、更為核心、更為精確，那就是主旨；就以前面所舉的詩例來說，心覺大體上都無法直接等同主旨，主旨須從篇外領略，譬如朱文〈1970 年的一家〉，心覺的部分寫了作者俯視流水的心情，但並未明點出作者對父親的信賴，而親情才是本詩的主旨，次如方莘〈開著門的電話亭〉在心覺中寫出孤獨少年企望無著，但是青春期單戀的焦躁與苦澀才是主旨，又如沈志方〈給時間〉，在心覺中表明對時光流逝的敏感，但是「時不我予」的痛悔才是核心情意。由此可見，心覺與主旨還是有著些許差別，但是兩者之間聯繫緊密、無法割截，也是不可否認的；也因為如此，心覺與主旨必然是相呼相應的，而心覺又聯繫起更偏於實的知覺，如此一來，知覺、心覺與主旨所形成的

---

[20] 參見陳師滿銘《章法學綜論》（台北：萬卷樓圖書有限公司，2003.6 初版）頁 108-109。

自然也是虛實呼應的美感。

　　知覺、心覺與主旨間是相呼相應的，而且相比起來，知覺、心覺又偏向實，主旨又偏向虛，知覺、心覺與主旨的呼應，所造成的也是虛實呼應的美感。張法《中西美學與文化精神》中的一段話，可爲此作爲印證：「五官之能相等，又在於五官都要通向心氣，應目會心，而耳入心，因味尋韻。由五官通向心氣的過程同時也是五官接觸事物後進而體會其神韻的過程。……心氣層在主體方面也可以開展爲多：神、情、意。……由五官到心氣，在心氣中獲得內在統一，這就是中國美感主體構成的心氣五官動力結構。」[21]張法這段話可區別爲三個進程：「五官→心氣→神、情、意」，與本論文「知覺→心覺→主旨」的聯繫與區別若合幅節。

（三）虛實相生

　　前面所論述的兩種層次的虛實呼應美感，都是生生不息的，這可以用「化實爲虛」、「化虛爲實」、「虛實相生」三個進程來總結。

　　曾祖蔭《中國古代文藝美學範疇》特別針對「化實爲虛」說道：「就藝術反映生活的特點來看，如果說現實景物是『實』，通過景物所體現的思想感情是『虛』，那末，化實爲虛就是要化景物爲情思，這在我國詩詞中表現得尤爲

---

[21] 見張法《中西美學與文化精神》（台北市：淑馨出版社，1998.10 初版一刷）頁 314。

突出。」[22]「現實景物」爲「實」，須靠知覺來捕捉，「情思」爲「虛」，那就是心覺與主旨了，而如曾氏所言：「情思」要從「現實景物」化來，這就是「化實爲虛」。

可是反過來說，「現實景物」之所以能夠具有生命，那是因爲「情思」融溶在其中，此即曾祖蔭《中國古代文藝美學範疇》所說的「化虛爲實」：「化虛爲實突出地表現爲將心境物化。把看不見、摸不著的思想感情、心理變化等，用具體的或直觀的感性形態表現出來，也就是說，要變無形爲有形。從這個意義上說，具體的或直觀的物象爲實，無形的思想感情、心理變化等爲虛。化虛爲實就是把無形的思想、情趣、心理等轉化爲具體生動的藝術形象。」[23]

而且就是因爲「化實爲虛」與「化虛爲實」不停止地互動、循環，因此這樣的虛實呼應，就造成了「虛實相生」美感[24]。因爲「實」與「虛」原本並非一體的，而是相對待的

---

[22] 見曾祖蔭《中國古代文藝美學範疇》（台北：文津出版社，1987.8初版）頁 167。張少康《中國古代文學創作論》（台北：文史哲出版社，1991.6 初版）：「在藝術形象塑造中要使實的描寫能引導人產生某種必然的聯想，從而構成一個虛的境界，使實的境界和虛的境界相結合，從而形成更加豐富的生動藝術形象。」頁 229，亦可參看。葉太平《中國文學的精神世界》更強調：「中國詩詞文章都著重於空中點染，摶實成虛，使詩境、詞境裡面有空間、有盪漾。……人們普遍注意到藝術世界裡的虛空要素，注意到藝術作品的動人之處、藝術家的用心所在，正是那淡白處、虛空處、無筆墨處。無筆墨處正是飄縹天倪、化工境界。」頁 291。

[23] 見曾祖蔭《中國古代文藝美學範疇》頁 172。

[24] 此種早在先秦哲學中即已萌芽，有其深遠的歷史淵源，並在後代持續發展，在哲學、文學、藝術、美學等方面，開出極具特色的理論體系。可參看陳佳君《虛實章法析論》（台北：文津出版社有限公

兩個範疇，所以這相對待的範疇會從相互聯繫，到融為一體，在互動中就會產生脈脈流動的美感，也因為如此，具象美和抽象美會形成和諧統一。葉太平《中國文學的精神世界》認為：「藝術形象必須『虛實結合』，才能真實地反映有生命的世界。如果沒有物象之外的虛空，藝術品就失去了生命。」[25]曾祖蔭《中國古代文藝美學範疇》則更進一步就「相生」來論述：「從藝術創作上來講，所謂虛實相生，是指虛和實二者相互聯繫，相互滲透，相互轉化，使藝術形象生生不窮，從而具有很高的審美價值。」[26]虛與實相呼相應，可以「生生不窮」，藝術的創造性在此體現無遺。

而且生生不窮，就是一種和諧的境界。張法《中西美學與文化精神》闡釋「和諧」，即說道：「和諧意味著一種最佳的生存狀態和最佳的發展狀態，和諧是人類的一種理想追求。」[27]這種「生」的精神，充分地體現了生命的動能，是生命意識的移入和注射，是力量的展現，是創生，是變化，是流布；因此，這段話可說是將「虛實相生」美感的來源闡述得透闢極了。

司，2002.11 初版）第二章第一節「虛實文論溯源」就《老子》、《莊子》、《易傳》為主要研究對象，探討虛實文論在先秦時的歷史淵源，頁 7-16，第二節「虛實文論的發展」則就魏晉至宋元、明清時期、近現代分期來考察，頁 16-33。李翠瑛〈古典詩詞與書畫理論之「虛實論」美學〉，《第七屆文學與美學國際學術研討會論文集》（主辦單位：淡江大學中文系）也對虛實論作了一番探討，頁 214-233。
[25] 見葉太平《中國文學的精神世界》頁 290。
[26] 見曾祖蔭《中國古代文藝美學範疇》頁 177。
[27] 見張法《中西美學與文化精神》頁 62。

五、結語

　　本論文關注知覺與心覺的呼應，而要處理這個課題，必先廓清感覺、知覺與心覺的聯繫與區別；然後主要藉由知覺轉換法，就新詩作品進行實際批評，並區分為兩大類：「先『知覺』後『心覺』者」、「先『心覺』後『知覺』者」來考察；對象現作較為精準的掌握後，方可進於美感之探討，而且可以從兩個方向來掌握：知覺與心覺之呼應，以及知覺、心覺與主旨之呼應，此二者都形成了虛實呼應，並且這兩種層次的虛實呼應，在篇中、篇外交流溝通，美感層層生發，形成「虛實相生」的不絕美感。

論辭章風格的審美教學

蒲基維

臺灣師範大學國文系兼任助理教授

提要：

　　風格是一種審美風貌的整體表現，它與審美經驗有密切關係。就辭章領域來說，辭章風格具有統領、整合辭章的功能，對於辭章的個別意象、修辭、文法、章法及主題均有重要的影響。在國文鑑賞教學過程中，風格的檢視是不可忽略的重點，由辭章風格延伸到審美情意的陶冶，才算是完整的鑑賞教學。本文在辭章風格的基礎教學上，進一步探討審美教學的理論與實務。研究發現，辭章風格具有多種美感效果，落實於鑑賞教學中，可以建立風格的審美原則，更足以培養學生對於辭章的審美能力，對於鑑賞活動的進行，更能提供具體可行的鑑賞步驟。

關鍵字：辭章學、風格、美感、國文教學

一、前言

　　鑑賞教學是國文教學中重要的一環。它的重要性在於引領學生瞭解辭章的藝術特色，進而體悟其整體的美感。從辭章學的角度來看，鑑賞教學必須包含辭章（即課文）的意象、修辭、文法、章法、主旨及風格等領域的探討，才能完全掌握辭章的整體藝術之美。在這些領域中，「風格」具有統領、整合其他領域的功能，是教師在鑑賞教學過程中不可忽略的重點。風格與辭章的整體美感關係密切，透過風格鑑賞，可以引領學生完成辭章的審美體驗，在知識、技能之外，更能激發其情意與美感的陶冶。本文探討辭章風格的形成規律，提供風格教學一個有理可說的理論基礎；其次進一步說明辭章風格的美感效果，以聯繫風格與美感之間的關係；最後提出辭章風格審美教學的具體步驟，做為教師進行鑑賞教學之參考。

二、辭章風格的形成規律

　　一般學者對於辭章風格的形成，多偏於外在因素的探討。實際上辭章內部的形成規律更加重要。我們不僅要兼顧辭章風格形成規律的內、外因素，更希望找出主導辭章風格的主因，進而確立辭章風格的檢視原則。

（一）影響辭章風格的內、外因素

1、外在因素

所謂外在因素，是指辭章外圍的作家風格與寫作背景。首先，談作家風格對於辭章風格的影響。

作家風格的形成來自於先天的才情與氣質，與後天的學養與習染。中國古代文論中，關於才、氣、學、習的探討非常豐富，其中以劉勰《文心雕龍‧體性》所論述的較為完整。其言：

> 才有庸儁，氣有剛柔，學有淺深，習有雅鄭；並情性所鑠，陶染所凝，是以筆區雲譎，文苑波詭者矣。

這裡明確指出了作家風格形成的先天與後天的因素。兩者融合成為完整的知識結構[1]，仍須透過一種特殊能力，才可以展現作家自我的審美風度。這種特殊能力是從感知、思維、表現等方面展現出來，西方的心理學稱之為「智力（intelligence）」[2]，佛家稱之為「智慧」，而傳統史學家則稱

---

[1] 劉雨對於「知識結構」的定義及來源曾說：「寫作主體的知識結構，是主體在生活歷程中，通過親身觀察體驗和讀書學習所形成的相對穩定的自身知識體系。……一定的知識結構，除了生理上所表現的一部分先天因素之外，主要是在社會生活環境、文化教育、家庭教育、民族風俗、倫理道德、生活經歷、文化遺產、傳統與諸因素的影響下產生的。」見《寫作心理學》（高雄：麗文文化公司，1995年3月初版），頁48-55。

[2] 劉雨：「智力是指人各種能力的總和。人在從事某活動時，必須具備相應能力，這種能力就是能順利完成這種活動的心理特性。……人在從事一定活動所具有的各種能力的綜合，叫做才能，智力結構就是才能結構。」見《寫作心理學》（高雄：麗文文化公司，1995年3月初版），頁65。

爲「識」。傳統史學曾經提出「史才」、「史學」、「史識」乃良史之必備條件，有了史才，可以善其文；有了史學，可以練其事；史才與史學要能有機融合，才能呈現辨識史學義例、決斷史學方法的史識。[3]這種論述觀點雖然是針對史學而發，卻提供了「才+學→識」的具體脈絡。

不同的職業和實踐活動，造成人們在「識」上的差異。如畫家的繪畫活動需要觀察能力、色彩鑑別能力、形象記憶能力和視覺想像能力的綜合。作曲家的音樂活動需要聽覺記憶能力、曲調感知能力和節奏感知能力等的綜合。就辭章創作活動而言，每個人因「識」的不同，會擇取不同的主題、不同的材料、不同的表現技巧、不同的邏輯推理，當然就形成不同的風格。由此可以概略認知作家之「識」與辭章風格的關係。[4]

其次，探討寫作背景對於辭章風格的影響，必須先瞭解寫作背景的內涵。一般而言，辭章的寫作背景包括作家個人際遇及其所處的時代環境。作家個人際遇與前述之才、氣、學、習有密切關連，其形成的作家風格已如前述。至於時代環境對風格的影響，可能包括地域風貌、時代潮流、學術流派等因素。地域風貌的差異可以形成不同的地域風格，如南北朝民歌，北朝民歌多雄渾率直之氣，南方吳歌西曲則多柔

---

[3] 參考章學誠《文史通義校注・史德》篇（臺北：頂淵文化公司，2002年9月初版），卷三。
[4] 參見拙著《辭章風格教學新論》（臺北：萬卷樓圖書公司，2005年11月初版），頁88。

媚婉曲之調；時代潮流的影響，可以形成不同的時代風格，如近體詩中，唐詩多表現情韻，宋詩則較多理趣；學術流派的不同，也可能形成各種流派風格，如社會寫時派的詩人，多表現憂國傷時的氣格，而浪漫派詩人則注重個人情志的抒發，多縹緲悠遠之風。

文學作品是作家情志的具體展現，其所處的外在環境亦影響情志的方向。所以探討辭章風格，必然不可忽視這些外在因素。然而，外在條件如作家、環境等，只是我們研究風格的參考因素，直接影響風格趨向，仍須從辭章的內部著手，梳理其內在的影響因素。

2、內在因素

探討影響辭章風格的內在因素，首先必須瞭解「風格」在整個辭章學中的定位。

屬於辭章學的重要領域，包括意象學、詞匯學、修辭學、文法學、章法學、主題學及風格學等。這些研究領域雖各自獨立，彼此之間仍有其密切的關聯，因為一個完整的文學作品必須包含所有重要領域，才能呈現其生命與美感。所以，辭章既是一個充滿活躍生命的有機體，辭章學所包含的重要學門也應該自成其完整的體系。很可惜，自古而今，中外文學理論並未真正探討各個學門的關聯，更遑論建構完整的辭章學體系。近年陳滿銘教授潛心於章法學的研究，並已逐漸擴充到整體辭章學的範疇，他首先提出辭章「整體意象」的概念，並運用「多、二、一（０）」的螺旋結構，試圖建構

辭章學的系統。在其〈意象與辭章〉一文中，將辭章的內涵分爲「形象思維」、「邏輯思維」與「綜合思維」三大領域，其言：

> 就形象思維而言，如果是將一篇辭章所要表達之「情」或「理」，也就是「意」，主要訴諸各種偏於主觀的聯想、想像，和所選取的「景（物）」或「事」，也就是「象」，連結在一起，或者是專就個別之「情」、「理」、「景（物）」、「事」等材料本身設計其表現技巧的，皆屬於「形象思維」；這涉及了「取材」與「措詞」等問題，而主要以此爲探討對象的，就是意象學（狹義）、詞匯學和修辭學。……就邏輯思維而言，如果整個就「景（物）」或「事」（象）等各種材料，對應於自然規律，結合「情」與「理」（意），主要訴諸偏於客觀的聯想、想像，按秩序、變化、聯貫與統一之原則，前後加以安排、布置，以成條理的，皆屬「邏輯思維」；這涉及了「布局」（含運材）與「構詞」等問題，而主要以此爲研究對象的，就字句言，即文（語）法學；就篇章言，即章法學。……就綜合思維而言，是合形象思維與邏輯思維而爲一的。一篇辭章用以統合「形象思維」（偏於主觀）與「邏輯思維」（偏於客觀）而爲一的，乃是主旨與風格（韻律）等，這就涉及了主題學與風格學等。而以此整體或個別爲對象加

以研究的，則統稱為辭章學或文章學。[5]

由此可知，辭章的內涵，對應於學科的領域，就包含了意象學（狹義）、詞彙學、修辭學、文法學、章法學、主題學和風格學……等。陳滿銘並以「多、二、一（0）」的螺旋概念，架構了各個學科領域的關係，如下表：

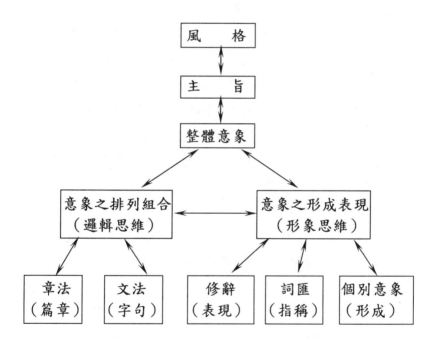

從上表推知，辭章學的體系，是以「形象思維」和「邏輯思維」作為二元對待關係，此為「二」；形象思維是指意象的

---

[5] 見《修辭論叢》第六輯（臺北：洪葉出版事業公司，2004 年 11 月初版），頁 351～375。

形成表現，包括意象（狹義）、詞彙與修辭；邏輯思維是指意象的排列組合，包括文法和章法，此為「多」；至於綜合思維是指意象的統合，包括了整體意象和主旨，此為「一」；而風格則為「（０）」。從創作的角度而言，風格應是作家藉由形式技巧表現其思想情感所呈現之契合自身才情的風姿，這符合了「（０）一→二→多」的順向結構；從鑑賞的角度而言，風格則是欣賞者主觀體悟到的作品之整體風貌與格調，這符合了「多→二→一（０）」的逆向結構。[6]

可見鑑賞辭章可以從「意象」、「修辭」、「文法」、「章法」等方面來個別分析，進而整合辭章的「主題」，以透視辭章的整體風格與氣象。而不同的主題會展現不同的風格，如描寫「閨怨」的主題，較容易呈現陰柔的風格，而描寫「戰爭」的主題，則容易呈現陽剛的氣象；同理可知，辭章的「意象」、「修辭」、「文法」、「章法」也透露著個別的風格：以「意象」而言，如花草的輕柔、河海的壯闊，均展現不同的「意象風格」；以「修辭」而言，如排比句常給人雄偉的感受，而婉曲修辭則常有含蓄之氣，兩者所呈現的是截然不同的「修辭風格」；以「文法」而言，如疑問句通常比直述句來得更引人注意，語言氣勢大不相同，其所呈現的「文法風格」也大異其趣；以「章法」而言，如立破法的對比質性，賓主法的調和質性，亦蘊含不同的「章法風格」。同一篇辭章中所蘊含的「主題風格」、「意象風格」、「修辭風格」、「文法風格」、

---

[6] 參見拙作《章法風格析論──以蘇軾詞、姜夔詞為考察對象》（臺灣師範大學國文研究所博士論文，2004 年 6 月），頁 59。

「章法風格」雖各有所偏，卻與辭章的整體風格密切相關。
換句話說，分析辭章之「主題」、「意象」、「修辭」、「文法」、
「章法」所內含的氣蘊，對於透視辭章整體的風格有莫大的
幫助。可見辭章中個別的意象、詞匯、修辭、文法、章法等，
以及整體之意象與主題，都是影響辭章風格的重要因素。[7]

更進一步言，意象（含詞匯）風格、修辭風格及文法風
格仍侷限在辭章局部的律動；至於章法風格已涉及一篇辭章
的韻律，而主題風格也關涉到整體辭章的動勢，可見這幾種
局部風格對於整體辭章風格的影響有大小輕重之分。換言
之，章法風格與主題風格對於整體辭章風格的影響，具有主
導的地位，尤其是章法風格又運用「陰陽二元對待」的觀念
來檢視辭章內部的陰（柔）、陽（剛）律動，更能確切掌握
辭章風格的內在條理。因此，我們有必要進一步說明「章法
風格」與「主題風格」對於整體辭章風格的主導性。

（二）主導辭章風格的因素

「章法」與「主題」具有主導風格的力量，我們必須進
一步說明兩者對於風格的影響。

1、「章法風格」與「辭章風格」

章法的對比與調和，相應於風格的陽剛與陰柔，兩者有
共同的哲學與美學淵源；再以章法是屬於辭章的邏輯思維，

---

[7] 同註 6，頁 61～62。

其涉及材料的運用與主旨的安置，也關涉到形象思維的範疇，所以藉由章法所形成的章法風格，實涵括辭章的形象思維與邏輯思維，與整體的辭章風格非常接近。

至於章法風格的形成規律，是與章法結構的移位、轉位有關。在每一個結構表中，其結構單元或章法單元會自成陰陽，其陰陽之間的移位或轉位作用形成各種不同向陰或向陽的動勢愈接近上層的結構，其向陰或向陽的動勢力量愈大，至核心結構所形成的動勢，幾乎可以決定整個結構表的陰陽成分，也代表著整體章法風格的剛柔屬性。以朱熹〈觀書有感〉為例，其原文云：

> 半畝方塘一鑑開，天光雲影共徘徊。問渠那得清如許？為有源頭活水來。

根據此詩的內容可以畫出結構表如下：

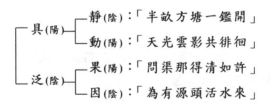

結構表共分兩層，底層的「靜→動」是「陰→陽」順向移位，而「果→因」結構則為「陽→陰」的逆向移位，由於逆向移位的動勢比順向移位強，所以底層凸顯的是「陽→陰」的力量，其勢趨於陰；上層的「具→泛」結構又是「陽→陰」的逆向移位，又產生趨於陰的力量。若結合底層的動勢來看，

整個結構表示陰柔之勢較強，而陽剛之勢較弱，整首詩的章
法風格呈現「柔中寓剛」的形勢。我們以此「柔中寓剛」的
章法風格爲基礎，再檢視詩中「方塘」、「天光」、「雲影」、「清
渠」、「活水」等材料，均呈現清柔自然的感染力，而主題（旨）
又在表達讀書如源頭活水般的清醒自在，均與「柔中寓剛」
的章法風格相應，可見章法風格與整體辭章的風格非常接
近。

2、「主題風格」與「辭章風格」

主題是指辭章的主旨，它與風格同樣具有統合辭章的功
能，兩者的區別在於：主題是辭章的核心情意，也是作者想
藉辭章所展現的中心思想或情感；風格是辭章所展現的抽象
力量，如同傳統文論家所謂「氣象」、「神韻」、「風韻」等內
涵。若從辭章「多、二、一（０）」的角度來看，主題是「一」，
風格是「（０）」，主題與風格應是一而二、二而一的表裡關
係，彼此之間的影響與互動當然密不可分。陳滿銘曾說：

> 所謂內容決定形式，而主旨又是內容的核心，因此主
> 旨對風格之影響極大。[8]

這裡強調主題（旨）對於風格的主導性，也提供我們檢視辭
章風格時所必須注重的因素。以辛棄疾的〈西江月〉爲例，
其云：

---

[8] 見〈論東坡清峻詞的章法風格〉，收錄於《宋代文學研究叢刊》第九
期（高雄：麗文化公司，2003 年 12 月），頁 336-337。

　　明月別枝驚鵲，清風半夜鳴蟬。稻花香裡說豐年，聽
　　取蛙聲一片。　　七八個星天外，兩三點雨山前。舊
　　時茆店社林邊，路轉溪橋忽見。

根據詩的內容，可以畫出結構表如下：

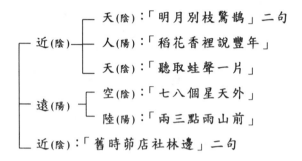

這首詩是辛棄疾少數展現悠閒之情的佳作。其主旨在描寫閒
居帶湖期間，夜行黃沙道中的農村景致，抒發作者對農村溫
馨悠閒的感動。既是抒發這種心情，就容易產生疏淡自然的
感染力，文評家又多以「清新淡雅」來詮釋此詞之風格[9]，再
結合章法風格「柔中寓剛」的形態[10]來看，作者攸閒淡雅的
心情，確實是此詞風格很重要的主導力量。

---

[9] 如吳洪澤評此詞云：「整首詞格局自然，隨意揮灑，具有清新淡雅的
　　美感，代表了辛詞平淡自然的另一風格。」見曾棗莊、吳洪澤《蘇
　　辛詞選》（臺北：三民書局，2000 年 11 月初版），頁 243。
[10] 從結構表的陰陽動勢來看，底層「天→人→天」呈現「陰→陽→陰」
　　的轉位作用，其勢趨於陰，而上層核心結構「近→遠→近」結構也
　　是陰柔的動勢較強，可以看出其整體「柔中寓剛」的章法風格。參
　　見拙著《辭章風格教學新論》（同註 4），頁 174。

（三）檢視辭章風格的具體步驟

綜上所言，我們可以確立檢視辭章風格的具體步驟。首先，要瞭解個別的材料意象，從內容上體會材料意象的感染力量，從藝術形式透視其修辭的美感效果。其次，透過章法結構，分析其陰陽動勢，進而確定辭章風格的剛柔形態。最後結合主旨，統合出整體風格之美。這種風格的鑑賞程序，可以涵蓋辭章的局部風格與整體風格，又能兼顧辭章的形象思維與邏輯思維，不僅契合傳統印象式的風格述評，更能具體理解風格形成的內在規律。

三、辭章風格的美感效果

辭章風格是辭章整體審美風貌之展現，所以辭章的風格自然會呈現其美感效果。茲以「陽剛與陰柔之美」、「對比與調和之美」及「統一與和諧之美」分述如下：

（一）陽剛與陰柔之美

在中國風格理論的發展中，我們看到了由簡而繁，再由繁而簡的趨勢[11]。而這個發展趨勢實為一個表象，我們必須從中透視風格的原始內涵。具體而言，在風格理論發展過程中，實際上都以「陽剛」和「陰柔」做為風格品類分化或融合的基礎，兩者可視為風格品類中的「母風格」。就美感效

---

[11] 參考拙著《辭章風格教學新論》（同註 4），頁 17-43。

果來說，風格的陽剛與陰柔之美最爲凸顯。曾祖蔭以爲：

> 我國古代的理論家們認為，文藝作品的風格、流派儘
> 管千姿百態，風格類型儘管多種多樣，然而，如果從
> 更高的美學層次概括，又不外乎是兩種不同形態的
> 美：一是陽剛之美，一是陰柔之美。這兩種美固然有
> 所偏重，可是又互相滲透，而形成一種剛柔相濟之
> 美。[12]

這裡明白揭示風格具有「陽剛」、「陰柔」及「剛柔相濟」三
種美感，可視爲風格最基本的美感效果。事實上，古代文論
家曾對此有深刻而總結性的論述，即清姚鼐〈復魯絜非書〉
中提到：

> 鼐聞天地之道，陰陽剛柔而已。文者天地之精英，而
> 陰陽剛柔之發也。惟聖人之言，統二氣之會而弗偏，
> 然而《易》、《詩》、《書》、《論語》所載，亦間有可以
> 剛柔分矣。值其時其人，告語之體各有宜也。自諸子
> 而降，其為文無弗有偏者。其得於陽與剛之美者，則
> 其文如霆、如電、如長風之出谷、如崇山峻崖、如決
> 大川、如奔騏驥；其如光也，如杲日、如火、如金鏐
> 鐵；其於人也，如憑高視遠、如君而朝萬眾、如鼓萬
> 勇士而戰之。其得於陰與柔之美者，則其文如升初

日、如清風、如雲、如霞、如煙、如幽林曲澗、如淪、
如漾、如珠玉之輝、如鴻鵠之鳴而入寥廓；其於人也，
漻乎其如嘆，邈乎其如有思，暖乎其如喜，愀乎其如
悲。觀其文，諷其音，則為文者之性情形狀，舉以殊
焉。[13]

姚鼐的論述，可歸納出三個重點：一是文章風格可以概括為
陰柔之美與陽剛之美兩類，他仍以形象比喻這兩種美感，大
體而言，陽剛之美是雄渾壯闊、剛勁有力，而陰柔之美是溫
柔婉約、纖穠豔麗；二是剛柔並重之美乃糅合陰陽二氣而弗
偏，只有「聖人之言」才有可能達成，一般文藝家均有所偏
重；三是陰陽剛柔之分本乎天地之道，是宇宙自然的規律，
而人為萬靈之長，氣質亦有陰陽剛柔之別，發為辭章，其風
格亦有剛柔之分。

　　綜上所言，陽剛與陰柔作為風格品類的兩大基本類型，
是歷代文論家所共同認知的概念。而陽剛與陰柔本是中國古
代的哲學概念，諸子論著如《周易》、《老子》均以陰陽、剛
柔作為二元對待之關係來詮釋宇宙自然的種種現象。風格的
陽剛與陰柔的美感效果，不僅具有美學上的特質，更涵融中
國傳統哲學的基礎。

（二）對比與調和之美

　　對比與調和是美學上的兩個重要概念，許多美學上的現

---

[13] 見《惜抱軒文集》，卷六。收錄於《四部叢刊》影原刊本。

象，多可運用對比或調和的概念來加以詮釋。風格既是一種審美風貌的體現，必然有某些現象可以對應於對比或調和的概念。歐陽周、顧建華、宋凡聖所著《美學新編》，在說明對比與調和的美學概念時，就已延伸到風格美感的詮釋，其解釋「對比」概念提到：

> 對比，指的是具有顯著差異的形式因素的對立統一。如色彩的濃與淡、冷與暖、光線的明與暗、線條的粗與細、直與曲，體積的大與小，體量的重與輕，聲音的長與短、強與弱等，有規則地組合排列，就會互相對照、比較，形成變化又相互映襯、協調一致。這種對立因素的統一，可收到相反相成、相得益彰的效果。……由對立因素統一所造成的形式美，一般屬於陽剛之美。[14]

至於「調和」的美感，又提到：

> 調和，指的是沒有顯著差異的形式因素之間的對立統一。它只有量的區別，是一種漸變的協調，並不構成強烈的對比。如果說，對比是在差異中趨向於「異」，那麼，調和則是在差異中趨向於「同」。……它常給人一種融合、寧靜的感覺。……由非對立因素的統一造成的形式美，一般屬於陰柔之美。

---

[14] 見歐陽周、顧建華、宋凡聖《美學新編》（杭州：浙江大學出版社，2001 年 5 月第 1 版 9 刷），頁 81。

這裡他把「對比」與「調和」的概念，直接等同於陽剛與陰柔的美感。具體而言，對比是一種具有顯著差異的對立統一，而風格中的陽剛之美所呈現的陡峭、壯烈、雄偉、宏闊、剛勁等現象，均具備對比的特色。調和是指沒有顯著差異的形式因素之間的對立統一，在風格中，陰柔之美所呈現的緩傾、柔和、含蓄、婉約等現象，則具備調和的特色。可見對比之於陽剛，調和之於陰柔，應有極為密切的關聯。

綜而言之，風格具有陽剛與陰柔的美感效果，而陽剛與陰柔又與美學上對比與調和相互對應，可見風格具有對比與調和的美感效果是顯而易見的。

（三）統一與和諧之美

「統一」與「和諧」的境界，一直是哲學與美學中所力求凸顯的目標。在中國古代哲學論著中，對於宇宙生成規律的「統一」原則，曾有深刻而完整的討論。例如《中庸》曾以「中和」之概念來詮釋統一原則，其言：

> 喜怒哀樂之未發謂之中，發而皆中節謂之和。中也者，天下之大本也；和也者，天下之達道也。致中和，天地位焉，萬物育焉。[15]

《中庸》以「中」為宇宙混沌之起點，其以性情中的「喜怒哀樂」為喻，就已經指明宇宙原本之「多樣」變化的態勢；

---

[15] 見《禮記・中庸》第三十一，（阮元刻十三經注疏本，卷五十二）。

以「和」爲宇宙生成之終點，用「發而中節」來說明「和」
具有融通萬物，以達於統一、和諧的特質。這個「和」，並
非停滯或靜止，而是具有不斷創生、不斷長養萬物的無限動
力，故其謂「致中和，天地位焉，萬物育焉」可說是結合前
人智慧，建構了一個符合宇宙生成規律的哲理。其他論著如
《周易》所言：

> 一陰一陽之謂道。（《易・繫辭上》）
>
> 乾坤其易之門邪！乾，陽物也；坤，陰物也。陰陽合
> 德而剛柔有體，以體天地之撰，以通神明之德。（《易・
> 繫辭下》）

這裡所論述的「統一」，不僅涉及多樣事物的變化，其「陰
陽二元」的概念，強調的是「對立的統一」的形式，也就是
「陰陽（剛柔）相濟」的統一。又如《老子》所言：

> 道生一，一生二，二生三，三生萬物（第 42 章）
>
> 反者道之動，弱者道之用。天下萬物生於有，有生於
> 無。（第 40 章）
>
> 萬物並作，吾以觀其復；夫物芸芸，各復歸其根。（第
> 10 章）

《老子》所說的「道」就是「無」，「一」就是「有」，而「道
生一，一生二，二生三，三生萬物」，實已展現宇宙之「（0）
一→二→多」的生成脈絡；而在「反者道之動」的原理之下，
宇宙萬物又有「各復歸其根」的規律，呈現了宇宙之「多→

二→一（0）」的復歸歷程。事實上，這是一種雙向的螺旋結構，也就是「（0）一→二→多」與「多→二→一（0）」雙向互動、不斷向上提升的宇宙運行規律。這種規律證明了「統一」原則具有涵融萬物變化與協調對立衝突的力量。[16]

在西方美學發展的歷史中，關於「統一」規律的探索，亦呈現多樣的論述。那是一個「經驗主義」（以感性經驗為主）與「理性主義」互相衝突而調和的歷程。以德國古典美學發展為例，十八世紀康德（Kant，1724—1804）首先提出「先驗綜合」的理論，強調理性與經驗的調和；其後席勒（Schiller，1759—1805）進一步發展「審美統一」的理論，提出「活的形象」，以包含感性與理性的統一，物質質料（內容）與形象顯現（形式）的統一，客體與主體的統一；到了歌德（J.W.Goethe，1749—1832）則特別強調藝術的完整性，他一方面主張藝術是形式、材料與意蘊的互相結合、互相滲透，另一方面又闡明「風格」是藝術的最高成就，將美學的統一理論向前跨了一大步；及至黑格爾（G.W.F.Hegel，1770—1831）以「客觀唯心主義」為基礎，發展出一套理念運動的基本規律，即「正、反、合」三階段的辯證模式，強調「感性與理性」是有機的統一，同時也強調理性對感性有

---

[16] 陳滿銘曾針對《周易》、《老子》及《中庸》等哲學典籍，分析其「多」、「二」、「一（0）」的螺旋結構。見〈論「多」、「二」、「一（0）」的螺旋結構—以《周易》與《老子》為考察重心〉，收錄於《章法學綜論》（台北：萬卷樓圖書公司，2003 年 6 月初版），頁 494。以及〈《中庸》「多」、「二」、「一（0）」螺旋結構論〉，收錄於《經學論叢》第三輯（台北：洪葉出版公司，2003.12，頁 214-265。

決定作用；再進一步深化，「內容」是理性因素，而「形式」
就是感性形象，在藝術美中，「內容與形式」也是有機的統一，
而內容決定了形式；他希望美感的統一能夠是「主觀與客觀」
的統一，以達到「和悅、靜穆的理想情調和境界」。[17]

　　事實上，西方美學對於「統一」原則的論述，仍舊強調
「多樣的統一」或「繁多的統一」（Unity in Variety）其發展
歷程之所以游離在「經驗與先驗」、「理性與感性」、「主觀與
客觀」、「自然與社會」、「古典主義與浪漫主義」等相對概念
應如何偏重，主要是因為不能釐清「二元對待」（包括對立
與調和）在「多樣」與「統一」之間的關鍵角色。具體而言，
從「多、二、一（0）」的螺旋結構中，其「陰陽二元對待」
其實已將模糊而混淆的灰色地帶逐漸梳理清楚了。

　　落到辭章學的層面來看，風格統合了形象思維之意象、
詞彙、修辭，及邏輯思維之文法、章法，再結合主旨、文體
等整體意象，形成了完整的辭章審美藝術。以「多、二、一
（0）」的螺旋結構檢視，意象、詞彙、修辭、文法、章法
屬於「多」，形象思維與邏輯思維屬於「二」，主旨屬於「一」，
而文體、風格屬於「（0）」。[18]由此觀之，風格在整體辭章學
的定位，不僅統合了其他個領域的質素，其本身涵融審美的
特質，當然也具備了統一與和諧的美感。

---

[17] 參見曹俊峰《西方美學通史》第四卷，《德國古典美學》（上海文藝
出版社，1999 年 11 月第 1 版），頁 670-678。
[18] 參見陳滿銘〈論「多」、「二」、「一（0）」的螺旋結構—以《周易》
與《老子》為考察重心〉，收錄於《章法學綜論》（台北：萬卷樓圖
書公司，2003 年 6 月初版），頁 506。

四、辭章風格審美教學之步驟

　　瞭解辭章風格的形成規律，有助於確立風格的鑑賞原則，更能進一步確定風格的美感效果。落實到鑑賞教學的層面，仍須以深入淺出、具體可行的步驟，才能引領學生體會辭章的風格之美。茲分述具體的教學步驟如下：

（一）聯繫風格與美感的關係

　　風格是一種抽象的力量，引領學生體悟風格的本質，是審美教學中的第一步。通常，我們會運用語言或文字的感染力量來引導學生進入風格的領域。具體來說，同樣一句話，因為語氣的不同，會形成差異極大的感染力量，例如語勢的強弱、語調的高低、語句的長短、語序的快慢等等，會給接收者不一樣的感受。而語言文字若是經過精緻而用心的經營，其高低、強弱、快慢的變化，應會給予接收者美好而愉悅的感覺。當語言文字具備精緻而藝術化的特質，其特有的風格已經形成，而擴大為辭章，其特有風格會更加明顯。接收者閱讀特有風格的辭章，產生美好而愉悅的感受，就是一種審美經驗的形成。所以，風格就是一種美，風格與美感其實是互為表裡，關係非常密切。以馬致遠的〈天淨沙〉為例，其曲文曰：

　　枯藤、老樹、昏鴉，小橋、流水、人家，古道、西風、瘦馬，夕陽西下，斷腸人在天涯。

這首曲呈現的是「高曠悲涼」的風格[19]。讀者從曲中的材料意象，可以拼湊一幅高遠空曠的圖象，進而產生開朗壯闊的愉悅感受；而「斷腸人」在這高遠空曠的氛圍中，更顯其悲涼心境，讀者也能從作品體會這種心情，與斷腸人產生共鳴而達到滌淨心靈的效果。從這首曲的風格延伸到讀者美感經驗的詮釋，聯繫了辭章風格與美感的關係。

（二）強調風格的美感效果

　　風格與美感既是關係密切的兩個領域，在鑑賞教學中就必須向學生強調風格的美感效果，才能在有理可說的鑑賞原則之上，進一步陶冶學生在情意、感性方面的提升，這才算是結合智育與美育的教學。如前節所述，風格具有「陽剛與陰柔之美」、「對比與調和之美」及「統一與和諧之美」，教師在進行辭章的初步鑑賞之後，應綜合探討辭章風格與這三種美感效果的聯繫。以李煜〈浪淘沙〉為例，其詞曰：

> 簾外雨潺潺，春意闌珊。羅衾不耐五更寒。夢裡不知身是客，一晌貪歡。　　獨自莫憑闌，無限江山，別時容易見時難，流水落花春去也，天上人間。

這闋詞依其章法風格的陰陽動勢，可以歸結出「剛中寓柔」的風格形態，而前人評定此詞則以「雄奇幽怨」、「低沉悲愴」

---

[19] 參見拙著《辭章風格教學新論》（同註4），頁 **148-149**。

或「婉轉淒苦」來詮釋其風格。[20]

就「陽剛與陰柔之美」而言，這闋詞呈現了明顯的陽剛之美，而陰柔的美感則潛藏在「婉轉淒苦」的情意之中。就「對比與調和之美」而言，其陽剛的美感來自於詞中激越悲痛的情緒，這是一種跌宕起伏的情感，同時也蘊含作者生平從帝王之尊淪為階下之囚的遭遇，從情感、處境的極大落差，可以見出此詞明顯的「對比」之美。就「統一與和諧之美」而言，這闋詞將陽剛與陰柔之氣融合為「剛中寓柔」的風格，在情意上是激越悲痛，而其整體的感染力卻能有機融合對比與調和的質素，達到統一的境界，形成一種和諧的感染力量。從風格延伸至美感效果的詮釋，學生應能更深刻體會這闋詞的藝術之美。

（三）建立風格的審美原則

讓學生瞭解風格與美感的關係，並學習體會風格的美感效果，是我們試圖讓學生接觸抽象的美感經驗。在教學的過程中，因學生資質的差異，其感悟抽象美感的能力也不相同，唯有建立具體可循的審美原則，讓學生循著具體意象推究辭章風格，才能進一步感受風格之美。在辭章風格的基礎教學中，有兩個重點是必須建立具體原則的：一是辭章風格的檢視原則，二是辭章風格教學的步驟。

就辭章風格的檢視原則來說，教師要能引導學生學習分

---

[20] 參見拙著《辭章風格教學新論》（同註 4），頁 144。

析辭章的方法。如前節所述，首先要從辭章的材料意象、修辭提煉風格在形象思維方面的質素；其次要從文法、章法梳理風格在邏輯思維方面的條理；最後再結合主旨，完成兼顧形象與邏輯思維的風格述評。以陶淵明的〈飲酒詩〉爲例，其詩曰：

> 結廬在人境，而無車馬喧。問君何能爾，心遠地自偏。
> 採菊東籬下，悠然見南山。山氣日夕佳，飛鳥相與還。
> 此中有真意，欲辨已忘言。

根據其材料內容，可以畫出結構表如下：

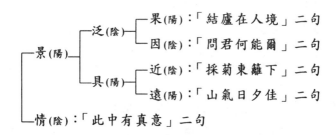

在材料意象方面，「結廬」、「採菊」、「山氣」、「日夕」、「飛鳥」等物象，營造出「空闊悠遠」的意象。在修辭方面，運用對襯筆法，凸顯了偏遠與喧鬧的矛盾，卻烘托出詩人超塵絕俗的性格。至於章法結構的陰陽動勢，透露著「剛柔相濟」的形態。再結合「抒發歸隱生活之悠閒情懷」的主旨，全詩呈現陶詩固有的「自然渾樸」的風貌。

就辭章風格的教學步驟來說，教師必須從整體角度把握四個教學重點：首先，我們要檢視作家的寫作風格，同時要

兼顧作家所處的時空與流派來作全面的統整；其次，再根據
檢視原則，進行辭章的風格分析；再者，融合辭章風格與其
外圍因素如時代、地域、流派、作家等，以印證分析之結果；
最後，我們綜理各種內外因素，以確定辭章的風格趨向。以
杜甫〈聞官軍收河南河北〉為例，其詩曰：

> 劍外忽傳收薊北，初聞涕淚滿衣裳。卻看妻子愁何
> 在？漫卷詩書喜欲狂。白日放歌須縱酒，青春作伴好
> 還鄉。即從巴峽穿巫峽，便下襄陽向洛陽。

杜甫一生飄泊異處，懷才不遇，其詩作內容多關懷社會，體
恤民生，而詩風則呈現沉鬱頓挫之美。這首詩的寫作背景是
在杜甫流寓梓州（今四川三台）之際，時為代宗廣德元年，
安史亂軍氣焰仍熾，後來唐軍收復洛陽，杜甫聽到這個佳
音，遂寫下這首飽含激情、膾炙人口的佳作。從辭章鑑賞的
原則來分析，此詩在「剛中寓柔」的基調上呈現「激動奔放」
的風格，我們結合寫作背景與杜甫一貫的詩風，確實能符合
杜甫此時的處境與心情。

綜上所言，這些具體原則都是輔助教師進行審美教學的
重要依據，也是提供學生審美與鑑賞辭章的利器。

（四）培養學生辭章的審美能力

透過風格審美原則的確立，再結合學生美感經驗的感知
能力，就能培養其對於辭章的審美能力。我們希望辭章的審
美與鑑賞，是條理式評析與印象式批評的融合。因為偏重條

理式的評賞容易使辭章的美感流於支離破碎，而著眼於印象、直覺式的批評則無法釐清辭章風格的內在條理，唯有結合兩者，才可以培養學生正確而不偏頗的審美能力，有了審美能力，學生可以在知識、技能的訓練之外，情意的陶冶也能並進，對於其生活周遭的其他藝術，有了審美能力，學生可以在知識、技能的訓練之外，情意的陶冶也能並進，對於其生活周遭的其他藝術，均能感受其藝術之美。

五、結語

「辭章風格的審美教學」是我們進行風格初步鑑賞之後的拓展與深化。在風格鑑賞的實際教學中，它是以培養學生的審美能力為最終目標。本文強調風格與美感的密切關係，並提出風格的美感效果，其目的在於提供教師有理可說的風格鑑賞原則，並期望在進行辭章局部、細微的分析之後，可以站在美學的高度來統合辭章風格之美。另一方面，我們更期待辭章風格教學可以兼顧微觀與宏觀的角度，以培養學生完整的審美能力。

論虛實空間轉移之自然媒介

陳佳君

國立台北教育大學語文教育學系助理教授

提要

　　虛空間與實空間在相互轉移與取得聯繫時，通常會以某種特殊的材料作為中介質。就物材媒介而言，辭章家可能會透過植物、氣象、時節、天文、地理等自然物，來連結眼前所在地與視野外的另一方。當辭章作品中用以作為橋樑的客體媒介，與創作主體內在的情意思想相應之下，就會產生具有獨特美感的意象；其次，就空間設計之美而言，將共時異地的虛實空間，巧妙凝縮於詩歌當中，則易增強作品的感染性與張力；此外，虛實空間在透過媒介移位或轉位時，更會因為奠基於鮮明的虛實屬性，使空間在流轉中，透顯自由騰飛、靈動變化與虛實相生之美。

關鍵詞：虛實、空間、章法、意象、美感

一、前言

　　虛實章法就空間而言，凡窮盡目力，寫眼前所見、實際存在的空間，屬「實空間」；透過設想，寫非視野所見之遠處或未親臨的地方，則是「虛空間」[1]。當空間的轉移是由目力所及與未及之處互相配置而成時，就會形成「空間的虛實法」，此類以「空間」的轉移來謀篇布局的藝術技巧，實為一重要的章法現象。

　　篇章中的空間結構，是以地點的轉移順序來組織文章[2]，這種空間性的美感情緒，必然是有條理的進行著跳躍與轉換，而前後材料之間也應符合藝術的聯絡[3]，因此，在辭章中通常會以某種具有共通性、能相互銜接的內部紐帶，使虛實兩地不同的空間意象，取得緊密的聯繫，此即虛實空間相互轉移的媒介[4]。本文即擬鎖定自然物材，分析其如何擔任虛實空間轉移的媒介，及其所生發的意象與美感效果。

---

[1] 參見陳師滿銘《章法學新裁》，頁 105；及拙作《虛實章法析論》，頁 159。

[2] 參見孫移山主編《文章學》，頁 30-31。

[3] 章法四大律中的「聯貫律」，是就材料先後的銜接或呼應來說的，包含基本的聯絡與藝術的聯絡，無論是哪一種章法，都可由局部的調和與對比，形成銜接或呼應，而達到聯貫的效果。參見陳師滿銘《章法學新裁》，頁 35，及《章法學論粹》，頁 11。

[4] 黃永武曾以轉位技巧，論述兩個以上不同的時空意象，會利用形、聲、義某一點共通性，作為媒介，使兩個彷彿不連續的鏡頭，相互引接，組合成一個有系統的強烈意象。參見《中國詩學——設計篇》，頁 22-29。

二、自然媒介之類型

所謂「自然物材」，包括天文、地理、動植物、時節氣候等材料，這些取自客體的外在物象，皆可成爲與作家情意相應以連結虛實兩地空間的媒介。

（一）植物類

以植物作爲空間連結之媒介者，如王維〈雜詩〉：

> 君自故鄉來，應知故鄉事。來日綺窗前，寒梅著花未？

其結構分析表爲：

```
┌─因：「君自」句
│         ┌─泛（實空間）：「應知」句
└─果─┤
          └─具（虛空間）：「來日」二句
```

這是一首抒寫思鄉之情的詩作，作者以寒梅將目前與對方對話的實空間，和心中懷想的虛空間──故鄉，相互連結起來。然而，「故鄉」的空間概念十分空泛抽象，可以寫的景物也十分繁多，但作者只擇取綺窗與梅花二個具體景物，將場景簡化，以綢糊的綺窗作底，來襯托開花的寒梅，使寒梅成爲空間精緻化處理後，所獨存的景物，在鏡頭前十分凸出

⁵。再就梅意象而言，古今詩人常憑著本身對故園空間的經驗和印象，藉故鄉所生之松竹梅菊等植物意象，來抒發思鄉之情⁶，可見，寒梅本身即暗含懷想故里的象徵性，因此，藉由寒梅這個物材，使全詩能取得空間精緻化的美感效果，亦在思鄉的主要情韻上，使虛實空間更加緊密縮合。

此外，亦有透過嗅覺，運用植物物材使虛實空間連成一體者，如王安石〈同熊伯通自定林過悟真〉二首之一：

> 與客東來欲試茶，倦投松石坐欹斜。暗香一陣連風起，知有薔薇澗底花。

其結構分析表為：

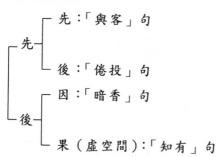

首二句依時間先後，敘寫與客試茶，與欹坐松下石上；三句再寫遠處隨風傳來一陣暗香，接著在末句由此推想香味來源處，必有薔薇花開。黃永武曾解析說：

---

⁵ 參見黃永武《中國詩學——設計篇》，頁 66-67。
⁶ 洪邁云：「古今詩人懷想故居，形之篇詠，必以松竹梅菊為比興。」見《容齋詩話》卷六，頁 264。

> 由目力所及的周遭，推想至目力所不及的外界……由
> 近處推想至遠處，空間自然隨著放大。[7]

詩之前幅乃就所在空間而寫，末句的「知有薔薇澗底花」則是虛寫目力不及的遠處。由此可見，全詩的空間設計不但產生推擴的廣度與遠度，更透過花香形成由實轉虛的空間轉移，使詩作充滿閒雅之風。

（二）氣象類

以氣象為轉移空間之紐帶者，如韋應物〈寄全椒山中道士〉，藉風雨寒夜呈現出複雜的時空交錯現象：

> 今朝郡齋冷，忽念山中客。澗底束荊薪，歸來煮白石。
> 欲持一瓢酒，遠慰風雨夕。落葉滿空山，何處尋行跡？

其結構分析表如下：

```
┌ 實：「今朝」二句
│         ┌ 空：「澗底」二句
│         │
└ 虛 ─┼ 時：「欲持」二句
          │
          └ 空：「落葉」二句
```

「今朝」二句是就滁州府邸之實時空而寫，並以一個「冷」字，遙應「風雨」二字，帶出想念好友的主題，轉而為下半之虛寫，其中，「澗底」二句是就道士所在的空間，設想他

---

[7] 見黃永武《中國詩學——鑑賞篇》，頁 72。

的淡泊生活，「欲持」二句將時間伸向未來，寫欲走訪之意，而「落葉」二句又懸想山中情況，喻守真在談其作意時說：

> 此詩是風雨之夕，忽然想到山中的道士，又想持酒去訪問，又恐怕不能相遇，所以只能寫詩相寄。[8]

天候氣象之變化，本屬容易引起親朋好友間寒暄關懷的觸發點，作者即因當時冷冷風雨的氣候，忽然想起山中道士，也連結了官邸與山中兩地的空間，形成「先實（實時空）後虛（虛空間─虛時間─虛空間）」的結構，不但手法十分特殊，亦令人深感其憶念、欲尋、又恐其不遇的心理。

又如李商隱〈細雨〉：

> 瀟灑傍迴汀，依微過短亭。氣涼先動竹，點細未開萍。
> 稍促高高燕，微疏的的螢。故園煙草色，仍近五門青。

其結構表為[9]：

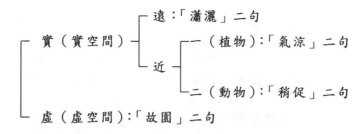

8　見喻守真《唐詩三百首詳析》，頁 23。
9　參見仇小屏《古典詩詞時空設計美學》，頁 157。又，劉學鍇、余恕誠：「首聯寫細雨淒清迷濛之狀，係遠望之景。次聯近處靜景。……腹聯近處動景，……末聯因見雨中碧草如煙，遂生故園草色青連京國之想像，微露鄉思羈緒。」見《李商隱詩歌集解》下冊，頁 1623。

本詩刻劃細雨景致十分入微，首二句寫細雨飄灑於河邊與短亭的遠景，次四句由遠而近，分寫竹與萍、燕與螢的雨中姿態，以上為實空間；末二句藉迷離的細雨，由實入虛，將空間伸向目力不及的家鄉，想像故園的一片煙草景色，青翠的連向京城。李淼分析道：

> 由細雨濛濛聯想到故鄉煙草迷離，五門一帶一片青翠，深情鄉思意味深長。細雨的迷濛和煙草的迷離渾然交融，又和詩人悠長情思渾然交融，達到詠物抒情極高的境界。[10]

綿綿不盡、淒冷迷濛的細雨，易逗引異鄉遊子的愁緒，楊萬元曾指出，雨意象常用以表現痛苦的愁情別緒，其中有一類就是以雨寫思鄉懷人之情[11]，本詩即透過眼前的雨景，懷想故園煙雨中的青翠草色，使空間穿越千里，傳達了遊子雨中的羈旅之思。

（三）時節類

以時節而言，如杜甫〈春日梓州登樓〉二首之二，即是以春景作為空間轉移的橋樑：

> 天畔登樓眼，隨春入故園。戰場今始定，移柳更能存？
> 厭蜀交遊冷，思吳勝事繁。應須理舟楫，長嘯下荊門。

---

[10] 見李淼《李商隱詩三百首譯賞》，頁 428。
[11] 參見楊萬元〈古典詩詞中「雨」的審美意象〉，《語文教學與研究》2005.3。

其結構分析表如下：

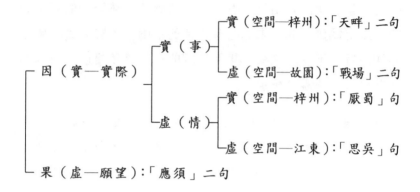

詩中先寫家園破敗及朋友稀少的實情，然後再根據上述原
因，抒發欲往他遊的心願。在寫「因」的節段中，作者在首
二句先就「實空間」，寫目前所在的梓州，並隨登樓所見之
春日美景，將空間移向遠方的洛陽故園，反襯性的藉柳樹，
懸想戰事雖息，但恐已荒蕪一片，舊景不在，王嗣奭說：

> 心之所至，目亦隨之，故登樓一望，而天畔之眼，
> 遙入故園。朝義既平，戰場定矣。洛陽園柳，能
> 復存乎？[12]

天畔之眼，隨春景遙入故園，連結了虛實兩地的空間。後半
則先寫自己雖身在蜀地（實空間），但交遊冷落，無所倚靠，
只得將空間轉至勝事繁多且少時曾前往漫遊過的吳越之地
（虛空間），並藉以引出末聯，可見前六句又在空間設計上，

---

[12] 見王嗣奭《杜臆》卷之五，頁 160。

形成了兩疊「先實後虛」的結構，透過作者靈活的空間轉移，更顯露出一股羈旅飄泊的身世之感。

除了季節，特定的節日也很容易成爲辭章家抒發感懷的背景，如王維的〈九月九日憶山東兄弟〉：

> 獨在異鄉為異客，每逢佳節倍思親。遙知兄弟登高處，遍插茱萸少一人。

其結構分析表如下：

```
┌ 點：「獨在」句
│      ┌ 泛（實空間）：「每逢」句
└ 染 ─┤
       └ 具（虛空間）：「遙知」二句
```

首句先點出自己是身處異鄉的遊子，暗伏思親主旨，底下進入主體內容，作者先於次句泛寫因逢九九佳節而思親，末二句具體的擴發思親之狀，但特別的是，作者並不從己身出發，轉而將空間拉至彼方，從對面虛寫兄弟之憶己，劉坡公評析道：

> 右詩題意全在一憶字，首句言作客異鄉，便含憶字之意，第二句思親二字，憶字已暗暗點明，第三四句從對面兄弟憶己，反託己之憶兄弟，詩境真出神入化矣。[13]

---

[13] 見劉坡公《學詩百法》，頁56。

「遙知」二字，即把空間轉向「對面」，以反託自己思憶親人之意，詩境確實得到了開拓，情味力量也強化了。全詩即透過重陽時節，以「先實後虛」的空間設計，帶出異鄉客深切的思念。

（四）天文類

天文類物象也常作爲虛實兩地空間的中介，如杜甫的〈月夜〉：

> 今夜鄜州月，閨中只獨看，遙憐小兒女，未解憶長安。
> 香霧雲鬟濕，清輝玉臂寒。何時倚虛幌，雙照淚痕乾。

其結構分析表如下：

```
         ┌─ 泛：「今夜」四句
  ┌ 虛空間 ┤
  │      └─ 具：「香霧」二句
  └ 虛時間：「何時」二句
```

綜觀此詩，作者在開頭前六句，就從揣想對方入筆，虛寫遠地妻兒望月之況，前三聯，由泛而具的以妻子的「只獨看」和兒女的「未解憶」，從對面寫家人思念自己，末聯設想未來，以希望全家能早日團聚之願作收，以推深無限的思念，是全虛（虛空間—虛時間）的結構[14]。清浦起龍的《讀杜心

---

[14] 參見陳師滿銘《章法學論粹》，頁 178。

解》是就「由此及彼」的空間推移來評析的,其云:

> 心已馳神到彼,詩從對面飛來。悲婉微至,精麗絕倫,
> 又妙在無一字不從月色照出也。[15]

這裡所提出的「妙在無一字不從月色照出」,正點出了詩作的空間連繫鏈。古典詩詞中的月意象之一,正是象徵著團圓與思念[16],相隔兩地的親人,透過同見天上之月,取得了一種心靈上的應契,連繫了己彼兩個空間,然而,作者不從正面直寫自己所在的實空間,而是將空間藉由月亮,轉從對面的虛處落筆,更大大強化了思念遠方妻兒的真摯情意。

又如李煜〈浪淘沙〉:

> 往事只堪哀,對景難排。秋風庭院蘚侵階。一桁珠簾
> 閒不捲,終日誰來? 金劍已沉埋,壯氣蒿萊。晚
> 涼天淨月華開。想得玉樓瑤殿影,空照秦淮。

其結構分析表(見下頁):

這是寫在汴京遙念金陵之作,首先點出自己懷想往事而生哀情,接著承「景」字,由外而內,寫秋日寂寥之景象;下片則上扣「哀」字,先寫亡國後壯氣盡消的痛苦,最後再藉淒涼之秋月,將空間由此地推至金陵,道盡故國淪亡的痛苦。

---

[15] 見浦起龍《讀杜心解》卷三之一,頁 360。
[16] 參見嚴雲受《詩詞意象的魅力》,頁 141-142。

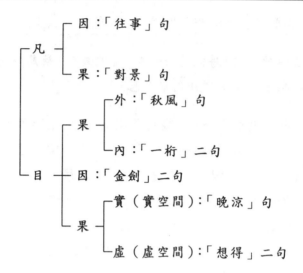

陳滿銘分析說：

> 以「晚涼天淨月華開」句，承上片的「景」，寫秋月
> 升空的淒涼景象；然後以結兩句，承上句的「月」、
> 「空」，將空間由汴京推擴至金陵，虛寫失國後宮廷
> 內外的冷落月色，表出對過去一切已無可挽回的一種
> 沉哀。[17]

作者以「想得」二字，順著上句的月光，很自然的就把空間
從汴京移至金陵，而玉樓瑤殿之「影」，亦呼應著月光，以
其空照秦淮，遙想失國後宮殿的淒清，寄予心中無盡的沉痛。

（五）地理類

---

[17] 見陳師滿銘《章法學新裁》，頁107。

地理類中的江水，常成為空間虛實法的重要物材，如柳永〈八聲甘州〉：

> 對瀟瀟暮雨灑江天，一番洗清秋。漸霜風淒緊，關河冷落，殘照當樓。是處紅衰翠減，苒苒物華休。唯有長江水，無語東流。　不忍登高臨遠，望故鄉渺邈，歸思難收。嘆年來蹤跡，何事苦淹留！想佳人、妝樓顒望，誤幾回、天際識歸舟。爭知我、倚闌干處，正恁凝愁。

其結構分析表如下：

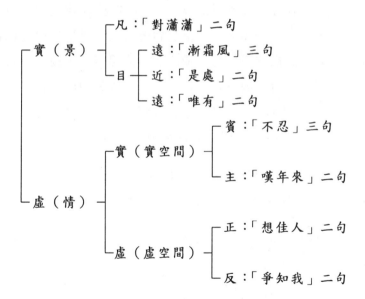

此詞從雨後登樓所見蕭瑟之景，引發思鄉愁緒，形成「先景後情」之結構。上片透過風雨、山河、斜陽與枯朽紅翠，寫

淒涼冷落的清秋，然後以「長江水」將視線拉遠，襯托出詞人內心不盡的愁思，成為由景入情之過渡[18]；下片的抒情，先就自己分寫流浪之苦與身世之感，再虛寫佳人相思。陳師滿銘評曰：

> 以「想佳人」至篇末，循著「長江水」，由登高處一線直通至故鄉，從對面著想，虛寫佳人憑樓顒望，哀怨至極的情狀，以回應篇首的「對」字與換頭的「歸思」二字，表出自己「倚闌」凝眸所湧生的無限哀愁來。[19]

作者以「長江水」上應「江天」，下接自己登樓望鄉，並於下闋末尾，筆鋒一轉，抖然落在對方身上，原是自己思歸懷人，卻從對面寫佳人切盼，還設想她倚樓望遠，誤識歸舟。這樣以江水遠遠的與家鄉銜接起來，將空間由此（實）推至彼（虛），確實能把「歸思」之意深化。

又如孟浩然〈早寒江上有懷〉：

> 木落雁南渡，北風江上寒。我家襄水曲，遙隔楚雲端。
> 鄉淚客中盡，孤帆天際看。迷津欲有問，平海夕漫漫。

其結構分析表如下[20]：

---

[18] 參見趙乃增《宋詞三百首譯析》，頁 75-76。
[19] 見陳師滿銘《章法學新裁》，頁 107。
[20] 參見仇小屏《古典詩詞時空設計美學》，頁 159。

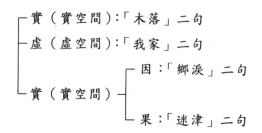

首聯就所在之地，以樹木搖落、北雁南飛與江上寒風，描出一幅歲暮景象，暗含思歸之意；次聯遙念故鄉，喻守真表示：

> 這是一首思歸的抒情詩，這時作者大概身在秦中，意欲南歸而不得。[21]

孟浩然家鄉位於襄陽，然卻身在秦中，故此二句懸想故鄉即屬虛空間；末聯回到當下，寫思鄉淚盡，眼看孤帆遠去，自己卻欲歸不得，故而只能望著茫茫江水，徒然興嘆了[22]。由此可見，全詩在空間上，是以「實─虛─實」的條理組織而成的。詩人面對早寒江上，心裡早已隨著平闊而綿長的江水，回到那遙隔於雲端、位於襄水之曲的故鄉，無奈卻只能望著漫漫平海上的孤舟，興起滿懷鄉思，足見全詩正是依賴著悠悠之水，令詩歌之空間在眼前江邊與遠方家鄉間往復擺盪。

三、虛實空間轉移的美感效果

---

[21] 見喻守真《唐詩三百首詳析》，頁 162。
[22] 參考金性堯《唐詩三百首新注》，頁 198。

　　由於辭章家在進行創作時，會自覺或不自覺的順應審美心理的流向與波動，因而使作品反映出多樣的美感。本節將就材料本身的「意象美」，以及空間設計的「張力美」、章法二元對待特性的「虛實美」，探求虛實空間在藉由自然物象達成轉移和聯繫時，所產生的美感效果。

（一）意象美

　　由於辭章家在創作時，總會透過具體材料（事材或物材）的揀擇與運用，將內在抽象的義旨（情意或道理）予以表出，因此，辭章的內容就包括了源自主體的「意」與取自客體的「象」。就個別意象而言，它指的是辭章家用以表出情意的寫作材料，當這些外在的物理場，與創作主體內在的心理境，在腦中交會互動，去蕪存菁後，就會在意識中留下印記，並透過語言文字，展現出種種獨特的事物形象[23]。黃永武表示：

> 「意象」是作者的意識與外界的物象相交會，經過觀察、審思與美的釀造成為有意境的景象。……當所描繪的意象愈具活動力，在讀者潛在經驗世界中喚起的共鳴也便愈強烈。[24]

這種透過觀察、審思與美的釀造所形成的美的情緒波動、共

---

[23] 參見拙作《辭章意象形成論》，頁 6。
[24] 見黃永武《中國詩學——設計篇》，頁 3。

鳴與感染力，就是意象美[25]。辭章家在作品中所選以呈現的意象，不管是運物為材或是運事為材，通常有其深刻的象徵意義，在烘托與表現辭章的內部義蘊上，亦有其重要的作用，因此，所謂個別意象，也就涵括了物象和事象。陳植鍔在《詩歌意象論》中談到，就詩人的藝術思維來說，「象」即是客觀物象，包括自然界以及各社會聯繫之客體，並以《詩經》及其他詩歌為例，說明文學作品的意象塑造，都離不開有關「物象」或「事象」的組合[26]。陳師滿銘也提出：所謂「物猶事也」（朱熹《大學章句》），故意象除「物象」外，也該包含「事」，因為「物（景）」只是偏就「空間」（靜）而言，而「事」則是偏就「時間」（動）來說[27]。

　　而辭章中用以轉移虛實空間的媒介，往往就是作者巧心揀擇與運用的物象或事象。一般說來，文學作品的義蘊是抽象的，而所運用的材料是具體的，以具體的材料來表出抽象的義蘊，能使辭章發揮最大的說服力和感染力[28]，范衛東亦主張：幾個客觀的事象或物象按一定的組合關係呈現在讀者面前，讀者可以從這些組合中領會到詩人隱藏在這些物象或

---

[25] 嚴雲受表示：詩歌的審美形態包含意象美與聲律美，兩者結合，使主體內心的情志傳達出來。又說：透過意象符號化的語詞，使人的藝術思維產生作用，聯想到相應的意象，產生意象美的感受。參見《詩詞意象的魅力》，頁 3-4。

[26] 參見陳植鍔《詩歌意象論》，頁 15、35、65。

[27] 參見陳師滿銘《篇章結構學》，頁 13。

[28] 參見陳師滿銘《章法學新裁》，頁 223。黃永武亦曾表示：「意象」形成於作者的意識與外界的物象相交會，當所描繪的意象愈具活動力，在讀者潛在經驗世界中喚起的共鳴也便愈強烈。參見《中國詩學——設計篇》，頁 3。

事象背後的主觀意圖和感情色彩[29]。

最常用以聯繫虛實空間之橋樑與中介者，當屬月意象與水意象。前者如本文所探討之杜甫〈月夜〉、李煜〈浪淘沙〉，或如沈佺期〈雜詩〉、李白〈靜夜思〉等。明月本身即象徵著思念、團圓、故里等豐富的意象，嚴雲受闡述道：從自然現象的角度看，天上只有一個月亮，故園之月與異鄉之月同為一體，儘管遠隔山河，卻能與家人同對明月、相望相盼，架通了一道情感的長虹[30]，因此，當明月高掛天空，相隔兩地之人或異鄉遊子等，就可同見明月或藉月光同灑兩地，而寄予感懷、鄉思或憶舊的情意，使月意象形成虛實空間轉移的媒介。

以水意象聯繫虛實兩地者，如孟浩然〈早寒江上有懷〉、柳永〈八聲甘州〉，或如王昌齡〈送魏二〉等。由於江水具有綿長流動之姿，藉著東流的江水，一方面與愁苦之人無限的悵恨相應，另一方面似能載著詩人內心的相思，一路奔向遙遠的彼方。

除了月與水，王安石的〈同熊伯通自定林過悟真〉則以薔薇花香，連接試茶之地與遠方花開處，更透顯一股文雅的閒逸風情。而王維〈雜詩〉也以花意象表徵情意，詩中的寒梅，早已和懸思故園的鄉情綰合。再如李商隱的〈細雨〉，透過迷濛細雨，將空間由眼前的河岸、短亭，一路伸向故園，而絲絲細雨也象徵著綿綿不盡的鄉愁。

---

[29] 參見王長俊主編《詩歌意象學》，頁 214-215。
[30] 參見嚴雲受《詩詞意象的魅力》，頁 147。

綜上所述，掌握住這些篇章中重要的寫作材料，不僅能掌握到辭章家以何種事物，作為虛實空間轉換的紐帶，以及兩者如何取得聯繫的藝術技巧，更能深入領會這些材料背後所蘊藏的情意思想。總之，來自自然物象的某種特定含意，能使辭章作品展現出獨特的審美風貌，生發意象之美。

（二）張力美

由上文之論述可知，「實空間」是以目力所及處為寫作的立足視角，而「虛空間」則是透過設想、寫遠處情況，表現出另一個空間中的景、物、人、事。張紅雨在《寫作美學》中，將同一時間裡的空間虛實轉移，稱為「美感情緒的空間轉換」，並解釋道：

> 在同一時間內的美感情緒的空間轉換，就是要把在同一段時間內的不同地點和場合所發生的美感信息同時反映出來。[31]

這種「共時分地」的轉移或疊映，其審美風貌是十分有力度的，它所體現出來的美感效果，就是一種空間感的張力。趙山林在《詩詞曲藝術論》中，曾討論過「詩詞曲的心理空間」，他認為文學作品中的空間是心理空間，它是物理空間經過作家主觀透視以後發生的變形，有一種情況就是「空間凝縮」，他解釋說：

---

[31] 見張紅雨《寫作美學》，頁 239。

> 空間凝縮的一種情況是整體凝縮。杜甫〈秋興八首〉
> 之六云：「瞿塘峽口曲江頭，萬里風煙接素秋。」詩
> 人身在三峽之瞿塘峽，遙想長安之曲江，遂覺萬里風
> 煙，盡入眼底。[32]

他以杜甫的〈秋興〉之六，做為空間「整體凝縮」之例，其
中，詩人所在的瞿塘峽是「實空間」，而遙想的長安曲江則
是「虛空間」，由此可見，作者正是透過這樣對空間的藝術
處理，使得實空間與虛空間同時凝縮於詩作當中。當作者將
眼所能見與另一個眼所不見的空間，同時表現在辭章中，就
會產生一種因壓縮空間而獲致的張力，王夫之在《薑齋詩話》
中即說：

> 論畫者曰：「咫尺有萬里之勢。」一「勢」字宜著眼。
> 若不論勢，則縮萬里於咫尺，直是《廣輿記》前一天
> 下圖耳。五言絕句，以此為落想時第一義。[33]

這裡借鑒畫論，並特別更提出一個「勢」字，來說明空間布
局的技巧和美感。吳功正在《中國文學美學》談詩歌的空間
意識時也說道：

> 空間感張力在中國詩歌裡常常通過詩人感覺變移和
> 幻化來實現。因為天地之大，非目力所到處，只得憑

---

[32] 見趙山林《詩詞曲藝術論》，頁 164。
[33] 見謝榛、王夫之《四溟詩話·薑齋詩話》卷二，頁 161-162。

借心力。[34]

辭章家正是憑藉著心力，透過藝術性的審美思維，將視野內
外的空間做了最好的調度與安排，展現出所謂「空間感張
力」。如王維的〈九月九日憶山東兄弟〉，透過應團圓而未能
如願的佳節為中介，將獨在異地的自我與家鄉登高的兄弟，
全凝縮於短短的詩句中，並且體現出共時異地的空間疊映，
使得詩中所顯露的無可奈何與濃烈的鄉思，極具感染力。又
如韋應物〈寄全椒山中道士〉，全靠意念，把清冷郡齋的實
空間與落葉滿空山的虛空間，壓縮到當下的風雨之夕，使詩
歌產生空間張力。

（三）虛實美

　　由於空間的虛實法是以實空間和虛空間來組織篇章的
條理，因此在美感氛圍上，就會營造出虛實之美，而這種空
間轉移的虛實美，又可分三方面說明。

　　其一為「自由美」，當辭章家在處理空間的虛實時，通
常會將視線由眼前拉向遠方，甚至到達目力不及的彼方，因
而產生一種空間擴張的美感，吳功正在談古典詩歌的空間意
識時，就特別提出「咫尺千里」的一條審美標準表示：

> 杜甫曾有「咫尺應須論萬里」之說，它所包含的空間
> 美學原理就是擴張空間的表現幅度，求取審美的張

---

[34] 見吳功正《中國文學美學》上卷，頁 365。

力。[35]

藉由空間的擴大，進而伸向另一個眼所不見的空間，會由「化實爲虛」進一步的凸出「虛」的部分，因此能令作品生發出自由騰飛的美感。張紅雨的《寫作美學》裡，則是從創作者的角度，以「放」的寫作方式，爲這種美感奠定心理基礎，他闡論道：

> 寫作主體在立意和結構文章的時候，其思維和想像不受時間和空間的限制，往往神馳千載，目觀秦漢。這種情況，積澱於記憶中的審美經驗的紛紛復呈，是美感情緒四處流溢的一種表現形式。……寫作主體就是依據這種美感情緒的放開去結構作品，其表現形式就是「放」的寫作。[36]

其中不僅說明此種寫作形態的淵源，事實上，這種「放」的創作態度，也符合化實爲虛的特色，因爲作者在創作時，即是受到審美想像的作用，使美感情緒在虛處自由流洩，張氏更進而提出其所獲得的美感效果：「這種寫作可以使美感情緒縱橫馳騁，海闊天空，自由而輕鬆。」如韋應物〈寄全椒山中道士〉，從滁州郡齋出發，因著寒冷之氣候爲媒介，推想山中道士，將空間綿延至滿是落葉的空闊山林，並以「無

---

[35] 見吳功正《中國文學美學》上卷，頁 365。唯空間的擴張與前文所論之凝縮並無扞格，因爲空間凝縮是指在有限的篇幅中承載最寬廣的空間，在美感效果上，前者會取得一種化實爲虛的自由美，而後者往往使辭章作品的力度由此生發。

[36] 見張紅雨《寫作美學》，頁 224。

處尋蹤」令心緒隨虛空間無限發酵。又如杜甫〈月夜〉，更
是全從虛處著筆，詩人藉月色使心神飛向妻兒所在的彼方，
確實獲致「縱橫馳騁」之姿。

其二是「靈動美」。所謂「虛實交錯的靈動美」是虛實
法的美學特徵之一，它是指虛與實的結構成分，在相互移位
或轉位的過程中所帶出的美感。其中包含符合秩序律的「先
虛後實」、「先實後虛」，與源自變化律的「虛─實─虛」、「實
─虛─實」等結構，前者通常會有由外拉近及向外推開的一
種符合秩序性的靈動美，而後者一般會有對稱、均衡、反復
等變化的美感。對此，張紅雨曾談到客觀世界的種種刺激和
觸動，會使得美感情緒有著跳躍和轉換：

> 人們生活在客觀世界裡，每時每刻都受到不同色調、
> 不同意響、不同狀態以及不同性質的事件的刺激和觸
> 動，情緒總是隨之作出相應的反映。這種美感情緒總
> 是從不同的空間涉獵到不同的激情物而為之波動。這
> 便形成了人的美感情緒的跳躍和轉換這一特點。[37]

陳望道在《美學概論》中也論及：

> 人類心理卻都愛好富於變化的刺激，大抵喚起意識須
> 變化，保持意識底覺醒狀態也是須要變化的。若刺激
> 過於齊一無變化，意識對它便將有了滯頓，停息的傾

---

[37] 見張紅雨《寫作美學》，頁 238。

向。[38]

此即人們尋求變化美的心理基礎。在例證方面，如孟浩然〈早寒江上有懷〉，取江上木落、雁渡、孤帆等眼前景，並插敘由江水所通往的家鄉，使空間靈動的轉換於己彼兩地，形成雙實夾虛的對稱結構。又如杜甫〈春日梓州登樓〉，以登樓所見之春景，將此地與故園、蜀吳二地結合一體，因此透過兩疊「先實後虛」結構，使虛與實兩度先後呈顯，突出了空間的流轉與變化之美，並且將詩人漂泊不定的情況與懷歸之思充分顯現出來。

當然，無論是「自由美」或「靈動美」，最後都應統合呈現出虛實相生的「和諧美」。虛與實雖然是相對的二元對待概念，但藉由辭章家在構思時的審美心理活動，以及創作時的有機組織，其所趨向的是一種和諧統一的狀態，從而獲得虛與實由相反而相生相成的美感。張法在談到「相反相成」的美學特性時就說：

> 在不同質的因素和事物中明顯地有些是對立的、排斥的。初一看來，這是對和諧的否定，進而察之，它實為和諧的一種方式，古人稱之為「相反相成」。[39]

虛空間與實空間之間，正是透過某一共通的意象，作爲媒介，然後有機而自然的融合在一起，使經過審美提煉的義

---

[38] 見陳望道《美學概論》，頁 63-64。
[39] 見張法《中西美學與文化精神》，頁 68。

旨、材料、組織等形成統一，進而生發出渾成的和諧之美[40]。

四、結語

　　本文將研究焦點鎖定空間的虛實章法，並由意象學的角度，探討虛空間與實空間之間，常會透過何種重要的自然物材，以緊密得連結為一個有機整體，完成空間之轉移與聯繫。其中，以天文類的月意象與地理類的水意象最為常見，辭章家透過同時映照於虛實兩地的明月，或由此及彼、向前奔流不盡的江水，為虛實空間架通一道轉移的橋樑，其他像是花木植物、風雨氣象、季節時令等，都能在扣合核心情理的前提下，聯繫起虛實空間。

　　其次，本文以意象學與美學的角度切入，採挹虛實空間在經由媒介形成移位或轉位時，所反映出來的美感效果。首先，由於成為轉移媒介的主要材料，通常有其特殊的象徵意義，因此會使辭章產生意象美；其次，當作者將共時異地的虛實空間，巧妙的凝縮於詩歌中，則易增強作品的感染性與張力；此外，虛實空間更會因為奠基於鮮明的虛實屬性，使空間在流轉中，透顯自由騰飛、靈動變化與虛實相生之美。

　　總之，由觀覽辭章作品豐富的文學現象，以掌握其背後深處的理則，並進而賞味其藝術美感，相信這樣的體察過程，對於「再創造」的鑑賞之道，是有所助益的。

---

[40] 以上論虛實美之內容，參見拙作《虛實章法析論》，頁 316-334。

參考文獻

一、專書

仇小屏《古典詩詞時空設計美學》，台北：文津，2002.11。

王長俊主編《詩歌意象學》，合肥：安徽文藝，2000.8。

王嗣奭《杜臆》，台北：臺灣中華，1970.10 臺一版。

李淼《李商隱詩三百首譯賞》，高雄：麗文文化，1993.10。

吳功正《中國文學美學》，南京：江蘇教育，2001.9。

金性堯注《唐詩三百首新注》，台北：書林，1994.5 三刷。

洪邁《容齋詩話》，台北：廣文，1971.9。

浦起龍《讀杜心解》，台北：中央輿地，1970.12。

孫移山主編《文章學》，北京：檔案，1986.8。

陳佳君《虛實章法析論》，台北：文津，2002.11。

陳佳君《辭章意象形成論》，台北：萬卷樓，2005.7。

陳望道《美學概論》，台北：文鏡文化，1984.12。

陳植鍔《詩歌意象論》，北京：中國社會科學，1992.11 二刷。

陳師滿銘《章法學新裁》，台北：萬卷樓，2001.1。

陳師滿銘《章法學論粹》，台北：萬卷樓，2002.7。

陳師滿銘《篇章結構學》，台北：萬卷樓，2005.5。

黃永武《中國詩學——設計篇》，台北：巨流，1999.9 十三刷。

黃永武《中國詩學——鑑賞篇》，台北：巨流，1999.9 十二刷。

喻守真《唐詩三百首詳析》，台北：臺灣中華，1995.1 台 23
　　版 4 刷。

張　法《中西美學與文化精神》，北京：北京大學，**1997.2**
　　二刷。

張紅雨《寫作美學》，高雄：麗文文化，**1996.10**。

趙山林《詩詞曲藝術論》，浙江：浙江教育，**1998.6**。

趙乃增《宋詞三百首譯析》，長春：吉林文史，**1999.11** 三刷。

劉坡公《學詩百法》，台北：天山，**1988.10**。

劉學鍇、余恕誠《李商隱詩歌集解》，台北：洪葉，**1992.10**。

謝榛、王夫之《四溟詩話‧薑齋詩話》，北京：人民文學，
　　1998.2。

嚴雲受《詩詞意象的魅力》，合肥：安徽教育，**2003.2**。

二、期刊論文

楊萬元〈古典詩詞中「雨」的審美意象〉，《語文教學與研究》，
　　2005.3。

《詩經·周頌》形象思維
與邏輯思維關係探析
——以天人意象與章法結構為討論對象

謝奇懿

文藻外語學院應用華語文系助理教授

提要

對辭章學來說，形象思維與邏輯思維為辭章學的兩大基礎思維，兩者間呈現互相聯繫、滲透，結合、轉化的情形與關係。此種互相聯繫、滲透，結合、轉化的情形與關係，值得探索，因此本文擬以詩經周頌為對象，探索中國早期辭章學兩大思維形象思維與邏輯思維的表現、關係及意義。由於兩大思維包含的範圍甚廣，而就形象思維而言，以意象最為重要的地位；就邏輯思維來說，從章法結構最能看出作者的思維佈局方式。是故，本文遂就詩經周頌中的天人意象與篇章結構為具體材料，試圖從這兩個重要的思維面向，探索兩大思維在意象及章法結構的表現，以及兩者之間的關係和意義。

本文發現詩經周頌天人意象與章法結構之間所展現的型態共可分四大類，兩者之間乃是互動而相互提升者。就邏

輯思維而言，詩經周頌的篇章沿著天人意象的思考，一共呈現了十一種章法，且分布在四個已知的家族，移位、轉位的情況已都出現，顯現出豐富的邏輯思維。形象思維方面，詩經周頌以天人意識爲核心，透過對天人意識思考的深入，讓運用的意象在天人意識的主流下，得以有更多樣的變化，以及更深入的認知。在此一對天人意識深入的認知之中，已然蘊釀了東周時期即將到來的意象紛呈的時代。

除此之外，本文發現詩經周頌此種在邏輯思維及形象思維豐富而深入的表現乃是以集形象思維與邏輯思維於一身的天人意識爲核心，進而開展出現的。此一雙重思維的天人意識，取代殷商卜辭中的因果關係，成爲西周主流思考。西周周頌在形象及邏輯思維的表現，即是以天人意識爲內涵而推動的。而此種推動的過程是集兩種思維於一身的天人意識先成爲主流，然後在天人意識的思索下，先有邏輯思維的豐富表現，然後才透過活潑的思維方式，讓形象思維也得到解除束縛的機會。

關鍵詞：詩經周頌、天人意象、章法結構、形象思維、邏輯思維

一、前言

　　對辭章學來說，形象思維與邏輯思維為辭章學的兩大基礎思維。吳應天云：

> 人們的思維既有形象性，也有邏輯性，所以既可寫成形象體系，也可寫成邏輯體系。前者是文學作品，後者是科學理論。這樣劃分，同樣也是客觀事物的反映，但是這仍然是片面的看法。如果辨證地看問題，那就知道形象體系中寓有邏輯性，邏輯體系中也包含著形象性，兩者不僅互相聯繫、互相滲透，而且還互相結合、互相轉化。原因在於形象性和邏輯性具有對立統一關係。正由於這個緣故，由於簡明扼要的邏輯系統很容易為人們所理解，而生動具體的形象體系更容易使人感動，所以許多文學作品往往是形象性和邏輯性結合的複合文。[1]

而陳滿銘教授〈論篇章辭章學〉亦云：

> 一般說來，辭章是結合「形象思維」與「邏輯思維」而形成的。……「形象思維」；這涉及了「立意」、「取材」與「措詞」等問題，而主要以此為研究對象的，就是意象學與修辭學等。……「邏輯思維」；這涉及

---

[1] 吳應天《文章結構學》（北京：中國人民大學出版社，1989 年 8 月一版三刷），頁 345。

> 了「運材」、「佈局」與「構詞」等問題，而主要以此
> 為研究對象的，就字句言，即文（語）法學；就篇章
> 言，就是章法學。……以此整體或個別為對象加以研
> 究的，則統稱為辭章學或文章學。

可見若就整體角度來看，形象思維與邏輯思維實為辭章學的
兩大支柱，其他相關的各個文學學科，都可以收攝入此二大
思維之中。而此兩大思維之間「形象體系中寓有邏輯性，邏
輯體系中也包含著形象性，兩者不僅互相聯繫、互相滲透，
而且還互相結合、互相轉化」等，「形象性和邏輯性具有對
立統一關係」（吳應天語）也就值得深入探討。

　　個別來看，形象思維與邏輯思維都各自包含許多內涵，
就形象思維而言，意象佔有最為重要的地位。陳滿銘教授〈論
篇章辭章學〉又云：

> 以形象思維為主的篇章內涵，最居於關鍵地位的要推
> 意象（整體含個別）。而所謂的「意象」，乃合「意」
> 與「象」而成，它和辭章的內容是融為一體的。
> 不過，它有廣義與狹義之別：廣義者指全篇，屬於整
> 體，可以析分為「意」與「象」；狹義者指個別，屬於
> 局部，往往合「意」與「象」為一來稱呼。而整體是
> 局部的總括、局部是整體的條分，所以兩者關係密切。

可見意象有廣、狹而義。廣義的意象即與篇章整體想要表達
的主旨密切相關，而狹義的意象則是個別局部的材料表現。

就本篇論文而言，所謂的天人意象，當以廣義的全篇意象爲主，並在此意象下具體落實及於個別的天人意象。

而邏輯思維之中，則以章法思維爲最重要。陳滿銘〈論篇章辭章學〉：

> 以邏輯思維為主的篇章內涵，就是章法。這裡所謂的「章」是含「篇」在內的，而章法乃建立在陰陽二元對待的基礎之上，處理的是篇章中內容材料的邏輯關係，也就是聯句成節（句群）、聯節（句群）成段、聯段成篇的一種組織。

則邏輯思維係深入篇章內部，探索作者材料安排的邏輯設想，就外現而言，即爲材料間的邏輯關係。

本文的研究對象，主要在《詩經·周頌》的詩篇。由於《詩經·周頌》在今日可見的篇章的時間可謂最早，甚至可推至西周初期。因此要研究中國辭章學中兩大思維——形象思維與邏輯思維的表現、發展及關係，對西周時代處於發源處的思維情形必定要有所了解。是故本文以《詩經·周頌》爲探討對象，擬天人意象與章法結構之關係與表現入手，探索最早期的形象思維與邏輯思維的關係，以期從中看出特屬於中國早期的文學現象與意義。

二、詩經周頌天人意象與章法結構之型態

對《詩經》來說，天人意象有著重要的地位。[2]落實到《周頌》三十一篇來說，僅〈小毖〉、〈酌〉兩篇無明確天人意象（時間也較晚）。換言之，有二十九篇有天人意象的出現，且天人意象皆有極重要的地位。[3]，就詩經周頌天人意象與章法結構之間的表現與關係所形成的型態來看，此二十九篇所表現的情形計有四大類型，在天人意象的共同點中各自呈現不同的內涵，茲分依此四大類型說明討論於下：

（一）天人意象與主要結構[4]一體之型態

在詩經周頌的結構當中，天人章法是出現最多的一種章法，[5]而就詩經周頌來說，天人章法不止屬邏輯思維，也同時身兼天人意象，因此屬於集形象思維與邏輯思維兩者的型態，也是天人意象與主要結構一體之型態。此類型態爲詩經周頌天人意象與章法結構表現的特點，其本身也十分重要，因此列爲首先討論的對象。就詩經周頌而言，屬於本類型態共有八篇，從章法結構與意象的搭配上可以分成三小類，茲說明其情形如下：

---

[2] 天人意識居先秦兩漢思想的核心地位，而對同時期的詩經學來說，天人意識與先秦兩漢的詩經學關係甚深，詳參拙著《先秦兩漢天人意識與詩經學之研究》第一章第二節「天人意識與先秦兩漢詩經學重要問題之關係」（台北：台灣師範大學國文研究所博士論文，2004年6月）頁9-11。

[3] 關於詩經周頌三十一篇之天人意象與章法結構分析，詳見附錄：「詩經周頌天人意象與章法結構分析表」。

[4] 此處的主要結構，指的是章法結構的最上層，統整全篇思維者。

[5] 參見附錄：「詩經周頌天人意象與章法結構表」。

1、由天而人（天→人）的意象－章法結構[6]

詩經周頌二十九篇章之中，屬本小類的有〈維天之命〉、〈昊天有成命〉、〈烈文〉三篇，茲舉〈維天之命〉一詩如下，〈維天之命〉一詩云：

> 維天之命，於穆不已。於乎不顯！文王之德之純。假以溢我，我其收之。駿惠我文王，曾孫篤之。

毛詩序云：「〈維天之命〉，太平告文王也。」，因此本詩爲「祭文王之詩」[7]，核心意象爲文王之德。詩篇主要分成兩部分，前四句寫文王與天相配，先寫天命不息，文王之德即天命之顯，因此是「虛→實」的結構。後四句寫周人遵文王之道，合天命，而以先後方法由己身入手，叮囑後人永遵文王之道。全篇先言天道，後寫人事，因此是「天→人」的結構。茲繪其意象與結構分析表於下：

---

[6] 在章法結構中，爲簡省計，本文以及附錄之「詩經周頌天人意象與章法結構表」將章法結構的移位、轉位、順逆向簡單以符號表示，例如：順向移向結構「由天而人」寫成「天→人」、逆向移位結構「由人而天」寫成「人→天」、轉位結構「由人而天再回到人」寫成「人→天→人」。另外，移位、轉位結構係由仇小屏提出，移位代表著章法中的思維（布局）秩序，而轉位代表著思維（布局）的變化，詳參仇小屏〈論章法的移位、轉位及其美感〉，《辭章學論文集》上冊（福州：海潮攝影藝術出版社，2002 年 12 月一版一刷），頁 98-122。

[7] 朱熹《詩集傳·維天之命》注，四部叢刊三編本。

```
        ┌ 天（天）┬ 虛（天命）：「維天之命」二句
        │        └ 實（文王）：「文王之德」二句
        │
        └ 人（周人）┬ 先（我）：「假以溢我」二句
                    └ 後（曾孫）：「駿惠我文王」二句
```

由上表可見〈維天之命〉一詩在意象運用限制在幾個有
限的天人意象，僅集中在天命、文德、我、曾孫上面，運用
這些意象明確地表現出人與天之關係（主旨），無其他多餘
部分。在章法結構上，本詩「天→人」的移位結構也顯現出
中國早期由意志天當中自我定位，從中透顯出人類意志的思
維。簡單說來此類精省直接的意象與章法結構在〈昊天有成
命〉一詩也相當類似，代表著詩經周頌天人意象與結構一體
的嚴謹型態。而〈烈文〉一詩亦然，其言「子孫保之」並明
列保之內詳細內容，皆見此一嚴謹之天人意識下，人之自覺
與地位提升。[8]

2、由人而天（人→天）的意象－章法結構

詩經周頌中屬本小類型態的有〈載芟〉、〈良耜〉二詩，

---

[8] 〈烈文〉一詩之解釋略有爭議，詩序云：「〈烈文〉，成王即政，諸
侯助祭也。」而屈萬里《詩經詮釋》則以爲「蓋祭周先公之詩，因
以戒時王也。」考察此二說之差異，主要在首句「烈文辟公」一句
「辟公」所指。辟公指諸侯，然舊說在此以爲是助祭之諸侯，而屈
萬里則以爲是周之先公。前說並將詩篇分成兩段，前爲君敕臣，後
爲臣戒君之辭；而後說則將首句之「辟公」與末句之「前王」視爲
呼應，而以爲中間乃思祖戒今之辭。由篇章內容來看，詩篇中的戒
辭對象應爲同一對象，不宜拆成兩個。說見屈萬里《詩經詮釋》（台
北：聯經圖書公司，1988 年 7 月初版四刷），頁 559。

而二篇結構大致類似，皆以農事爲核心，而以「人→天」的結構表現。茲以〈良耜〉一詩爲例說明其天人意象結構於下：

> 畟畟良耜，俶載南畝，播厥百穀，實函斯活。或來瞻女，載筐及筥，其饟伊黍。其笠伊糾，其鎛斯趙，以薅荼蓼。荼蓼朽止，黍稷茂止。穫之挃挃，積之栗栗。其崇如墉，其比如櫛，以開百室。百室盈止，婦子寧止。殺時犉牡，有捄其角。以似以續，續古之人。

毛詩序云：「〈良耜〉，秋報社稷也。」而朱熹《詩集傳》曰：「續，謂續先祖以奉祭祀。」因此余培林以爲乃「祭宗廟之詩」[9]。朱熹集傳之注固然可取，然「續先祖」未必一定是「祭宗廟」，也可以是言此祭乃「似續古人」者，因此詩序之說仍可取。而無論何種解釋，也僅是對何種祀禮有所爭，內文的理解仍大致無誤，簡單說來，本詩前面大半（十九句）寫農事始末，按農作之先後方式寫成；後四句則寫備禮、祝禱之祭祀。茲繪其意象及章法結構分析表於下：

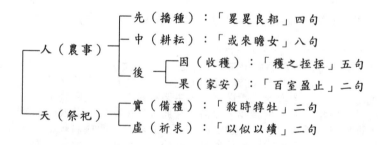

9 參見余培林《詩經正詁》（台北：三民書局，1995 年 10 月初版），頁 584-585。

本詩的主要核心意象在告豐收，而寫農作過程相當仔細，清楚可見周初農事過程。而在結構上，「人→天」的安排使天的部分從「天命」成為「返本」、「重始」的；也就是說，人的地位是突出的，因此在意象的出現上也更為多樣，突破出前一小類的有限範圍。類似於〈良耜〉一詩，屬於此類「人→天」型態的另一首詩〈載芟〉，在屬於人的「農事」上描寫則更為突出。由此可見，本類型態在意象與章法結構的安排上都顯現出進步的特點。

3、由人而天而人（人→天→人）的意象－章法結構

詩經周頌屬於本類型態的詩篇有：〈雝〉、〈閔予小子〉、〈敬之〉等三首，茲以〈閔予小子〉為代表說明於下：568

> 閔予小子，遭家不造，嬛嬛在疚。於乎皇考，永世克孝。念茲皇祖，陟降庭止。維予小子，夙夜敬止。於乎皇王！繼序思不忘。

毛詩序云：「〈閔予小子〉，嗣王朝於廟也。」此處的「嗣王」當是成王。本詩從自身談起，敘及父祖，再歸自身，其間以成王自身修德為核心，言成王遵法與天同位之父祖（文、武王），而見周邦傳家之義。其從自身的處境出發，反思其源，從父祖創國之德獲取力量，反求己身，因此是「人→天→人」的結構，茲繪其意象及章法結構表於下：

```
┌ 人（自傷）：「閔予小子」三句
├ 天（父祖之德）：「於乎皇考」四句
└ 人（繼緒自勵）：「維予小子」四句
```

本詩的核心意象在寫成王之儆。對詩經周頌而言，成王面對
父祖文王武王時，父祖之德乃是配天的。就此結構而言，天
人意象雖然最終仍是依天以自立，但屬人的情感已有變化、
過程，其間的「閔予小子」，實有自傷之意味。

　　綜合本類天人意象與主要結構一體之型態的討論可以
知道，本類的天人結構也就是天人意象，二者集於一體。這
一點代表著對周頌的時代來說，天人意識（或概念）乃是橫
跨形象思維中的意象，以及邏輯思維中的章法結構的。[10]此
一天人意識兼及形象與邏輯的特點十分重要，因為隨著天人
意識在詩經周頌成為核心概念，其他的意象和章法的發展和
出現都可以從此橫跨兩種思維的天人概念得到可能的解釋。
　　分開來看，就天人章法在詩經周頌的表現來說，天人章
法表現在周頌詩篇成為主要結構的情形，移位結構與轉位結
構都有，且移位結構中，天－人之間的正向、逆向皆具。也
就是說，天人章法在詩經周頌的主要結構中，各種變化皆
具，此一天人章法所表現出來的諸多結構樣態在詩經周頌諸

---

[10] 為討論清晰計，本文下文所用之「天人意識」或「天人概念」皆同
　　指兼及形象思維與邏輯思維兩者之綜合體，代表詩經周頌時期獨有
　　特點。

多章法中可謂獨一無二，顯現出詩經周頌對天人章法的純熟，意味著周人對天人概念思考的熟悉與深入。

　　就意象與結構的搭配來說，「天→人」的思維結構當爲承自殷商，因此就思想的淵源上應屬最早[11]，而詩篇意象的表現也最單純。轉位結構次之，並從「人→天→人」的思維結構當中，反覆證成己身，而且「閔予小子」詩句已有情感表露，顯現出形象思維已異於早期，當屬成王時期由周公代表的周代新興思維。至於「人→天」結構亦然，報本重始之義的人文精神實際上更爲顯豁，因此其在詩篇屬人的部分較爲詳細，表現的意象也最爲豐富。

（二）隱性天人意象與主要結構相合型態

　　所謂隱性天人意象與主要結構相合之型態指的是詩經周頌篇章之主要結構爲天人法以外的章法結構，不過，由於天人意識仍存在於詩篇之中，因此這些篇章的主要結構也可以用天人章法的結構取代。考察詩經周頌的內容，會發現屬於本類的詩篇最多，共十三篇；而此十三篇就細部而言還可以分成兩類，茲說明此二小類情形於下以利討論：

1、主要結構為隱性天人結構之型態：

　　此類型指的是詩篇中的主要結構爲天人法之外的其他章法結構（其他主要結構），然此一結構恰巧可以天、人意

---

[11] 本處所指係思想淵源，非詩篇創作之時代。

象一一對應，而用天人法取代。詩經周頌屬於此類者計有十篇，而有因果法、賓主法與泛具法三種章法結構。對詩經周頌的這十篇詩歌來說，由於泛具法與賓主法在意象及章法結構上頗為類似，在此，茲舉因果與賓主法之表現說明於下：

（1）因果法

詩經周頌運用因果法，且其主要結構為隱性天人結構之型態者最多，共有六篇，而其具體呈現在移位及轉位結構皆有，〈豐年〉詩云：

> 豐年多黍多稌，亦有高廩，萬億及秭。為酒為醴，烝畀祖妣。以洽百禮，降福孔皆。

毛詩序云：「〈豐年〉，秋冬報也。」本詩的核心意象在於秋收的豐年景象，藉此以言報天、祈福之義。就詩篇安排來說，本詩為「因→果」的結構，由於豐收，因此有祭祖祈福之禮，茲繪其意象及結構分析表於下：

```
┌─ 因（豐收；人）：「豐年多黍多稌」三句
│
│                      ┌─ 實（備禮）：「為酒為醴」三句
└─ 果（祭祖祈福；天）─┤
                       └─ 虛（祈福）：「降福孔皆」句
```

此類主要結構為隱性天人結構型態的特點即是主要結構可以用天人法取代。就此處來說，即為本詩的「因→果」結構也可以用「人→天」的結構觀之。由於人世的豐年，因此謝天、報天，同時向天祈求來年之順利。因此，本詩因的部分

也可以爲人，而果的部分也可以爲天。此一因果結構也是天人結構的思維顯現出〈豐年〉對天人二者間因果關係之思索。而從意象之內涵來看，本詩「因→果」、且人位於因、天成爲果的邏輯關係中，表現出〈豐年〉詩中人的自覺已有所提升。

　　類似於〈豐年〉以「因→果」配「人→天」的情形在本小類中最多，在〈豐年〉之外，尙有〈潛〉、〈有客〉、〈絲衣〉共四篇都是類似的意象展現與章法結構。可見人的意識的勃發、開展。以本例而言，天的部分雖不一定離開意志天，但重心已轉至人之敬謝義涵。

　　相較於以從因到果對應到「人→天」的結構，〈噫嘻〉一篇則是反以「天→人」對應「因→果」，〈噫嘻〉一詩云：

> 噫嘻成王，既昭假爾。率時農夫，播厥百穀。駿發爾私，終三十里。亦服爾耕，十千維耦。

　　毛詩序云：「〈噫嘻〉，春夏祈穀于上帝也。」在內容上恰與〈豐年〉相對，一爲豐收，一爲農事之始，因此異於〈豐年〉，本詩乃是以農事爲核心意象。不只如此，本詩的意象呈現與安排與〈豐年〉恰好相反，其先言祈天之助，後言人事，茲繪其意象與結構分析表於下：

```
┌ 因（祈天；天）：「噫嘻成王」二句
│                    ┌ 泛（泛論農事）：「率時農夫」二句
└ 果（戒農；人）─┤
                     └ 具（具寫農情）：「駿發爾私」四句
```

就結構而言本詩的思維安排雖與〈豐年〉相反，但主題亦相對，因此在事件邏輯秩序上正好相反。因此，〈噫嘻〉一篇的人雖然在果的位置，其實是透過屬於人的困，寫人事的重要。對周人來說，人事雖然不能離天而自存，但人的作為極其重要，因此在〈噫嘻〉一詩中，其人的部分較詳細，而同樣在意象內涵上表現出人事的重視。

因果法與天人法的對應除了移位結構外，轉位結構也有對應的例子，同樣也透過因果關係的思索表現出人天關係中人的地位重要，〈桓〉詩云：

> 綏萬邦，婁豐年，天命匪解。桓桓武王，保有厥士，于以四方，克定厥家。於昭于天，皇以間之。

毛詩序云：「〈桓〉，講武類禡也。桓，武志也。」本詩雖非武王詩，而為頌武王之功，[12]但詩篇意象以武事為重，故在西周當中亦可能用於軍閥之事。由此，則詩序前段之說解不誤，而後半則不應為武王之志，可能為後人所加。[13]在安排上，本詩係先言國安、豐年之結果，再推其源武王之功，最後由此言其當繼武王之志。由此，本詩雖以頌武王之功為

---

[12] 參見余培林《詩經正詁》（台北：三民書局，1995 年 10 月初版），頁 591-592。

[13] 文幸福認為，現存之詩序非一人所作，而有古序、續序的分別，古序與續序的方向一致，僅在細部上進行說解。就本詩而言，其續寫的細部正好不合詩篇內容。關於古序續序的論述，參見文幸福《詩經毛傳鄭箋辨異》（台北：文史哲出版社，1989 年 10 月一版），頁 209。

核心意象，但歸於繼志述事，則亦見因果的轉位結構中人的重要。茲繪本詩之意象及結構分析表於下以利解讀：

```
┌─ 果（國安豐年；人）：「綏萬邦」三句
├─ 因（武王配天；天）：「桓桓武王」五句
└─ 果（繼武王志；人）：「皇以間之」句
```

（2）賓主法

詩經周頌運用賓主法，且其主要結構爲隱性天人結構之型態者有兩篇，分別爲〈清廟〉與〈天作〉二詩。〈清廟〉一詩云：

> 於穆清廟，肅雝顯相。濟濟多士，秉文之德。對越在天，駿奔走在廟。不顯不承，無射於人斯。

毛詩序云：「〈清廟〉，祀文王也。周公既成洛邑，朝諸侯，率以祀文王焉。」姚際恒以爲是「兼祀文武」[14]之詩。以詩句內容觀之，詩序之說爲是，不宜在詩句之外別出武王之義。就細部而言，本詩之內容則有不同解釋，差異主要在「對越在天」四句。一般以爲此四句指祭者，然余培林以頌文王之德之主旨觀之，此四句應爲正寫文王之德，而非寫祭者。[15]前四句方爲祭者，爲陪襯之賓。如此，則本詩之結構

---

[14] 參見姚繼恆《詩經通論・清廟》（台北：中央研究院文哲研究所，1994 年六月初版），《姚際恒著作集・第一冊》。

[15] 參見余培林《詩經正詁》（台北：三民書局，1995 年 10 月初版），頁 517-518。

當爲「賓→主」，賓的部分恰爲人事，而主的部分爲與天同位之文王。賓（人）、主（天）各佔一半而成爲均衡之型態。茲繪其意象及章法結構分析表如下：

> ┌ 賓（助祭者；人）：「於穆清廟」四句
> └ 主（文王之德；天）：「對越在天」四句

在此一由賓而主，同時也是「人→天」完全對應情形下，會發現天人意象仍侷限在有限的祭祀主題。不過，從主要結構爲「賓→主」的區分：賓－人／主－天的對應中，會發現天人的意象思維已有不同相異於因果關係之外的認知，進而有層次概念。不止如此，本詩的意象雖然侷限在文王之德，然其人的部分前兩句「於穆清廟，肅雝顯相」已略見情境描述。

本小類的賓主法的另一詩篇爲〈天作〉一詩，更爲明顯地表現出此一特點，〈天作〉詩云：

> 天作高山，大王荒之。彼作矣，文王康之。彼徂矣，
> 岐有夷之行。子孫保之。

毛詩序云：「〈天作〉，祀先王先公也。」不過，季本《詩說解頤》則以爲「蓋祀岐山之樂歌」[16]。以詩篇內容來看，其核心意象則在周人之發源地「岐山」，當以季本之說爲是。在本篇中，岐山爲本詩主題，因此爲主，也是天。至於人的部分則是賓，其敍寫較天詳細。不過，兩者雖然有賓

---

[16] 參見季本《詩說解頤》，四庫全書本。

主之分，但對周人而言岐山二者實互依互榮，「太王後岐山而始興，岐山得太王而始顯。名山名人，相得而益彰也。」[17]茲繪其意象及結構分析表於下：

最後，屬本小類的〈思文〉、〈維清〉二詩皆爲「泛→具」結構，其一如「主→賓」結構一樣，二篇都同樣可以解爲「天→人」結構。在意象的表現上，具的地方皆爲人的部分，因此描述自然清楚，其代表意義與賓主法的表現一致。

整體而言，本小類主要結構爲隱性天人結構之型態所佔作品數目最多，計十篇，茲歸納本小類在意象及章法結構之情形於下：

甲、整體而言，本小類的最大特色即爲：詩篇的主要結構，如因果法、賓主法、泛具法，都與天人法一一對應。因此，就邏輯思維的章法角度而言，這三種章法係針對天人概念，思考其中的天人關係與內涵而生。而就形象思維的意象而言，意象的變化也在新的邏輯關係中得到發展的空間。

---

[17] 見余培林《詩經正詁》（台北：三民書局，1995 年 10 月初版），頁527。

乙、就意象而言，本小類的意象種類較為單純，但思考方式較活潑，造成意象內涵上也突顯人的地位。思考方法的活潑係表現於章法結構，由於本類的主要結構可以從兩種不同角度切入，代表著此類詩經周頌篇章突破單一天人概念的情形，在重新省識人天關係中，勢力要藉重更多的材料（意象的選擇），進行更深的思考（意象內涵的深入與變化）。具體說來，就本小類呈現的意象內涵而言，無論是賓主、泛具或是因果法，都表現出對人的重視。不只如此，由於人的思考與重視，從賓主與泛具結構中，已可以看出屬人的意象描寫最多，也較天的部分細膩，甚至有氛圍的塑造，與敘寫的詳細始末記載。至於因果法中的人，都在果的位置，亦佔有重要位置。

丙、就章法結構來說，本小類因到果的結構出現最多，可見殷商遺留痕跡尚在。雖然如此，因果法實際已與天人法重合，此點意味著周人已從為原先以占筮為主的因果思維出發，將因果的思維運用加上不同的意涵，從占筮轉向人的地位思考。

丁、就歷史發展的角度來說，由於主要結構兼為天人結構的現象在時間最早的〈清廟〉、〈天作〉諸篇即已出現。因此，我們可以說從周代一開始，集形象思維與邏輯思維一體的天人意識，即展開為不同的邏輯思路：周人嘗試從不同角度進行對天人概念思考。當然，由於因果法所佔比例最多，可見此一嘗試不離殷商發展的傳統，但也產生了質的變化。

2、主要結構爲準隱性天人結構之型態：

所謂的準隱性天人結構型態指的是篇章的主要結構雖然不是天人結構，然其亦可以由天人章法取代。本小類與前小類不同之處，在於前小類係完全對映，而本小類之對映必須兼及於次要結構[18]。換言之，即是主要結構爲天人法之外的移位結構，如「實→虛」，其可以用「人→天→人」的天人轉位結構取代。此種取代和對映即是「實」對映「人」，而「虛」的次要結構係由「天→人」構成，因此也可被「天→人」結構取代。在詩經周頌的詩篇當中，屬於本小類之詩篇共有三篇，分別是〈臣工〉、〈振鷺〉與〈執競〉。〈臣工〉詩云：

> 嗟嗟臣工，敬爾在公。王釐爾成，來咨來茹。嗟嗟保
> 介，維莫之春。亦又何求？如何新畬？於皇來牟，將
> 受厥明。明昭上帝，迄用康年。命我眾人，庤乃錢鎛。
> 奄觀銍艾。

毛詩序云：「〈臣工〉，諸侯助祭遣於廟也。」本詩的核心意象乃是戒臣工憂勤。詩歌前半八句乃就現實立論，要求其勤懇戒懼，而以下七句係虛寫未來豐收，言付出必有收獲，而人也必須預備收成。因此，本詩乃「實→虛」之結構組成，當中實的部分係就現實人世而言，而虛的部分則由

---

[18] 所謂的次要結構，係相對主要結構而言，係指最上層結構之下第二層之結構而言。

天、人二者構成。茲繪此意象與結構分析表於下：

```
┌實（戒臣工保介；人）：「嗟嗟保介」等八句
│                    ┌天（豐收）：「於皇來年」四句
└虛（祈豐年；虛）────┤
                     └人（待收成）：「命我眾人」三句
```

此類情形意指虛實法係由爲天人法的轉位結構變形而來。也就是說，以天人法爲主流的時代之中，由於天人概念的變化組合，在思維上遂有更進一步的新思維產生，本例出現的「實→虛」的結構即如此。而在實虛法的新思維當中，天人的關係和內涵也已產生變化。就本詩而言，「實→虛」可以代換爲「人→天→人」的結構，其中的人在詩篇中已分別從現實（實）和想像（虛）兩個角度展現，而使得人的意象從現實得以飛躍。由此，則本小類要結構爲準隱性天人結構之型態，其從天人意識中生出新的邏輯思維，而新的邏輯思維帶動更多的意象產生的情形也出現了。

此種同樣的情形也可以從〈振鷺〉詩看出來，〈振鷺〉詩云：

> 振鷺于飛，于彼西雝。我客戾止，亦有斯容。在彼無惡，在此無斁。庶幾夙夜，以永終譽。

毛詩序云：「〈振鷺〉，二王之後來助祭也。」其說大致不誤，而核心意象則是助祭所觀、所感之樂舞。本詩在篇章的安排上係由景入情，景的部分以舞之樣貌爲意象，情的部分則以燕享之樂爲意象。而前者爲祭禮之內容，故爲天；

後者係先言當下之樂，屬人的範疇；續言對未來的祈望，又歸於天。由此，本詩之意象及結構分析表如下：

```
       ┌ 景（舞容；天）┬─ 果（舞鷺）：「振鷺于飛」二句
       │              └─ 因（客至）：「我客戾止」二句
       │
       └ 情（燕享之樂）┬─ 實（今樂；人）：「在彼無惡」二句
                      └─ 虛（祈未來；天）：「庶幾夙夜」二句
```

此類情形「景→情」亦可爲「天→人→天」如同前例虛實結構一樣，而得以窺見情景思維在周頌當中應由天人變形而來，表現出因爲天人概念的變化組合，而有新思維的產生。必要注意的是，就形象思維的意象上，舞容意象的描寫與燕享之樂的抒發雖然都在天人關係之下，但已與第一類純粹天人的意象和章法結構的嚴謹有了極大的不同。

最後，〈執競〉一詩所展現的「圖→底→圖」情形大致一樣，爲簡省計，姑略不述。

從形象思維與邏輯思維的表現來看，此小類似乎與前小類近似，因爲都可以用天人章法取代非天人章法的主要結構部分。但從天人法之外的章法移位結構恰巧與章法的轉位結構對映的來看，此類天人之外的章法運用的同時其實隱含了天人的思維，而透過較爲轉位結構呈現。如「實→虛」可以代換爲「人→天→人」、「景→情」可以對映到「天→人→天」，由此則本小類之天人意識雖不似前舉之各類明顯，而是介於主要、次要結構之間。但實際上天人的範圍和思考方式更廣更複雜了，在此一更爲寬廣的嘗試之中，因此造就了其他章

法，在詩經周頌之中，虛實法、情景法與圖底法等章法即如是出現。從另一個角度看，就意象的角度而言，本類詩篇的意象取材與運用已隨著天人意識走得更遠更廣。例如此處的景情法已有情感表露，實虛法已見想像起飛，而圖底法在人的部分則有祭禮氛圍的塑造。

簡而言之，隱性天人意象與主要結構相合型態在詩經周頌的篇章中佔有最大的分量，其具體的表現更是十分重要。天人章法與其他章法的相互替代性不但代表著天人意識在形象思維的意象與邏輯思維的章法有著更多更深的思考和嘗試。從這些嘗試之中，更可以看出新的章法思維從中生發，爲未來變化多端的文章開創新頁。

（三）隱性天人意象與篇章結構隱然相合者

所謂的隱性天人意象與篇章結構隱然相合的情形即是天人結構雖然未能出現在詩篇的主要結構，但卻化身爲次要結構之中，表現出更爲隱微的的天人意識。詩經周頌屬於本類的篇章共有六篇，可以分成兩小類，茲分別說明於下：

1、次要結構皆為天人結構者

屬於本小類的篇章有兩篇，分別爲〈我將〉與〈時邁〉。〈我將〉云：

> 我將我享，維羊維牛，維天其右之。儀式刑文王之典，

日靖四方，伊嘏文王，既右饗之。我其夙夜，畏天之威，于時保之。

毛詩序云：「〈我將〉，祀文王於明堂也。」其核心意象主要在頌文王配天之德。本詩係採由外而內的安排，前半五句書寫獻享文王，並以安四方頌文王；下半五句則轉言內在之持守，其亦先勸饗文王之神，再頌子孫畏天保德以頌文王。由此，則本詩之意象與結構分析表於下：

```
        ┌ 外（安四方）┬─ 天（獻享）：「我將我享」三句
        │            └─ 人（安人）：「儀式刑文王」二句
┌───────┤
        └ 內（畏天保典）┬ 天（勸饗）：「伊嘏文王」二句
                      └ 人（律己）：「我其夙夜」三句
```

在本詩之中，頌文王之德主要是藉因文王而安四方與畏天保文王之典二個意象而成。不過，這兩個意象的構成都是以「天→人」的結構爲內涵，因此，就本詩而言，其主要結構雖爲「外→內」，但其所頌文王之德卻是以天人意識爲其內涵。因此，深入的說，從〈我將〉對稱出現的天人結構可以看出，本詩實是表現了天人意象有內外的分類思維。

同屬於本小類的〈時邁〉情形也很類似，其詩云：

時邁其邦，昊天其子之，實右序有周。薄言震之，莫不震疊。懷柔百神，及河喬嶽。允王維后，明昭有周，式序在位。載戢干戈，載櫜弓矢。我求懿德，肆于時夏，允王保之。

毛詩序云：「〈時邁〉，巡守告祭柴望也。」本詩以巡守所見為核心意象，表現巡守祭神的主題。本詩的意象安排是「泛→具」，具寫的部分寫具寫部分由「人→天→人」轉位結構組成，其中的人事部分是先外在「薄言震之」、再內在「我求懿德」，與前首的〈我將〉同樣表現出對內聖的重視，歸於己德之保。茲繪其意象與結構分析表於下：

```
        ┌ 泛（巡行）      ┌ 人（巡行）：「時邁其邦」二句
        │                └ 天（告天）：「昊天其子之」三句
   ─────┤
        │                ┌ 人（服人祭神）：「薄言震之」四句
        └ 具（所見所求）─┤ 天（告天）：「允王維后」三句
                         └ 人（求己德）：「載戢干戈」五句
```

從天人概念同兼意象與章法二位一體的角度來說，此類雖未脫離天人概念的限制，但其已降至次要結構。此一現象代表了天人概念成為其他思維的內含，讓形象及邏輯二者都更為豐富，深化。我們可以這麼說，在此一更為寬廣的嘗試之中，天人概念投射到外在現象界，讓原本有限的現象界觀察得以擴大，因此有了新的思維方式進而造就了其他章法，本小類中〈我將〉中的外內法與〈時邁〉的泛具法即如此。也就是說，藉由天人概念的進展，如〈我將〉是將天人意象有內外的分類；〈時邁〉將天人意象描敘成泛寫與具體，天人意象由天人主題轉出外界的敘寫的內容，因此在結構表現上，天人法之外的其他章法也提升至主要結構的層面。

2、不均衡型態中，有所開展部分爲次要結構者。

除了主要結構的各個次結構皆爲天人結構的情形，尚有一類在主要結構中，其中一部分無次要結構，而其他部分有次要結構，因此展現爲不均衡之章法結構型態。譬如點染法，點的部分由於僅爲時空的落足點，所以通常極短，無次層結構；而染的部分著墨極多，因此表現爲不均衡狀態。在詩經周頌的篇章當中，有部分是意象及章法結構屬不均衡型態，然其有所開展之次要結構有屬天人結構，亦應屬於本類隱性天人意象與篇章結構隱然相合的型態。實際來看，詩經周頌詩歌屬於本小類的詩篇計有四篇，分別爲〈有瞽〉、〈賚〉、〈般〉、〈訪落〉等詩，茲以〈有瞽〉爲對象論述於下，〈有瞽〉詩云：

> 有瞽有瞽，在周之庭。設業設虡，崇牙樹羽。應田縣鼓，鞉磬柷圉。既備乃奏，簫管備舉。喤喤厥聲，肅雝和鳴。先祖是聽。我客戾止，永觀厥成。

毛詩序云：「〈有瞽〉，始作樂而合乎祖也。」本詩的核心意象爲祭樂之美。詩篇之始，先以二句點出地點，其次正面寫樂器、樂聲，而結以與祭者觀樂之反應。因此，本詩應是「點→染」的結構，茲繪其意象與結構分析表於下：

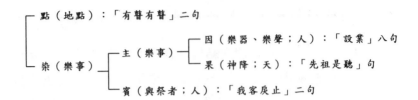

在這樣的意象及結構表當中，點的部分簡單帶過，染的部分則詳細敘說。在詳細敘說的次層，爲「主→賓」的結構，但此一結構亦可視爲「人→天→人」的結構，因此此種不均衡的次結構屬於可以用天人結構取代的情形。就點染法而言，由於點是時空的落足點，染則代表從點開始對現象世界的敘寫。因此〈有瞽〉一詩在敘寫上運用了「人→天→人」結構，表現出運用天人概念對所敘觀察敘寫的意象進行思考。此一天人意識的退繪讓本詩在意象的選擇和表現上更有彈性，讓音樂的描述，以及旁觀者反映的記載成爲本詩注目的焦點。

此外，〈賚〉、〈般〉、〈訪落〉三詩也都屬於此種不均衡型態下有所開展的次結構爲天人章法的情形。具體地說，〈賚〉、〈般〉、〈訪落〉三詩的主要結構以及有所開展的次要結構分別爲：〈賚〉——「因→果」，因之次要結構爲「天→人→天」；〈般〉——「凡→目→凡」，目之次要結構爲「人→天」；〈訪落〉——「泛→具」，其具之次要結構爲「人→天」。由於泛具結構的〈訪落〉、因果結構的〈賚〉、凡目凡結構中的〈般〉，其中的天人結構都出現在具、因和目的部分，泛、果、凡都在天人結構之外，看起來天人意識似乎在此種型態中似乎沒有對整篇詩歌發生影響。不過仔細觀察此

三種章法的性質可以發現，泛、果、凡本身在泛具法、因果法、凡目法等章法當中通常擔任著統整、總括（結果）的角色。由此，則本類不均衡型態天人結構表現上不能影響整個主要結構，其實未出現天人結構的部分，實際上在篇章中的角色卻是對天人概念的進行統整。

簡單說來本小類為次要結構為天人結構，其天人意識的地位似乎不似主要結構之次要結構全為天人結構的詩篇來得重要。但就結構呈顯的現象來說，天人結構成為有所開展的主要結構的具體內涵，加上未開展的部分不是如同點染法的〈有瞽〉，代表著現象世界展開敘寫；就是泛具結構的〈訪落〉、因果結構的〈賚〉、凡目結構中的〈般〉三篇，以天人概念對現象世界進行詳細的觀察和總結。由此，本小類與前述之隱性天人意象與主要結構相合狀態的情形仍是相似，而可以理解為天人邏輯思維化入其他邏輯思維的表現，並且可以從邏輯思維的變化看出意象層次的形象思維的轉變。只是，本小類天人意象與結構僅出現在次要結構的情形可以說比先前諸類型態都走得更遠，而表現出走出天人的束縛的初步嘗試。當然，此種嘗試是從整體省視天人意識展開的。筆者以為，惟有真正跳脫出天人意識之中，從整體角度省視天人意識，才有可能真正認識自我，真正認識、開拓天人意識之外的現象世界。因此，本小類的篇章雖然僅有四篇，不過，總結即是開始，本類可以視為意象從天人意識向外展開的起點。

總而言之，本類將天人結構化成每一個次要結構的邏輯思維雖然有兩種小型態，但從中都可以看出對屬於形象思維的天人意象進一步思考。其中一個方向是對天人意象進行統合，另一個方向則是運用天人的形象思維，將其投射在外在現象世界，將諸多現象加以解釋，讓天人意識更為潛藏，而章法結構與意象呈現也更為多樣。因此，對天人意識的整體思索，一方面是對傳統天人意識作出總結，一方面也是由傳統的總結出發，意圖開創出新的形象思維，讓意象有著更多的可能。

（四）隱性天人意象與主要結構結合之複雜型態

本類隱性天人意象與主要結構結合之複雜型態計有兩篇，分別為〈載見〉與〈武〉。所謂的複雜型態，指的是天人意象不出現於篇章之中，而成為詩篇之背景思維，由於此種情形讓意象與章法結構的搭配不似前面詩篇清楚，因此稱為複雜型態。茲以〈載見〉一詩為例說明其情形於下，〈載見〉：

> 載見辟王，曰求厥章。龍旂陽陽，和鈴央央。鞗革有鶬，休有烈光。率見昭考，以孝以享，以介眉壽。永言保之，思皇多祜。烈文辟公，綏以多福，俾緝熙于純嘏。

毛詩序云：「〈載見〉，諸侯始見乎武王廟也。」而本詩的意象也寫諸侯助祭武王之過程。就章法結構言，本詩依

時間先後描寫此助祭意象，因此是爲「先→後」的結構，茲
將意象與章法結構分析表描繪於下：

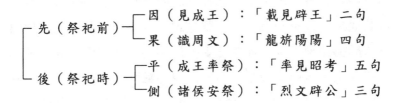

就內容而言，〈載見〉將祭祀前所見、祭祀時主祭、助祭的
情形也都描寫十分清楚。整體而言，本詩全爲向武王祈求之
過程，不過，此一過程的背景實是祭武王而作，因此全詩可
說是天人意識下，純就人的角度下來描寫表現。也就是說，
從天人意象的角度看，天人意象並未明確出現，而專就祭祀
之過程描寫。

　　本類的另一首詩篇——〈武〉詩亦屬此類。〈武〉詩鄭
玄以爲係爲周公作，[19]就內容而言，當是周公象武王之功所
作。本詩在章法結構上爲「泛→具」結構，具的部分如前例
〈載見〉詩爲先後結構，分寫武王繼文王及武王之功。本詩
雖寫武王其人，在內容上似爲武王生平之敘述。不過，對周
人而言，武王配天，武王功業之敘述亦即爲天命的具體表
現，因此其天人意象隱藏在思想層次，而外在的詩篇表現遂
表現爲純然之描寫。

---

[19] 鄭玄箋。見毛詩正義，《十三經注疏》本。

　　由上述可知，在詩經周頌當中，隱性天人意象與主要結構結合之複雜型態當中的天人意象不出現於篇章之中，而成爲詩篇之背景思維。由於此種意象的隱晦，遂讓意象的選擇較其他類得以更爲寬廣。也就是說，在詩經周頌天人意象與章法結構諸型態中，此類是走得最遠的。此型態之天人意識雖然存在，但影響最小，而將注視焦點轉向人的世界，專就人的世界加以描寫，因此，本小類在意象的表現上最爲豐富，而有描寫的部分都呈現完整的情形。

三、詩經周頌天人意象與章法結構之關係與意義

（一）以天人意識爲核心，開展出豐富的邏輯思維

　　就本文前述可知，詩經周頌以天人意識爲核心，因此開展了對現象界的種種思考。此種思考偏於邏輯者而形諸於篇章者，即爲章法結構。而綜合本文第二部分詩經周頌二十九篇所展現的天人意象與章法結構的諸型態表現，會發現由於天人意識的關係，表現出豐富的章法結構，茲分別從章法家族、章法、章法的移位與轉位等重要角度切入，整理詩經周頌在章法邏輯思維的表現情形於下：

1、章法家族、章法（結構）與出現次數

　　綜合前文討論，詩經周頌與天人意識有關的二十九首詩篇中，共出現十一種章法，且分布在四大家族。茲整理此二

十九篇所表現之章法、次數與家族於下（次數以括號表現）：

　　圖底家族：外內法（1）、圖底法（1）、先後法（1）

　　因果家族：因果法（7）

　　虛實家族：凡目法（1）、點染法（1）、泛具法（5）、
　　　　　　　情景法（1）、實虛法（1）

　　映襯家族：賓主法（2）、天人法（8）

由上述的統計可以看以下三點情形：

　　（1）就家族而言，各個家族都有，顯示在西周時期章法學的主要四大範疇皆以具備。不過，值得注意的是，最傳統的因果家族發展最少，而虛實家族的展現最多，似乎顯現出因果思維的隱晦，進而表現出虛實思維「相反相成」、「對立而統一」的一面[20]。

　　（2）就數目來說，天人章法最多，因果法次之，而泛具法第三。此點與前述天人法在西周已取代因果法，而為詩經周頌的核心思維相合。

　　（3）天人法在詩經周頌之中由於兼及意象與邏輯二者，且其意象侷限在傳統定義，非後來的自然景物。在現今章法學當中，天人法應屬映襯家族，不過，在西周時期的情形，其與因果法結合的情形不少，因此其映襯調和的意味

---

[20] 詳參見陳滿銘教授《章法學綜論》（台北：萬卷樓圖書公司，2003年初版）第七章「比較章法」第二節「就求同而言」之虛實家族部分。

少，而邏輯的層次美意味多。[21]

2、移位、轉位出現的情形

移位與轉位為章法學中重要的概念，其一方面代表了章法律則中秩序與變化，一方面也可以看出美感與風格的強度。在詩經周頌上述十一種章法中，有八種章法出現移位結構，其順逆向的情形如下：

> 順向：因果、泛具、點染、情景、先後、實虛
> 逆向：內外
> 雙向：天人、賓主
> 轉位：凡目法、因果法、天人法、圖底法、實虛法等

由述統計的結果可知，順向結構是出現最多者，逆向結構僅有一例，此點符合詩經周頌作為中國早期作品，其思維仍以自然順向為主。至於正、逆雙向皆有的章法為天人、賓主法，此一情形顯示了西周對此兩種章法的熟悉，與思維的深入。至於出現轉位結構者有五種章法，此五種章法之中，除了兩種沒有出現移位結構的凡目法與圖底法，其他三種——天人、因果、與實虛法皆有順向結構，也顯示出此三種章法的熟練情形。至於偶然出現的凡目法與圖底法之轉位結構，由於各自出現的次數極少，因此僅能視為偶見的例子。

---

[21] 關於四大家族所體現的美感，可以參見陳滿銘教授《章法學綜論》(同註 20)第七章「比較章法」第二節「就求同而言」之部分。

綜上所述，詩經周頌二十九篇詩歌之中，僅有兩篇爲複雜型態，天人意識僅以形象思維發揮作用，至於其他二十五篇皆見天人意識佔有明顯的核心地位，而讓邏輯思維得以有豐富的表現。此點顯現詩經周頌邏輯思維與天人意識的關係，在多樣的邏輯思維中可以看出天人意識的存在；而沿著天人意識，邏輯思維也得以有多樣表現，因此，天人意識與邏輯思維之間，實呈顯出一而多、多而一的相依關係。

（二）天人意識帶動形象思維的深化與豐富

在形象思維方面，詩經周頌也跟隨天人意識，而在意象上有著豐富、深化的表現，茲歸納本文前述之內容，以明詩經周頌意象表現之特點。

1、形象思維於天人脈絡中見豐富

就詩經周頌言，天人意象仍是各篇詩歌意象的主流，而其所關注的，也多半是人面對意志天的面向表現。由此可以，詩經周頌之形象思維仍是循著天人脈絡發展。

另一方面，由詩經周頌中的天人結構橫跨主要、次要結構，且移位、轉位兼具的現象可知，周頌詩篇所關注的現象世界雖循著天人概念開展，但由於關注的方式改變，而使描寫範圍更顯擴大，呈現天人脈絡下豐富的意象表現。

2、形象思維隨天人意識而深化

詩經周頌的形象思維除了橫向的豐富擴展外，其循著天

人意識觀念的進展，形象思維也得以有更多的層次而呈現意義的深化。此一意義深化的表現可以從以下三點看出：

（1）部分次要結構為天人結構者，表現出天人意象進行歸納，意義得到深化。例如：第三類天人意象與結構僅出現在次要結構的型態，表現出整體省視天人意識，泛具結構的〈訪落〉、因果結構的〈賚〉、凡目凡結構中的〈般〉即為此一現象的表現。

（2）不少天人結構中的人的部分，都有更細部的結構，表現出人的重視。例如第二類屬於賓主法之〈清廟〉與〈天作〉二詩，人的部分雖然位居陪襯的賓位，但在描寫上都超過天的部分，呈顯出對人的重視。

（3）天人意象中的天，雖然仍屬意志天，但從章法結構可知，其定向已趨向道德天道，而透過邏輯思維表現出來。可見邏輯思維已先揭露認知，而較形象思維更早呈現出意義上的進步。

（三）天人意識的理解與定位

由上述可知，詩經周頌中的天人意象與章法結構的表現實有多端。不過，觀察這些表現會發現無論是形象思維的意象，或是邏輯思維的章法結構，都圍繞著身兼形象與邏輯的天人意識生發。因此，要對詩經周頌中的天人意象與章法結構所呈現的種種情形追根究柢，就必須從天人意識本身著手。也唯有如此，詩經周頌中代表形象思維的意象，與代表邏輯思維的章法結構，兩者間的關係和意義才能顯豁。關於

詩經周頌中兼及天人意象與章法的天人概念，其理解與定位可以從以下三方面看出：

1、就詩經周頌呈顯之現象來看

就章法結構而言，詩經周頌的篇章出現的章法以天人法出現的次數第一，比起傳統的因果法要多，而且章法的移位、轉位；正向、逆向皆具，顯示出周頌當時天人法思維的熟悉與重要。除此之外，就實際的內涵來看，天人法還可以與其他主要結構完全相應或接近，或者成爲主要結構下的具體意涵（次要結構）。也就是說，除了第四類複雜結構首見的先後法之外，其他第二、三類的章法都有與天人法具體結合的情況。可見天人意識在詩經周頌的邏輯思維的現象中居於核心的地位。

就意象角度而言，天人意象仍然成爲主流。在詩經周頌的三十一篇之中，無論是顯或是隱，都有天人意象表現於其中，顯現出天人意象爲周頌諸意象的意識根源。

2、詩經周頌天人概念中的歷史角色

就歷史發展的角度而言，由於詩經周頌中的天人意識兼及兩大思維。因此，其在歷史所擔負的角色也就可以分別從形象思維與邏輯思維兩樣加以討論，茲說明其情形於下：

（1）就形象思維來說

由前面對詩經周頌篇章的實際討論可知，詩經周頌中的

天人意象在意象表現的大趨勢由天而轉趨向人。此一傾向對過去的殷商占筮來說，人的地位已較爲顯豁。因此詩經周頌中，人的部分的意象一再受到重視，而在主要結構或次要結構中，表現出多層而細密的感情或人事描寫。不過，此一天人意象仍然還停留在意志天的階段，只是在其中可以看出當時已走向人的地位的顯揚。至於今日辭章中常見的自然天與人事之間的互動關係，則有待開展。

（2）就邏輯思維來說

中國較早的殷商時代，占筮文字所表現出來的是因果思維，其邏輯思維雖然是各個思維的源始，但從現象上看當時的章法邏輯畢竟有限。真正將各種章法邏輯思維加開展，實是詩經周頌以天人意識爲核心，在天人思維下開創出各種不同的角度而成功的。因此，就邏輯思維來說，兼及形象及邏輯思維二者於一身的天人意識，才是邏輯思維真正起飛、開展的種子。

3、天人意識與形象與邏輯思維開展的可能過程

綜合上述對天人意識在現象及歷史意義的理解與定位，我們可以從意象及章法角度，爲中國古代的形象及邏輯思維擬出一個可能發展的途徑。

首先，從現存的文獻資料來說，殷商時期的文獻多半以占筮爲內容，因此其在意象的表現上是極其有限的，邏輯思維也以因果法爲主。

　　其次，由殷商而西周，詩經周頌在形象思維的表現仍以傳統意志天範疇下天人意象爲主，但是在邏輯思維上則是以天人法（意識）爲核心，進而在形象思維有多樣的突破之前，讓邏輯思維先行有多樣的展現。不過，從《周頌》中的因果法和天人法密切結合情形來看，西周的天人法應是先繼承了殷商的因果法方向，而後才突破早已成爲制式的因果思維，在傳統之中拈出天人思維，進而使因果思維成爲第二義，而以天人思維爲第一義。從此一周頌在意象及邏輯思維的現象出發，可以看出辭章學意象下，形象思維與邏輯思維在西周時期的可能開展情形。

　　就辭章學的發展來說，形象與邏輯思維發展在西周時期發展的第一階段，應是先有形象與邏輯一體的天人始態出現，並成爲當時的核心主流。而此種天人始態係以傳統的因果法爲本，從中突破，拈出天人意識爲思維核心方才產生的。

　　形象與邏輯思維發展的第二階段，是核心思維的天人意識被反複運用與深化，將其在現象界當中具體「鍛鍊」，然後在對各個現象進行天人思考下，讓屬形象思維的天人意象與屬邏輯思維的結構互相影響、深化，展現出更多的思維方式，方才出現今日可見多樣的邏輯思維。此時，形象思維的內涵仍是極其有限的。

　　形象與邏輯思維發展的第三階段，是透過邏輯思維方式的多樣化，而使形象思維（意象）能在天人意識的逐漸理解、統整後跳脫出來。此時，真正多樣形象思維（意象）方才可

能出現，也因此才有不同主題的詩歌意象。而這樣的第三階段，應該也就是詩經中部分較晚的大雅，和小雅、國風詩歌產生的時刻。

四、結論——方法論的反思

由上述可知，對集形象思維與邏輯思維於一身的天人意識而言，其形象思維部分基本上仍是原始義的，但邏輯思維卻是開創的。此種以邏輯思維先行，形象思維殿後的情形，與先秦兩漢詩經學中用詩先行發展，而論詩、說詩後行的情形[22]遙相呼應，一反平常的認知。而此一文獻所呈顯的歷史現象，顯然不能以文獻不足得到解釋，而讓我們必須面對今日文學研究方法論上的問題。

試想，就人類的文明開展而言，如果人類的認知體會是直觀的，而沒有明確的字詞迄篇章詮釋的概念，那麼該當如何面對早期的作品，以及早期的種種文學現象。如果本義、主旨與情感在早期並未自覺與成熟，以致於在解讀上必須考慮運用本義、主旨與情感等概念的程度，而不能完全用本義、情感之「習慣性解讀」，須要考慮當時讀者的閱讀能力，那麼是否存在一種角度可以在本義、主旨與情感並不那麼重要的時代，取代這些文學詮釋或理論的核心概念。顯然的，現今的篇章詮釋與理論概念仍是現代的，不合於原始概念與

---

[22] 說見拙著《先秦兩漢天人意識與詩經學之研究》（台北：台灣師範大學國文研究所博士論文，2004 年 6 月）一書。

現象的發展。如此一來，切入的角度與方法值得再三思索。

以本文來說，將天人意識作爲核心意象，探索其形諸於形象與邏輯思維的現象的開展，並非僅爲了揭示詩經周頌在形象思維與邏輯思維的表現，而以思考周頌當時最重要的天人思想是不是能夠成爲一枚探針，以已經成形的篇章爲對象，活動地觀察形象與邏輯思維的關係，在重定兩者關係之中，藉以試探當時概念與篇章詮釋開展的現象進程。表面上看來，本篇論文的試探存在有太多的現代概念，不過，在實際的過程中，本文其實是試圖將這些現代概念，一一地放在現象上檢測，模糊其界限、鬆動其關係，以試圖讓真相呈現。因爲，以現代的概念系統討論篇章，終會將篇章詮釋解釋成現今的形貌，僅是自證的，想要從現存的概念系統解釋出另一種他解終究緣木求魚。相反的，若以早期的核心概念，重訂已經習慣概念之關係（本文並非否定概念的存在），試探其概念系統的現象與發展情形，才有可能開展出語辭類似，但概念與系統在外延指涉與內涵、關係上不一樣的新事物。如此，以《詩經‧周頌》的天人概念兼及形象與邏輯思維的特點所表現出來的現象來說，在整個辭章學、甚或文學發展等領域的意義也就別有不同。

對辭章學來說，表面上看，形象與邏輯思維是相互深化、豐富對方的。不過，就《詩經‧周頌》的現象來看，形象思維的天人意義仍多半停留在意志天，而人的意識、情感雖隨意志天而逐漸覺醒，但仍不超過其範圍。至於今日習見的自然天的意義，甚至情感的體現，很難讓現代人滿足他們

的「期望」。要知道，《周頌》的時代甚至早到國風都尚未出現，遑論去詮釋它。而此一現象表示了，形象思維與邏輯思維在《詩經·周頌》所呈顯的現象不但不是同時並列存在，而是先以一體不分的方式出現，再依循理性思索的邏輯思維，以其為先導，再發展形象思維，使意象的發展逐漸顯豁、豐富。

由此辭章學上邏輯思維與形象思維的次序「錯置」，對照起先秦兩漢《詩經》學發展上，「用詩」的先行成熟，其次才是「解詩」的同樣「錯置」，可以讓我們更進一步討論文學理論及批評的問題。也就是說，對先秦兩漢來說情感的認識在現象上竟不是第一義，反而是依循著思維的鍛鍊、實際的「實踐」「運用」而行，如此是否存在著一個不一樣的詮釋系統，甚至是雙中心、多中心的詮釋系統。而此一系統下核心概念、衍生概念、以及概念之間的關係等，是不是也都大不相同？至少，對《詩經》理論的發展而言，「運用」、「思維」早先是比「情感」、「意象」的發展還早，甚至到後來又成為並重——既實踐又感性的集合體。由此看來，今日多數人提倡的本義的「情感中心論」／「用詩」實踐論與意象中心／邏輯組合的想法應該有新的理解和定位。

重要參考書目

專書部分

文幸福　詩經毛傳鄭箋辨異 台北：文史哲出版社　1989 年 10 月一版

孔穎達等　詩經正義　十三經注疏本　　藝文印書館

朱熹　　詩集傳　四部叢書三篇本　商務印書館

余培林　詩經正詁　　　　台北：三民書局　1995 年 10 月初版

季本　　詩說解頤　四庫全書本　　　商務印書館

吳應天　文章結構學　　　北京：中國人民大學 1989 年 8 月 1 版

屈萬里　詩經詮釋　　台北：聯經出版公司　1988 年 7 月初版

姚際恒　詩經通論　　台北：中研院文哲所　1994 年 6 月初版

馬瑞辰　詩經傳箋通釋　　台北：廣文書局　1980 年 8 月再版

陳奐　　詩毛氏傳疏　台北：學生書局　1986 年 7 月

陳滿銘　章法學綜論　台北：萬卷樓圖書公司　2003 年初版

裴普賢　詩經研讀指導　　台北：東大圖書公司　1977 年 3 月

論文部分

仇小屏　論章法的移位、轉位及其美感　《辭章學論文集》上冊　　福州：海潮攝影藝術出版社 2002 年 12

　　月一版一刷

屈萬里　先秦說詩的風尚和漢儒以詩教說詩的迂曲　《中國
　　文學史論文選集》　　　台北：學生書局

簡良如　從「言志／言情」論詩經詩學　　台北：台灣大學
　　中文所碩士論文　　1998 年 5 月

陳滿銘　論篇章辭章學　　2003.8.27 稿本

謝奇懿　先秦兩漢天人意識與詩經學之研究　　台北：台灣
　　師範大學國文所博士論文　2004 年 6 月

附錄：詩經周頌天人意象與章法結構分析表

篇名	主題	核心意象	章法結構	備　註
清廟	祀文王	文王之德	賓→主（人→天）	文王配天
維天之命	告文王	文王之德	天→人	
維清	祀文王	文王之德	泛→具（天→人）	
烈文	祭周先公先王	周公戒成王	天-人	天之意象出現在前三句，而為全篇基礎。人的部分詳細。
天作	祭岐山	太王之德	主→賓（天→人）	
昊天有成命	道成王之德／祀天地	成王之德	天→人	文武二王為天
我將	祀文王於明堂	文王之德	外→內	次結構皆由天→人組成
時邁	巡守告祭柴望	巡守所見	泛→具	次結構皆由天，人組成；並有轉

				位結構
執競	祀武王	武王之德	圖→底→圖	亦可由天人法對應
思文	后稷配天	后稷之德	泛→具（天→人）	
臣工	禱上帝祈麥實	戒臣工	虛→實（人→天→人）	
噫嘻	祈穀於成王	農事	因→果（天→人）	人的次結構有發展
振鷺	二王之後來助祭	藉二王之後言祖德	景→情（天→人→天）	
豐年	秋冬烝嘗之祭	豐年景象	因→果（人→天）	
有瞽	成王始行祫祭奏樂	樂之美	點→染	染的次結構為人→天→人
潛	薦魚宗廟	魚之富	因→果（人→天）	人指的是人治理下的魚之富
雝	武王祭文王	文王之德	人→天→人	
載見	諸侯助祭武王	武王之德	先→後	全為向武王祈求之過程，為人角

				度下表現的型態
有客	微子來見祖廟	藉微子述祖德	因→果（人→天）	
武	周公作樂象武王之功	武王之功	泛→具	看似爲人，實武王爲人天一體
閔予小子	成王始政朝廟	成王之儆	人→天→人	爲轉位結構
訪落	成王祭武王祈佑	祈武王佑	泛→具	具的次結構爲人→天（對成王而言，文武皆配天）
敬之	成王祭祖廟自勵	成王自勵以敬	天→人→天	爲轉位結構
小毖	成王祭祖廟自警	成王自警	實→虛→實	無明確天人思想
載芟	豐收之祭	農事豐收	人→天	人的次結構有發展
良耜	秋報社稷	告豐收	人→天	人的次結構有發展
絲衣	繹祭	祈祖佑	因→果（人→天）	人的次結構

				有發展
酌	頌美王師	美王師	凡→目→凡	無明確天人思想
桓	祭武王	頌武王之功	果→因→果（人→天→人）	
賚	武王克商歸祀文王	武王之兢業	因→果	因的次結構為天→人→天
般	武王祭先祖告一統	天下一統	凡→目→凡	目的次結構為人→天

「象不盡意」在廟宇石雕之體現
——以艋舺龍山寺為例

黃淑貞
臺灣師範大學國文研究所博士

摘要

「意象」的源頭，可上溯至《易傳》的象意概念、與《老子》的有無思想，它更可由哲學過渡到藝術美學。而且，由於受到媒介本身與作者個人學養的限制，以及美學追求「韻外之致」、「道」有其不可言性等因素影響，作為審美主體所要傳達的核心情理——「意」，它倚賴於「象」，卻又不止於「象」，「象」、「意」之間往往形成一道「空白」。因此，它有賴於作者積極地豐富才、學、識、力等學養，加強媒介表達能力；也有賴於讀者調動先天的悟性、想像、及後天學養，才能進行填補與「再創造」。本文即以「象不盡意」理論為基礎，從「再現」與「象徵」等手法的角度切入，探討「象不盡意」在廟宇石雕之具體展現及其美感。

關鍵字：象不盡意、石雕、美感、龍山寺

一、前言

　　「意」作爲審美主體所要傳達的核心「情」、「理」，它依賴於「象」，卻又不止於「象」。從「象」的角度切入，有時只能顯示「意內之意」，而不能盡顯「意外之意」；加上存在事物與觀、感所得的心象之間，心象與表達之間，表達（作者）與接受（即讀者觀、感的心象）之間，也存在著許多差距[1]；故具體客觀的「物（景）」、「事」等「象」，有時並不能盡顯無形主觀的「意」（情、理），因而有「象不盡意」的情形產生。它有賴於讀者調動自己先天的悟性、想像、及後天的學養，進行塡補與再創造，才能釋放深藏其中的「味外之旨」。

　　艋舺龍山寺落成於 1740 年，兼具三邑（泉州晉江、惠安、南安等）移民的信仰中心與同鄉會舘的功能，不論是郊商集會議事、仲裁地方糾紛，乃至郊拼、械鬥，都以龍山寺作爲指揮、團結的總部。其間雖曾受到地震、颱風、蟻害、戰火等的毀損，歷經幾度修葺，仍繼續扮演民俗信仰、觀光遊憩之角色，甚而被政府列爲第二級古蹟。其石雕作品，由於運用了青斗石、泉州白石、觀音石等各種不同石材，刻工細膩，技法多變，非常值得觀賞。因此，本文試以「象不盡意」理論爲基礎，從「再現」手法與「象徵」手法這兩方面切入，以艋舺龍山寺爲例，深入探討「象不盡意」在廟宇石

---

[1] 參見葉維廉：《歷史、傳釋與美學》（1988，p. 16）。

雕藝術中的具體展現，及其背後所蘊涵的幾種主要美感效果。期盼能經由文學、美學、哲學與廟宇建築的接軌，豐厚深化傳統建築的美學義涵，進而使「象不盡意」理論獲得另一種嶄新的詮釋角度。

二、「象不盡意」之理論述要

西方的「意象」（image）一詞，原爲心理學名詞，如韋勒克、華倫《文學論》即稱之爲「過去的感覺或已被知解的經驗在心靈上再生或記憶」的「心靈現象」[2]。後來爲文學批評援引，應用於藝術、文學上，指以各種藝術的媒介所表現的心理上的圖畫。它偏指「象一物」，與王弼所謂的「意生象」分指「意、象二物」，略有出入[3]。

「意象」的源頭，可上溯至《易傳》的象意概念、與《老子》的有無思想[4]。如《老子・二十一章》：「道之爲物，惟恍惟惚。惚兮恍兮，其中有象」；又如《周易・繫辭上》：「子曰：『書不盡言，言不盡意』。然則聖人之意，其不可見乎？子曰：『聖人立象以盡意，設卦以盡情僞，繫辭焉以盡其言，

---

[2] 它可分爲視覺的、味覺的、嗅覺的、熱的、壓力的等，而以「意象」一詞概括之。參見韋勒克、華倫著，王夢鷗、許國衡譯：《文學論》（1987，p.303）。

[3] 參見張漢良：《比較文學理論與實踐》（1986，p. 360－370）。

[4] 參見陳望衡：《中國古典美學史》（1998，p.13－21、201）。又陳佳君《辭章意象形成論》（國立臺灣師大國文研究所博士論文，2004年5月），即分從《老子》的有無思想、《易傳》的象意概念，來探討「辭章意象形成之哲學思辨」。

變而通之以盡利，鼓之舞之以盡神。』」均已出現「象」、「意」的觀念[5]。

其後，晉陸摯〈文章流別論〉、陸機〈文賦〉，以及最早標舉「意象」美學概念的劉勰《文心雕龍·神思》，指明詩歌創作中的「形」與「情」的鍾嶸《詩品·序》，提出「詩有三格」的唐王昌齡《詩格》、窺見「內意」（主觀）與「外象」（客觀）關係的白居易《金針詩格》；更有總結前人積累的藝術經驗及理論成果，把「物象」與「心意」聯繫起來的司空圖《二十四詩品》。乃至後來宋梅聖俞《續金針詩格》、明王廷相〈與郭價夫學士論詩書〉、清沈德潛《說詩晬語》、方東樹《昭昧詹言》等，對「意象」都有一脈的承繼與發展[6]。

《易傳》以充滿秩序、變化規律的卦爻之「象」，來表達對流動不居的事物的吉凶判斷、預測與憂患之「意」；故「象」之於「意」，實是符號的「能指」之於其「所指」，包孕著一種極為重要的存有論（「意」）與方法論（「象」）意義，包孕著「心」與「物」、「主」與「客」、（形象的）具體個別性與（哲理的）一般普遍性的象徵性關係。它是抽象主觀的「意」與具體客觀的「象」，在語言中的和諧交融、辯證統

---

[5]「意象說」這個系列的概念、範疇和命題系統，充當了傳統古典美學的主幹，意象學逐漸成為美學的中心範疇。參見葉朗：《中國美學的發端》（1987，p. 93）。

[6] 李元洛談「論詩的意象美」，對意象的淵源，有極為詳備的論述，參見《詩美學》（1990，p. 161－209）；其他，如陳望衡《中國古典美學史》、葉朗《中國美學的發端》、袁行霈《中國詩歌藝術研究》等書，也多所論述，唯重複部分頗多，故不在此贅述。

一，具體展現了審美主體在認識、把握世界的過程中的心理活動規律，它可以由哲學過渡到藝術美學。如章學誠《文史通義‧易教下》即持這種見解，「好逑」、「貞淑」之「意」，抽象而難以把握，必經「睢鳩」、「樛木」之「象」，使之具象化；因此，「象」，「通於《詩》」[7]。對此，我們可以魯道夫‧阿恩海姆（**Rudolf Arnheim**）的「同構」審美心理來加以說明。由於外在的世界的力（物理）與內在世界的力（心理），在形式結構上具有「同形同構」或「異質同構」的關係，它們會在大腦中激起相同的電脈衝，產生「主客」、「物我」的協調同一，使得不同質的外在對象（景、事、物）與內在情感（情）具有相似吻合的「力的式樣」，合拍一致，從而在相對映的對稱、均衡、節奏、韻律、秩序、和諧中，構成新體，產生審美的快適體驗[8]。因而比興、興象、形神、氣韻、神韻、意境等傳統美學範疇，可說都是建構在「意象」的骨架上[9]。

其中，最值得探討的是，「意」作爲審美主體所要傳達的核心「情」、「理」，它依賴於「象」，卻又不止於「象」。從「象」的角度切入，有時只能把握「象內之象」，而不能

---

[7] 章學誠《文史通義‧易教下》：「象之所包廣矣，非徒《易》而已，《六藝》莫不兼之；蓋道體之將形而未顯著也。睢鳩之於好逑，樛木之於貞淑，甚而熊蛇之於男女，象之通於《詩》也，……故道不可見，人求道而恍若有見者，皆其象也。」見〔清〕章學誠撰、〔民國〕葉瑛校注：《文史通義》（2000，p. 18）。

[8] 參見魯道夫‧阿恩海姆著，郭小平、翟燦譯：《藝術心理學新論》（2001，p. 47）；及毛正夫：《中國古代詩學本體論闡釋》（1997，p. 201）。

[9] 參見陳望衡：《中國古典美學史》，p. 201。

盡顯「象外之象」，有時只能顯示「意內之意」，不能盡顯「意外之意」，「象」、「意」之間往往形成一道「空白」。

　　「空白」藝術形成的原因，就「作者」方面而言，與語言媒介本身的限制有關，與作者個人的學養有關，與藝術本身追求「韻外之致」的審美效應有關，以及「道」的不可言性有關[10]。作者唯有在主觀的修養上，「積學以儲寶，酌理以富才，研閱以窮照，馴致以繹辭」（《文心雕龍·神思》），豐富學養（才、學、識、力等），加強媒介表達能力，才能試圖臻達「行間字裡須有曖曖之致」、「須有不盡者存」（劉熙載《藝概》）等境界[11]。

　　「夫惟曲盡法度，而妙在法度之外，其韻自遠」（范溫《潛溪詩眼》）。「韻外之致」、「味外之旨」往往更能喚起審美過程中的聯想與想像，更能激發審美感受。它故意在「象」、「意」之間留下一段空白、距離，引人咀嚼與品味，帶領讀者經由「有言之美」，領悟到一種韻外之致的「無言之美」，深入生命節奏的核心，體悟不可言、不可狀之心靈姿式與生命律動[12]。

　　正由於「意」、「象」渾融之空隙中，蘊涵著極大的審美張力，它需要讀者進行填補[13]。它需要通過在「空白中超

---

[10] 有關此部分的詳細論述，可參見黃淑貞：〈論辭章之「象不盡意」—以稼軒詞為例〉（臺灣師大《師大學報－人文社會類》，第五十卷第二期，2005，p. 1－21）一文。

[11] 參見曾祖蔭：《中國古代文藝美學範疇》（1987，p. 206）。

[12] 參見宗白華：《美學散步》（2001，p. 11－36、136）。

[13] 參見特里·伊格爾頓（Terry eagleton）：《當代文學理論導論》（1987，p. 78）。

越」的轉化過程，讀者才能在「再創作」與「再評價」的審美活動中，與作者共同進行意象的補充與創造，如此才算是一篇作品的真正完成。就讀者（接受者）而言，也唯有根據外在具體、客觀的物象或事象，向上探索、逆溯，始能試圖還原創作主體當初的內在之「意」[14]，始能精準地掌握、認識創作主體的意涵。因此，讀者在閱讀的過程中，也必以大量的生活積累、豐富的文化修養、長期的藝術實踐等爲基礎與前提；也必得廣泛地學習、吸收與涵養，才能提高自己的審美素養與審美心理能力，如此才能倚賴美感騰飛能力的嵌接[15]，因「象」而「悟意」，對空白處進行填補，以獲致藝術作品的韻外之致與味外之旨。

這一個「只能發生於讀詩時的感受和反應活動本身」的「味外之旨」，又恰與海德格（Heidegger）所強調的「可以確定性」（determinable）必須根源於一個「最終不能確定性」（ultimate in determinable），而我們只能從「彰現」的現象中才能窺探、認識到任何事物的觀點，極爲接近。因此，作者有賴於梅露彭迪（M.Merleau－Ponty）所謂的「神秘的視覺力」（a secret visibility）、「第三隻眼」（a third eye），於景物同時「湧現」與「隱沒」時，將意象與視覺、心覺會融，達致一種平遠放逸而遊心於虛曠之境[16]。讀者也據此「第三隻眼」，馳騁想像，調動和集中所有感覺、知覺、既往情感

---

[14] 參見余光中：《掌上雨》（1967，p. 9）。
[15] 參見葉太平：《中國文學之美學精神》（1998，p. 239－240）；張紅雨：《寫作美學》（1996，p. 129－132）。
[16] 參見王建元：《現象詮釋學與中西雄渾觀》（1988，p. 44－47、56）。

體驗、直覺、頓悟等心理要素的穿透性能力，因「象」悟「意」，在「即目」的同時「會心」，才能跨越現象、直接觸及事物的核心，力求還原「意」之博大深厚，瞥見它的若許風韻[17]，直觀宇宙人生的宏旨。

三、「象不盡意」在「再現」手法中之展現

「意象」最重要也最迷人的意義功能，來自於它所蘊涵的「文化能量」[18]。如艋舺龍山寺三川殿左邊的石雕窗，以內枝外葉之透雕法，由上而下，依次刻了「會古城主臣聚義」、「孫權決計破曹操」、「許褚裸衣鬥馬超」等《三國演義》中膾炙人口的故事（見圖一）。胡適之先生曾指出，《三國演義》究竟是一部絕好的通俗歷史，在幾千年的通俗教育史上，從沒有一部書比得上它的魔力。而它之所以能發生如此大之魔力，應該歸於它切合了傳統的忠、孝、節、義等觀念，並予以充分的表揚[19]。於是在同一歷史氛圍中習染的民間藝匠，從中汲取創作的素材，並施之於傳統建築，也就成為勢之必然了。

「古城會」敘說的是關羽、張飛相會於古城，張飛親擊三通鼓助陣，關公刀斬蔡陽[20]，兄弟倆盡釋嫌疑的故事。圖中，右上方的城垣上刻著「古城」二字，張飛旋身高踞於城

---

[17] 參見錢谷融、魯樞元：《文學心理學》（1990，p. 53）。
[18] 見王立：《心靈的圖景‧文學意象主題史研究》（1999，p.1）。
[19] 見羅貫中撰、毛宗崗批、饒彬校注：《三國演義》（2001，p. 1）。
[20] 事見《三國演義》第二八回「斬蔡陽兄弟釋疑，會古城主臣聚義」。

樓上觀戰，關公則縱馬快馳，倏地回轉過身來與蔡陽相對，畫面就定格在這將砍未砍之際，氣氛十分緊張。

「孫權決計破曹操」敘說的是曹操親率馬步水軍八十三萬，沿江而來。於是孔明以智相激，邀得周瑜、孫權一同興兵滅曹。據《三國演義》記載，孫權「拔劍砍面前奏案一角曰：『諸官將有再言降操者，與此案同』」，並封「瑜爲大都督，程普爲副都督，魯肅爲贊軍校尉，如文武官將有不聽號令者，即以此劍誅之」[21]。圖中所呈現的正是這一段情節，周瑜左手按劍、揚起右指拈住翎尾，立於孫權右側；程普右手撩袍、左手高擎著令旗，單腳翹起，立於左側。兩人左呼而右應，神態宛然，圍拱孫權於視點的中心，形成對稱之美。雕刻師傅捉住了最危急的一瞬間，把當時劍拔弩張的氣氛，刻劃得栩栩如生。

「許褚裸衣鬪馬超」，敘說的是蜀漢名將馬超單搦曹操手下虎將許褚，雙方「鬪了一百餘合，勝負不分。馬匹困乏，各回軍中，換了馬匹，又出陣前。又鬪了一百餘合，不分勝負，許褚性起，飛回陣中，卸了盔甲，渾身筋突，赤體提刀，翻身上馬，來與馬超決戰。兩軍大駭。兩個又鬪到三十餘合，褚奮威舉刀，便砍馬超。超閃過，一鎗望褚心窩刺來。褚棄刀將鎗挾住，兩個在馬上奪鎗」。[22]圖中表現的就是這一段情節，裸衣酣戰的是許褚，立於畫面的正中央，雙手緊握長鎗的一端，正與馬超奮臂搶奪，惹得一旁觀戰的曹操心驚不

---

[21] 見《三國演義》第四四回「孔明用智激周瑜，孫灌決計破曹操」。
[22] 見《三國演義》第五九回「許褚裸衣鬪馬超，曹操抹書間韓遂」。

已。有趣的是，這兩人坐騎的奔騰方向，恰與第一個畫面中關公、蔡陽的戰馬奔馳方向相反，上下兩個畫面之間，產生一種力與美遙相契應的均衡感。

石雕師傅以「定格」手法，令畫面凝固在一個用心揀擇過的鏡頭上，令故事情節「再現」於讀者眼前，來「表現」一種創作意旨。「再現」，指的是某種形式概念，魯道夫・阿恩海姆以為「通過這種形式概念，知覺對象的結構就可以在具有某種特定性質的媒介中被再現出來」；故「再現概念」的外部表現形式，就是運用鉛筆、毛筆、或鑿刀等創造出來的式樣[23]。

「再現」的過程中總是伴隨著大量的「想像」，「想像」是使舊的內容重新復活，為事物創造某種新形象的活動[24]；當「再現的世界」具有「創造的想像」時，就可稱之為「一個新穎獨特的作品世界」[25]。「創造的想像」依據「分想」與「聯想」這兩種心理作用，在渾整的情境中選出若干意象，將它們加以剪裁、予以新綜合。因此，有時單是選擇，單是「分想作用」本身，就已是一種創造[26]。

「分想作用」，是把某一意象從與它相關的意象群中分

---

[23] 參見〔美〕魯道夫・阿恩海姆著、滕守堯、朱疆源譯：《藝術與視知覺》（2001，p. 226－227）。

[24] 同上註，p.196。

[25] 關於「再現」、「表現」、「呈現」的定義與界說，米・杜夫海納有極為精詳的闡釋，可參見〔法〕米・杜夫海納著、韓樹站譯、陳榮生校：《審美經驗現象學》（1992，p. 201－234）。

[26] 「分想作用」，是選擇所必需；「聯想作用」，則是綜合所必須。參見朱光潛：《文藝心理學》（1999，p. 225－226）。

裂開來，將它單獨提出，形成一種有意味的形式。石雕師傅就是採用了這一個手法，從一段歷史小說的諸多情節、眾多角色之中，挑選出一個最具代表性的畫面、最具代表性的英雄人物，以石材爲媒介，重新加以處理、賦予生命；然後再以「聯想」作用，在一個特定的鏡頭上，瞬間「定格」，令三個畫面統合於一個完整的石窗結構之中，令「表現性就存在於結構之中」[27]，以產生最大的審美張力，給予讀者一種全新的領悟與感受。由此可知，「再現性」的藝術，本身就帶有「表現」，而有所意指的「表現」，就是一種創造[28]。

這自然也會牽涉到「心理時空」[29]的問題。如杜甫〈秋興〉詩中的「江間波浪兼天湧，塞上風雲接地陰」等句，他極大地縮短了「波浪」與「天」、「風雲」與「地」的空間距離，給人一種匪夷所思的審美驚奇。又如李白〈將進酒〉詩中的「高堂明鏡悲白髮，朝如青絲暮成雪」，將漫長的一生壓縮至「朝」、「暮」之間，詩化地表現了豐富而強烈的愁情與憤懣。爲了獲致所寫者少、所見者多，所寫爲一、所指在萬，寄深意於一瞬之間，寓豐富於片斷之內，於有限中見出無限的深厚美學義涵，廟宇石雕的創作者通過意象的選擇、

---

[27] 見〔美〕魯道夫‧阿恩海姆著、滕守曉、朱疆源譯：《藝術與視知覺》，p.609。

[28] 見〔法〕米‧杜夫海納著、韓樹站譯、陳榮生校：《審美經驗現象學》（1992，p. 222－226）。

[29] 心理時空，是從現代心理學借用來的一個專門術語，由〔法〕哲學家柏格森（1859－1941）首先提出。它的原意是說在不同的心態之中，時間的長短和空間的幅度可以變化，帶有強烈的主觀心理色彩。這種理論在生活中和作品中都可以找到它們的根據。參見李元洛：《詩美學》，p.373－374、384。

提煉與熔鑄，通過「時空轉位」[30]的奇妙變形組合，將發生於不同時空的「會古城主臣聚義」、「孫權決計破曹操」、「許褚裸衣鬪馬超」等三個故事，統合於一個畫面之中，以加強時空流變的感受，促進意象結構的多樣性，進而使整體意境不僅具有橫斷面的寬度，更富有歷史的縱深[31]。當我們觀照這石頭時，已把我們主觀的感覺、情緒、思想等心理投射到對象中，因此在把握事物的這一瞬間，已在創造。而這種藝術思維法則，不僅適用於龍山寺的石雕上，更適用於所有傳統建築的石雕藝術上。

四、「象不盡意」在「象徵」手法中之展現

「象徵」的構成必出於理性的關聯、社會的約定，以某種具體形象、符號爲媒介，從而暗示看不見的、抽象的意蘊[32]，故「象徵」也是傳統建築常見的藝術手法。如龍山寺三川殿前的八角竹節窗，八角形是八卦的象徵，竹幹形成奇數，以象徵「陽」；間隔出偶數的空隙，以象徵「陰」，這是

---

[30] 所描繪的空間場景是在時間之流中變換，表面上是寫空間，實際上也表現了時間的流動；所描繪的時間意象的變換，是在空間之內進行，看來雖是在寫時間，實際上也顯示了空間景象的變化。這就是所謂的「時空換位」、「時空轉位」。同上註，p.426。

[31] 參見〔美〕魯道夫‧阿恩海姆著、郭小平、翟燦譯：《藝術心理學新論》，p.110。

[32] 「象徵」包括兩個組成部分：一是看得見的具體符號，二是看不見的抽象意蘊。參見黃師慶萱：《修辭學》（2002，p.477）。

「數的象徵」[33]。這一個「陰陽合德而剛柔有體,以體天地之撰,以通神明之德」之象徵義涵,源自《周易‧繫辭上》:

> 天一,地二,天三,地四,天五,地六,天七,地八,
> 天九,地十。

至於「瘦勁孤高,枝枝傲雪,節節干霄,有似乎士君子豪氣凌雲,不爲俗屈」(鄭板橋)的竹,則屬於「形的象徵」,也寓有多重意蘊,是自《詩經》以來,古典文學中常見的主題[34]。如〈小雅‧斯干〉以「如竹苞矣」喻家族興盛,〈衛風‧淇奧〉「以綠竹之美盛,喻武公之質德盛」(清、陳奐《毛詩傳疏》)。唐、白居易〈養竹記〉指稱竹具有本固、性直、心空、節貞等四種君子特質,以象徵樹德、立身、體道、立志等義涵。「柔體而虛中,婉婉焉而不爲風雨摧折者」的竹,「有似乎臨大節而不可奪之君子」(劉基〈尙節亭記〉),又是道教信仰中特別受喜愛的植物[35],故廟宇建築多愛以竹來裝飾門窗(見圖二)。

　　「形的象徵」,多是以某種自然物或人工物的形象,來概括、暗示一定的抽象性義涵,以寄託一定的審美理想。如龍形圖案可說是廟宇建築中最精華的石雕藝術,石鼓、石

---

[33] 王振復分常見的建築美的象徵手法,有「數的象徵」、「形的象徵」、「音的象徵」、「色的象徵」,本文依此分類,取其與石雕有關者加以論述。參見《建築美學》(1993,p. 106−117);及《中華古代文化中的建築美》(1989,p. 209)。

[34] 參見王立:《心靈的圖景‧文學意象主題史研究》,p.80−107。

[35] 參見李豐楙:《六朝隋唐仙道類小說研究》(1986,p.257)。

柱、門窗、牆堵等，皆可發現它的踪影（見圖三、圖四、圖五）。龍作為古文獻中最常見的神獸，有極其深遠的文化、歷史背景，然而其形狀如何，卻無一定描述[36]。關於龍的起源，眾說而紛紜，其中以聞一多所提出的「圖騰合併說」[37]影響最大。但我們考察商代甲骨文，可發現龍字是依龍的形象「畫成其物，隨體詰詘」而來，其含義在當時早已確立，或以龍為「先祖諡號」，或以龍為「方國名」，或以龍為「神祇名」，或以龍為「禍患名」[38]，早已一致地指出它是一種神性動物。

《周易‧乾卦》是最早取龍的或「潛」、或「見」、或「惕」、或「躍」、或「飛」、或「亢」等諸般形象，來象徵乾陽的發展變化、象徵剛健之德。《莊子‧天運》則記孔子取龍以喻老子：

> 孔子曰：吾乃今於是乎見龍！龍，合而成體，散而成章，乘雲氣而養乎陰陽。予口張而不能嚃，予又何規老聃哉！

---

[36] 張光直：「龍的形象如此易變而多樣，金石學家對這個名稱的使用也就帶有很大的彈性：凡與真實動物對不上，又不能用其他神獸名稱來稱呼的動物，便是龍了。」見《美術‧神話與祭祀》（1993，p. 54－55）。

[37] 參見《聞一多全集‧神話與詩‧伏羲考》甲集，p.32－34。李澤厚、劉綱紀《中國美學史‧先秦兩漢編》（1999，p.294），及敏澤《中國美學思想史》（第一卷）（1987，p.21）皆承其說法。但也有學者提出質疑，如陳綬祥《中國的龍》（1988）。

[38] 如《殷契遺珠》六二〇：「卜殼貞御婦好於龍甲。」《小屯‧殷虛文字乙編》二三九七：「王叀龍方伐。」《殷契遺珠》六二〇：「壬寅卜賓貞若不雨帝佳茲吧龍不若王占曰帝佳茲龍不若。」《小屯‧殷虛文字乙編》四〇七一：「乙巳卜殼貞有疾身不其龍。」

能「乘風雲而上天」（《史記・老子韓非列傳》）的龍，《管子・
水地》形容：

> 龍生於水，被五色而游，故神。欲小則化如蠶蠋，欲
> 大則藏於天下，欲尚則凌於雲氣，欲下則入於深泉，
> 變化無日，上下無時。

《說文》稱它為「鱗蟲之長，能幽能明，能細能巨，能短能
長，春分而登天，秋分而潛淵」，是上承劉向《說苑・辨物》
之說法。至於明、李時珍《本草綱目》所描述的已是經過深
度藝術化、綜合「百物」於一體的形象：

> 龍，其形有九，頭似駝，角似鹿，眼似兔，耳似牛，
> 項似蛇，腹似蜃，鱗似鯉，爪似鷹，掌似虎是也。其
> 背有八十一鱗，具九九陽類。其聲如戛銅盤，口旁有
> 鬚髯，頷下有明珠，頭上有博山。

據 Carl・G・Jung 一派對人類心靈的研究指出，原始人
類面對神秘不可知的現象時，出自於一種本能、一種心靈上
的原始需求，總會藉由種種的符號（儀式、圖騰）來表達、
溝通這些未知現象裡所隱含的意義。李澤厚指稱這些完全變
形了、風格化了、幻想的動物形象，給人一種神秘的威力，
指向了某種超乎世間的威權神力之觀念，又恰到好處地體現
了一種無限的、原始的、還不能以概念語言來表達的原始宗

教情感、觀念與理想[39]。甚而在建築上變成象徵記號，以表達那些無法以言語訴說的心靈內容；故藉用象徵手法，把「意義」、「符號」整合到建築上，也就顯得十分重要[40]。

值得探討的是，「符號」與「意義」之間，會隨著歷史生活及其社會審美心理長期陶冶、約定俗成的結果，為象徵的神性添上許多新的意義。也就是說，作為建築文化第一要素的「象徵意義」，極具動態性與活躍性，它會由於「時間」之變遷、年代之磋磨，使「石頭」蘊含的「建築意」，因而生發一定程度的歷史轉換，日復一日、代復一代地添上新的神性。這也可由文獻與考古中明白見出[41]。因此，龍的形象及其含義，隨著時空的推移，有其漫長而複雜的發展變化過程，它已由原始氏族的圖騰標記與巫術崇拜，逐漸演變為今日所見的形象，演變為能大能小，能升能隱的吉祥瑞獸，在「象外」寄寓了一重又一重的無限之「意」，以象徵祥瑞、象徵一種神偉之力量，予人以精神性的文化薰陶與濡染[42]。

---

[39] 李澤厚：《美的歷程》（1986，p.36）。

[40] 參見王振復：《建築美學》（1993，p. 105）；孫全文、王銘鴻：《中國建築空間與形式之符號意義》（1989，p.76、101－110）；李澤厚、劉綱紀：《中國美學史‧先秦兩漢編》（1999，p. 294）。

[41] 如敏澤即以為：圖騰崇拜的最主要的表現形式，就是巫術和占卜，而「哲學」最初在意識的宗教形式中形成。參見《中國美學思想史》（第一卷），p.21。此外，有關「龍的起源」、「龍的形成」、「龍的內涵」、「龍的含義」、「龍的歷程」等相關議題，可參見劉志雄、楊靜榮：《龍的身世》（2001，p.1－323），本文不在此多做論述。

[42] 「建築意」是一種包括哲學沉思、科學物理、倫理規範與美學追求等精神因素在內的文化意蘊，還來自哲學、科學、倫理學、美學、歷史學、民族學等多種文化的綜合。見王振復：《中華古代文化中的建築美》，p.190－193。

　　一如龍形，廟宇石獅也有其形象及含義的演變歷程。經過藝術變形的臺灣石獅子，屬南派造型，雄悍魁偉，或立或俯或蹲，線條或粗渾或明晰，雕痕十分優美，充分表現體積的量感（見圖四、圖五）。《爾雅‧釋獸》記載：

> 狻麑，如虦貓，食虎、豹。（晉、郭璞）注：即師子也，出西域，漢順帝時疏勒王來獻犎牛及師子。《穆天子傳》曰：狻猊日走五百里。[43]

獅子本出西域，牠的形貌，以陶弘景《本草集解》的描繪最爲精詳：

> 狀如虎而小，黃色，亦如金色猱狗，而頭大尾長，亦有青色者，銅頭鐵額，鉤爪鋸牙，弭耳昂鼻，目光如電，有耏髯。牡者尾上茸毛大如斗，怒則百獸辟易，其乳入牛馬乳中，皆化成水，雖死後，虎、豹不敢食其肉。

正因其「怒則百獸辟易」，爲百獸之長，獅子成了威武勇猛的象徵。

　　隨著佛教東傳的影響，獅子更被視爲靈獸、護法的祥物，如《景德傳燈錄》記佛祖誕生時，「一手指天，一手指地，作獅子吼，云：天上地下，唯我獨尊」。儼然具有安定

---

[43] 見《十三經注疏‧爾雅‧釋獸》（1985，p. 190）。

四方之威儀的獅子，其造形理念及象徵意義，也被發揚光大，甚而深入民間，與信仰、習俗相融合，漸漸被賦與守護警衛、驅惡辟邪、招祥納福的象徵義涵。匠師們在雕刻石獅時，也常發揮想像力，以諸多裝飾性、象徵性手法，來表現獅子威猛的精神[44]。

除了「形的象徵」，傳統建築也常採「音的象徵」。如龍山寺大門兩側，各有一個穩定門柱、兼具裝飾功用的抱鼓石，鼓面外側下方，分別刻有「旗、球」和「戟、磬」的浮雕圖樣，藉由「音義的雙關」，表達「祈求吉慶」的心願（見圖四、圖五）。正殿走馬廊外壁堵上八卦形狀的「螭龍窗」，由四條螭龍圍繞著中間的「麻姑獻瑞」圖，四個角上各刻有一隻蝙蝠圖案，以「四蝠」寓含「賜福」之意（見圖三）。

像這樣一語同時關顧到兩種事物的「雙關」形式，常富有「言在此而意在彼」的趣味效果，且多見於史傳、戲劇、詩詞與民歌之中。如《史記・淮陰侯列傳》：「秦失其鹿，天下共逐之」。因「鹿、祿音通」（《史記會注考證》），「鹿」是一個雙關語，兼含「天祿」之「祿」意，故「以鹿喻帝位」（《史記集解》）。劉勰《文心雕龍・諧讔》道：「蓋意生於權

---

[44] 參見林衡道口述、宋晶宜筆記：《臺灣夜譚・鄉土與民俗》（1980，p. 121）；劉文三：《台灣宗教藝術》（1988，p. 121－123）；陳炳榮：《金門風獅爺》（1996年，p. 20－26）。此外，「獅」、「事」諧音，故廟門設兩頭蹲獅形象，象徵「事事如意」；雄獅佩彩帶，象徵「好事不斷」，雌獅配有幼獅，象徵「子嗣興旺」。參見王振復：《中華古代文化中的建築美》，p.211。

譎,而事出於機急」,以爲「雙關」的心理基礎,出自於權
譎機急,代表人類一種天真活潑的語言形態。它可將兩種原
屬於不同範疇的觀念,藉其中隱藏的類似點,予以出人意表
的替換或聯繫,令讀者像注視新奇的事物一般,驚奇錯愕地
接受作者機智的挑戰與不可言述的審美享受[45]。

　　「符號性」、「比喻性」與「暗示性」,構成了象徵的三
個基本性能,奇偶之於陰陽、竹節之於君子、龍之於祥瑞、
獅之於雄悍、蝙蝠之於福,其形式與內容之間,具有長遠的
歷史因素。它們都一致地透過了「象徵」手法,以有限的「象」
表達寓於象外的弦外之音、味外之旨。讀者在閱讀的過程
中,唯有倚賴美感的騰飛,因象「悟」意,對空白處進行彌
補,才能從現象的「純粹意向性」(pure intentionality)中
獲得其本體存有[46],獲致一種繞道的滿足,一種無窮的意味。

五、「象不盡意」在石雕中所呈現之美感效果

　　從「象不盡意」的角度切入,可以具體展現出石雕的想
像美、象徵美與圓道美。

　　先就「想像美」而言。石雕是一種富於想像力與啓示力
的藝術,它以新穎奇美、怡情悅性的境界征服觀者的心靈與
理智,激動讀者(觀者)的審美情緒。聯想和想像,必是建
立在對石雕特徵深入的細緻的感受、及其背景的充分了解的

---

[45] 參見黃師慶萱:《修辭學》(2002,p. 431－454)。
[46] 參見王建元:《現象詮釋學與中西雄渾觀》(1988, p.62－64)。

基礎之上。「作者得於心，覽者會以意」（《六一詩話》），當讀者面對富於啓發性的典型形象時，自會喚起種種的聯想與想像。建立在對藝術創作的感受、理解等基礎之上所產生的種種聯想與想像，它們又會反過來加深理解與感受，於是整個欣賞過程便呈現爲種種心理活動的積極運與交織[47]。

謝榛《四溟詩話》云：「景乃詩之媒，情乃詩之胚，合而爲詩」，唯有「景生情，情生景」，情景「相値相取」、「相摩相蕩」，詩意才能被激發出來。因此，飛躍的想像，能令「虛（抽象情思）實（具體形象）聯想」所連接與組合而成的形象，既富於生活實感，又富於空靈之趣，對讀者的審美聯想具有強烈的刺激力[48]。它一方面把各種感性映象（感象、象、表象）聯接、融合爲意象，一方面又把各種單一意象聯接、融合爲意象體系[49]。故就作者而言，也需通過美感騰飛能力的裁剪、過渡和連接，通過想像力對記憶表象進行加工、改造來完成[50]。

「元氣磅礴，超凡入化，神生畫外」（王昱〈東莊論畫〉），「萬古不壞，其惟虛空；詩人之筆，列子之風」（袁枚《小倉山房詩集》）。想像性的空間之所以美妙，就在於虛處藏神，它存在於形象之外，空虛縹緲，可意味而難以言傳。讀者在鑑賞過程中，也唯有賴於聯想與想像的嵌接、補充[51]，

---

[47] 參見金開誠：《文藝心理學論稿》（1985，p.175－179）。
[48] 參見李元洛：《詩美學》，p.310。
[49] 參見張紅雨：《寫作美學》，p.87、138。
[50] 參見王元驤：《文學原理》（1989，p.150）。
[51] 參見曾祖蔭：《中國古代文藝美學範疇》（1987，p.187）。

令審美情感彌散流貫在「意」、「象」渾融之空白中，內蘊最大的審美張力，將之化合爲有機整體，以獲得完整的印象。

次就「象徵美」而言。所有藝術的生成、審美的發生，都是一種象徵[52]。《詩經》中「觸物以起情，節取以托意」的「興」，以及文學美學所說的「言不及意」、「象外之意」、「得意忘言」等，也都是就「象徵」這一「純粹符號」而言。「象徵」，可納深廣意蘊於尺幅之中，超越時空，以呈現普遍而永恆的價值。觀賞者也正可以通過藝術品所表現的「意識」，來查驗作者的「潛意識」，從而發現作者的潛意識如何經由自由聯想（free association）、昇華（sublimation）、自衛機轉（defense mechanism）、合理化（rationalization）等歷程[53]。

黑格爾深刻地指出，建築畢竟是一種暗示，一種獨立自足的象徵，一種無聲的語言，單憑它們本身就足以啓發思考和喚起普遍觀念[54]。建築美的象徵性，蘊有強烈的審美客觀信息，它在審美層次上早已超越了純感性的感覺層次與知覺層次，從直觀的感受中直接契入理智的、深層的境界。「作詩之妙，全在意境融徹，出聲音之外，乃得真味」（明、朱承爵《有餘堂詩話》）。象徵性越強，其內涵越深邃豐藏，而這一個清醒的、深靜的、哲理的境界，難以言傳，非明白清

---

[52] 參見吳功正：《中國文學美學》（2001，p.986）。
[53] 象徵的本質是以意識隱藏潛意識，象徵的歷程是把潛意識化爲意識。參見黃師慶萱：《修辭學》，p.481、507。
[54] 參見黑格爾著、朱孟實譯：《美學・第三冊》（1982，p.34）。

醒的邏輯所能表達，故藝術家往往以象徵的手法傳神寫照，於此憑「虛」構「象」，「象」乃生生不窮[55]。

　　建築藝術的象徵義涵，是通過多方面的形態綜合來顯示，通過結構構件、裝飾、空間組合等手法，從而激發人的懸念、聯想，以臻達寧靜、深遠或崇高的藝術體驗[56]。如艋舺龍山寺三川殿中堵，以剔地起突的浮雕手法，刻成「多寶格」（「博古」）形式，令每一物件都寓有吉祥之意。龍門最外側轉角的牆腳處，又雕成雙鯉式樣，以象徵「魚躍龍門」，造型十分生動；入口處的石階，則作向外打開的書卷形，富有時空之流動感與書畫卷軸之美，流蕩出濃厚的文人氣息。石階兩側的壁牆上，是以陰刻手法雕成的「漁」、「樵」主題；左邊是典出《戰國策・燕策二》「鷸蚌相爭、漁翁得利」的故事[57]，右邊則是老樵夫坐於蒼勁的樹根上閒繫草鞋，形象生動而活潑，頗有「偶然值林叟，談笑無還期」（王維〈終南別業〉）、「白髮漁樵江渚上，慣看秋月春風」（楊慎〈臨江仙〉）的深沉況味。老練的技法，搭配意蘊深長的主題，整體流蕩出簡、雅、古、逸的美感氛圍（見圖六、圖七）。

　　末就「圜道美」而言。圜道即循環之道，因為傳統思維的過程，乃在於「觀象」與「取象」[58]，講求在「象」之基

---

[55] 參見宗白華：《美學散步》，p.114
[56] 參見胡經之：《文藝美學》（1999，p. 321）。
[57] 「意象」或「象徵」假如與「典故」關連在一起，它的力量可以增強。參見劉若愚著、杜國清譯：《中國詩學》（1979，p. 222）。
[58] 《周易・繫辭下》：「古者包犧氏之王天下也，仰則觀象於天，俯則觀法

礎上抽繹出義理。它訴之於觀賞者的整體直觀和體悟，也藉助於聯想力，於是人可以從任何一種全息的、動態的、在對立中相互轉換的物象（事象）中與宇宙自然溝通，從「一點」把握「整體」的「全息性」，進而在精神上把握無限與永恆；因此，萬事萬物的發展變化過程，皆可納入「環形結構」之中[59]。如王國維《紅樓夢評論》：「始於悲者終於歡，始於離者終於合，始於困者終於亨」；又如李漁《閑情偶記‧詞曲部》：「全本收場，名爲大收煞。此折之難，在無包括之痕，而有團圓之趣」。這種凡事追求圓滿的心理定勢，這種「無往不復」的循環哲學思維，可於《周易‧復卦‧彖》：「復，其見天地之心乎！」、〈泰‧象九三〉：「無往不復，天地際也」，及《老子‧十六章》：「萬物並作，吾以觀復；夫物芸芸，各復歸其根」等哲學典籍中，尋得其根本源頭。

　　這種「物不可窮也」、終而復始的思想，從根本上排除了悲劇觀，顯示了華夏民族的樂觀信念[60]。它不僅積澱在文人的審美心理層中，如陶淵明〈飲酒〉：「采菊東籬下，悠然見南山，山氣日夕佳，飛鳥相與還」，儲光羲〈遊茅山〉：「落日登高嶼，悠然望遠山；溪流碧水去，雲帶清陰還」，都一致表達了這種「目既往還，心亦吐納」的精神意趣。它也深植於石雕師傅的審美心理層中，於是進而將「相關義」隱藏在「母題」中的「諧音雙關」手法，巧妙地運用於廟宇石雕

　　於地，觀鳥獸之文，與地之宜。近取諸身，遠取諸物。於是始作八卦，以通神明之德，以類萬物之情。」

[59] 參見劉長林：《中國系統思維》（1990，p. 14－22）。

[60] 參見李澤厚、劉綱紀：《中國美學史‧先秦兩漢編》（1999，p. 296）。

之中，以追求吉祥圓滿、追求「團圓之趣」。做爲一位稱職的觀賞者，也唯有在「神與物遊」中突破「眼前之景」狹小時空的限制，「寂然凝慮，思接千載；悄焉動容，視通萬里」（《文心雕龍·神思》），在直覺的瞬間，統攝「千載」、「萬里」的超時空意象，在即目會心之際，生發神志的感觸與性靈的融會，以獲致玄、深、遠、奧等豐富而獨特的審美愉悅。

六、結語

王微〈敘畫〉：「目有所極，故所見不周，於是乎以一管之筆，擬太虛之體」。這一「太虛之體」，只能「擬」，不能「周」；故司空圖提出「韻外之致」、「味外之旨」、「象外之象」、「景外之景」[61]，追求「象外」之妙，追求「無畫處皆成妙境」（筆重光〈畫筌〉）的「虛」處、「無」處。以「空白」涵括「萬有」，營造出無限遼闊藝術空間的「象不盡意」理論，若體現於廟宇石雕之中，則是雕刻師傅喜通過「再現」手法，通過「形」、「音」、「數」等象徵手法，以及整體情境的創造，來喚起讀者諸多言說之外的聯想，並在意蘊逐次敞顯的過程中得到共鳴；進而超越實境進入可意會卻不可言傳的虛境，於「言」、「象」、「意」之外，領悟其中的「妙諦微言」，從而獲得「言在此而意在彼」的想像美；胸羅宇宙，

---

[61] 見司空圖〈與李生論詩書〉，又〈與極浦談詩書〉：「載容州云：『詩家之景，如藍田日暖，良玉生煙，可望而不可置於眉睫之前也』。象外之象，景外之景，豈容易可談哉。」收於《二十四詩品》（1987，p.118－120、124）。

思接千古，化入無限的時空，獲得哲理性領悟的象徵美，達
致一種「目既往還，心亦吐納」的闡道美。

【圖一】取自《三國
演義》的石雕。

【圖二】八角竹節窗。

【圖三】雕有螭龍、
四蝠圖案的石窗。

【圖四】雕有龍、
獅、人物（手拿
旗球）等圖案的
石鼓（左邊）。

【圖五】雕有龍、
獅、人物（手拿
戟磬）等圖案的
石鼓（右邊）。

【圖六】左邊壁上
的漁夫石雕。

【圖七】右邊壁上
的樵夫石雕。

參考文獻（依姓氏筆劃排列）

〔法〕米·杜夫海納著、韓樹站譯、陳榮生校（1992）：審美經驗現象學（5月北京第1刷）。北京：文化藝術出版社。

〔美〕魯道夫·阿恩海姆著、郭小平、翟燦譯（2001）：藝術心理學新論（12月臺灣初版第四刷）。臺北：臺灣商務印書館。

〔美〕魯道夫·阿恩海姆著、滕守曉、朱疆源譯（2001）：藝術與視知覺（3月第2刷）。成都：四川人民出版社。

王立（1999）：心靈的圖景·文學意象主題史研究（2月第1版）。上海：學林出版社。

王建元（1988）：現象詮釋學與中西雄渾觀（2月初版）。臺北：東大圖書公司。

王振復（1989）：中華古代文化中的建築美（12月第1刷）。上海：學林出版社。

王振復（1993）：建築美學（2月初版）。臺北：地景企業公司。

朱光潛（1999）：文藝心理學（1月新排2版）。臺北：臺灣開明書店。

吳功正（2001）：中國文學美學（9月第1刷）。南京：江蘇教育出版社。

李元洛（1990）：詩美學（2月初版）。臺北：東大圖書公司。

李乾朗（1998）：臺灣建築史（12 月 6 版 1 刷）。臺北：雄獅
　　圖書公司。

李澤厚（1986）：美的歷程（8 月）。臺北：蒲公英出版社。

李澤厚、劉綱紀（1999）：中國美學史・先秦兩漢編（5 月第
　　1 刷）。合肥：安徽文藝出版社。

李豐楙（1986）：六朝隋唐仙道類小說研究（4 月初版）。臺
　　北：台灣學生書局。

宗白華（2001）：美學散步（1 月 3 日初版 6 印）。臺北：洪
　　範書店。

林衡道口述、宋晶宜筆記（1980）：臺灣夜譚・鄉土與民俗（7
　　月初版）。臺北：眾文圖書公司。

姚一葦（1993）：藝術的奧祕（2 月 12 版）。臺北：臺灣開明
　　書店。

韋勒克、華倫著，王夢鷗、許國衡譯（1987）：文學論（12
　　月再版）。臺北：志文出版社。

孫全文、王銘鴻（1989）：中國建築空間與形式之符號意義
　　（12 月再版）。臺北：明文書局。

張光直（1993）：美術・神話與祭祀（2 月初版）。臺北：稻
　　鄉出版社。

張紅雨（1996）：寫作美學（10 月初版一刷）。高雄：復文圖
　　書出版社。

張漢良（1986）：比較文學理論與實踐（2 月初版）。臺北：
　　東大圖書公司。

敏澤（1987）：中國美學思想史・第一卷（7 月第 1 刷）。濟

南：齊魯書社出版。

莊展鵬等（1991）：台北歷史散步（4 月初版 1 刷）。臺北：遠流出版事業公司。

陳佳君（2004）：辭章意象形成論（6 月）。臺北：臺灣師大國研所博士論文。

陳炳榮（1996）：金門風獅爺（7 月第 1 版第 1 刷）。臺北：稻田出版公司。

陳滿銘（2003）：章法學綜論（6 月初版）。臺北：萬卷樓圖書公司。

陳滿銘（2005）：篇章結構學（5 月初版）。臺北：萬卷樓圖書公司。

曾祖蔭（1987）：中國古代文藝美學範疇（8 月）。臺北：文津出版社。

黃淑貞（2005）：論辭章之「象不盡意」—以稼軒詞為例（第 50 卷第 2 期）。臺北：臺灣師大學報—人文社會類。

黃慶萱（2002）：修辭學（10 月增訂 3 版 1 刷）。臺北：三民書局。

黑格爾著、朱孟實譯（1982）：美學（3 月 8 日）。臺北：里仁書局。

葉太平（1998）：中國文學之美學精神（7 月 30 日初版）。臺北：水牛出版社。

葉朗（1987）：中國美學的發端（7 月初版）。臺北：金楓出版公司。

葉維廉（1988）：歷史、傳釋與美學（3 月初版）。臺北：東

大圖書公司。

劉文三（1988）：台灣宗教藝術（10月八版）。臺北：雄獅圖書公司。

劉志雄、楊靜榮（2001）：龍的身世（11月臺灣初版第1刷）。臺北：臺灣商務印書館。

鄭樹森編（1984）：現象學與文學批評（7月初版）。臺北：東大圖書公司。

羅貫中撰、毛宗崗批、饒彬校注（2001）：三國演義（初版15刷）。臺北：三民書局。

從對稱性看辭章章法的轉位之美

顏智英

臺灣師範大學國文研究所博士

摘要：

　　辭章章法的轉位現象，是指將辭章材料作參差性的往復安排，不僅是人類求變的心理反映，也能對應到宇宙變化的規律，更呈顯出多樣的變化美感。而「對稱性」是大自然的一種規律，給人輕鬆愉快、和諧安定的心理感受。人類從自然的觀察中抽象出對稱的概念及審美形式，而應用在生活周遭的各個層面，文學領域也不例外。尤其在人類語言系統及中國楹聯、律詩的研究上，「對稱性」的規律及形式，是經常被運用、討論的課題。因此，本文也嘗試將對稱的審美形式，運用在章法的研究上，從動態、靜態兩方面來考察章法轉位結構的對稱類型及其美感；再以中國古典詩詞為例，具體說明這些對稱類型能生動地凸顯出主旨的重要藝術功能，以及其所呈現的多樣美感。由此，可見出章法的轉位之美，以及明瞭對稱性在辭章章法研究中的重要性。

關鍵詞：辭章、章法、對稱、轉位、主旨、美感。

一、前言

　　「對稱性」是大自然的一種規律，如：人體的四肢，鳥的雙翼、魚的兩鰭，植物的葉子、花瓣、果實，甚至雪花及各種礦物的晶體結構，無一不是大自然的對稱「設計」（design）[1]；「對稱性」可以使人產生輕鬆愉快的心理反應，[2]給人和諧安穩、鎮定沉靜的感受。[3]因此，人類從自然的觀察分析中抽象出對稱的概念及其審美形式，發現了「對稱性」顯示了宇宙運動的規律，展現了有序、均衡、和諧、統一之美。隨著文明的發展，「對稱」逐漸蔓延到人類活動的各個領域：建築、雕塑、繪畫、科學、音樂，甚至於文學。[4]

---

[1] 美國物理學家徐壹鴻（Anthony Zee）說：「Certainly, the Ultimate Designer would use only beautiful equations in designing the universe!」意即終極設計者（大自然）是用美的方程來「設計」這個宇宙。此處所謂的「美的方程」就是指對稱性。見《可怕的對稱》（Fearful Symmetry: the search for beauty in modern physics，1999，New Jersey: Princeton University），頁 3。

[2] 朱光潛：「美感的愉快都起於『同情模倣』，我們看形體時常不知不覺的依本能的衝動去描摹他的輪廓，衝動起於動作神經，傳佈於筋肉，筋肉系統和神經系統都是左右對稱的。平衡的形體所喚起的左右兩邊的衝動也是相稱的，神經和筋肉的活動都依天然的節奏，所以最能引起愉快。」見《文藝心理學》（臺北：頂淵文化事業公司，2003 年 5 月初版 1 刷），頁 388。

[3] 陳望道：「對稱底特色，先要算到帶有鎮定沉靜等情趣。它底情性，是安靜的。故如街樹平列的通路，屋形對稱的廟宇，及結跏趺坐的禪姿等，每覺有一種靜定幽閑的氣氛漂浮著。……因爲對稱是安靜的，宜於表現鎮定沉靜等情趣的形式，所以它就隨在帶有莊重嚴肅的神情。」見〈美學概論〉，收於《陳望道文集》（上海：上海人民出版社，1980 年 5 月 1 版 1 刷）第二卷，頁 44。

[4] 參考楊振寧：〈對稱和物理學〉，《中國音樂》（1995 年）第 4 期，頁

　　藝術家們對它則更加敏感，他們非常熟悉這種形式因素，能夠更準確地掌握對稱美感的形式特色，藉以凸顯出作品的內容意義，而放出「美的異彩」[5]，畫家、作曲家、……等如此，文學家亦然。

　　目前，有不少關於人類語言的對稱藝術及中國楹聯、律詩的對稱之美的研究，[6]然而關於章法[7]對稱性質的研究，卻付之闕如。於是，本文擬從「對稱」的角度，來探究章法的對稱之美；並落實到辭章上，從動態、靜態兩方面來探討章法轉位結構所呈現的對稱類型；且以中國古典詩詞為例，期能在作品的實際分析中，進一步肯定章法的「對稱」審美形式對於凸顯辭章「內容意義」[8]方面的重要藝術功能。此外，

14。

[5] 見楊辛、甘霖：《美學原理》（臺北：曉園出版社，1991 年 1 版 1 刷），頁 167。

[6] 關於人類語言對稱性的研究，如：蘇錫育〈論普通話語音系統的對稱美〉、童山東〈論人類語言對稱藝術的發生及形態〉、高美紅〈從漢民族的審美意向看漢語的對稱與和諧之美〉、梁福報〈淺談英語「對稱」結構單詞的種類和特徵〉等文；關於中國楹聯及律詩對稱性的研究，如：顧永芝、查美華〈略論楹聯的對稱美〉、劉福智〈從人體對稱到詩詞對仗——科學和藝術中的對稱美〉、李力〈古代近體詩的形式美——對稱美探索〉等文。

[7] 章法，是謀篇佈局的方法，也就是聯句成節、聯節成段、聯段成篇的一種組織形式。雖然如此，章法所處理的卻是「篇章中內容材料的邏輯關係」，因此，章法學是一門結合辭章內容與形式的學問，分別從「情」、「理」、「景」（物）、「事」等成分入手，配合適當的章法形式來分析辭章的內容，以探討、發掘出辭章的深層義蘊與美感效果。參考陳師滿銘：《章法學綜論》（臺北：萬卷樓圖書公司，2003年 6 月初版），頁 1-17。

[8] 徐勤：「作為一種系統默認的『世界語』，對稱性對於圖形的滲透並不淺嘗則止，它不僅支持著無限圖形形式美的存在，也時常激勵著

再嘗試作美學上的詮釋，希望能從「轉位」結構的「對稱」之美中，更加見出「對稱」的原理及運用對章法學研究的重要性。

二、「對稱」的意涵

「對稱」的意涵，可以從時間與空間兩方面來看。科學上所說的對稱，就同時涵蓋了這兩方面，如科學家威爾（Hermann Weyl）認為「對稱」是：假如我們對某件事物做了某件事情之後，它看起來和原先完全相同，那麼所做的這事就是對稱的。[9]著名的物理學家費曼（Richard P. Feynman）讚此為「絕佳的定義」[10]，並列舉出一些「對稱運作」來闡釋這種對稱的涵義：

> 空間中的平移
>
> 時間中的平移
>
> 經過固定角度的旋轉
>
> 直線上的等速度運動
>
> 時間反轉

有限圖形內容意義的凸顯。」見〈走近對稱〉，《裝飾》（2003 年 11 月）總第 127 期，頁 62。

[9] 見赫曼・外爾（Hermann Weyl）原著、曹亮吉譯述：《對稱：美的科學闡述》（Symmetry）（臺北：正中書局，1988 年臺初版），頁 2-3。

[10] 見費曼（Richard P. Feynman）著、陳芊蓉、吳程遠譯：《物理之美》（The Character of Physical Law）（臺北：天下遠見出版公司，2002 年 2 月 1 版 24 刷），頁 121-122。

空間中的反射

相同原子或粒子的對換

量子力學相位

物質－反物質（電荷共軛）[11]

認為在上列方式的運作下，不同的物理現象應當都會維持前後不變。這種物理學上的對稱，在兼及時間與空間的考量之中，更強調了「動態」操作的「變換」，這種最廣泛的對稱定義，是由觀察客觀事物的對稱性所抽繹而出的邏輯概念，是最一般化、最周延的「對稱」意涵。

　　從時間的、動態的角度言，經由動態操作的變換，可以造成「對稱」；而這些操作的方式，除了最常見的平移之外，還有擴大、縮小，甚至於旋轉。《平面構成》一書中說：

> 對稱，本身是數學用語，……本來是指共同測量，或某單位形的重複。因此，並不只是指左右對稱，而具有上下對稱的點對稱、旋轉對稱、螺旋形等等，當然也包含在內。另外，以一定的秩序擴大或縮小的東西，從最廣義的來看，也可說是包含在內的。[12]

就指出：無論是左右對稱、上下對稱、旋轉對稱、放射對稱

---

[11] 見費曼（Richard P. Feynman）著、師明睿譯：《費曼的六堂 Easy 相對論》（臺北：天下遠見出版公司，2002 年 4 月 1 版 5 刷），頁 36。

[12] 見藤呎英昭原著、林品章譯：《平面構成》（臺北：六合出版社，1991 年 8 月初版），頁 65。

間上「有序」[13]的形式呈現，都可以涵蓋在對稱的範疇內。藝術家們從自然的觀察及生活經驗中早就知道這些對稱的操作及模式，而數學家的證明則到 1924 年才確立。[14]

從空間的、靜態的角度言，在一般人的概念及建築物的設計上，對稱最常被定義為：左右或上下具有相同形態的造型，也可說是「以一條線為軸作中心，其左右或上下所列方向各異，形象相同的狀態」[15]，如同鏡子反射般的鏡映像。無論是東、西方，建築物的設計最多這種對稱的形式；就連人類日常生活的行為中，也經常反映這種雙側性對稱的思考模式，如過年過節的對聯、象徵吉祥的雙魚圖、祭祀時左右各一對紅蠟燭、供品呈現左右各一的排列，都具有對稱的形式，這種最常見的對稱形態，也稱作「天平式對稱」。

總之，從動態看「對稱」，其意涵是指：對某件事物做了平移、旋轉、擴大或縮小等操作後，使它看起來仍和原先完全相同；從靜態看「對稱」，有天平式對稱、螺旋形對稱、

---

[13] 陸寶新：「在基礎圖案形式律的教學中，對稱律是最為單純的構成形式法則，它是將自然『無序』的視覺形態要素通過一定的形式手段，組織統一在一個『有序』的形式之中。」見〈論圖案對稱律形式及其構成方法〉，《西北大學學報（哲學社會科學版）》第 33 卷第 2 期（2003 年 5 月），頁 127。

[14] 李政道：「二維的格點對稱模式一共有 17 種，這是 1924 年波利亞 (George Polya)證明的……雖然，波利亞的證明到本世紀才確立，但是，人們從經驗上一定很早就知道這些對稱模式。事實上，在西班牙，14 世紀建的 Alhambra 宮內的建築裝飾中就包含所有這 17 種對稱模式。」詳見《對稱與不對稱》（臺北：牛頓出版股份公司，2001 年 2 月初版），頁 10-11。

[15] 見陳望道：〈美學概論〉，收於《陳望道文集》第二卷，頁 43。

放射形對稱等等形式；最常見於生活及藝術造型中的是天平式的對稱形態。「對稱」，也可以運用在辭章章法及其結構上，在現今開發出的章法系統中，從辭章的「轉位」現象，可見出動態及靜態的章法對稱結構；從辭章調和性或對比性材料的映照中，更可藉由章法對稱結構的探究，凸顯出辭章的主旨義蘊及發掘其多樣的美感效果。

三、章法的「轉位」與「對稱」結構

我們如果落實到辭章來看，則會發現許多章法結構具有對稱的特性，也因而表現出「對稱」所呈現的特殊美感效果。論其原因，則在於辭章材料的「轉位」現象。

所謂「轉位」，是對應於章法的變化律而言，每一章法，都可依循此律，經由「轉位」來形成順、逆交錯的往復效果。換句話說，就是將辭章內容材料的次序加以參差安排的意思。若舉十種常見章法而言，「轉位」可形成如下的結構：

1. 今昔法：「今、昔、今」、「昔、今、昔」

2. 遠近法：「遠、近、遠」、「近、遠、近」

3. 虛實法：「虛、實、虛」、「實、虛、實」

4. 賓主法：「賓、主、賓」、「主、賓、主」

5. 正反法：「正、反、正」、「反、正、反」

6. 凡目法：「凡、目、凡」、「目、凡、目」

7. 因果法：「因、果、因」、「果、因、果」

7. 因果法：「因、果、因」、「果、因、果」

8. 情景法：「情、景、情」、「景、情、景」

9. 論敘法：「論、敘、論」、「敘、論、敘」

10.底圖法：「底、圖、底」、「圖、底、圖」[16]

這些經由「轉位」而形成的結構，在動態上呈現出「回轉對稱」之美，在靜態上呈現出「天平對稱」之美，將在下兩節分別詳加探討。

從哲學層面來看，「移位」與「轉位」是由陰陽二種動力相互「對待」而產生的現象，是宇宙萬物生成、運動變化的歷程之一，在《周易》（含《易傳》）及《老子》中已有相關的論證。就《周易》（含《易傳》）言，其各卦的六爻之間，都可以相互往來升降，產生一連串的「順向移位」與「逆向移位」，最後完成了「轉位」[17]；而六十四卦之間，也存在著相反相生的「位位互移」現象，到了〈未濟〉卦，更形成了大反轉，造成了一個「大轉位」。就《老子》言，以「反者

---

[16] 以上有關章法「轉位」的定義及結構類型，參考陳師滿銘：〈章法的「移位」、「轉位」結構論〉，《師大學報》（2004 年 10 月）49 卷 2 期，頁 11；以及《章法學綜論》，頁 41。

[17] 例如乾坤二卦，在六爻之上，特設「用九」、「用六」兩爻，以論述陰陽向對立面互相轉位之理。〈乾〉卦：「用九，見群龍無首，吉。象曰：用九，天德不可為首也。」〈坤〉卦：「用六，利永貞。象曰：用六永貞，以大終也。」乾陽發展到上九，已是盈不可久，只有發揮九變六的作用，六爻的六個九變成六個六（乾卦變成了坤卦），才可繼續存在；而同時，坤卦又變成了乾卦，於是，天道運行無終無已了。如此九、六互變，陰陽對轉，完成了「轉位」。參見徐志銳：《周易陰陽八卦說解》（臺北：里仁書局，2000 年初版 4 刷），頁 127-138。

依賴、相互轉化的思想。「反」可以指反面、「相反」[18]，事物發展至極點，必一變而爲其反面，亦即向對立面產生「移位」的現象；「反」也可以是「回歸」、「回返」之義，[19]宇宙變動的歷程就是一個由「無→有→無」的「大轉位」過程。由此可知，「轉位」是上古時代即已存在的想法，是人類共通的邏輯思維，而運用在辭章創作之中，則使篇章結構不僅在「空間」上呈顯出材料往復變化後的靜態天平式對稱美；尤其在「力」的作用下，更在「時間」的推移中展現了具節奏感的回轉動態對稱之美。

四、轉位章法結構的「動態」對稱美
——回轉式對稱

---

[18] 宗白華：「常道，即『反者道之動』、『萬物並作，吾以觀復』。在《老子》思想裡，是具有辯證法的思考因素的。它是了解物質的運動、變化，此外，它亦了解事物的對立矛盾。六十一章說：『牝常以靜勝牡』。所以他常用剛柔、窪盈、雌雄、榮辱、善惡、禍福等對立的範疇說明事物與人生。他主張相對論，以爲事物是相對變化，相反相成。」見《宗白華全集》（合肥：安徽教育出版社，1996 年 9 月 1 版 2 刷），頁 811-812。

[19] 徐復觀：「所謂『反者道之動』的『反』，即回歸、回返之意。道要無窮的創生萬物；但道的自身，絕不可隨萬物而遷流，應保持其虛無的本性；所以它的動，應同時即爲自身的反。反者，反其虛無的本性。虛無本性的喪失，即是創造力的喪失。同時，道既永遠保持其虛無本性，它便不允許既生的萬物，一直殭化在形器界中，而依然要回到『無』，回到道的自身那裡去；這是萬物之『反』，也就是道之『反』。否則道之自身，便也將隨萬物殭化而殭化。」見《中國人性論史》（先秦篇）（臺灣商務印書館，1978 年 10 月 4 版），頁 347。

　　「回轉對稱」（又稱「旋轉對稱」或「循環性對稱」）是
一種轉動式的變換，指繞著某個軸做一定角度的旋轉，總會
帶回到本身，與自身重合。[20]它既然是一種轉動式的變換，
所以不是像移位般地作「單一方向」的運動；但「時間」及
「力」是其要素，因而具有連續的動態感及節奏感。

　　而章法的「轉位」現象，便會造成這種「回轉對稱」的
動態結構。這時章法的兩種對稱元，就好像 2 個等間距花瓣
的花朵，如將其形成的圓圈，無論朝正時針或反時針方向轉
動 180 度，它們的相對關係完全不變，會形成如：「今→昔
→今」、「景→情→景」、「賓→主→賓」等轉出去又拉回來的
回轉式的圓圈關係，如下圖：

這便是章法結構的「回轉對
稱」。如果從直線行進方向看，隨
著時間的推移，辭章的材料經由
「轉位」而先後形成一順、一逆方
向相反的參差安排，會使內容的深
層義蘊在材料的往復轉移中被曲
折地凸顯出來，展現更複雜的變化之美；更因為兩股章法對
稱「力量」是彼此朝著相反方向行進，因此，呈顯出比單一
方向的「移位」還要鮮明、鼓舞的節奏。正如仇小屏在〈論
辭章章法的移位、轉位及其美感〉中所說：

---

[20] 參考赫曼‧外爾（Hermann Weyl）原著、曹亮吉譯述：《對稱：美
　　的科學闡述》（Symmetry），頁 46-47。

造成變化之轉位所形成的是結構上的「往復」，可說是發展出去後，又拉回來的雙向作用，因此比起單純的「反復」來說，變化較為劇烈，也就是說其「力」的強度會較強，節奏感也因而較為明顯。……若是將移位與轉位拿來比較的話，其產生的節奏美必然有相對的差異，針對這樣的差異，我們或可認為移位的「力」的變化較為穩定，因此其節奏的美感是偏於沉靜的，而轉位的「力」的變化較為顯著，所造成的節奏美就是偏於鼓舞的。[21]

由於「轉位」時，力的變化方向是一順、一逆的交互進行（如「由正而反」（順），再「由反而正」（逆）），而非單一方向的反復出現，因此，這種「轉移」[22]所形成的節奏自然比「平移對稱」的節奏更鮮明有變化。而這種「回轉對稱」的節奏，更能表現出作品生命的律動，蘇珊・朗格的《情感與形式》中說：「節奏連續原則是生命有機體的基礎，它給了生命體以持久性。」[23]王菊生的《造型藝術原理》也說：「生命形式

[21] 見仇小屏：〈論辭章章法的移位、轉位及其美感〉，《辭章學論文集》上冊（福州：海潮攝影藝術出版社，2002 年 12 月），頁 105 及 110。
[22] 林崇宏：「轉移是屬於元素間之配置的問題，將各個相同或相異的單元作位置上或方向上的移動。……運動的現象會形成了移轉，由移轉再產生了變化，而造形的新活力與美感就因此而產生。」見《造形・設計・藝術》（臺北：田園城市文化公司，1999 年 6 月初版 1 刷），頁 124。
[23] 見蘇珊・朗格（Susan Langer）著・劉大基譯：《情感與形式》（Feeling and form）（臺北：商鼎文化出版社，1991 年 10 月臺灣出版），頁 147。

的特徵就是運動變化的張力和循環往復的節奏。」[24]林書堯《基本造形學》也強調律動的魅力說：

> 律動會隨伴著層次的造形，反復的安排，連續的動態，轉移的趨勢而出現。諸如漸進、重複、回旋、流動、疏密、方向等的現象。律動會給造形以生命感，因熱烈的感情和活動的性格引起大家的注目。也因多樣的統一使我們容易觀察，容易把握，容易理解而導致親熱的感情。律動也是表現速度，造成氣氛有效的力量，奇妙的運動感覺使它的魅力流傳到每一個角落，傳達它的作用。[25]

辭章中因「轉位」而形成的「回轉對稱」，有「連續的動態」及「轉移（回旋方向）的趨勢」，其所產生的「循環往復的節奏」，即呈顯出「運動變化的張力」，表現了文學作品活潑、律動的生命力。茲舉古典詩詞為例，說明如下。

詩如連橫的〈寄曼君〉，其原詩為：

> 痛飲黃龍未可期，投荒猶憶李師師。杏花春雨江南夢，衰柳寒笳塞北詩。　　此日飛鴻傳尺素，他時走馬寄胭脂。鏡中幸有人如玉，位置蘆簾紙閣宜。[26]

---

[24] 見王菊生：《造型藝術原理》（哈爾濱：黑龍江美術出版社，2000年3月1版1刷），頁192。

[25] 見林書堯：《基本造形學》（臺北：三民書局，1991年8月再版），頁197-199。

[26] 見連橫：《劍花室詩集》（南投：臺灣省文獻委員會，1992年3月

其結構分析表爲：

```
┌─ 今一（塞北荒）:「痛飲」二句
│
├─ 昔（江南美）:「杏花」句
│                    ┌─ 實（今：寒冷）:「衰柳」二句
└─ 今二（塞北寒）─┼─ 虛（未來：寄胭脂）:「他時」句
                     └─ 實（今：環境仍可寫作）:「鏡中」二句
```

　　這首詩寫於民國二年、雅堂遊大陸吉林之時，[27]主旨在第二句，寫他在荒地對紅粉知己曼君的思念之情。從章法結構來看，全篇以「今、昔、今」的轉位結構，迂迴曲折地表達出作者內心綢繆婉轉的情思。起筆「痛飲」二句是第一個「今」的部分，首句引用岳飛「直抵黃龍府，與諸君痛飲爾」的典故，表明自己目前期盼國家早日安定、與曼君痛飲的心願；第二句則點明主旨，直言在「實」時間的現在，作者內心十分思念曼君（以李師師代稱，表示對她貢獻國家的期盼）。緊接著第三句是「昔」的部分，回憶往昔與曼君在江南，一同欣賞杏花春雨的美好時光。「衰柳」以下五句是第二個「今」，雅堂今日置身在關外，聽寒笳、觀衰柳，心中更加思念起遠在溫暖而美麗的江南的曼君，遂提筆寫詩給

版），頁 16。

[27] 雅堂詩作的繫年，參考鄭喜夫：《連雅堂先生年譜》（南投：臺灣省文獻委員會，1992 年 3 月版）及黃美玲：《連雅堂文學研究》（臺北：文津出版社，2000 年 5 月初版 1 刷）二書。

她；「他時」句則由「實」入「虛」，寫作者心中的希望：願來日二人相逢，再贈胭脂給她。末二句，再由「虛」返「實」，提及吉林此地，幸有香禪（與曼君相識）相伴，書房中也有雅致的環境，適宜作者自己寫作及思考，以安慰曼君，要她不必爲自己擔憂。全篇的思念之情，就在「今」與「昔」的時間轉換中、「虛」與「實」的空間變換中，靈活地穿梭、流動，不僅細膩地刻劃出蘊藏在作者內心無限的情思，也展現了「特殊的時空美」[28]。

從動態的角度看，詩中「今」與「昔」兩種組織材料的力量，隨時間的進行而交錯出現，先是由「今」而「昔」形成逆向移位；再由「昔」而「今」形成順向移位，總合而成「今→昔→今」的轉位結構，造成力量轉出去又拉回來的「回轉對稱」，在今昔的時間變化中，委婉曲折地表現出雅堂對曼君的思念之情。此詩所形成的「今→昔→今」回轉對稱結構，對稱元（今、昔）的力量在一順、一逆的「轉位」之中，造成回轉往復的節奏，比「移位」所造成的單一方向的重複，更加鮮明而具變化，表現出更感人的律動。

詞如蘇軾的〈念奴嬌〉（大江東去），其原詞爲：

---

[28] 陳佳君：「在時空的虛實變化與轉移之中，更會擦出難以言喻的火花，從而形成特殊的時空美。將長遠的時間之流，和寬闊的空間之域，同時壓縮於一篇文學作品當中時，必然會增加辭章的強度與張力。」見《虛實章法析論》（臺北：臺灣師大國文研究所碩士論文，2001 年 6 月），頁 147。

大江東去，浪淘盡、千古風流人物。故壘西邊，人道
是、三國周郎赤壁。亂石崩雲，驚濤裂岸，捲起千堆
雪。江山如畫，一時多少豪傑。　　遙想公瑾當年，
小喬初嫁了，雄姿英發。羽扇綸巾，談笑間、強虜灰
飛煙滅。故國神游，多情應笑我，早生華髮。人間如
夢，一尊還酹江月。[29]

其結構分析表為：

```
                          ┌─（豪傑風流）:「大江」四句
                   ┌─ 目 ─┤
       ┌ 今一      │（江山豪傑）
       │（興亡之感）┤      └─ 二（江山美麗）:「亂石」三句
       │          └─ 凡（江山豪傑）:「江山」二句
       │
       ├ 昔（周瑜年輕有為）:「遙想」五句
       │
       │          ┌─ 人（自己）:「故國」三句
       └ 今二      ┤
        （自己老大無成）└─ 事（灑酒）:「人間」二句
```

這闋詞題作「赤壁懷古」，為宋神宗元豐五年（ **1082A.D.** ）
作者謫居黃州時所作，主旨在藉三國周瑜之年輕有為來對比

---

[29] 見龍沐勛：《東坡樂府箋》（臺北：華正書局，1978 年 9 月初版），
頁 152。

自己的年華老大、功業無成，但結尾則從物內提昇到物外，表現曠達的思想。全篇以「今、昔、今」的轉位結構寫成，開頭九句是第一個「今」的部分，寫東坡眼前所見的江山美景，以及其所聯想到的赤壁之戰的英雄豪傑們，徐中玉說：

> 詞一開頭便氣勢豪邁，高唱入雲，包含無限興亡之感和宇宙永恆、人生短暫的感嘆。[30]

可知作者從眼前東去的長江想入，以江中的「浪」、「淘」爲媒介，由空間推擴到時間，來抒發宇宙無限但人生卻極有限的興亡之感。這是第一個「今」的部分，營造了浩瀚的氣勢，既爲第二個「今」作鋪墊，又爲轉入「昔」作前導，極爲巧妙地將過去三國時赤壁之戰的史蹟推演出來。接著，「遙想公瑾當年」至「強虜灰飛煙滅」是「昔」的部分，寫當年三國周郎的年輕有爲、雄姿英發，常國武說：

> 將周瑜形象刻畫得愈是「雄姿英發」，就愈加反襯出自己遭到貶謫而不能為國為民有所作為的悲哀與憤懣。[31]

可見作者將描繪重心置於周瑜年少得意的形象，一方面是爲了表達其對「周郎」無限的追慕、嚮往之情，另一方面也和

---

[30] 見徐中玉：《蘇東坡文集導讀》（成都：巴蜀書社，1990 年 6 月 1 版 1 刷），頁 246。

[31] 見常國武：《新選宋詞三百首》（北京：北京人民文學出版社，2000 年 1 月 1 版 1 刷），頁 89。

自己至今仍一事無成、竟「早生華髮」的垂老形象，作成極強烈的對比，以造成「反襯」的效果。

最後，由「故國神遊」到篇末，是第二個「今」的部分，東坡將思緒拉回到現在，寫自己今日的形象與心情：「多情應笑我」是「應笑我多情」的倒裝，點出作者心中的感慨萬千；這時的東坡是「早生華髮」的衰頹形象，與周瑜的風流倜儻形成強烈對比，內心自然有無限悲慨，正如葉嘉瑩所說：

> 其開端數句「大江東去，浪淘盡、千古風流人物」，其氣象固然寫得極為高遠，結尾的「人間如夢，一尊還酹江月」兩句，語氣也表現得甚為曠達。但事實上則在「公瑾當年」之「談笑間、強虜灰飛煙滅」，與自己今日之遷貶黃州，志意未酬而「早生華髮」的對比中，也蘊含著很多的悲慨。[32]

但值得注意的是，東坡在壯志未酬的失意中，卻能體認「人生如夢」，於是一下子由實推向虛，從有限推向無限，從「多情」中脫身而出，使自己的思想提昇到物外，而展現曠達的開闊思維。

從動態的角度看，詞中「今」、「昔」兩種組織材料的力量，隨時間的進行而交錯出現，先是由「今」而「昔」形成逆向移位；再由「昔」而「今」形成順向移位，總合而成「今→昔→今」的轉位結構，造成力量轉出去又拉回來的「回轉

---

[32] 見葉嘉瑩：《靈谿詞說》（臺北：國文天地雜誌社，1989 年 12 月初版），頁 212。

對稱」，在今與昔的時間變化中，曲折地表現出蘇軾由物內提昇到物外的心境變化。全篇所形成的「今→昔→今」回轉對稱結構，對稱元（今、昔）的力量在一順、一逆的「轉位」之中，造成回轉往復的節奏，較之「移位」的單一方向的重複，更具變化，更展現了生命律動的藝術魅力。

五、轉位章法結構的「靜態」對稱美 ——天平式對稱

「天平式對稱」是以一參照物為支點，支點前後兩項的結構或數量基本相等的一種形式。[33]章法的「天平式對稱」，主要體現在「轉位」所造成的靜態結構上，表現為順、逆交錯的辭章材料組合。在兩類不同的材料之中，以其中一類為中心支點，另一類材料在其前後形成對稱，如：「正、反、正」結構，以「反」面材料為支點，而「正」面的材料則安排在「反」面材料的前與後，形成一種平衡的對稱態勢。每一種章法，皆可形成這種對稱結構，如：「立、破、立」、「抑、揚、抑」、「賓、主、賓」、「景、情、景」、「因、果、因」等等結構都是。

這種靜態的平衡對稱結構，有一個中心或軸心，於是這中心會成為凸出的「焦點」；其前後兩側則是相等的形式，不僅給人一種「力」的平衡的審美感知，而且在視覺效果上

---

[33] 參考童山東：〈論人類語言對稱藝術的發生及形態〉，《中南民族學院學報（社會科學版）》（總第 96 期，1999 年）第 1 期，頁 88。

給人整齊的、沉著的感受。林書堯將這種均衡的美感稱之爲「消極的均衡美感」，他說：

> 這一種均衡和天平的原理一樣，有一個中心或軸心，
> 相稱的兩邊荷重相同，力集中於中央的支點而平衡。
> 如一隻蝴蝶，一對吊燈，一個正面直立的人體或疊羅
> 漢的樣子。這種均衡的式樣古典建築的範例特別多。
> 視覺效果簡單明瞭有些過分沉著而嚴肅。尤其正當中
> 爲大家關心的焦點，莊重而高貴的地位令人不敢隨
> 便。[34]

指出「天平」式的均衡，力量會集中在支點，使得正中部分成爲注目焦點，顯得莊重而高貴；而兩邊因荷重相同而形成平衡，呈現簡單而沉著的視覺效果。但是，如果結合章法結構的形式（天平式）與辭章材料的內容（調和或對比）來看，天平對稱的結構，表現了對稱、均衡、比例、重複、調和、對比等美的形式原理，顯現出鮮明而多樣的秩序性，形成了陳望道所謂的「繁多的統一」[35]。茲舉古典詩詞爲例，說明如下。

詩如《詩經·周南》的〈關雎〉，其原詩爲：

---

[34] 見林書堯：《基本造形學》，頁 195。
[35] 陳望道：「繁多的統一⋯⋯既沒有統一之流弊的單調板滯，也沒有繁多之流弊的厭煩與雜亂。所以古來所公認的形式原理，就是所謂繁多的統一（Unity in Variety），或譯爲多樣的統一，亦稱變化的統一。」見《美學概論》，收於《陳望道文集》第二卷，頁 51 。

關關雎鳩，在河之洲；窈窕淑女，君子好逑。參差荇菜，左右流之；窈窕淑女，寤寐求之。求之不得，寤寐思服，悠哉悠哉，輾轉反側。參差荇菜，左右采之；窈窕淑女，琴瑟友之。參差荇菜，左右芼之，窈窕淑女，鍾鼓樂之。[36]

其結構分析表為：

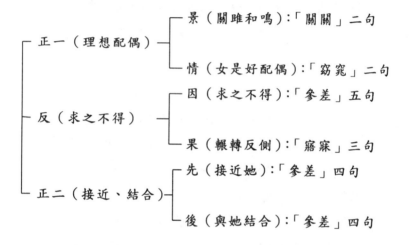

正一（理想配偶）──┬─ 景（關雎和鳴）：「關關」二句

　　　　　　　　　└─ 情（女是好配偶）：「窈窕」二句

反（求之不得）──┬─ 因（求之不得）：「參差」五句

　　　　　　　　└─ 果（輾轉反側）：「寤寐」三句

正二（接近、結合）──┬─ 先（接近她）：「參差」四句

　　　　　　　　　　└─ 後（與她結合）：「參差」四句

　　本詩的主旨在寫男追女以致結合的曲折過程及其心境，全篇以「正、反、正」的轉位結構寫成。開頭四句是第一個「正」的部分，寫男方對女子的愛慕之意及欲與其匹配的心願；先以「關關雎鳩」二句（景）起興，以雎鳩鳥相和

---

[36] 見毛亨傳、鄭玄箋、孔穎達疏：《毛詩正義》（臺北：藝文印書館，1989 年 11 版），頁 20-22。

的鳴聲暗示女子是自己的理想對象，而後以「窈窕淑女」二句（情）明確說出自己思慕的心情。接著，「參差荇菜」八句，是「反」的部分，寫男子追求淑女不可得的苦悶；此處又形成「先因後果」的結構，因為求女子不得，於是夜裏輾轉難眠，連夢裏都在想著那名女孩，詩中更以「悠」的重覆來加強寫其相思之苦及內心不安的心情。最後，「參差荇菜」以至結尾八句，則是第二個「正」的部分，寫男子終於追求成功的喜悅心境；男子「先」是投其所好、以琴瑟接近她，藉音樂來增進彼此的感情，而「後」是感情成熟了、到了可以結婚的地步，男子遂敲鑼打鼓地將女子娶回家。

　　從靜態的角度看，詩中「正」與「反」兩種組織材料的力量，在經過「轉位」的歷程後，形成了「正、反、正」的天平式對稱結構：在兩側對稱均衡的「正」面材料的烘托下，位於中心支點的「反」面材料是力量集中的所在，而成為注目的焦點，亦即男子求之不得的輾轉難眠，在詩中形成了極大的張力；「正一」與「正二」形成的重複、均衡及比例的形式，則使全篇展現出「繁多的統一」之美。至於詩中「正」與「反」兩種材料形成的對比關係，呈現出對比之美，對比因為具有極大的差異性，因而給人鮮明、醒目、活躍、振奮的強烈感受；而且有「相對立的形態」出現在篇章中，反而能使主體（正）的特點更突出、姿態更優美，也因此使得男子追求女子、急欲與之匹配的熱切心情，以至終於得以與之結合的喜悅心境更具感染力量。

詞如李清照的〈行香子〉（草際鳴蛩），其原詞為：

> 草際鳴蛩，驚落梧桐，正人間天上愁濃。雲階月地，
> 關鎖千重，縱浮槎來，浮槎去，不相逢。　　星橋鵲
> 駕，經年纔見，想離情別恨難窮。牽牛織女，莫是離
> 中。甚霎兒晴，霎兒雨，霎兒風。[37]

其結構分析表為：

```
┌ 景一（實：人間七夕）:「草際」二句
├ 情（愁濃）:「正人間」句
│                      ┌ 因:「雲階」十句
└ 景二（虛：天上七夕）─┤
                       └ 果:「甚霎兒晴」三句
```

　　本篇是作者藉牛郎織女的神話，來寫自己對丈夫的思念
之情。即徐北文主編的《李清照全集評注》所說的：

> 作者以牛郎織女的神話故事為喻，表現自己對離家遠
> 行的丈夫的深情懷念。[38]

黃師麗貞也指出：

> 這詞以牛郎織女的相會為主題，是我國二千多年來盛

---

[37] 見王學初：《李清照集校註》（臺北：里仁書局，1982 年 5 月初版），
頁 40-41。
[38] 見徐北文主編：《李清照全集評注》（濟南：濟南出版社，1992 年 1
版 3 刷），頁 35。

> 傳不衰的故事，……李清照用這個尋常的題目，寄託
> 她對離家暫別的丈夫的思念之情。[39]

從章法結構來看，全篇是以「景、情、景」的轉位結構寫成。
開頭二句以寒蛩哀鳴、梧葉凋落的淒清之景，實寫「人間」
七夕的夜晚；接著以「正人間」句，寫她因「七夕」神話而
勾起的別恨離愁，這份濃愁，是與天上的織女一樣的愁。「雲
階」以後的十三句，則以極大的篇幅來寫牛郎織女的神話：
七夕是牛、女相會之日，卻同時也是離別之日，因此，此時
的天氣才會一會兒晴，一會兒雨，一會兒又刮風。[40]這時的
畫面全在天上，是作者望著銀河、透過「幻想」而構建出的
「幻想空間」，其實，她的目的還是在寫她自己的思念之情，
王延梯說：

> 正面描寫的雖是牽牛織女的離愁別恨，但用「正人間
> 天上愁濃」一句，就把作者和牽牛織女的處境聯繫在
> 一起，使我們感到，這離愁別恨，是牽牛織女的，更
> 是作者自己的。[41]

---

[39] 見黃師麗貞：《詞壇偉傑李清照》（臺北：國家出版社，1996 年 11
月初版 1 刷），頁 84-85。

[40] 王思宇：「用天氣的陰晴變化，隱喻人的悲喜交集，由喜而悲；而
風起雲飛，雙星隱沒，又自然使人想到牽牛、織女的含恨別去。」
見唐圭璋主編：《唐宋詞鑑賞集成》（中）（臺北：五南圖書有限公
司，1991 年 6 月初版 1 刷），頁 1403。

[41] 見王延梯：《漱玉集注》（山東：山東文藝出版社，1984 年 1 月 1
版 1 刷），頁 33。

是很有道理的。劉瑜也說：「全詞寫的是牛郎織女在七夕相會，離愁別恨的難以窮盡。作者於詞中著『人間』一詞，便把自己的離情別緒，與牛郎織女的離愁別恨密切聯繫起來」[42]，牽牛、織女可說是人間別離男女的化身，清照對他們不幸遭遇的嘆恨，正是對自己離愁別的嘆恨，她長期無法見到丈夫，[43]比之牛郎織女一年還能見一次面，自然是更加悲愁的。

　　從靜態的角度看，詩中「景」與「情」兩種組織材料的力量，在經過「轉位」的歷程後，形成了「景、情、景」的天平式對稱結構：在兩側對稱均衡的「景」的烘托下，位於中心支點的「情」是力量集中的所在，而成為注目的焦點，有凸出的美感。「景一」具寫人間七夕景致，「景二」虛寫天上七夕的離別之景，在虛實景致的往復交融中，在「現實空間」與「幻想空間」的交流轉換之中，將現實與神話結合起來，於含蓄的寄託中婉轉曲折地表達了作者的情意，使她對丈夫的相思之情得到最大的注意，有效地凸顯出本篇的主旨；且「景一」與「景二」形成的重複、均衡及比例的形式，更使全篇展現出「繁多的統一」之美。

---

[42] 見劉瑜：《莫道不銷魂——李清照作品賞析》(臺北：國威國際文化公司，2002年8月初版1刷)，頁139。

[43] 陳祖美以為此首作於崇寧三、四年間（1104-1105A.D.），是新婚離別之作。她說：「此詞應作如是解——就像那隨著秋風中蟋蟀的鳴聲紛紛飄落的桐葉，朝廷的風吹草動也殃及到了無辜者，由於黨爭的株連，把一對恩愛夫妻變成了長年分離的人間牛郎織女，彼此間阻隔重重，難以相逢。」可以參考。見《李清照評傳》(南京：南京大學出版社，2002年5月1版3刷)，頁58-59。

至於詞中「景」與「情」兩種材料，「景」屬於客觀的材料，「情」則是主觀的材料，主、客兩種材料之間必須是相適應、相調和的關係，本篇作者選擇了與主體情感（相思）相接近的客體（即人間七夕之實景、天上七夕之虛景），並對客體景物賦予意義，因此，「景」與「情」之間不僅形成了調和之美，也呈現了具象美及抽象美的和諧統一美。

六、結語

經由上述可知，人類因觀察自然而抽象出「對稱」的概念及其審美形式，這種「對稱」的審美形式，不但可應用於建築、平面設計、科學、音樂等領域，也可應用於文學。落到辭章的章法結構上來看，由於「轉位」的現象，在動態方面形成了具時間對稱性的「回轉對稱」結構：因兩個章法對稱元素先後朝著相反方向「一往一復」的出現，而造成連續、回轉的動態感，複雜、鼓舞的節奏感以及循環、往復的變化美。至於靜態方面，則形成了具空間對稱性的「天平對稱」：其對稱形態，是以其中一種元素爲支點，另一種章法元素在其前後位置形成對稱；於是，中心的支點成爲凸出的焦點，而前後兩端的對稱則給人平衡、整齊之感；在整體上則因表現了均衡、比例、重複、對比、調和，而形成「繁多的統一」的美感。

這些章法的對稱性質、類型及其美感，都可以從文中所舉的詩詞例子得到證明，可藉以看出章法結構所呈現的對稱

類型及審美形式，有效地凸顯了辭章作品的內容主旨，不僅發揮了重要的藝術功能，也給予讀者多樣的審美感受。

重要參考文獻（依作者姓名筆劃順序）

一、專著

毛亨傳、鄭玄箋、孔穎達疏：《毛詩正義》臺北：藝文印書館，1989 年 11 版

王菊生：《造型藝術原理》哈爾濱：黑龍江美術出版社，2000 年 3 月 1 版 1 刷

王延梯：《漱玉集注》山東：山東文藝出版社，1984 年 1 月 1 版 1 刷

王學初：《李清照集校註》臺北：里仁書局，1982 年 5 月初版

朱光潛：《文藝心理學》臺北：頂淵文化事業公司，2003 年 5 月初版 1 刷

李政道：《對稱與不對稱》臺北：牛頓出版股份公司，2001 年 2 月初版

宗白華：《宗白華全集》合肥：安徽教育出版社，1996 年 9 月 1 版 2 刷

林書堯：《基本造形學》臺北：三民書局，1991 年 8 月再版

徐中玉：《蘇東坡文集導讀》成都：巴蜀書社，1990 年 6 月 1 版 1 刷

徐北文主編:《李清照全集評注》濟南:濟南出版社,1992
　　年1版3刷

徐志銳:《周易陰陽八卦說解》臺北:里仁書局,2000 年初
　　版4刷

徐壹鴻(Anthony Zee):《可怕的對稱》(Fearful Symmetry:
　　the search for beauty in modern physics)New Jersey:
　　Princeton University,1999

徐復觀:《中國人性論史》(先秦篇)臺灣商務印書館,1978
　　年10月4版

常國武:《新選宋詞三百首》北京:北京人民文學出版社,
　　2000年1月1版1刷

陳師滿銘:《章法學綜論》臺北:萬卷樓圖書公司,2003 年6
　　月初版

陳祖美:《李清照評傳》南京:南京大學出版社,2002 年 5
　　月1版3刷

陳望道:《陳望道文集》(第二卷)上海:上海人民出版社,
　　1980年5月1版1刷

費曼(Richard P. Feynman)著、師明睿譯:《費曼的六堂
　　Easy 相對論》臺北:天下遠見出版公司,2002 年 4
　　月1版5刷

費曼(Richard P. Feynman)著、陳芊蓉、吳程遠譯:《物理
　　之美》(The Character of Physical Law)臺北:天下
　　遠見出版公司,2002年2月1版24刷

黃美玲:《連雅堂文學研究》臺北:文津出版社,2000 年 5

月初版 1 刷

黃師麗貞：《詞壇偉傑李清照》臺北：國家出版社，1996 年
　　11 月初版 1 刷

楊辛、甘霖：《美學原理》臺北：曉園出版社，1991 年 1 版
　　1 刷

葉嘉瑩：《靈谿詞說》臺北：國文天地雜誌社，1989 年 12 月
　　初版

赫曼‧外爾（Hermann Weyl）原著、曹亮吉譯述：《對稱：
　　美的科學闡述》（Symmetry）臺北：正中書局，1988
　　年臺初版

劉　瑜：《莫道不銷魂——李清照作品賞析》臺北：國威國
　　際文化公司，2002 年 8 月初版 1 刷

鄭喜夫：《連雅堂先生年譜》南投：臺灣省文獻委員會，1992
　　年 3 月版）

龍沐勛：《東坡樂府箋》臺北：華正書局，1978 年 9 月初版
藤吶英昭原著、林品章譯：《平面構成》臺北：六合出版社，
　　1991 年 8 月初版

二、論文

（一）學位論文

陳佳君：《虛實章法析論》臺北：臺灣師大國文研究所碩士
　　論文，2001 年 6 月

（二）期刊論文

徐　勤：〈走近對稱〉,《裝飾》總第 127 期,2003 年 11 月,
　　頁 62

陳師滿銘：〈章法的「移位」、「轉位」結構論〉,《師大學報》
　　49 卷 2 期,2004 年 10 月,頁 1-22

陸寶新：〈論圖案對稱律形式及其構成方法〉,《西北大學學
　　報（哲學社會科學版）》第 33 卷第 2 期,2003 年 5 月,
　　頁 127-129

童山東：〈論人類語言對稱藝術的發生及形態〉,《中南民族
　　學院學報（社會科學版）》第 1 期（總第 96 期）,1999
　　年,頁 84-88

楊振寧：〈對稱和物理學〉,《中國音樂》第 4 期,1995 年,
　　頁 14-15

貌同而心異
——陶淵明〈五柳先生傳〉與王績〈五斗先生傳〉比較研究

林淑雲
臺灣師範大學國文系講師

提要

　　淵明「少時壯且厲，撫劍獨行遊」，王績則是「明經思待詔，學劍覓封侯」。二人早歲皆豪氣干雲，意緒飛揚，思欲匡世，建功立業，無奈有志難伸，不樂於仕，終辭官歸隱，躬耕田園。相仿的歷程、相似的情懷、相同的興趣，使王績傾心追隨淵明。

　　〈五斗先生傳〉是王績的自況之作，從人物的虛構、標題的模擬、章法的安排，處處可見傳承於〈五柳先生傳〉之跡，然則貌同心異，而此正足以看出兩人生命歸趨的不同。

關鍵詞：陶淵明、王績、五斗先生傳、五柳先生傳、章法結構

一、前言

　　陶淵明被譽為「古今隱逸詩人之宗[1]」、王績則被推為「唐時隱逸詩人第一[2]」，兩人皆為中國文學史上著名的詩人。陶淵明生於世道跌宕的晉、宋之際；王績處於紛亂不已的隋末唐初。國勢的飄零、政治的動蕩、大道的崩壞、官場的黑暗，使他們幾仕幾隱，最終選擇歸隱田園，　優遊於自然山水之中，陶然於精神世界的豐盈，品茗著高遠真醇的生命況味。他們擁有相仿的人生歷程、相同的嗜好興趣、相似的情懷氣質，在創作中亦展現出傳承的軌跡。

　　陶氏的〈五柳先生傳〉，開啟了嶄新的自傳格式。這類型的作品，有一個重要特徵，即作者佯稱不知道五柳先生是誰，卻恰恰露出馬腳，告訴人們五柳先生就是他自己。且其中所展現的，不是傳主人生的實際，而是其人生的理想，因此川合康三將此類型作品命名為「希望那樣的我」。[3]而在此類作品的譜系中，〈五斗先生傳〉是和〈五柳先生傳〉形式上最為相近的作品。兩篇文章篇幅皆短小，〈五柳先生傳〉

1　見趙仲邑譯注《鍾嶸詩品譯注》（台北：貫雅文化，1991 年 7 月），頁 61。

2　何良俊《四友齋叢說》，收錄於《百部叢書集成‧紀錄彙編》第十函，卷二十五（台北：藝文印書館，1966 年），頁 1。

3　說見川合康三著、蔡毅譯《中國的自傳文學》（北京：中央編譯出版社，1999 年 4 月），頁 67—69。關於這一類型的作品，川合康三以為有袁粲〈妙德先生傳〉、王績〈五斗先生傳〉、白居易〈醉吟先生傳〉、陸龜蒙〈甫里先生傳〉、歐陽修〈六一居士傳〉等作品。

一百七十餘字，〈五斗先生傳〉僅一百四十多字。篇中以第三人稱客觀之筆行文，作者以旁觀者的身份，對傳主進行觀察、書寫，實則以此自況，藉篇中人物，發抒己志，甚至寄寓對自身的期許。本文試圖將二文合觀比較，以明其同異處。

二、二文寫作背景

（一）陶淵明〈五柳先生傳〉及其寫作背景

〈五柳先生傳〉原文錄之如下：

> 先生不知何許人也，亦不詳其姓氏，宅邊有五柳樹，因以為號焉。閑靜少言，不慕榮利。好讀書，不求甚解；每有會意，便欣然忘食。性嗜酒，家貧不能常得。親舊知其如此，或置酒而招之。造飲輒盡，期在必醉，既醉而退，曾不吝情去留。環堵蕭然，不蔽風日，短褐穿結，簞瓢屢空，晏如也。常著文章自娛，頗示己志。忘懷得失，以此自終。
>
> 贊曰：黔婁之妻有言：「不戚戚於貧賤，不汲汲於富貴。」味其言茲若人之儔乎？銜觴賦詩，以樂其志，無懷氏之民歟？葛天氏之民歟？

陶淵明曾自言「少年罕人事，游好在六經」[4]，其於擬古

---

[4] 陶淵明〈飲酒詩〉第十六首，見逯欽立校注《陶淵明集》（香港：中華書局，1987年1月），頁76。

詩第八首中說：「少時壯且厲，撫劍獨行遊。[5]」可見其早歲喜讀儒家經典，個性剛猛。雜詩十二首之五亦云：「憶我少壯時，無樂自欣豫，猛志逸四海，騫翮思遠翥。[6]」年少時血氣方剛，也曾懷抱凌雲之志，思欲展翅高飛，胸懷四海。此時非只有獨善之心，更自有濟世之懷。他曾在〈讀史述九章・屈原〉中提及自己的抱負：「進德修業，將以及時，如彼稷、契，孰不願之。[7]」爲稷和契的目的何在？無非就在大濟蒼生、有爲於世。基於這樣的理念，因此淵明於二十九歲「起爲州祭酒」，雖然出仕之因，史傳的記載不無爲稻粱謀的意味，但那深藏於心的淑世之教，顯然也是重要的驅策動力。然而混跡官場，益見其腐敗險惡，他終於「不堪吏職，少日，自解歸」，此後又擔任鎮軍參軍、建威參軍等職，四十一歲任彭澤令，八十餘日卻又感慨「我不能爲五斗米，折腰向鄉里小人。[8]」因此解綬辭印，從此歸隱，不再出仕。

綜觀淵明一生，四仕四隱。他雖有儒家經世致用之思，無奈迍邅之世，宦情混沌。在這「真風告逝，大僞斯興[9]」的時代，「性剛多拙，與物多忤[10]」的陶潛格格不入。仕途蹇滯、志不獲騁終令他心灰意冷，再益以性好丘山的閑靜天性，也

5　見逯欽立校注《陶淵明集》，頁113。
6　見逯欽立校注《陶淵明集》，頁117。
7　見逯欽立校注《陶淵明集》，頁183。
8　以上引文俱見《晉書・隱逸傳》。四庫備要本（台北：中華書局，1965年），卷九十三，頁7。
9　陶淵明〈感士不遇賦〉，見逯欽立校注《陶淵明集》，頁145。
10　陶淵明〈與子儼等疏〉，見逯欽立校注《陶淵明集》，頁187。

因此，他脫離了爾虞我詐、勾心鬥角的名利場域，順應內心的渴慕，回歸自然的懷抱。

〈五柳先生傳〉是陶氏的散文傑作，關於此文的創作時間，歷來爭議頗多。一說為少作，齊益壽先生即以為：

> 《宋書・陶潛傳》以〈五柳先生傳〉印證淵明「少有高趣」，而其敘述又在「起為州祭酒」前，足見宋書以此傳為淵明少作。據〈始作鎮軍參軍經曲阿作〉：「弱齡寄事外，委懷在琴書，被褐欣自得，屢空常晏如。」〈辛丑歲七月赴假還江陵夜行塗口〉：「閒居三十載，遂與塵事冥，詩書敦宿好，林園無俗情。」……正與〈五柳先生傳〉若合符節，故知此傳乃淵明少作。[11]

準此，楊勇《陶淵明年譜彙訂》繫此傳於晉孝武帝太元十七年，淵明二十八歲時，他說：

> 蕭傳曰：「淵明少有高趣，博學，善屬文，穎脫不羣，任真自得。嘗著五柳先生傳以自況，時人謂之實錄。」下即云：「親老家貧，起為州祭酒。」是知五柳先生傳作於始仕之前。[12]

---

[11] 齊說乃根據 《宋書・隱逸傳》：「陶潛字淵明或云淵明字元亮，尋陽柴桑人也。曾祖侃，晉大司馬。潛少有高趣，嘗著〈五柳先生傳〉以自況」而發，說見〈陶淵明的政治立場與政治理想〉，轉引自方介〈陶淵明五柳先生傳疏證〉，《漢學研究》第五卷第二期，1987 年 12 月，頁 530。

[12] 同前註。關於此說，劉世林提出質疑，他以為：「我們縱觀〈蕭傳〉

然逯欽立於〈陶淵明事迹的詩文繫年〉中，以為此文作於宋武帝永初元年，淵明五十六歲前後，其論點為：

> 此傳為晚年所作。宋傳、蕭傳、南傳相沿視為祭酒以前之作，非是。林雲銘評注《古文析義》謂：「此傳無懷、葛天，暗寓不仕宋」；吳楚材《古文觀止》謂：「劉裕移晉祚，恥不復仕，號五柳先生，此傳乃自述其生平。」所見較是。陶之無酒可飲，乃五十一歲至五十七歲時事，今姑繫此年下。[13]

眾說紛紜，未詳孰是。筆者礙於篇幅，不擬加以考證，僅錄諸說以供參考。

（二）王績〈五斗先生傳〉及其寫作背景

全文之後發現，它並不像王瑤先生所說，是『按史傳通例，所敘事迹都是以時間先後為序的。』淵明四十歲時為鎮軍、建威參軍，六十二歲時江州刺史檀道濟『饋以梁肉』，淵明『麾而去之』此二事例相距二十多年，但在〈蕭傳〉中卻緊相連接，而且是前後顛倒的。……淵明著〈柳傳〉，雖被記在『起為州祭酒』之前，卻不足以證實該文是淵明二十九歲未出仕以前的作品。」他並以為本文當作於晉安帝義熙二年丙午（西元四〇六年），淵明本年四十二歲。說見劉世林〈陶淵明〈五柳先生傳〉寫作年代辨析〉，《求是學刊》（黑龍江大學）1984 年第五期，頁 52、55 頁。

[13] 見逯欽立校注《陶淵明集》附錄二，頁 287。關於此說，方介曾提出辯駁：「林、吳二氏牽強附會之說，實不足信。又謂『陶無酒可飲，乃五十一至五十七歲時事』，亦太過拘泥。陶詩云：『弱年逢家乏』〈有會而作〉，又云：『疇昔苦長饑，投耒去學仕。』〈飲酒十九〉，可見其未仕前固已甚貧。」說見方介〈陶淵明五柳先生傳疏證〉，頁 531。

〈五斗先生傳〉原文錄之如下：

> 有五斗先生者，以酒德游於人間。有以酒請者，無貴賤皆往，往必醉，醉則不擇地斯寢矣。醒則復起飲也。常一飲五斗，因以為號焉。先生絕思慮，寡言語，不知天下之有仁義厚薄也。忽焉而去，倏然而來。其動也天，其靜也地，故萬物不能縈心焉。嘗言曰：「天下大抵可見矣。生何足養，而嵇康著論；途何為窮，而阮籍慟哭。故昏昏默默，聖人之所居也。」遂行其志，不知所如。

王績，字無功，號東皋子。生於開皇十年[14]，卒於唐太宗貞觀十八年。為唐代山水田園詩的先驅，新、舊唐書皆列為隱逸傳之首。

王績先世，「歷宋、魏，迄於周、隋，六代冠冕，皆歷國子博士，終至卿牧守宰。[15]」其兄王通，更為知名的儒者，在此儒學思想一脈相承的家庭中，王績早歲亦深具用世之心，其於〈晚年敘志示翟處士正師〉中說道：

> 弱齡慕奇調，無事不兼修，望氣登重閣，占星上小

14　王績生年歷來眾說紛紜，計有數說：一說隋文帝開皇五年、一說開皇十年、一說開皇九年、一說約開皇十年、一說曰開皇十三年。金榮華〈王績生年考〉，（《華岡文科學報》，第二十一期，1997 年 3 月，頁 121－127）及趙麗莎《王績及其詩文研究》（中興大學中國文學系八十五年碩士論文）皆定為開皇十年，今從此說。

15　呂才《王無功文集・序》，見王績著，韓理洲校點《王無功文集五卷本會校》（上海：上海古籍出版社，1987 年 11 月），頁 1。

樓。明經思待詔，學劍覓封侯。棄繻頻北上，懷刺
幾西遊。[16]

由此可知，王績少時即懷有濟世之念，以建功立業為其
職志。煬帝大業年間，應孝悌廉潔舉，任祕書省正字，但因
不樂在朝，求為揚州六合縣丞，終究非其所好，是以棄官還
鄉。唐高祖武德五年，待詔門下省，貞觀元年，又託言足疾，
再度歸隱。貞觀十一年，因太樂府史焦革善於釀酒，他主動
求為太樂丞，兩年之間焦革夫婦相繼過世，因此又掛冠歸
田，從此不復出仕。[17]他一生三仕三隱，宦海浮沈，因此時
有憤世嫉俗之悲鳴感嘆，其於〈答處士馮子華書〉中說：「吾
家三兄，生於隋末，傷世擾亂，有道無位[18]」，在〈自作墓誌
文〉中亦說自己「才高位下，免責而已，天子不知、公卿不
識，四十五十，而無聞焉。[19]」求達未能，懷才未遇，故退
而隱居田園，也因此《四庫全書總目提要，東皋子集三卷提
要》說：

是身仕兩朝，皆以仕途不達，乃退而放浪於山林。《新

---

[16] 見王績著，韓理洲校點《王無功文集五卷本會校》，頁 111。

[17] 王績生平可參《舊唐書・隱逸傳》，四庫備要本（台北：中華書局，
1965 年），卷一九六，頁 2。《新唐書・隱逸傳》，四庫備要本（台
北：中華書局，1965 年），卷一九二，頁 2。呂才《王無功文集・
序》。

[18] 見王績著，韓理洲校點《王無功文集五卷本會校》，頁 149。

[19] 見王績著，韓理洲校點《王無功文集五卷本會校》，頁 184。

唐書》列之隱逸傳，所未喻也。[20]

他生性傲兀不羈、嗜酒好飲，不願受到官場禮法束縛，又遇仕途多舛，在屈居下僚，有志難伸的情況下，因此轉而在老莊思想中尋求慰藉和寄託。他自己即說道：「床頭素書三帙，《老》、《莊》及《易》而已」[21]。

關於〈五斗先生傳〉的寫作時間，歷來學者無有確指。然文中老莊思想充斥，知非早年之作。而五斗先生嗜酒情態，與呂才《王無功文集·序》中所言王績「晚歲，醉飲無節[22]」的生活相符，故本文作於晚年當是合理的推斷。趙麗莎以爲作於貞觀 16 年前後[23]，今從之。

（三）王績對陶淵明的證同與繼承

在閱讀文學作品時，有所謂的「證同」現象，即接受主體習慣接納與自身心理經驗和結構相同的審美信息。當文本描述的經驗和讀者已有的經驗一致或相似時，兩種經驗之間就建立起證同關係。讀者由於自身經驗得到印證，求同心理得到滿足，某種熟悉感、親切感就轉換爲審美的愉悅感，甚至引起接受主體對接受對象的偏愛心理。[24]事實上，文人相

---

[20] 見《四庫全書總目提要·集部·別集類二》（台北：商務印書館，1968 年），頁 26（總 3114）。

[21] 〈答處士馮子華書〉，見王績著，韓理洲校點《王無功文集五卷本會校》，頁 148。

[22] 見王績著，韓理洲校點《王無功文集五卷本會校》，頁 5。

[23] 見趙麗莎《王績及其詩文研究》，頁 315。

[24] 見龍協濤《文藝心理學》（北京：北京大學出版社，2004 年 11 月），

似的人生經驗、情趣嗜好也會引發此種偏好現象。由前述可
知，王績與淵明在生活經歷、爲人行止上多有雷同，明代黃
汝亨在〈黃刻東皋子集序〉中即說道：

> 其酒德詩妙，魏晉以來，罕有儔匹，行藏生死之際，
> 澹遠真素，絕類陶徵君……《東皋子集》，宜與《陶
> 淵明》並傳。[25]

黃氏以爲王績澹遠率真的性行，與陶淵明相類，並指出兩人
的作品，可合而觀之，具有相同的流傳價值。這對王績而言，
不啻是高度的肯定和讚揚。事實上，王績對陶淵明，多所忻
慕，在現世困頓，知音難逢的境遇下，他只能突破時空的藩
籬，尚友前賢，以此撫慰心靈。因此在王績的詩文中，屢見
陶氏蹤跡，如：

> 酒甕多於步兵，黍田廣於彭澤。（〈遊北山賦并序〉）
> 昔蔣元詡之三逕，陶淵明之五柳。（〈遊北山賦并序〉）
> 嘗愛陶淵明，酌醴焚枯魚。（〈薛記室收過莊見尋率
> 題古意以贈〉）
> 阮籍醒時少，陶潛醉日多。（〈醉後口號〉）
> 彭澤有田惟種黍，步兵從宦豈論錢。（〈解六合承還〉）
> 草生元亮逕，花暗子雲居。（〈田家〉）
> 誰知彭澤意，更道步兵耶？（〈贈學仙者〉）

頁 172─173。
[25] 見王績著，韓理洲校點《王無功文集五卷本會校》，附錄一，頁 134。

庾袞逢處跪，陶潛見人羞。(〈晚年敘志示翟處士正師〉)

淵明對酒，非復禮義能拘；叔夜攜琴，惟以煙霞自適。(〈答刺史杜之松書〉)

陶生云：「富貴非吾願，帝鄉不可期。」(〈答處士馮子華書〉)

阮嗣宗、陶淵明等數十人，並遊於醉鄉，沒身不返，死葬其壤，中國以為酒仙云。(〈醉鄉記〉)[26]

也因私淑其人，故創作亦有胎化、模仿之跡。如陶氏藉〈五柳先生傳〉以自況，王則著〈五斗先生傳〉；陶氏臨死時作〈自祭文〉以自輓，王績則自剋死日，預為〈墓誌文〉；陶氏有〈詠荊軻〉之作，王績則著〈荊軻刺秦王〉以相承；王績之〈遊北山賦並序〉，可與淵明〈歸去來辭并序〉相參；二人並各以〈醉鄉記〉、〈桃花源記〉以敘己身之理想世界。

除了創作的師法之外，兩人在詩風上也有承繼關係。聞一多《論古典文學》中即說：

陶淵明死後，他那種詩的風格幾乎斷絕，到王績才算有了適當的繼承人。在王績那個時代，流行的詩風，一面是病態的唯美主義，如陳子良、上官儀等人的作品，一面是有些人為功名作詩，如虞世南、李百藥等人作詩的態度。當時只有王績一個人退居局外，兩條

---

[26] 以上引文俱見於王績著，韓理洲校點《王無功文集五卷本會校》，頁 1、4、55、58、61、65、68、111、134、147、182頁。

路都不走，獨樹一幟。[27]

蘇雪林也說道：

> （王績）性情大似陶潛，所以作風也天然似陶了。……
> 將陶潛田園詩風趣，表現之於寥寥二十字之中，王績
> 還算是第一個。[28]

黃永武於《詩與美》中，提及文人喜藉「同化作用」，感受賢哲與我同在，在這自我仿同的過程中，足以撫慰現實境遇的缺陷[29]，因此王績藉由嚮往和私淑淵明爲人，擬其作品的過程中，藉以提昇並安頓自我。

三、篇名之異同

兩文標題的模擬痕跡甚爲明顯，在數字上皆選擇「五」。陶氏不爲「五斗米」折腰，自號「五柳」，王績則爲「五斗酒」傾心，酣飲日夜。以「五柳」、「五斗」爲號，或有顯現隱士任真自得，以輕鬆自在的心情隨意取名的意圖。其中，「五柳」以身邊景物爲取名重點，而「五斗」則著力於個人酒量。

只是，「物本來沒有甚麼情意可言的，但詞章家卻賦予

---

[27] 轉引自祁光錄〈王績詩歌藝術論〉，《吉安師專學報》，1994 年第三期，頁 37。
[28] 見蘇雪林《唐詩概論》（台北：商務印書館，1947 年 2 月），頁 33-34。
[29] 見黃永武《詩與美》（台北：洪範書店，1984 年 12 月），頁 16。

他們情意，使物產生意象，和自己內在的情意結合起來，達於交融的境地。王國維說：『一切景語皆情語。』（《人間詞話》）便是這個意思。」[30]準此，陶氏以「柳」，王氏以「斗」命名，是否有其深意？而淵明在眾多數字中，選擇以「五」名篇，是實際數目的紀錄、信手寫就的隨筆、抑或是有意為之？

以下，則針對二文篇名值得深究處，加以申說：

（一）數的奧妙

關於五，易經以為乃是天地之數：

> 天數五，地數五，五五相得，而各有合。天數二十有五，地數三十，凡天地之數，五十有五，此所以成變化而行鬼神也。[31]

準於此，劉金萬於〈八卦‧《易經》‧原始宗教觀念〉中說道：

> 古代各國都有對於數的崇拜，斯堪的那維亞人把三和三的自乘數九看作是神所特別珍視的數目，……，中國人崇三尚五。[32]

---

[30] 見陳師滿銘《章法學新裁》（台北：萬卷樓圖書有限公司，2001 年 1 月），頁 276。

[31] 見《易經‧繫辭（上）》，《十三經注疏》第一冊（台北：藝文印書館，1997 年），頁 153。

[32] 轉引自蔡璧名《五行系統中的色彩》，國立台灣師範大學國文研究

　　劉氏指出國人對於五的喜愛，洵為的見。徵諸卜辭所載，已見端倪。卜辭中所見殷人記牲數，多為五的倍數，如郭沫若編纂的《甲骨文合集》29537 號載：

　　　　五十犬　　五十羊　　五十豚

　　　　三十犬　　三十羊　　三十豚

　　　　二十犬　　二十羊　　二十豚

　　　　十五犬　　十五羊　　十五豚[33]

　　考之於現實，不難發現「五」這個數字常用於計數，如：金、木、水、火、土名之曰「五行」；青、黃、赤、白、黑名之曰「五色」；酸、甜、苦、辣、鹹名之曰「五味」；宮、商、角、徵、羽名之曰「五音」；東、西、南、北、中名之曰「五方」；心、肝、脾、肺、腎名之曰「五臟」等。這個現象，前人已有所察，並認為與人一手有五根手指密切相關。劉師培《左盦外集‧論小學與社會學的關係》即說道：

　　　　日本岸本氏《社會學》引告爾敦之說曰，達馬拉人之
　　　　舉數也，以左手撮右手之指而計之，故數至五以上，
　　　　則不能舉。……蓋古者以指計數，指止于五，故數亦
　　　　止于五。[34]

所八十一年碩士論文，頁 122─123。

[33]　見郭沫若主編《甲骨文合集》(上海：中華書局，1982 年)。

[34]　見《劉申叔先生遺書》第三集(台北：大新出版社，1965 年)，頁1676。

　　計數以五爲本這個現象，不只是我國所獨有，它廣見於各原始文化中，由此可知「五」於計數進程中的特殊性及重要性。而「五柳先生」以「五」名篇，或與此傳統有關。

　　此外，〈五柳先生傳〉的寫作，深受《漢書・揚雄傳》的影響，〈揚雄傳〉中寫道：

> 揚少而好學，不為章句，訓詁通而已。博覽無所不見。為人簡易佚蕩，口吃不能劇談，默而好深湛之思，清靜亡為。好嗜欲，不汲汲於富貴，不戚戚於貧賤，不修廉隅以徼名當世。家產不過十金，乏無儋石之儲，晏如也。[35]

與陶文相較，其中部分字句完全相仿。而〈五柳先生傳〉「性嗜酒，家貧不能常得」的遭遇，也可和揚雄相參。淵明於〈飲酒〉詩中即寫道：「子雲性嗜酒，家貧無由得。時賴好事人，載醪祛所惑。觴來為之盡，是諮無不塞。有時不肯言，豈不在伐國。仁者用其心，何嘗失顯默。[36]」淵明對揚雄相當關注與推崇，因此可能受其影響。蓋揚雄著《太玄》，以九爲度數，萬事萬物起滅皆以九之數爲周期，而五適居其中，爲中和之數。而事實上，中和適足以表現淵明的立身處世之道：出仕爲官卻不隨波逐流，歸隱田園卻不離塵索居。也因

---

[35] 見《漢書・揚雄傳》，四庫備要本（台北：中華書局，1965 年），卷八十七上，頁 2。
[36] 見逯欽立校注《陶淵明集》，頁 97。

此，以「五」名篇，或有藉此數以託心意的玄機。

（二）柳的象徵

　　古典詩歌中柳的意象，象徵著離別、送行、相思、懷舊，這一傳統從《詩經‧小雅‧采薇》以降，至後代成爲送別詩歌中最常運用的概念：不論是「渭城朝雨浥輕塵，客舍青青柳色新」（王維〈渭城曲〉）、「無情最是台城柳，依舊煙籠十里堤」（韋莊〈台城〉）、抑或是「長亭路，年去歲來，應折柔條過千尺」（周邦彥〈蘭陵王〉）、「細看來，不是楊花，點點是離人淚」（蘇軾〈水龍吟〉）等，當情感涉及離情別緒時，楊柳此意象便自然而然地被運用。但是在〈五柳先生傳〉中，亟欲表現的是田園幽居者的生活情趣，凸顯出其悠然自得的生命情調，在此，「柳」所象徵的意義，當非傳統的離情依依，而是別有指涉。

　　在進行「柳」意象的探討之前，首先需思考的是：淵明愛菊，世所皆知。在其作品中，桃、李、松、蘭、梅等植物，亦時有所見[37]，何以他選擇以「柳」自況？且柳條細而柔軟，隨風飄揚，與淵明不同於流俗的形象，大相逕庭。也因有此矛盾存在，所以胡適先生爲其粉飾，以爲淵明作此，乃在自

---

[37]　如〈歸園田居〉五首之一：「榆柳蔭後簷，桃李羅堂前」、〈和郭主簿二首〉之一：「芳菊開林耀，青松冠巖列」、〈飲酒〉十七：「幽蘭生前庭，含薰待清風」、〈蠟日〉：「梅柳夾門植，一條有佳花」、〈歸去來兮辭〉：「三逕就荒，松菊猶存」，以上引文俱見於逯欽立校注《陶淵明集》，頁 40、61、96、108、161。

我解嘲，強調「看他風裡盡低昂，這樣腰肢我沒有。[38]」以柳枝的隨波逐流，反襯自己的高風亮節。依胡氏之言，淵明自號五柳先生，實為一反諷說法。然細讀全文，旨在勾勒傳主的品格、志趣，實無拐彎抹角之必要，故胡適之說，當可斟酌。

實則淵明以柳自況，不無希慕前賢之意。與他私誼甚篤的顏延之，於〈陶徵士誄〉中說道：「黔婁既沒，展禽亦逝，其在先生，同塵於世。[39]」文中直接以展禽比擬陶公，而展禽者，《淮南子‧說林訓》高誘注中說道：

> 柳下惠，魯大夫展無駭之子，名獲，字禽。家有大柳樹，惠德，因號柳下惠。[40]

淵明欽羨展氏為人，故以柳自況，藉以神交古人，此其以柳自況之一義也。

此外，《晉書‧陶侃傳》曾記載著一個小故事：

> 侃性纖密好問，⋯⋯嘗課諸營種柳。都尉夏施盜官柳植之於己門，侃後見，駐車問曰：「此是武昌西門前柳，何因盜來此種？」施惶怖謝罪。[41]

這個故事在當時流傳甚廣，充分展現陶侃細膩明察的一

---

[38] 見《胡適文存》第三集卷二，收錄於《胡適文集》（北京：北京大學出版社，1998年），頁141。

[39] 見《昭明文選》（台北：華正書局，1990年9月），頁793。

[40] 見《淮南子》（台北：世界書局，1969年8月），頁295。

[41] 見《晉書‧陶侃傳》，四庫備要本（台北：中華書局，1965年），卷六十六，頁10。

面，絕非等閒之輩。陶侃為淵明曾祖，封為長沙郡公，身為將門之後，淵明頗感自豪。他在〈命子〉詩中，即一再強調祖德的熠熠輝光。也因此，他的以柳自況，或有紹承先祖之意。

其三，薛順雄於〈論陶潛「五柳」的象徵意義〉一文中，以魏文帝曹丕〈柳賦〉魏文帝及傅玄〈柳賦〉為本，歸納柳樹特色如下：

1、它是被認為是天地精靈之氣所聚集，而產生的一種珍奇的樹，所謂「含精靈而寄生」、「是精靈之所鍾」。

2、它能剛柔相濟，以應中和，而保休（美）體，不隨便做任何無意義的犧牲，以尊重生命的莊嚴，以及保持生命的豐盛與價值，所謂：「應中和而屈伸」、「保休體之豐衍」。

3、它能結根建本，有原則，能堅守，絕不任意動搖根本，是值得人敬重的，所謂：「結根建本，則固於泰山」、「信永貞而可羨」。

4、它雖是被尺斷（從原樹上被切斷，而成為一尺的片段下來移植，在先天上受了很大的傷害），卻依然能夠活得更堅強，更為滋長，生命的強韌完全突破了一切生長環境的困境，所謂：「惟尺斷而能植」、「雖尺斷而逾滋」。

5、在它突破困境生長之後，它能不分彼此兼覆廣施，而普蔭眾生，造福群類，所謂：「兼覆廣施，則均於

昊天」。

6、它能不受地域的限制，而廣泛地生長。也不在乎外在環境的變動，而正常地發展，所謂：「無邦壤而不植」、「象乾道之屢遷」。

7、它能不扭曲自己，而自然地生長，所謂：「配生生於自然」。[42]

準此，可知柳樹在魏、晉之間，被認為是一珍樹。有其特殊意義。「而這個特殊意義，也正是陶氏想藉以用來『暗示』其思想、處境、個性、行為等的特色，所以他才會特別偏愛於『柳』樹，才會特意撰寫出『五柳先生傳』這樣的一篇文章，來做為『自況』，以示知於世人。」[43]

（三）斗的意義

王績之作，以「五斗先生」名篇，與〈五柳先生傳〉遙相承接的企圖昭然可見。除此之外，「五斗」一詞，亦見於

---

[42] 魏文帝曹丕〈柳賦〉（并序）：昔建安五年，上與袁紹戰于官渡，是時余始植斯柳。自彼迄今，十有五載矣。左右僕御已多亡，感物傷懷，乃作斯賦曰：伊中域之偉木兮，瑰姿妙其可珍。稟靈祇之篤施兮，與造化乎相因。……含精靈而寄生兮，保休體之豐衍。惟尺斷而能植兮，信永貞而可羨。傅玄〈柳賦〉：美允靈之鑠氣兮，嘉木德之在春。何茲柳之珍樹兮，秉二儀之清純。……參剛柔而定體兮，應中和而屈伸。……是精靈之所鍾兮，蔚鬱鬱以依依。居者觀而弭思兮，行者樂而望歸。觀其結根建本，則固於泰山。兼覆廣施，則均於昊天。雖尺斷而逾滋兮，配生生於自然。無邦壤而不植兮，象乾道之屢遷。薛氏說見《東海中文學報》第八期，1988 年 7 月，頁 92。

[43] 同前註，頁 93。

劉伶〈酒德頌〉。《世說新語·任誕》曾記載，劉伶之妻勸他
戒酒，劉伶聲稱靠一己之力無法完成，須借助於神力。他的
妻子信以為真，擺好供品，劉伶卻說道：「天生劉伶，以酒
為名，一飲一斛，五斗解酲。婦人之言，慎不可聽。[44]」由
此可知，五斗是劉伶喝醉後，醒酒所需的量。以此命名，不
難得知五斗先生嗜酒如命，呼應文中「醒則復起飲」的記載。

　　事實上，王績一生與酒結下不解之緣。酒對他而言，是
出仕的誘因、逃祿的藉口，更是超脫現實紛擾，並藉以達到
「全身」、「保真」的媒介，他曾說：

> 眷茲酒德，可以全身。杜明塞智，蒙垢受塵。阮籍隨
> 性，劉伶保真。以此避世，於今幾人？[45]

王績此言，實受道家「醉者神全」的理論所影響[46]。也因酒
能使人達到形神相親的境界，因此王績好飲。綜觀他的作
品，提及酒者甚多，「其中以酒為全詩的主題重心者，計有
十四題，二十二首，占全部詩作的百分之十八，在初唐諸
家中，　以王績飲酒詩作最豐，開有唐一代豪飲之風。[47]」

---

[44]　見《世說新語·任誕》（台北：三民書局，2001 年 8 月），頁 661。

[45]　〈祭杜康新廟文〉，見王績著，韓理洲校點《王無功文集五卷本會
校》，頁 213。

[46]　《莊子·達生》有一段文字，可為此理論之註解：「夫醉者之墜車，
雖疾不死。骨節與人同而犯害與人異，其神全也。乘亦不知也，
墜亦不知也。死生驚懼，不入乎其胸中。」見黃師錦鋐《莊子讀
本》（台北：三民書局，1992 年 3 月），頁 219。

[47]　見趙麗莎《王績及其詩文研究》，頁 198。

他「平生唯酒樂，作性不能無[48]」，被時人譽爲「斗酒學士」；也曾爲美酒而慨然出仕，並爲《酒經》，著《酒譜》，立杜康祠[49]，其好飲若此，真千古奇人。他說自己「比日尋常醉，經年獨未醒。[50]」一心追步前賢的行止，「阮藉醒時少，陶潛醉日多。百年何足度，乘興且長歌。[51]」故其自況之作，以酒名篇，實名實相符。

四、章法結構

章微穎曾說：「章法就是文章構成的型態，也就是句成段，段成篇，如何組織起來的方式。」[52]陳師滿銘亦認爲章法「就是綴句成節段，組節段成篇的一種方式。」[53]以下針對兩文之章法結構加以分析。

（一）篇結構

---

[48] 王績〈田家〉，見王績著，韓理洲校點《王無功文集五卷本會校》，頁 66。

[49] 《新唐書・隱逸傳》：「追述革酒法爲經，又采杜康，儀狄以來善酒者爲譜。李淳風曰：『君，酒家南、董也。』所居東南有盤石，立杜康祠祭之，尊爲師，以革配。」卷一九六，頁 2。

[50] 王績〈春園興後〉，見王績著，韓理洲校點《王無功文集五卷本會校》，頁 69。

[51] 王績〈醉後口號〉，見王績著，韓理洲校點《王無功文集五卷本會校》，頁 58。

[52] 見章微穎《中學國文教學法》（台北：蘭台書局，1969 年），頁 24。

[53] 見陳師滿銘〈談詞章章法的主要內容〉，收於《章法學新裁》，頁 319。

二文的主要架構[54]，相當雷同，茲表列如下：

〈五柳先生傳〉

點：先生
染：不知何許人也，……以此自終。
引證：贊曰：……味其言，茲若人之儔乎？
稱揚：銜觴賦詩……葛天氏之民歟？

敘
論

〈五斗先生傳〉

點：有五斗先生者
染：以酒德游於人間。……萬物不能縈心焉。
引證：嘗言曰：「……聖人之所居也。」
結果：遂行其志，不知所如。

敘
論

第一層均採用先敘後論的「論敘法」，將具體的事件和抽象的道理結合起來。[55]

敘的部分，在說明得名之由來及傳主的性格、愛好等。採用「先點後染」的點染結構，關於「點染法」的特色，陳

54　本表擷取第一層和第二層的結構以鳥瞰全文主體之大概。

55　所謂論敘法，其定義為：將抽象的道理和具體的事件結合起來，使之相輔相成的一種章法。……作者依據其特殊的需要先揀擇適合的事件，來表達主觀的情意，然後體現在篇章，因此敘和論必然是可以相適應的，而且從具體的事物中提煉出抽象的理論，揭示了客觀真理，這個過程，本身即會產生美感。見陳師滿銘《章法學綜論》（台北：萬卷樓圖書股份有限公司，2003 年 6 月），頁24。

師滿銘闡析如下：

> 「點」，指時、空的一個落足點，僅僅用作敘事，寫
> 景、抒情或說理的一個引子，橋樑或收尾，而
> 「染」……，則指真正用來敘事，寫景、抒情或說理
> 的主體。也就是說：「點」只是一個切入點或固定點，
> 而「染」則是各種內容本身。[56]

就整體結構安排而言，二文均先提出主角人物爲「點」，
以示全文的焦點所在，「染」的部分則針對其人展開實質的
描繪。所不同的是，〈五斗先生傳〉開門見山直接點出人物
名號，〈五柳先生傳〉卻先設懸疑，不直說其名，僅言「先
生」，起筆飄忽。

論的部分則對傳主做出評論。然〈五柳先生傳〉以贊的
形式呈現。「贊」是傳記的體式，繫於傳文之後，以評論爲
主。《文心雕龍・頌贊》曰：「贊者，明也，助也。[57]」贊即
是針對傳文的記載，進一步闡釋其意，或補充其未竟之處。
而〈五斗先生傳〉則以傳主自身的言論，點出己身的思想。

（二）章結構

本節就二文第二層以下做探討，此部分占得篇幅最多，

---

[56] 見陳師滿銘《篇章結構學》(台北：萬卷樓圖書股份有限公司，2005
年 5 月)，頁 196。

[57] 見王師更生注譯《文心雕龍讀本》（台北：文史哲出版社，1991 年
9 月)，頁 153。

是全文的重心，爲求明暢，以下採二文分述形式。

（1）〈五柳先生傳〉

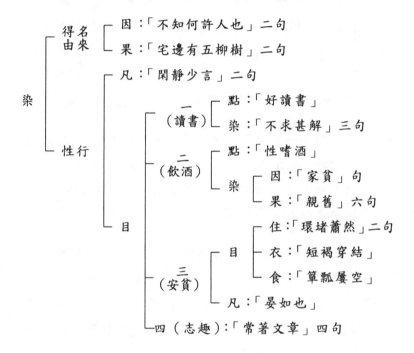

「染」的部分，可大別爲二：

先採用「因果法[58]」，介紹五柳先生名稱的由來。

兩晉「上品無寒門，下品無世家」，在階級制度嚴然設防的年代，高門望族總以郡望相標榜，寒門仕子爲求躋身上

---

[58] 所謂因果法，乃是「由一因一果所組合而成的一種章法，……最常出現的型態是『由因及果』，這樣可以因順推而產生規律美，也可以全面地弄清楚事情的前因後果。說見陳師滿銘《章法學綜論》，頁 23。

流，也不惜想方設法貪緣攀附。然而本文起始，作者卻言「先生不知何許人也，亦不詳其姓氏」，表示先生對地望、聲名的輕忽。不自我標榜、不趨炎附勢、不圖聲名騰播、不求顯姓揚名，短短二句，將五柳先生深藏避世、不同於流俗的性格說足。從而表現其對階級意識的超脫，並暗伏著對門閥制度的不滿。

後運用凡目法，介紹五柳先生之性行。所謂凡目法，即：

> 這是將綱領和要旨以開門見山的方法安置於前端，做個總括，然後條分為若干部份，以依次針對綱領和要旨來敘寫的一種形式。這種形式，古時稱為外籀，今時稱為演繹。[59]

文中以「閑靜少言、不慕榮利」為「凡」，高度概括其最本質的性格。閑靜則無欲[60]，少言則不欲辯，四字便勾勒出五柳先生清心寡欲、沉默寡言、無欲無求的形象。他既不為巴結權貴而去揮塵清談，亦不因榮名利碌而馳騖奔走，真正做到守正不阿，安貧若素。

目的部分分四方面描寫五柳先生從容自適的生活情態。

其一、讀書：以「好讀書」三字為「點」，「染」則說明五柳先生讀書的態度和方法。「不求甚解」的心態，看似囫

---

[59] 見陳師滿銘〈凡目法在蘇辛詞裡的運用〉（上）《國文天地》十一卷十一期，85年4月，頁36。

[60] 《淮南子・本經訓》：「閑靜而不躁。」高注：「閑靜，言無欲也。」同註40，頁113。

囫圇吞棗，馬虎苟且，實則是對漢儒章句訓詁的繁瑣和穿鑿附
會的反動。淵明認爲讀書的樂趣不是在一字一句上鑽牛角
尖，最重要的是尋求思想上的融通和情感上的共鳴。而當心
有所會，便陶然自得。其〈讀山海經一〉：「泛覽周王傳，
流觀山海圖，俯仰終宇宙，不樂復何如？[61]」即可爲佐證。

其二、飲酒：以「性嗜酒」三字爲「點」，「染」則以三
層因果行文。

五柳先生喜飲酒，但因家貧而不能常得，所幸親戚故
舊，備酒相接。他應邀而至，一去就喝，一醉便走，自然眞
率，眞正實踐聖人「嗜酒無量，不及亂[62]」之言。事實上，
淵明飲酒乃在宣洩其情，追求精神上的超越，正如蕭統所
言：「有疑陶淵明詩篇篇有酒，吾觀其意不在酒，亦寄酒爲
跡焉。[63]」

其三、安貧：從住、衣、食三方面，分寫其生活的貧困。
居室弊陋，衣衫襤褸，食不裹腹，物質生活如此拮据，他卻
甘之如飴，處之泰然。文中以「晏如也」爲凡，總結五柳先
生安貧樂道的精神。貧窮不能移其志、困乏不能敗其德，足
與「顏回一簞食，一瓢飲，在陋巷，人不堪其憂，回也不改
其樂[64]」相媲美。

其四、志趣：五柳先生之志趣在著文自娛。今本陶集有

---

[61] 見逯欽立校注《陶淵明集》，頁 133。
[62] 見朱熹《四書集註》（台北：學海出版社，1989 年 8 月），頁 119。
[63] 蕭統撰〈陶淵明集序〉，見逯欽立校注《陶淵明集》，頁 10。
[64] 見《論語·雍也》，同註 62，頁 90。

詩一百二十四首，其中酬和他人之作僅九首，贈與他人之作僅七首，其詩文多爲自娛、示志之作，由此可知[65]。〈飲酒詩〉中即說道：「顧影獨盡，忽焉復醉。既醉之後，輒題數句自娛。[66]」他喝酒之後靈思暢發，文思泉湧，故搦管操觚，一揮而就。然雖言自娛，但「導達意氣，其惟文乎？撫卷躊躇。遂感而賦之。[67]」吟詩作文的目的，不在沽名釣譽，不求蜚聲於後，只爲能示其志、娛其情、抒其懷，並藉以此忘卻世俗的得失，以此自終。

```
        ┌ 引證 ┌ 點：贊曰
        │      └ 染：黔婁之妻…… 茲若人之儔乎？
        └ 稱揚：「銜觴賦詩」四句
```

論的部分，則以「點染法」行文，以「贊曰」二字爲「點」，「染」的部分則先以黔婁之妻之言，畫龍點睛，說明五柳先生的精神。黔婁爲春秋時齊國之隱士，〈詠貧士四〉寫其「安貧守賤者，自古有黔婁，好爵吾不縈，厚饋吾不酬。[68]」五柳先生與他同樣「不戚戚於貧賤，不汲汲於富貴。」後以反問句收束，「無懷氏之民歟？」、「葛天氏之民歟？」藉此回應文章首句「先生不知何許人也」的凌空之筆。無懷氏、葛天氏乃上古帝王，當五柳先生讀書適意、酣飲暢懷、守志安

---

[65]　見方介〈陶淵明五柳先生傳疏證〉，頁 539。
[66]　見逯欽立校注《陶淵明集》，頁 86。
[67]　陶淵明〈感士不遇賦〉，見逯欽立校注《陶淵明集》，頁 145。
[68]　見逯欽立校注《陶淵明集》，頁 125。

居、賦詩言志時，已悠然神接於遠古那美好而理想的年代。通過此贊語，更可見五柳先生閒適超逸、純樸恬淡的情操。

（2）〈五斗先生傳〉

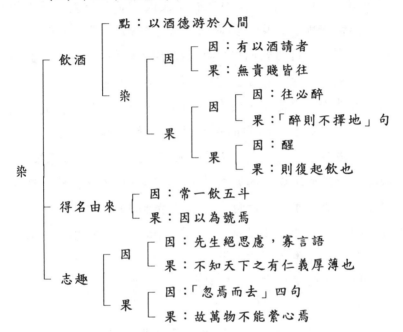

染的部分，可大別為三：

目一寫其飲酒。先以「以酒德游於人間」為「點」，強調其嗜酒好飲。「染」的部分則以三重因果行文，寫其喝酒之情態。

「酒德」一語，本自《尙書・無逸》，文中周公告誡成

王「毋若殷王紂之迷亂，酗於酒德哉[69]」，希冀成王以紂王爲鑑，不可酗酒亂政。此處「德」字解爲行爲，「酒德」一詞，釋爲酗酒，意義上較爲負面。至劉伶著〈酒德頌〉，讚美酒的效用，「酒德」一語，至此有了正面肯定的意義。五斗先生「以酒德游於人間」與劉伶「天生劉伶，以酒爲名」，兩者命意相同，皆言飲酒爲己身最原始而純粹的天性，因此與酒不可須臾分離，藉以強化自己飲酒的正當性。

五斗先生之酒德，於「染」的部分具體呈現。首先，在人情上，只要有人以酒招待，則「無貴賤皆往」，由此可知世俗階級觀念，五斗先生完全不入於心。此外，以「因果法」表現其喝酒的情態：因飲而醉，醉則隨地倒臥，酒醒之後又復酣飲，無處不飲，無時不飲，更加凸顯其「以酒德游於人間」的形象。經由此描寫，一個縱酒成性、不拘小節、落拓不羈的五斗先生，躍然紙上。

目二以因果法交代其得名由來，此部分前已說明，茲不贅言。

目三言其志趣。五斗先生「絕思慮、寡言語」，對於人事，他的因應之道：一是棄絕思考；二是沈默以對，此處表現濃厚的老莊思想。《莊子・刻意》中說聖人：「不思慮、不豫謀[70]」，因「思慮銷其精神，哀樂殃其平粹[71]」。道家反對智

---

[69] 見吳師仲寶《尚書讀本》（台北：三民書局，1977 年 11 月），頁139。

[70] 見黃師錦鋐《莊子讀本》（台北：三民書局，1992 年 9 月），頁 192。

[71] 見嵇康〈養生論〉，引自李富軒《竹林七賢》（台北：志一出版社，1986 年 9 月），頁 319。

性，強調對語言的超越，追求「言者所以在意，得意而忘言[72]」的境界，揚棄世俗的仁義道德，老子十九章即言：「絕聖棄智，民利百倍；絕仁棄義，民復孝慈；絕巧棄利，盜賊無有[73]」，這些論調都鮮明的反映在五斗先生的行為模式上。唯有如此，他才能不受倫理綱常的羈絆，行動自如，神出鬼沒，真正達到「天地與我並生，萬物與我合一」的化境。而此處天人合一的理想境界，實可與阮籍〈大人先生傳〉：「行不赴而居不處，求乎大道而無所寓。先生以應變順和，天地為家。[74]」以及劉伶〈酒德頌〉：「有大人先生，以天地為一朝，萬期為須臾，日月為扃牖，八荒為庭衢[75]」，互相參照發明。

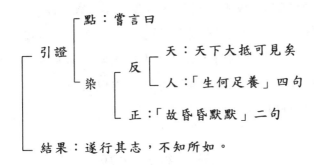

論的部分，以「嘗言曰」為「點」，而後說明自己的意見和主張（染）。「染」的部分先採用「天人法」，「所謂天，

72　見黃師錦鋐《莊子讀本》，頁 313。
73　見余師培林《老子讀本》（台北：三民書局，1989 年 9 月），頁 44。
74　見李富軒《竹林七賢》，頁 146。
75　見《昭明文選》，頁 370。

指的是『自然』，所謂人，指的是『人事』。[76]」「天下大抵可見也」爲「天」，此說法張本於老子「不出戶，知天下；不窺牖，見天道[77]」。萬事萬物的總原理，已內化於我們的本心之中，只要我們內觀反照，自能瞭然其理，不需外求。所以不出門戶，仍可知天下之真理與至道；不看窗外，仍可明自然的法則與規律。然而反觀人事，嵇康爲「養生」而著論，阮籍因「窮途」而慟哭，他們都沒能真正擺脫世俗的羈牽，還未達「萬物不能縈心」的境界。

提出反面的例證之後，接下來，即是正面揭示超越的途徑。王績在此點出四個字：「昏昏默默」，昏昏，指不明事理，即「絕思慮」；默默，指一聲不響，即「寡言語」。老子二十章曾指出：「俗人昭昭，我獨昏昏，俗人察察，我獨悶悶。[78]」當世人皆清楚明白時，五斗先生只求自己渾渾噩噩，混沌度日，無欲無求，與世無爭。最後，再以果決堅定的語氣，表現自己貫徹此主張的決心。

五、綜合比較

兩篇皆名爲傳，依此篇名，當對傳主的籍貫、名號、家族世系、學習歷程、重要著述、生平事蹟等加以述說。但考諸二文，不難發現傳主的背景資料、生平事蹟均相當模糊。

76　見陳師滿銘《篇章結構學》，頁 202。
77　見余師培林《老子讀本》，頁 82。
78　同余師培林《老子讀本》，頁 45。

唯相較之下，〈五柳先生傳〉仍較守傳記體例。文中採「先
傳後贊」的方式，以「不」字貫串全篇。寫籍貫，則言其「不
知何許人也」，以示其無需郡望之挹注；寫家世，則言其「不
詳其姓氏」，以示其無求門閥之貴顯；寫名號，則言其「宅
邊有五柳樹，因以爲號焉」，以示其無圖聲名之赫赫；寫個
性，則言其「閑靜少言」，以示其無意游談之玄虛；寫官爵，
則言其「不慕榮利」，以示其無思功名之爭逐；寫爲學，則
言其「不求甚解」，以示其無務句讀之鑽營；寫飲酒，則言
其「家貧不能常得」，以示其阮囊之羞澀；寫行動，則言其
「曾不吝情去留」，以示其心性之灑脫；寫居室，則言其「不
蔽風日」，以示其經濟之窘困；寫品格則言其「不戚戚於貧
賤，不汲汲於富貴」，以示其節操之高卓。相較之下，〈五斗
先生傳〉則對籍貫、家世等個人資料，付之闕如，減省得更
爲徹底。爲清楚瞭解兩者之異同，試將兩篇原文，以〈五斗
先生傳〉的順序爲主，分析對照如下：

比較項目	五斗先生傳	五柳先生傳
人物	有五斗先生者	先生不知何許人也，亦不詳其姓氏
飲酒	以酒德游於人間	性嗜酒
	有以酒請者，無貴賤皆往	家貧不能常得。親舊知其如此，或置酒而招之

比較項目	五斗先生傳	五柳先生傳
	往必醉	造飲輒盡，期在必醉
	醉則不擇地斯寢矣	既醉而退，曾不吝情去留
	醒則復起飲也	
命名	常一飲五斗，因以爲號焉	宅邊有五柳樹，因以爲號焉
個性	（先生）絕思慮，寡言語	閑靜少言
	不知天下之有仁義厚薄也	不慕榮利
行動	忽焉而去，倏忽而來。其動也天，其靜也地，故萬物不能縈心焉	
人生觀	嘗言曰：「天下大抵可見矣。生何足養，而嵇康著論；途何爲窮，而阮籍慟哭。故昏昏默默，聖人之所居也。」	贊曰：黔婁之妻有言：「不戚戚於貧賤，不汲汲於富貴。」味其言茲若人之儔乎？銜觴賦詩，以樂其志，無懷氏之民歟？葛天氏之民歟？
結果	遂行其志，不知所如	忘懷得失，以此自終

比較項目	五斗先生傳	五柳先生傳
讀書		好讀書，不求甚解；每有會意，便欣然忘食。
安貧		環堵蕭然，不蔽風日，短褐穿結，簞瓢屢空，晏如也。
著文		常著文章自娛，頗示己志

　　〈五柳先生傳〉著墨於描寫傳主的生活，著重其飲酒、讀書、著文自娛的樂趣，全文以「以樂其志」一句爲主旨。而〈五斗先生傳〉一文，以「酒德」一詞爲其主旨。文中著重於傳主的酒興、醉態及思想的闡發，對於其生活樣態，少有刻繪。

　　在人物形象部分，文中兩人皆嗜酒，親友皆主動接濟。然在飲酒的過程中，五斗是必醉，五柳則稍具彈性。醉酒之後，五斗是就地倒臥，而五柳則是翩然告辭，而酒醒之後呢？只見五斗繼續暢飲。從喝酒中，皆可看出兩人率性自然的一面。

　　五柳先生及五斗先生，同樣都是隱者，但前者的隱逸，表現在對世俗的反動、對生活樂趣的營造、對貧困生活的從容面對，文中充滿著人不堪其憂，己亦不改其樂的堅持。他任真淡泊、縱情詩酒、悠然自得，尋求內心的自在和完足。

而五斗先生，則更爲放曠，更加佻達，更積極的反對世俗禮教。他棄絕思考、昏默行事，一心以老莊爲依歸。他所嚮往的，是徹底超脫的化外之境。

因此我們可以說，五柳先生的隱，是「窮則獨善其身」式的隱，是「結廬在人境，而無車馬喧」的隱，故其「志」，在著文自娛，並能享受現下的樂趣，以此自終。而在現實世界中，衛紹生亦曾對陶淵明的隱有如下的觀察：

> 陶淵明所以能成為大隱士和大詩人，除了其既有的「潯陽三隱」的隱名，和真率自然，曠而且真的詩名；最重要的，還在於他「結廬在人境」。魯迅先生論隱士說過這樣的話：「非隱士的心目中的隱士，是聲聞不彰，息影山林的人物，但這種人物，世間是不會知道的。一到掛上隱士的招牌，即使他不飛來飛去，也一定難免有些表白、張揚」（《且介亭雜文》二集）陶淵明結廬在人境，既避免了各種各樣的現實紛爭，又與塵世保留了一種若即若離的關係，這種關係使他即便不「飛來飛去」，也足以將陶淵明之隱逸表白張揚出去，……正是因為「結廬在人境」，陶淵明才得以與社會賢達名流保持了種種聯繫，他雖然試圖忘卻塵世，但塵世卻不曾忘卻他。這樣一來，陶淵明既得隱者之名，又受到了當時社會的重視。……當然，這並不是因為隱逸高尚有什麼好處才如此做，只是「順著

自己本性的自然」。[79]

但五斗先生的隱,卻是道家式的隱,不棄絕人間,就找不到回歸的道路,因此遂行其「志」之後,結局便是不知所如。兩者的生命情調,相距甚大。

劉知幾於《史通・模擬》篇中,曾提出模擬之體,厥途有二:一曰貌同而心異,一曰貌異而心同。[80]前者指模仿其形式,包括謀篇、布局、修辭、語句等技巧;後者在模仿其內容,學習原作之立意、風格、精神等。綜理〈五柳先生傳〉、〈五斗先生傳〉二文,不難發現王績之模擬,乃以形式為主。兩文結構相似、語句相仿,唯傳主生命情調及歸趣不同,因此「貌同心異」,仍能展現王績個人之獨特性。

然而,細加玩味、詳加評騭,則兩者之間不免又有高下之分,大小之別。兩篇均是小品佳構,唯陶氏之文,發為先聲,首創之功,足證淵明超卓之創作才華,此為陶文之一勝處;造語疏淡、詞句清雅、文體省淨、意足筆止,此為陶文之二勝處;縱橫批駁、反映世風、力抗流俗、以示己志,此為陶文之三勝處;神行之文,風神俊秀、讀之令人悠然神往,想見其為人,此又為陶文之殊勝處。經由此,我們不難得知,何以陶氏之作能獨步千古,傳唱不休了。

---

[79] 轉引自林怡宏《獨抒性靈的生命的對話:論袁宏道的文學思想》,國立台灣師範大學國文研究所九十年碩士論文,頁 27。

[80] 見《中國歷代文論選(上)》(台北:木鐸出版社,1987 年),頁 381。

六、結語

淵明「少時壯且厲，撫劍獨行遊」，王績則是「明經思待詔，學劍覓封侯」。二人早歲皆豪氣干雲，意緒飛揚，思欲匡世，建功立業，無奈有志難伸，不樂於仕，終辭官歸隱，躬耕田園。相仿的歷程、相似的情懷、相同的興趣，使王績傾心追隨淵明。

〈五斗先生傳〉爲王績名著，此文受陶氏〈五柳先生傳〉影響頗深，然則同中有異、異中有同，以下試加以分說：

一、人物的虛構：篇中以第三人稱客觀之筆行文，作者以旁觀者的身份，對傳主進行觀察、書寫，實則以此自況，藉篇中人物，發抒己志，甚至寄寓對自身的期許。

二、標題的模擬：兩文均以「五」名篇，然命名側重點不同。「五柳」著重於身邊景物，「五斗」則強調個人酒量。

三、章法的安排：兩文第一層結構均採「先敘後論」方式。「敘」的部分均採用「點染法」，說明傳主得名的由來，及其性格、愛好等。「論」的部分則對傳主做出評論，然〈五柳先生傳〉以贊之形式呈現，而〈五斗先生傳〉則以傳主自身的言論，點出己身的思想。

四、傳記的格式：二文雖名爲「傳」，然傳主的背景資料、生平事蹟均相當模糊。惟〈五柳先生傳〉較守傳記體例，採「先傳後贊」的寫作方式，〈五斗先生傳〉則對籍貫、家世等個人資料，付之闕如，減省得更爲徹底。

五、行文的重點：〈五柳先生傳〉描寫傳主的生活，著

重其飲酒、好讀書，著文自娛的樂趣，而〈五斗先生傳〉，則著重於傳主的酒興、醉態及思想的闡發。

六、飲酒的態度：酒是隱士擺脫世俗羈絆，追求精神超越不可或缺的良伴。在兩文中，兩人皆嗜酒，親友皆主動接濟，然五柳先生喝酒仍有節制，五斗先生則較五柳先生更加嗜飲，終日遊於酒鄉。

七、生命的歸趨：五柳先生的隱，是儒家「窮則獨善其身」式的隱，五斗先生的隱，卻是道家式的隱，不棄絕人間，就找不到回歸的道路。

八、模擬的方式：王績之模擬，乃以形式為主。兩文結構相似、語句相仿，唯傳主生命情調及歸趨不同，因此「貌同而心異」。

重要參考書目

（一）專書

《漢書》，四庫備要本，台北：中華書局，1965 年。

《晉書》：四庫備要本，台北：中華書局，1965 年。

《舊唐書》：四庫備要本，台北：中華書局，1965 年。

《新唐書》：四庫備要本，台北：中華書局，1965 年。

《宋書》：四庫備要本，台北：中華書局，1965 年。

《四庫全書總目提要》：台北：商務印書館，1968 年。

《淮南子》，台北：世界書局，1969 年 8 月。

《昭明文選》，台北：華正書局，1990 年 9 月。

何良俊：《四友齋叢說》，《百部叢書集成・紀錄彙編》第十
　　　函，卷二十五，台北：藝文印書館，1966 年。

《中國歷代文論選(上)》，台北：木鐸出版社，1987 年。

川合康三著、蔡毅譯：《中國的自傳文學》，北京：中央編譯
　　　出版社，1999 年 4 月。

王師更生注譯：《文心雕龍讀本》，台北：文史哲出版社，1991
　　　年 9 月。

仇小屛：《文章章法論》，台北：萬卷樓圖書有限公司，1998
　　　年 11 月。

仇小屛：《篇章結構類型論》（上、下），台北：萬卷樓圖書
　　　有限公司，2000 年 2 月。

余師培林：《老子讀本》，台北：三民書局，1989 年 9 月。

李富軒：《竹林七賢》，台北：志一出版社，1986 年 9 月。

吳師仲寶：《尚書讀本》，台北：三民書局，1977 年 11 月。

胡適：《胡適文集》，北京：北京大學出版社，1998 年。

林怡宏：《獨抒性靈的生命的對話：論袁宏道的文學思想》，
　　　國立台灣師範大學國文研究所九十年碩士論文。

黃永武：《詩與美》，台北：洪範書店，1984 年 12 月。

黃師錦鋐：《莊子讀本》，台北：三民書局，1992 年 9 月。

郭沫若主編：《甲骨文合集》，上海：中華書局，1982 年。

陳師滿銘：《國文教學論叢・續編》，台北：萬卷樓圖書有限
　　　公司，1998 年。

陳師滿銘：《章法學新裁》，台北：萬卷樓圖書有限公司，2001

年 1 月。

陳師滿銘等譯注：《世說新語》，台北：三民書局，2001 年 8 月。

陳師滿銘：《章法學綜論》，台北：萬卷樓圖書有限公司，2003 年 6 月。

陳師滿銘：《篇章結構學》，台北：萬卷樓圖書有限公司，2005 年 5 月。

章微穎：《中學國文教學法》，台北：蘭台書局，1969 年。

逯欽立校注：《陶淵明集》，香港：中華書局，1987 年 1 月。

趙麗莎：《王績及其詩文研究》，中興大學中國文學系八十五 年碩士論文。

趙仲邑譯注：《鍾嶸詩品譯注》，台北：貫雅文化，1991 年 7 月。

蔡璧名：《五行系統中的色彩》，國立台灣師範大學國文研究 所八十一年碩士論文。

劉師培：《劉申叔先生遺書》，台北：大新出版社，1965 年。

龍協濤：《文學閱讀學》，北京：北京大學出版社，2004 年 11 月。

韓理洲校點：《王無功文集五卷本會校》，上海：上海古籍出 版社，1987 年 11 月。

蘇雪林：《唐詩概論》，台北：商務印書館，1947 年 2 月。

（二）期刊論文

方介：〈陶淵明五柳先生傳疏證〉，《漢學研究》第 5 卷第 2 期，1987 年 12 月，頁 529-543。

王祥：〈略論王績其人及文學成就〉，《瀋陽師院社會科學學 報》，1985 年第 3 輯，頁 85－90。

玉弩：〈陶淵明與王績的歸隱比較研究〉，《東疆學刊（哲社版）》，1994 年 4 月，頁 43－48。

矢嶋美都子：〈關於中國古詩中柳樹形象的演變和陶淵明號為五柳先生的來由〉，《九江師專學報》，2001 年增刊，頁 45－50。

朱琳：〈五柳先生傳寫作時間之我見〉，《河西學院學報》，2002 年 12 月，頁 32—35。

吳國富：〈五柳先生及無弦琴的守窮守默〉，《九江師專學報》，2001 年 2 月，頁 48—53。

金榮華：〈王績生年考〉，《華岡文科學報》21，1997 年 3 月，頁 121—127。

祁光錄：〈王績詩歌藝術論〉，《吉安師專學報》，1994 年第 3 期，頁 35—41。

姚乃文：〈論王績的思想和文學成就〉，《山西大學學報》，1985 年第 1 輯，頁 82－88。

陳師滿銘：〈凡目法在蘇辛詞裡的運用〉（上），《國文天地》第 11 卷 11 期，1996 年 4 月，頁 36-44。

張錫厚：〈王績生平辨析及其思想新證〉，《學術月刊》，1984 年 5 月，頁 71—75。

張錫厚：〈論王績的詩文及其文學成就〉，《文學遺產》，1984 年 2 期，頁 116－126。

楊雪芬：〈陶淵明五柳先生傳篇章結構探析〉，《國文天地》第 20 卷 11 期，2005 年 4 月，頁 4-11。

鄧魁英：〈五柳先生傳與魏晉時代的社會〉，《北方論叢》（哈

爾濱大學），1985 年 1 期，頁 12—17。

韓理洲:〈王績詩文繫年考〉,《山西大學學報》,1983 年 2 期，
　　頁 64－73。

韓理洲:〈王績和他的創作〉,《唐代文學論叢》第四輯，1983
　　年 10 月，頁 267－280。

劉世林:〈陶淵明五柳先生傳寫作年代辨析〉,《求是學刊》(黑
　　龍江大學)，1984 年第 5 期，頁 52－55。

劉繼才:〈王績與陶淵明比較論〉,《遼寧教育學院學報》,1995
　　年第 1 期，頁 69－74。

謝序華:〈五柳先生傳繫年與主題新證 〉，2005 年 1 月，頁
　　70－74。

論辭章意象指代的原型與變型
——從詞匯的觀點切入

李靜雯

臺灣師範大學國文研究所博士生

提要：

　　本文從詞匯的角度尋繹辭章意象的呈現方式與表現手法，在陳師滿銘的辭章意象體系中，就形象思維的部份，論及意象在詞匯上的表現性。詞匯作為意象輸出的載體，表出的初始形式，這包含它的外殼(字形)，以及語音與語義兩部份。以詞匯為指代的零點，追求正確的表達，就是同義手段的選擇，選擇的過程就具有表現性。並且更進一步，在詞匯的基礎上、在零度之上向正偏離進軍。詞匯具有準確與模糊的美感，辭章意象所表現出來的美感效果，是先由聯想及想像形塑表象，造成主客協調的美感，再運用準確的詞匯，引起人的審美注意，審美直覺。在中國古典美學中，叫做含蓄美或象徵美。辭章意象的表現藉著詞匯的指代，利用它的原型與變型，扮演其作為辭章形象思維「表現」一環的初始形式。

關鍵字：辭章、意象、指代、詞匯、原型、變型、美感

一、前言

在文藝理論中首先論及「意象」的，是劉勰的《文心雕龍·神思》：

> 是以陶鈞文思，貴在虛靜，疏瀹五藏，澡雪精神；積學以儲寶，酌理以富才，研閱以窮照，馴致以繹辭；然後使玄解之宰，尋聲律而定墨；獨照之匠，窺意象而運斤；此蓋馭文之首術，謀篇之大端。

在這一段話中，劉勰講的是作家如何進行意象經營。意象是主體的情、意與其意識到的客體對象兩個方面統一融合的產物。[1]「辭章」泛指詩詞散文等各類文學作品[2]，而「意象」指的是辭章作品中的情意思想與物事材料，它是形成辭章內容的重要元素，含括整體意象與個別意象。[3]陳師滿銘予以分析統合如下：

> 狹義之「意象」，亦即個別之「意象」，雖往往合「意」與「象」為一來稱呼，卻大都用其偏義，譬如草木或桃花的意象，用的是偏於「意象」之「意」，因為草木或桃花都偏於「象」；如「桃花」的意象之一為愛情，而愛情是「意」；而團圓或流浪的意象，則用的

---

[1] 參見王長俊《詩歌意象學》，頁 3、93。

[2] 見鄭頤壽《辭章學導論》：「辭章是『話語藝術形式』，它包含口語之話篇、書語之文篇，包括藝術體、實用體及其融合體。」頁 1。

[3] 見陳佳君《辭章意象形成論》，頁 1。

是偏於「意象」之「象」，因為團圓或流浪，都偏於「意」；如「流浪」的意象之一為浮雲，而浮雲是「象」。因此前者往往是一「象」多「意」，後者為一「意」多「象」。而它們無論是偏於「意」或偏於「象」，通常都通稱為「意象」。[4]

就詞彙的觀點而言，處理的是其中的個別意象，意義上包含「意」與「象」。意象與辭章學的關係密不可分，它能夠統合形象思維與邏輯思維，總括起辭章學的各個層面。辭章乃結合「形象思維」與「邏輯思維」而成。[5]它們的關係可呈現如次頁圖表。[6]

辭章之「形象思維」，實包含了「意象」之形成與表現等研究議題，前者乃在探究形成「意」之情意與思想，和形成「象」之物材與事材，是形象思維之第一步，故為意象「形成」層面；後者則是探討情、理(意)與事、景(象)本身，在字句上的設計和修飾，屬於意象「表現」層面[7]，本文即從詞彙觀點切入來探討辭章意象的指代。「彙」與「匯」並無強制區分的用法，按陳師滿銘之說，可以通用。唯「彙」字多單就一個詞本身而言，而「匯」字有集合義，集合詞義、語音，而「語法」部分則歸入文法範疇，也就是說「詞匯」是集體

---

[4] 見陳師滿銘〈意象與辭章〉，頁 369。
[5] 見陳佳君《辭章意象形成論》，頁 7。
[6] 見陳師滿銘〈論章法結構與意象系統──以「多」、「二」、「一(0)」螺旋結構切入作考察〉，頁 43-44。
[7] 見陳佳君《辭章意象形成論》，頁 10。

名詞[8]。

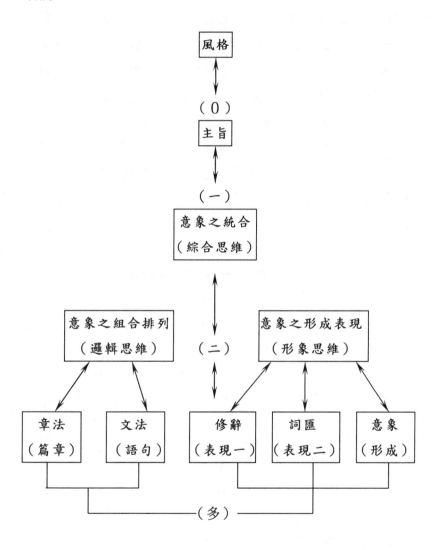

　　詞是「可以獨立運用的最小的結構單位」。[9]詞匯是詞的總和，包括由詞構成的、性質作用相當一個詞的語言單位，又叫「語」或「固定結構」，如成語、諺語、俗語、歇後語等。[10]詞匯的豐富反映著語言的發展，我們要提高表達的能力，就要不斷豐富自己的詞匯。[11]運用詞彙表達思想，首先應該掌握作爲語言建築材料的詞語的意義和用法，進一步掌握每個詞語在意義、色彩和聲音等方面的特點。辭章所要表達的意象，是通過一個個詞彙意義表現出來的。離開了詞語的意義，句子就失去了表達的功能。因此，辨析詞語意義，是先決的條件。[12]

二、詞匯的原型與變型

　　以大修辭學的立場而言，有所謂的零點(原型)與積極修辭（+1變型）及消極修辭（-1變型）。以詞匯的平面而言，也可分爲原型與變型來探討，其中最重要的兩個概念是 0 度和偏離。王希杰《修辭學新論》（頁 80）有相關理論說明：

　　　　所謂 0 度，從理論上講，是指語言的和語用的規律、規則，它是使用語言的一切社會成員所共同承認的，是客觀的先在的，相對的穩定的，並不因個別使用語

---

[9] 見胡裕樹《現代漢語》(增訂本)，頁 241。
[10] 參見符淮青《現代漢語詞匯》，頁 5。
[11] 參見林祥楣《現代漢語》，頁 117-118。
[12] 參見孫全洲、劉蘭英主編，張志公校訂《語法與修辭》(下)，頁 313。

言的人的意志而轉移、改變，並不會適應特殊的語言
環境而時時處處在變化著，使用語言的個人不能任意
地改變它。所謂偏離，從理論上來講，人們在交際市
場上的一切言語行為，一切話語，都是對全社會所公
認的客觀存在著的語言的和語用的規則的偏離。

我們在這個基礎上，把詞匯的準確性當作是它的基礎，
鮮明性和生動性是它的基本要求，並努力追求詞語的藝術
化。[13]

(一)詞匯是意象指代的原型

意象直接與漢語詞匯系統相聯係，[14]意象藉詞以表出，
漢字就是意象指代的符號。王弼在解釋《周易》時說：「夫
象者，出意者也。」「象生於意，故可尋象以觀意。」[15]這個
解釋揭示了《周易》中所講的「象」，有主客觀統一的特徵。
[16]就其表出言，可視爲一種符號，馮友蘭曾解釋說：

〈繫辭傳〉說：「易者，象也。」又說：「聖人有以見
天下之賾，而擬諸其形容，象其物宜，是故謂之象。」
照這個說法，「象」是模擬客觀事物的複雜（賾）情況
的。又說「象也者，象此者也」；象就是客觀世界的
形象。但是這個模擬和形象並不是如照像那樣下來，

---

[13] 參考王希杰《漢語修辭學》(修訂本)，頁 440。
[14] 參見王立《心靈的圖景——文學意象的主題史研究》，頁 36。
[15] 見王弼《周易略例‧明象》。
[16] 參見王長俊《詩歌意象學》，頁 2。

如畫像那樣畫下來。它是一種符號，以符號表示事物的「道」或「理」。六十四卦和三百八十四爻都是這樣的符號。(上卷，394頁)

透過符號所顯現的卦象、形象，即屬「實」的「象」，而所象徵的事理、義理，則屬「虛」的「意」。用來編碼的工具就是詞彙，或者叫做「代碼」。從符號學觀點來看，語義學是研究符號同客觀的物理世界之間關係的學問。[17]客觀世界是一個很不確定的世界，到處充滿了詩意，詩人只有依賴於意象符號把客觀世界中的詩意表現出來。凡是符號，都是人所運用的一種代碼。意象是存在於人的內心的心象，人們可以運用它進行思維，但要成為可感的形態，必須經過物化過程，即用某種物質材料將腦中的意象「記錄」下來。[18]「意象」是「人造的形象」[19]，意象是思維材料的功能性「符號」。詩人的創作是編碼，讀者的閱讀是解碼。[20]詞義是客觀物理世界在人們的主觀意識中的一種抽象、概括的反映，它是事物的一個符號，社會所約定俗成的符號。[21]人們所認識的客觀事物，形成概念，就必須用詞彙把它「包裝」好，才不致隨起隨滅。用語言符號加以固定後，具體的、抽象的詞語，匯聚起來，就形成人們的整個觀念體系。客觀存在的所指之

---

[17] 參見王希杰《修辭學通論》，頁6、44。
[18] 參見王長俊《詩歌意象學》，頁56、33、36。
[19] 參見《新批評——一種獨特的形式主義文論》，中國社會科學出版社，1986年版，頁135。
[20] 見王長俊《詩歌意象學》，頁15。
[21] 參見王希杰《修辭學導論》，頁101。

物有了一個語言符號，詞彙就像一條繩子，把世上現象紮成一捆一捆的。[22]表達者根據事物和概念來選擇最確切的詞語，讓接受者把握住自已所要指稱的事物，所要表達的概念。[23]精準掌握詞彙，了解偏離的程度，便能抓住意象在辭章中表現的幅度。胡裕樹先生主編的《現代漢語》說：

> 普通話詞匯裡，有些詞是全民族使用得最多的，一般的生活當中最必需的，意義最明確，為一般人所共同理解，幾乎用不著什麼解釋的。這樣的詞是詞匯當中最主要的成分，叫做基本詞。基本詞的集合體叫做基本詞匯，是詞匯的基礎。（280頁）

語言的詞義首先是「所指意義」。這是語言符號同世界(事物)的一種關係，也就是所謂的「名與實」的關係。最基本的要求就是無矛盾和準確，準確地傳遞達信息。[24]語言是「思考的憑藉，文學的建材」。人類所有的文化現象，都是一個符號系統，文學也不例外。如果對語言的本質與結構沒有充分的了解，就很難把「能指」面作一充分的詮釋。[25]詞語的指稱意義應當同詞語的理性意義[26]相一致，這是詞語的運用的

---

[22] 參見竺家寧《中國的語言和文學》，頁 24、26-29。
[23] 參見王希杰《修辭學導論》，頁 495、105。
[24] 參見王希杰《修辭學導論》，頁 103、510。
[25] 參見竺家寧《中國的語言和文學》，頁 40-43。
[26] 「所指意義和概念意義是詞語的最基本的意義，通常叫做「理性意義」。同它相對的是附加意義。在理性意義的基礎上，許多詞語都具有附加意義。附加意義主要包括：情感意義、色彩意義、心理聯想意義、風格意義、語體意義等。」見王希杰《修辭學導論》，頁

一個基本原則。如果不符合詞語本來的意義，就是用詞錯誤也就是負偏離現象。語言的藝術化要以規範化爲基礎，否則會程度不同地削弱表達的藝術效果。[27]零度，就是最一般的常規的規範的形式，中性的不帶任何色彩的形式，是整個語言社會所公認的。[28]建立零度，才能進一步探討「用詞」上的表現，細緻地來看詞的理解、選擇、配合和運用。[29]

(二)詞匯的變型具有表現性

語言符號不僅指代理性義、基本義，還傳遞給人們不同的情緒。除了語詞的表面意義之外，底層意義(內涵意義)更與文化密切相關，必須由整個社會、文化去理解。[30]詞語選擇常常是在具有同義關係的若干詞語中間選擇在此時此地此景中比較恰當的一個。同義手段[31]的選擇，主要是在語言的各種變體之間進行的，靈活地運用各種變體，各得所宜，才有最佳的表達效果。例如：月亮、亮月、月兔、月桂、月娥、月精、月輪、月浦、月魄、太陰……都是「月亮」的同義詞。如果把「月亮」當作是一種零度形式、規範形式，那

105。
[27] 參見林連通、孔曉、隋晨光等《詞語評改 300 例》，頁 2。
[28] 參見王希杰《修辭學通論》，頁 185。
[29] 參考方師鐸《國語詞彙學·構詞篇》，頁 1-2。
[30] 參見竺家寧《中國的語言和文學》，頁 26-29。
[31] 「同義手段就是同一個零度形式和它的一切偏離形式(包括了正偏離形式和負偏離形式)所構成的集合。」見王希杰《修辭學導論》，頁 66。

麼其他詞語就是「月亮」的偏離形式、變異形式。[32]豐富多彩的同義詞彙，爲提高話語的表達效果和藝術美提供了廣闊的基礎。

語言對物理世界的反映是經過文化和心理的折光而曲折地實現的，有了加工和塗抹，語言中所反映的物理世界有時是變了形的。詞彙是修辭的基礎和出發點，變異是對規範的一種反動，一種突破，那麼在這反動和突破之前就應當有一個規範。[33]使得文學語言能有新穎感、有創造性，但不至於無法意會。余光中在《逍遙遊》這本散文集的後記指出：

> 我嘗試把中國的文字壓縮、拖扁、拉長、磨利，把它拆開又併攏、摺來又疊去，爲了試驗它的速度、密度和彈性。

文學語言往往是經過作者刻意經營，經過扭曲、變形，但是其程度不是無限的。[34]一切具體的話語，其實都是對這 0 度的或多或少的某種程度上的變形。[35]例如作爲零度形式的「太陽」是中性的，沒有色彩的，而偏離式，則或多或少帶有古典的、文言的、典雅而莊重的色彩，如：曦御、曦軒。[36]

三、辭章意象在詞彙上的原型表現

---

[32] 參見王希杰《漢語修辭學》(修訂本)，頁 81-82、76。

[33] 參見王希杰《修辭學通論》，頁 78、304、188。

[34] 見竺家寧《中國的語言和文學》，頁 45-46。

[35] 參見王希杰《修辭學新論》，頁 35。

[36] 參見王希杰《修辭學通論》，頁 191。

詞有一定的語音形式，有一定的意義，有一定的語法特點。[37]底下就從語義、語音部份來看辭章意象在詞彙上的原型表現。而語法屬「組織」的範疇，在此不予討論。

（一）指代理性義

詞的理性意義是詞義構成的基礎，也是使用該詞的社會成員最容易理解，幾乎不用解釋的。[38]說話、寫文章時要注意分辨詞語的來源，掌握詞義，若不選擇，極易產生語病。[39]我們常說「用詞不當」。一個詞如果不是生造出來的，它本身是無所謂當與不當的，只有把它放在特定的上下文裡，才發生當或不當的問題。要避免用詞的錯誤，不僅要了解每個詞的意義，還要注意它常跟哪些詞配合。[40]同義詞的作用可以增強語言的精確性，精確性主要是指意義。[41]

話語同物理世界的一致性原則是中國文學批評中的一個基本原則。歐陽修在《六一詩話》中強調說：「詩人貪求好句，而理有不通，亦語病也。」他舉例說：「袖中諫草朝天去，頭上宮花侍宴歸。」誠為佳句矣。但進諫必章疏，無直用稿草之理。」他所的「理」，就是指的常識，常理，即：物理世界同語言世界之間的一致關係。依據的就是信息真實

---

[37] 參見符淮青《現代漢語詞彙》，頁 1。
[38] 參見錢乃榮《漢語語言學》，頁 71。
[39] 參見林連通、孔曉、隋晨光等《詞語評改 300 例》，頁 7。
[40] 參見呂叔湘、朱德熙《語法修辭講話》，頁 41-42。
[41] 參見符淮青《現代漢語詞彙》，頁 135。

性原則。[42]準確性首先就表現在詞語理性意義的選擇上。消滅詞語理性意義的運用中的負偏離，是最基本、最起碼的要求，是詞匯學所要解決的問題。[43]

具有相關關係和相似關係的詞語，可以當做同義手段來運用。例如用「花朵」和「小天使」來代替「兒童」，用「讀魯迅」來代替「讀《阿 Q 正傳》」。具有反義關係的詞語，如果成對運用，往往可以造成強烈對比的效果。例如：「先天下之憂而憂，後天下之樂而樂。」(范仲淹〈岳陽樓記〉)「生當為人傑，死亦作鬼雄。」(李清照〈絕句〉)如果把詞語之間的這些多種多樣的關係聯係起來，就構成了立體的多層次多等級的豐富多彩的同義詞語關係網絡，提供了一個可供選擇的同義詞語的集合。[44]

以「詞匯」來看，如馬致遠的〈天淨沙〉曲，以「枯藤」、「老樹」、「昏鴉」、「古道」、「西風」、「瘦馬」、「夕陽西下」(黃昏)等「物」與「人在天涯」之「事」，針對著「斷腸」之「意」，透過「異質同構」之作用，而形成正面「意象」；以「小橋」、「流水」、「人家」等「物」，也針對著「斷腸」之「意」，透過「異質同構」之作用，而形成的反面「意象」。這些全是詞匯，可說是「意」與「象」的初步表現。如沒有這些詞匯，任何意象(情、理、事、景(物))都無法用「符號」

---

[42] 見王希杰《修辭學通論》，頁 83。
[43] 參見王希杰《修辭學導論》，頁 106-107。
[44] 參見王希杰《修辭學導論》，頁 126-127。

來承載、表出，以溝通「表達」者與「接受」者。[45]又如王安石〈書湖陰先生壁二首〉(其一)：

> 茅檐長掃靜無苔，花木成畦手自栽。
> 一水護田將綠繞，兩山排闥送青來。

在這首詩中，「一水」、「兩山」的意象，對主人公湖陰先生人品高潔、富於生活情趣的性格起了很好的襯托作用。「山」、「水」在古典詩歌中是高士隱逸的地方，湖陰先生這樣一位高士，徜徉於山水之間，當然比別人更能欣賞到它們的美，更感到「一水」、「兩山」的親近。[46]

(二)語音表現

詞的語音形式是詞的物質外殼，詞的意義就是詞的內容。[47]我們得出這個圖形：[48]

詞的語音形式————概念內容————客觀事物
　　　　　聯係　　　　　　反映

語音是語言的物質基礎，是詞和句子的物質外殼，靠著語音的幫助，人們的思想才能固定在詞和句子之中。[49]語音是語義的載體，人們在交流思想過程中，語音擔負著傳遞語

---

[45] 參見陳師滿銘〈論篇章辭章學〉，頁 38、43。
[46] 參見王長俊《詩歌意象學》，頁 188。
[47] 見林祥楣《現代漢語》，頁 133。
[48] 見符淮青《現代漢語詞匯》，頁 20。
[49] 見胡裕樹《現代漢語》(增訂本)，頁 20。

言信息的重要任務。[50]一篇好的文章讀起來總是琅琅上口，音調悅耳，因此人們也常常使用「聲情並茂」這四個字來評價這樣一類的好文章。所謂「聲」就著重在語音方面說的，它跟作品的語義內容即「情」是緊密結合，相得益彰的。[51]黃永武認為：

> 文學上的聲律，不外乎同音相成的「重疊」、異音相續的「錯綜」、以及同韻相協的「呼應」。應用文學的聲律來鑄句，配合文中的情景，慎為選字，可以求音聲的和諧，並增進文句的華美。[52]

1、節律

節律是指語音的節奏和韻律。它是音節在語流中排列組合體現出的一種均衡、和諧的美。無論是自然語言還是藝術語言，節律的運用也是一個提高質量、增加美感的重要手段。節律是語音的物理要素——音高、音長、音強和音色在音節、詞語、句子各個層面上協同作用的總和。[53]

在連續的語音音段中，各個語義單位即詞與詞之間，都可能出現一個停頓，形成一個節拍。由於現代漢語詞彙以雙音詞為多數，因此在語音停頓中，也以雙音節拍為主。自由體新詩同樣要講究節奏，但不像格律詩那樣整齊劃一，只要

---

[50] 見林祥楣《現代漢語》，頁 1。
[51] 見孫全洲、劉蘭英主編，張志公校訂《語法與修辭》(下)，頁 339。
[52] 見黃永武《字句鍛鍊法》，頁 24。
[53] 見林祥楣《現代漢語》，頁 96。

節拍大體勻稱就可以了，而現代散文也講究語言的節奏。例如朱自清〈春〉：

> 盼望著，盼望著，東風來了，春天的腳步近了。一切都像剛睡醒的樣子，欣欣然張開了眼。山朗潤起來了，水漲起來了，太陽的臉紅起來了。小草偷偷地從土裡鑽出來，嫩嫩的、綠綠的。園子裡，田野裡，瞧去，一大片一大片滿是的。坐著，躺著，打兩個滾，踢幾腳球，賽幾趟跑，捉幾回迷藏，風輕稍稍的，草綿軟軟的。

這段文字的鮮明節奏感和詞語音節的整齊、句式的勻稱有密切關係。由於使用的雙音詞很多，形成比較整齊的雙音節拍，並且又使用了對偶和排比的句式，句子和句子之間具有均衡一致的停頓和間歇，使語言具有很強的節奏感。[54]漢語的寫作自古以來十分注意節奏，比如兩兩相對成為說漢語的人的一種語言心理，成語「花好月圓」、「萬紫千紅」、「見仁見智」、「目不暇接」，標語「新春快樂，萬事如意」、「機房重地，閒人莫入」，諺語「人無遠慮，必有近憂」、「尺有所短，寸有所長」。都體現這種節奏。[55]

從古到今，作家們在修改舊作時都在同義詞語方面大下功夫。如：「你別作聲音，他們就在門口。」（曹禺《雷

---

[54] 參見孫全洲、劉蘭英主編，張志公校訂《語法與修辭》（下），頁347-349。

[55] 參見錢乃榮《漢語語言學》，頁14-15。

雨》)作者後來把「聲音」改爲「聲」。「聲」和「聲音」意義相同，但是音節不一樣。「別作聲」。順口上耳，而「別作聲音」，雖然說語義方面沒錯，但是有些彆扭拗口。這是從語音角度對於同於同義詞語的一個再選擇。[56]漢字的聲調除了具有辨義的作用，在詞語組合時，如能適當交替配合，還可以增強語言的音樂性。人們常用的一些成語，聲調的搭配，往往很有規則。例如「光明正大」、「謙虛謹慎」是「平平仄仄」，「異口同聲」、「快馬加鞭」是「仄仄平平」，「風調雨順」、「山明水秀」是陰、陽、上、去四聲相遞，讀起來都非常順口悅耳。[57]

2、押韻

詩歌、戲曲和曲藝唱詞一般都押韻，因而順口、能唱、易記，爲群眾所喜愛，[58]並能增強語言節奏感，所以我國古代不少兒童啓蒙讀物都千方百計編成韻文。[59]古代格律的押韻相當嚴格，現代詩歌的押韻則比較寬泛。韻文押了韻，句與句之間有了語音上的回環往復，和諧動聽，引人思索。[60]相同或相近的韻腳相隔一定時間重複出現，就形成一定的節奏感。[61]聲音的回環複沓，可以幫助情感的強調和意義的集中。

---

[56] 參見王希杰《修辭學通論》，頁 297、189。
[57] 參見孫全洲、劉蘭英主編，張志公校訂《語法與修辭》(下)，頁 343-345。
[58] 參見胡裕樹《現代漢語》(增訂本)，頁 77。
[59] 見林祥楣《現代漢語》，頁 106。
[60] 參見胡裕樹《現代漢語》(增訂本)，頁 78、81。
[61] 見林祥楣《現代漢語》，頁 104-105。

舊體詩押韻很嚴格，新詩比較自由，但通常也都注意押韻；散文一般是不押韻的，但抒情性散文也經常會使用一些押韻的句式，使語調和諧暢達，並能助長文章的情思。例如邵華〈我們愛韶山的紅杜鵑〉：[62]

> 我們佇立橘子洲頭，漫步湘江兩岸；回清水塘，登岳麓山；徘徊板倉小徑，依戀韶山故園……萬千思緒，隨山移水轉。正是杜鵑花開遍三湘的季節，鄉親們懷著深情厚誼，送給我們一棵帶著韶山泥土的紅杜鵑。

3、雙關

同音詞在語言中可以用來構成同音雙關的修辭手法，加強語言的生動形象的表達能力。如：

> 蓮(憐)子心中苦，梨(離)兒腹內酸。[63]

利用其音義聯係的偶然性，巧妙地使在正常情況下不相干的音義結合起來，造成語言的風趣幽默。曲藝中的相聲，就大量運用這種語言藝術。[64]漢語中只有四百多個音節，同音現象特別嚴重。說漢語的人又特別講諧音聯想，這麼一來，在漢語文化中，心理聯想的同義手段就特別豐富而複雜。[65]如《尹文子・大道篇下》中記載：

---

[62] 參見孫全洲、劉蘭英主編，張志公校訂《語法與修辭》(下)，頁 345-346。

[63] 參見胡裕樹《現代漢語》(增訂本)，頁 262-263。

[64] 參見符淮青《現代漢語詞匯》，頁 87。

[65] 參見王希杰《修辭學導論》，頁 64-65。

莊里丈人，字長子曰「盜」，少子曰「毆」。盜出，其
父在後，追而呼之，曰：「盜！盜！」吏聞，因縛之。
其父呼毆喻吏，遽而聲不轉，但曰：「毆！毆！」吏
因毆之，幾至殪。

也是因爲語音相同，連綴詞匯，產生表達效果。[66]

4、聯綿

聯綿詞又叫聯綿字，是古代漢語中的雙音節單純詞，主
要是雙聲字和疊韻字，也有的是沒有雙聲疊韻關係的雙音節
單純詞。聯綿詞在以單音節詞爲主的古代漢語中，是語言音
樂美的重要手段。例如：

> 《詩經・周南・關雎》：窈窕淑女，君子好逑。參差
> 荇菜，左右流之。窈窕淑女，寤寐求之。
> 杜甫〈曲江〉：穿花蛺蝶深深見，點水蜻蜓款款飛。

聯綿詞語運用增強了聲韻節奏，順口入耳，使詩歌更適宜歌
唱和吟誦。[67]「疊韻如兩玉相扣，取其鏗鏘；雙聲如貫珠，
取其婉轉。」意思是說兩個韻母相同的字放在一起，聲音特
別響亮，鏗鏘悅耳；兩個聲母相同的字放在一起，發音部位
一樣，說來自然順口。下面是很好地使用了雙聲、疊韻詞的
例句：

---

[66] 見王希杰《修辭學導論》，頁 146。
[67] 見王希杰《漢語修辭學》(修訂本)，頁 167。

今夜的林中，也不宜於愛友話別，叮嚀細語——淒意
已足，語音已微；而

抑鬱纏綿，作繭自縛的情緒，總是太「人間的」了，
對不上這晶瑩的雪月，

空闊的山林。(冰心〈往事之二〉)

「叮嚀、淒意、晶瑩、雪月、纏綿」都是疊韻；「抑鬱、空
闊」都是雙聲，這些雙聲疊韻的使用，使句子的聲調十分和
諧悅耳。[68]

5、疊字

使用同一音節重疊的疊音詞(包括帶疊音後綴的詞)同樣
具有美化詞語聲音的作用。如：

坦坦蕩蕩　　大大方方　　堂堂正正　　轟轟烈烈

沉甸甸　　圓滾滾　　香噴噴　　亮晶晶

古代詩詞作品也經常使用疊音詞以增強文字的聲調
美，例如宋代女詞人李清照的〈聲聲慢〉，詞的開頭就一連
使用了十四個疊音的字：「尋尋覓覓，冷冷清清，淒淒慘慘
戚戚」，富有聲音美，很受人讚賞，被稱之爲「如『大珠小
珠落玉盤』」。[69]

---

[68] 參見孫全洲、劉蘭英主編，張志公校訂《語法與修辭》(下)，頁 341。
[69] 參見孫全洲、劉蘭英主編，張志公校訂《語法與修辭》(下)，頁 343。

　　摹聲，就是對客觀世界的聲音的模仿。模仿客觀世界的聲音而構成的詞，通常叫做象聲詞。象聲詞的運用，能夠使人感受到事物的生動性和內在的旋律，彷彿身臨其境似的。例如蘇南民歌〈蟋蟀曜曜叫〉：

> 蟋蟀曜曜叫，寶寶心裡跳。翻開亂磚頭，必必卜卜跳。一跳跳到城隍廟，香爐蠟桿都跌倒，嚇得城隍老爺無處跑。

　　模仿了蟋蟀的叫聲，使你彷彿和這孩子一同在抓蟋蟀似的。這時，這孩子不怕鬼、不敬神的大膽舉動對你來說也就顯得可愛了。[70]柳宗元的詩行：「欸乃一聲山水綠」，除了名詞的並置，還有擬聲詞，模仿槳擊水聲，以加強真實感。[71]

（三）指代外殼

　　一個詞彙包含它的形、音、義。字形是詞彙的外殼，要合乎規範，書寫正字，不寫錯別字。現在文字已經定型，不論語法、詞匯或語音，都要有標準，文字也是這樣。古人寫字有時不合規範，給後閱讀古書增添了不少困難；現在科技發達，寫字不合規範將會製造更多的困難。語言的藝術化要以規範化為基礎，大凡不合乎規範的語句都會程度不同地削弱語言表達的藝術效果。[72]寫錯字的原因大致可分下列三類

---

[70] 參見王希杰《漢語修辭學》(修訂本)，頁 163-164。
[71] 見簡政珍《語言與文學空間》，頁 89。
[72] 見林連通、孔曉、隋晨光等《詞語評改 300 例》，頁 106-109、2。

來探討：

1、形近而誤

錯別字有形近而誤的，有音近而誤的，還有因其他種種原因致誤的。但相比之下，還是以形近而誤的為最。如：

暑假／暑　　掩沒／淹　　肄業／肆

以上錯別字跟正確的字在結構形式上多少有點兒像，因而容易從人們的眼皮底下滑過去，這是需要格外留神的。[73]造成形誤原因約有以下三種：

(1)受相近偏旁、部件影響而錯寫偏旁、部件。

例如：「染」、「軌」中的「九」錯寫成「丸」，是受「熟」字中「丸」的影響。還有人把「病入膏肓」寫成「病入膏盲」。[74]南轅北轍(誤作撤、撒)、一竅(誤作竅)不通、如火如荼(誤作茶)、濫竽(誤作芋)充數、戳(誤作戮)穿、糜(誤作靡)爛、姿(誤作恣)態。

(2)常常結合在一起的雙音詞中的一個字受另一個字偏旁的
　　影響而誤。

例如：「模糊」的「模」寫成「糢」，「鞠躬」的「鞠」左邊寫成「身」，「輝煌」的左邊寫成「光」部。

(3)弄錯字的筆畫，誤寫筆形。

例如：把「卑」字中從「白」字撇出的斜撇誤分成豎、撇兩

---

[73] 參見林連通、孔曉、隋晨光等《詞語評改 300 例》，頁 96-97。
[74] 見呂叔湘、朱德熙《語法修辭講話》，頁 57。

筆，或者錯把末筆的豎貫通「白」。把「刊」字的首筆誤爲短撇，或者把首筆和第三筆都誤成撇。[75]

2、音近而誤

漢語中同音成分相當豐富，增強了辨認的困難，這是寫作中容易出現別字的重要原因之一，可分爲以下幾種情況：

(1)音同形似而誤。

弄清各字的意義，它們所代表的詞或詞素的性質，就能避免用錯。如「辨」與「辯」，

「辨」是詞，意思是「分辨、辨別」，「辯」也是詞，意思是「辯解、辯說」，除了能獨用外，能構成「辯護、辯解、辯論」等詞。這兩字不能互換。又如「班」與「斑」，「斑」是詞素，有一義是「斑點、斑紋」，這個意思存在於「斑斑、斑點、斑紋」等詞中。「班」是詞，沒有這個意思。除「斑白」、「班白」是異體詞外，不能通用。

(2)音同義近而誤。

對這類容易誤寫的字，最好全面分析它的意義及其代表的詞、詞素的性質、結合能力，弄清它們使用的場合。如「做」與「作」在歷史上，「作」先出現，「做」作爲「作」的同義字後出現。但現在它們除某些意義用法相近有交叉外，已發展出不同的意義和用法。

(3)音近致誤。

---

[75] 參見胡裕樹《現代漢語》(增訂本)，頁 224-225。

多義詞和同音詞有時容易造成歧義，語意不明，如：

> 她喜歡聽越（粵）劇。
>
> 出口三萬噸石（食）油。
>
> 這個人有驕（嬌）氣。

這時候確定的語境和上下文能消除多義詞和同音詞造成的歧義。[76]例如，在「這地方ㄕㄨˋ ㄇㄨˋ很多」這個句子中「ㄕㄨˋ ㄇㄨˋ」指的必然是「樹木」，而不會是「數目」。由此可見，儘管就一個個字的讀音看來，同音現象似乎很多，實際上真正的同音詞並不多。[77]

3、義近而誤

我們常看到很多人將直截(誤作接)了當、陰謀詭(誤作鬼)計、歪風邪(誤作斜)氣、到行逆施(誤作駛、自力(誤作立)更生、川(誤作穿)流不息。[78]都是由於意義相近，而誤用的字。例如「以至」和「以致」，意義相近且讀音相同，字形相似，容易混淆。如：

> 有的城市缺乏統一規劃，經營出租汽車的單位太多，以至供過于求。

「以至」和「以致」的區別在于「以至」表示在時間、數量、

---

[76] 參見符淮青《現代漢語詞匯》，頁 78-80、88。

[77] 參見胡裕樹《現代漢語》(增訂本)，頁 262-263。

[78] 參見胡裕樹《現代漢語》(增訂本)，頁 225-226。

程度、範圍上的延伸，一般是從小到大、從少到多、從淺到深、從低到高的遞升，有「直到」的意思，與「乃至」、「甚至」意義相當。

此外，現在社會上把「啓事」誤用成「啓示」已相當普遍。「徵人啓示」、「開業啓示」、「招領啓示」之類隨處可見。「啓事」和「啓示」本是區別分別的兩個詞。「啓事」是爲了公開聲明某事而登在報刊或貼在牆壁上的文字；「啓示」是啓發指示，使有所領悟的意思。「故事」是名詞，「啓示」是動詞。[79]

四、辭章意象在詞匯上的變型表現

詞義的理性意義、色彩意義、聯想意義，其實都是就同一個義位的不同成分而言的。[80]詞的各種附屬色彩，也叫詞的附屬義。附屬義的內容有三：形象色彩、感色彩、語體色彩。[81]人們對客觀事物的認識總是或多或少地帶有自己的主觀傾向，這不是臨時附加的，它具有相當長時間的穩定性與理解、接受的社會性。[82]

（一）形象色彩

意象作爲詩中載體，它以語言符號爲自己的可感形式，

---

[79] 見林連通、孔曉、隋晨光等《詞語評改 300 例》，頁 17-19、97-99。
[80] 見錢乃榮《漢語語言學》，頁 79。
[81] 參考符准青《現代漢語詞匯》，頁 32。
[82] 參考錢乃榮《漢語語言學》，頁 72-73。

同時它又是詩人所想表達的某種主客觀現實的符號。它以突出的形象性打動讀者，具象而可感，充分發揮了語言的造型作用。[83]聽到「牛、馬、花、樹」等詞，腦子中會出現牛、馬、花、樹的形貌，讀或聽小說中的描寫詞句，會使人似乎看到所寫到的人物的聲音笑貌和各種各樣的景物。前者是表象，過去感知的形象的復活，後者是想象，是感知所留下的表象重新組合得到的形象。由於表象想象的心理活動，詞能在人腦中生出所反映對象的形貌這種情況，有人把它叫做詞的形象義或形象色彩。最能抓住特徵的作家，把他用到的詞語組織起來，刻畫了一個個有特色的形象圖畫。[84]

　　漢語詞匯的形象性十分突出，頗具特色。諸如：龍眼、銀耳、佛手、炒冷飯、敲邊鼓等，每一個形象語都是一個形象生動的比喻。[85]具有形象色彩的詞常常能將抽象的事理、行為具象化、形象化。掌握這些有形象色彩的詞並用得恰到好處，可以使語言表達生動、形象。如：

　　　　鄉親們為他舉行洗塵飲宴。

　　人們用「為客人洗去塵土」這樣一個可親可見的動作來指設宴迎客的行為，比「招待」之類的詞既形象生動，又典雅含蓄。[86]某些自然物的形態與人的情感特徵存在某些共同之處，我們往往借用來引發人的情感，如白居易〈長相思〉：

---

[83]　參見王長俊《詩歌意象學》，頁 159-160。
[84]　參見符淮青《現代漢語詞匯》，頁 28、38。
[85]　參見語文出版社《詞匯學新研究》，頁 83、92。
[86]　參見錢乃榮《漢語語言學》，頁 76-77。

「汴水流,泗水流,流到瓜洲古渡頭,吳山點點愁。思悠悠,恨悠悠,恨到歸時方始休,月明人倚樓。」見流水而起情思,並非水亦有情,而是由於離意別情像流水般悠悠無盡。[87]又例如曹植作七步詩,曹丕給他限定的是以「兄弟」為題,曹植敏捷地在「煮豆燃豆萁」與兄弟相殘這兩者之間抓住了共性,將抽象化的主題以具體的意象來表現,幾步之內就作出一首好詩。[88]詩歌需要特別的藝術符號來表現一般語言難以傳達出來的意味,這就是意象。意象以可感的語詞作為自己的載體,同時又負載著詩人之意,它改變了普通語言能指、所指簡單結合的一貫性格,而能夠展示多層次的語義和美。如漢樂府詩〈上邪〉:

> 上邪!我欲與君相知,長命無絕衰!
> 山無陵,江水為竭,冬雷震震,夏雨雪,
> 天地合,乃敢與君絕!

抒情女主人公為了表達她忠貞不渝的愛情,借用了山無陵、江水竭、冬雷震震等一系列反自然的意象,以示決心。全詩以情馭象,情感表現得極為強烈。[89]

　　詞語的選擇和搭配總是受到社會文化意識的影響和制約。一提到大,便是天、地、海;一提到小,便是芝麻、綠豆、巴掌;說胖便是豬,彌勒佛;說瘦便是猴子、電線杆、

---

[87] 參見陳慶輝《中國詩學》,頁 185-186。
[88] 見王長俊《詩歌意象學》,頁 154。
[89] 參見王長俊《詩歌意象學》,頁 186、145、150-151。

火柴棒；對於女性的美，便是王昭君、楊貴妃、西施……。[90]
爲了提高表達效果，不但應當知道語言意義，還應當把握社
會文化意義。例如：賀知章〈詠柳〉：「碧玉妝成一樹高，萬
條垂下綠絲絛。不知細葉誰裁出，二月春風似剪刀。」這裡
的「碧玉」是一個比喻，說二月春風中的柳枝，猶如小戶人
家的年輕貌美而可愛的女孩。漢文化中，柳枝柳條是女性的
意象符號。所以，名爲詠柳，其實是詠女性。社會文化意義
在成語、典故、格言、警句、諺語、歇後語、慣用語中表現
得特別明顯，是真正理解古代詩文的關鍵。例如：「故人西
辭黃鶴樓，煙花三月下揚州。」李白〈黃鶴樓送孟浩然之廣
陵〉，不知道「煙花」的社會文化意義，就不能真正把握詩
句。[91]

(二)感情色彩

由於不同的立場和態度，在用詞方面往往帶有一定的感
情色彩：或者表示褒獎、喜愛，或者表示貶斥、厭惡。帶有
前一種色彩的詞叫「褒義詞」，帶有後一種色彩的詞叫「貶
義詞」，另一些詞介於兩者中間，不帶褒貶色彩，叫「中性
詞」。下面是一些常見的帶有褒貶色彩的同義詞：

> 褒義：成果 / 贊成
> 中性：結果 / 同意

---

[90] 參見王希杰《修辭學新論》，頁 184-185。
[91] 參見王希杰《漢語修辭學》(修訂本)，頁 132-136。

貶義：後果／附和

在敘事抒情中間，適當使用一些感情色彩鮮明的詞語，可以大大增強文字的感染力量。作家在語言的運用上，都很注意調配詞語的感情色彩。例如：

> 幾個年輕的姑娘赤著腳，提著裙子，嘻嘻哈哈追著浪花。(楊朔〈雪浪花〉)

原文：唧唧喳喳追著浪花。「唧唧喳喳」含有貶義，形容話多嘴雜，這裡用「嘻嘻哈哈」來形容年輕姑娘的活潑歡快的形象比較適當。有些詞語的褒貶意義，受社會和歷史條件的影響，具有鮮明的時代性。譬如「老爺」這個詞在舊社會使用的語彙裏，它含有褒貶，時至今日，多用作貶義。有些多義詞的褒貶色彩，可以因義項的不同而發生變化，如：「可憐」用於「值得憐愛」這個義項時是褒義，如「這孩子實在可憐」；用於表示「可悲」這個義項時是貶義，如「一個大學生知識這樣貧乏，實在可憐」。形容詞的重疊形式也可以表示某種感情色彩。譬如「AA」式的形容詞往往帶有褒義，「A 裏 AB」式的形容詞總帶貶義。前式如「這個女孩兒高鼻子，大眼睛」，跟「這個女孩兒高高的鼻子，大大的眼睛」，在感情色彩方面，就稍有不同；後式如「疙裡疙瘩」、「怪裡怪氣」等都含有貶義。[92]

---

[92] 參見孫全洲、劉蘭英主編，張志公校訂《語法與修辭》(下)，頁 326-333。

不管是褒義詞或貶義詞，都可以不止一個，褒貶的程度也有差別。同時，並不是每一組同義詞都有褒義、貶義和中性詞三種，有的可能只有褒義詞和中性詞，如「教誨」和「教訓」，有的則只有貶義詞和中性詞，如「效尤」和「效法」。因為人們的感情是多種多樣的，這種差別也就有各種不同的情況，如「生日」和「誕辰、壽辰」，「客人」和「來賓、賓客」，「死」和「逝世」是一般的感情色彩和莊重的感情色彩之分；「人」和「傢伙」、「漂亮」和「時髦」是一般感情色彩和輕蔑色彩之分。此外，還有：

語意輕重不同，如：

　　　　優良、優異　揭發、揭穿　固執、頑固　愛好、嗜好

範圍大小不同，如：

　　　　事情、事件、事故　房屋、房子、屋子　時期、期間、時間

具體和概括的區別，如：

　　　　河流、河　　書籍、書　　花卉、花　　湖泊、湖

適應對象不同，如：

　　　　改正：消極事物——改進：積極事物
　　　　保護：一般事物——保衛：重大事物

充足：具體事物——充分：抽象事物[93]

詞的概念義一般能影響詞的感情色彩，如：「溫順、淳樸、犧牲、貢獻」。詞意肯定，感情色彩為褒。「凶殘、醜陋、巴結、敗類」詞意否定，感情色彩為貶。感情色彩，指的是固定在詞上的，而非臨時附加的。[94]

（三）語體色彩

詞義的語體色彩指詞義具有的對特定語體適應的附加意義，語體主要有口頭和書面兩大類。漢語有一個豐富的語彙係統，在這個系統中，大多數的詞都具有自己的語體色彩。詞義的語體色彩在詞典中不可能完全反映出來，要通過大量的語言材料去體會、學習，在實踐運用中把握。否則，即使理性意義很正確，也會因詞語語體附加色彩不當而使表達顯得不和諧、不地道。語義的語體色彩和情感色彩一樣，都是詞義本身的構成成分，也具有相當長時間的穩定性和理解的社會性。[95]

語言發展中出現了口語詞彙和書面語詞彙有明顯差別的現象，有一批詞常用於口語，有一部份詞常用於寫作。它們有的有對應關係，是同義詞或近義詞。如：

嚇唬 / 恫嚇　　壓根兒 / 根本　　蹓躂 / 散步

---

[93] 參見胡裕樹《現代漢語》(增訂本)，頁 269-272。
[94] 參考符淮青《現代漢語詞彙》，頁 29-31。
[95] 參見錢乃榮《漢語語言學》，頁 74-75。

書面語是歷代文學創作積累下來的豐富的詞匯遺產，後代文藝創作，常常根據需要，運用吸收不同風格不同表現力的詞匯，使文藝寫作的書面語顯得很有表現力。不少作家，敘述語言較多用書面語詞匯，對話則多用口語詞匯。[96]有些詞語雖然彼此含義相同，但適用的範圍和場合不同，顯示的作用不同，這種風格差異就在詞的語體色彩。口頭語體是指常用於日常生活的那些口語詞的風格特點，這種語體的特點是比較平易、樸素、自然，富有生活氣息；書面語體是指常用在文章寫作方面的一些詞語的風格特點。這種特點是比較嚴重、莊重、簡潔，如「媽媽」和「母親」詞彙意義相同，但語體色彩卻不同。前者常用於口語，後者常用於書面。口頭語詞和書面語詞，在實際運用上，可以靈活變化，兩者巧妙地配合，文白相間，亦莊亦諧，使語言生動活潑，會更具有辛辣諷刺和幽默含蓄的表現力量。[97]

　　為了豐富普通話詞彙，適應不同的語言環境和多樣化語體的需要，還可以適當地吸收一些古語詞。如在嚴肅的場合，在莊重的語體中，用古語詞「夫人」、「誕辰」就比用「妻子」、生日」適宜。[98]適當運用古詞語可以創造出典雅、莊重、委婉、含蓄的情調。例如俞平伯寫道：「我們消受得秦淮河上的燈影，當圓月猶皎的仲夏夜。」「今年的一晚，且默了滔滔的言說，且舒了側側的情懷。」(〈槳聲燈影裡的秦淮河〉

---

[96] 參見符淮青《現代漢語詞匯》，頁 174-177。
[97] 參見孫全洲、劉蘭英主編，張志公校訂《語法與修辭》（下），頁 333-336。
[98] 見胡裕樹《現代漢語》(增訂本)，頁 13。

頁 108)如果去掉「猶」和「且」,「皎、舒、默」,「言說」和「側側」,全部改用現代漢語的詞語,就會失去了這種典雅的色彩。[99]

用方言來寫作的文學作品,往往具有鄉土氣息。方言中有許多很有表現力的東西,普通話中沒有相應表達形式。[100]方言詞語的適當運用是鄉土文學的一個特色。老舍寫的〈茶館〉中,富有濃郁的「京味兒」,這是由於作者適當地運用北京方言土語的結果。例如,「你」和「您」的使用,涇渭分明,這是北京人才特有的。方言詞語可以增加鄉土氣息和表現人物身份,經過選擇的方言詞語,對於非這一方言區的讀者,不會增加過多的閱讀困難。[101]

至於俚俗語指流行於社會下層某些沒有文化教養的人的口頭的鄙俗、粗魯的用語,其中往往夾雜著一些很生僻少用的方言土語和一些特殊的行話,有時錯誤百出,不合乎語言的一般規範。俚俗語中有許多非常富有表現力的東西,是高雅語言中所沒有的。文學作品中,往往適當採用一些俚俗語成分來塑造人物形象。曹雪芹在《紅樓夢》二十八回薛蟠所行的酒令中運用了一些俚俗語,目的是要刻畫出這個粗俗不堪的富家浪蕩子。[102]

五、辭章意象表現在詞匯上的美感效果

[99] 參見王希杰《修辭學導論》,頁 150。
[100] 見王希杰《漢語修辭學》(修訂本),頁 83-86。
[101] 參見王希杰《修辭學導論》,頁 154-155。
[102] 參見王希杰《漢語修辭學》(修訂本),頁 100-103。

聯係，是美學的一個基本原則。世界上的萬事萬物都是相互聯係的。話語的形式和內容兩個方面的規則的合理的自然的聯係，就能產生語言的美。例如：唐代王勃〈滕王閣序〉：落霞與孤鶩齊飛，秋水共長天一色。創造性聯想「落霞」和「孤鶩」、「秋水」和「長天」，出乎人們的意料，但又合情合理。做到自然、合理、巧妙，是語言美的一個重要標志。[103]中國古人有特定的文化心理與風習，加上漢字符號的獨特美學功能，意象即是以漢字輸出的「藝術符號」。[104]

（一）原型表現的美感效果

1、表象與審美直覺

表象，是人腦對當前沒有直接作用於感覺器官的、之前感知過的事物形象的反映，它和意象的聯係十分緊密，表象自覺運動的結果，便生成意象。表象是意象的基礎，脫離表象的意象是不存在的，形象就是物化了的意象。[105]朱光潛先生說：「每個詩的境界都必有「情趣」(feeling) 和「意象」(image)兩個要素。「情趣」簡稱「情」，「意象」即是「景」。意象既然是「景」，那它必然要呈現為一種形象了。[106]。意象是「感情表象」，當內心表象染上了感情色彩時，它就成了「意象」。

---

[103] 參見王希杰《漢語修辭學》(修訂本)，頁 379-380。
[104] 參考王立《心靈的圖景──文學意象的主題史研究》，頁 32。
[105] 參見王長俊《詩歌意象學》，頁 18、20、7。
[106] 參見朱光潛《朱光潛美學文集》，頁 54、350、513。

[107]葉朗在《中國美學史大綱》裡，則是由「立象以盡意」的哲學思想，尋繹出形成藝術形象的理論基礎，他說道：

> 「象」是具體的，切近的，顯露的，變化多端的，而「意」則是深遠的，幽隱的。〈繫辭傳〉的這段話接觸到了藝術形象以個別表現一般，以單純表現豐富，以有限表現無限的特點。(頁 72)

由於人的思想、情感十分複雜、紛繁，所以在藝術構思創作中，需藉由「實」的具體事件、眼前景物，來表達「虛」的抽象理念或情感，其中，前者為「象」，後者為「意」，故見中國古典文學的意象論，正植基於主觀精神(意)與客觀事物(象)的聯繫上。無論就哲學或就文學而言，兩者皆切合於藝術表現的特徵，並具有普遍性，胡雪岡在《意象範疇的流變》中便提出：

> 《易》象和藝術意象都是通過「象」來反映生活和表達思想情感，這其間是有相通或相似之處的。[108]

意象生成的根本因素，就是「象」(表象)接受「意」的統攝，換句話說，一旦生活表象接受了情意的滲透，就會形成辭章意象。意象是鑄意染情的表象，而表象基本上就是生物的一種直接的自然的記憶痕跡。這些記憶痕跡是生物體通過感官感知獲得的，它們來自於客觀世界。就是說，意象來

---

[107] 參見王長俊《詩歌意象學》，頁 7-8、9-10。
[108] 見胡雪岡《意象範疇的流變》，頁 28。

自表象，表象來自物象。從感覺、體驗到留下記憶痕跡、形成表象，直到表象之間的聯繫與組織，這是普遍具有的神經機能。[109]如張藉的〈秋思〉：

> 洛陽城裡見秋風，欲作家書意萬重。
> 復恐匆匆說不盡，行人臨發又開封。

這裡所說的「意」，就具有統攝作用，欲作、作成、臨發，都被「意」籠罩著，因此，詩中的秋風、家書、行人、開封這些表象都成為詩人表達對作客他鄉的親人的一種深切懷念的意象。意之所到，情亦相生，從「復恐」這樣一種心理活動和「又開封」這樣一種行為動作中可見。[110]

意象是現實世界裏客體的轉移。文學將外在的客體內在化，意識將自物轉化成作品內的意象。[111]古人的許多登臨之作，就是在詩性直覺發揮作用的情況下寫出來的。如唐代崔顥的〈黃鶴樓〉，詩人憑著詩性直覺的指引，從當下情境中摘取了白雲悠悠、晴川歷歷、芳草萋萋等意象，結合昔人乘鶴而去、日暮鄉關何處等從自己思緒中湧出的意象，寫景抒情全都貼切傳神。每一個意象就是一個索引項，這種能夠迅速「接通」信息的「索引項」的直覺活動，是在瞬間完成的。對於詩歌意象的審美，不能離開讀者的審美直覺。直覺認識是一種整體性的認識，它常常忽略對象

---

[109] 參見王長俊《詩歌意象學》，頁 20-21、131-132。
[110] 見王長俊《詩歌意象學》，頁 22。
[111] 參見簡政珍《語言與文學空間》，頁 115。

的某些細節或某些部分，重視組成該事物的各部之間的關係，完整地把握對象。[112]

　　意象的組合，都是由情感的鏈條聯結著、維係著，而這些情感鏈條的布局、走向，是由詩人內在的情感邏輯決定的。朱光潛先生說：當詩人進入創作過程時，「紛至沓來的意象零亂破碎，不成章法，不成生命，必須有情趣來融化它們，貫注它們，才內有生命，外有完整形象。」[113]同是寫「山」，陶潛「悠然見南山」；杜甫「造化鍾神秀，陰陽割昏曉」；李白「相看兩不厭，惟有敬亭山。」；辛棄疾「我見青山多嫵媚，料青山見我應如是」表面上意象(景)都是山，但由於詩人的情感不一樣，表達出來的感受也不一樣。[114]

　　詞(語言)可以制約和改造表象，對表象起著理解、監督、說明作用，借助於語言可以對表象進行操作。借助於詞可以對表象進行分解或綜合，放大或縮小，增高或加寬，可以使表象移動或翻轉。總之，頭腦裡的表象隨著詞的變化而變化。[115]張紅雨在《寫作美學》中說：

　　　人們之所以有了美感，是因為情緒產生了波動。這種
　　　波動與事物的形態常常是統一起來的，美感總是附著

---

[112] 參見王長俊《詩歌意象學》，頁 154、80-81。
[113] 見朱光潛《詩論》《朱光潛美學文集》第二卷，上海文藝出版社，1982 年版，頁 54。
[114] 參見王長俊《詩歌意象學》，頁 216-218。
[115] 見大陸九院校編《心理學》，廣西人民出版社，1982 年版，頁 300。

在一定的事物上。[116]

意象生成的一般線性過程簡括如下：

得「象」→生「情」┐
　　　　　　　　　├意象的整合→相關意象的組織
　　　　　　　　　└→經文字表達成為文本形象
得「意」→覓「象」┘

這兩個過程間的最大區別在於，前者因象感情是客觀對象激發出了詩人的情感，是「象」在自然運動中融進了「意」，是情景的交融與交感，如王昌齡〈閨怨〉：

閨中少婦不知愁，春日凝妝上翠樓。
忽見陌頭楊柳色，悔教夫婿覓封侯。

物象(春日、翠樓、陌頭楊柳色)激起了詩中女主人公的情感，而這情感又浸潤了映在心中的每一個表象，所以全詩情景交融，意象自然而又含蓄。表象鑄意還有另外一種基本形式，就是確立背景。例如南朝吳均的〈主人池前鶴〉：

本自乘軒者，為君階下禽。摧藏多好貌，清唳有奇音。
稻粱惠既重，華池遇亦深。懷恩未忍去，非無江海感。

詩人把它放在主人真情款待的背景之中。鶴不離去，乃是出於報恩。這樣，池前鶴的表象一下子就變成報恩鶴的意象

---

[116] 見張紅雨《寫作美學》，頁311。

了。《詩經・桃夭》中的「桃之夭夭，灼灼其華。之子于歸，宜其室家。」詩人創造這幅圖景的意旨，卻在於借它暗示對美好生活的期待，對青春生命的贊美。「婉而微」地傳達了一種美好祝願的「橋梁」，這就是「言在於此而義寄於彼」。表象的意象化，本質上是以意運象，是對自然物象的一種心理把握和運用；而詩人之所以對特定物象產生關注，是因為它能滿足詩人特殊的心理需求、情感需求，因為它與詩人有某種契合。[117]

2、準確與審美注意

意象必須是具體的，語言一定要避免抽象，而且要求十分「精確」，「精確」的詞給讀者帶來物體的感受恰像詩人寫這首詩時物體在詩人頭腦裡呈現的那個樣子。[118]作為心象的意象，與作為符號的意象，應當基本一致，[119]也就是要求話語所傳遞的信息真實而可靠。中國古代就很重視這一點。「言以知物。」(《春秋左傳・昭公元年》)「歌者不期於利聲而貴在中節，論者不期於麗辭而務在事實。」(桓寬《鹽鐵論・相刺》)「君子之言，幽必有驗乎明，遠必有驗乎近，大必有驗乎小，微必有驗乎著。無驗而言謂之「妄」。」(揚雄《法言・問神》)[120]一個理性觀念可以通過許多不同的形象顯現出

---

[117] 參見王長俊《詩歌意象學》，頁 150、21、183-184、152。

[118] 見〈意象主義詩人(1961)・序〉《意象派詩選》，漓江出版社，1986 年版，頁 160。

[119] 參見王長俊《詩歌意象學》，頁 13-14。

[120] 參見王希杰《修辭學通論》，頁 82-84。

來，但是，作爲審美意象，「不僅使它們具象化，而且在具象化的當中使它們達到理性的最高度。」[121]

李澤厚在《美學四講》中說：

> （審美注意）長久地停留在對象的形式結構本身，並從而發展其心理功能如情感、想像的滲入活動。因之其特點就在各種心理因素傾注在、集中在對象形式本身，從而充分感受形式。線條、形狀、色彩、聲音、時間、空間、節奏、韻律、變化、平衡、統一、和諧或不和諧等形式、結構的方面，便得到了充分的「注意」。讓感覺本身充分地享受對象形式方面的這些東西，並把主觀方面的各種心理因素，如感情、想像、意念、願望、期待等等，自覺或不自覺地投入其中。[122]

對意象之形成，格式塔心理學家用「同形同構」或「異質同構」來解釋。李澤厚在〈審美與形式感〉一文中說：

> 不僅是物質材料（聲、色、形等等）與視聽感官的聯繫，而更重要的是它們與人的運動感官的聯繫。對象（客）與感受（主），物質世界和心靈世界實際都處在不斷的運動過程中，即使看來是靜的東西，其實也有動的因素……其中就有一種形式結構上巧妙的對應關係

---

[121] 見康德《判斷力批判》《西方文論選》上卷，上海譯文出版社，頁564。

[122] 見李澤厚《美學四講》，頁158-159。

和感染作用……格式塔心理學家則把這種現象歸結為
外在世界的力（物理）與內在世界的力（心理）在形式結
構上的「同形同構」，或者說是「異質同構」，就是說
質料雖異而形式結構相同，它們在大腦中所激起的電
脈衝相同，所才主客協調，物我同一，外在對象與內
在情感合拍一致，從而在相映對的對稱、均衡、節奏、
韻律、秩序、和諧……中，產生美感愉快。[123]

這把「意」與「象」之所以形成、趨於統一，而產生美感的
原因、過程與結果，都簡要地交代清楚了。[124]正因為如此，
自然景物就可能經常引起人的審美經驗。在藝術創作中，則
講究「物色之動，心亦搖焉」；講究「歲有其物，物有其容，
搖蕩情性，形諸舞詠」，見落葉而悲，見柔條而喜；講究「月
有陰晴圓缺，人有悲歡離合」。[125]具體的意象之所以具有「整
體性的特徵」，具有某種抽象的功能，就是這一具體的事物
與它所象徵所代表的其所有的事物之間具有「共同的結
構」。文學的發展過程中，積累了大量的現成意象，這些意
象充當著思維的工具，主體在詩歌中靈活地運用這些意象進
行理性的思考。其最典型的代表，是宋人的「理趣詩」。「不
識盧山真面目，只緣身在此山中」，「問渠那得清如許，為有
源頭活水來」，難道不正是「意象思維」嗎？在這些優秀的
理趣詩作中，具體和一般、形象和抽象，達到了比較完美的

---

[123] 見《李澤厚哲學美學文選》，頁 503-504。
[124] 見陳師滿銘〈意象與辭章〉，頁 357。
[125] 參見陳慶輝《中國詩學》，頁 191-193。

統一。[126]

（二）變型表現的美感效果

1、聯想、想像

藝術形象的完成，首先是對表象進行改造並使之豐富起來，形成心理意象；接著使心象物化，賦予它一個光輝的感性形式，把意象「翻譯」為形象。當藝術家在把心象物化時，必然要受到這些意象詞彙本身的影響和限制，並且對審美意象進行某種「變相」處理。一首詩從字面上看是詞語的聯綴，從藝術構思的角度看則意象的組合。在中國古典詩歌特別是近體詩和詞裡，意象可以直接拼合，起連接作用的連詞可以省略。一個意象接一個意象，一個畫面接一個畫面，有點類似電影蒙太奇的藝術效果。杜牧〈過華清宮絕句〉中的「一騎紅塵妃子笑，無人知是荔枝來。」「一騎紅塵」與「妃子笑」這兩個意象間無任何關聯詞，直接組合在一起，形成兩個意象的並列，至於意象間的聯係則需要自己想象、補充。[127]

構思中，詩人可以展開想象的翅膀，從初始意象引導出許多相關意象。《文心雕龍・神思》云：「夫神思方運，萬塗竟萌。」就是說想象活動一開始，各種各樣的表象和念頭會紛紛湧現。單一的意象其生命力是弱小的，而在意象的組接

---

[126] 參見王長俊《詩歌意象學》，頁 278-279。
[127] 參見王長俊《詩歌意象學》，頁 32-33、212-213。

中，意象系統的生命則是強大和鮮活的，意象的組接要以審美想象的展開爲前提。李白在〈夢游天姥吟留別〉中所構造的夢幻之境，充滿了神話般瑰奇的色彩，詩中那些奇妙的意象，正體現出李白的仙風道骨和追求自由光明的個性。前人所謂的「峰斷雲連」、「辭斷意屬」。也就是說，從象的方面看去好像是孤立的，從意的方面尋找卻有一條紐帶，這是一種內在的、深層的聯係。意象之間似離實合，似斷實續，給讀者留下許多想象的餘地和進行再創造的可能，因此讀起來便有一種涵詠不盡的餘味。[128]意旨和意符之間並非必然對應，由意符尋求意旨的過程中，讀者有更開闊的想像空間。意象播散稀釋固有的意旨，使敘述轉至意符。轉移和稀釋勢必造許多想像空間，讀者必須在零散的意象中發現其間的銜接、毗鄰或並置。[129]

2、含蓄、象徵

語言符號同客觀世界之間並不是一一對應的。客觀世界是連續的整體，而語言卻是離散的分節的；客觀世界是立體的多維的，而語言只是線性的一維的；客觀世界是無限的，而語言符號總是有限的。語言具有缺漏性，要用語言來表達非語言的思維成果，這顯然是有難度的。[130]再加上意象之間缺乏形式的聯繫，增加了詩的內部空白，造成大幅度的跳

---

[128] 參見王長俊《詩歌意象學》，頁 156、159、215。
[129] 參見簡政珍《語言與文學空間》，頁 30、103、128。
[130] 參見王希杰《修辭學通論》，頁 71。

躍。[131]如王維〈終南山〉詩云：

白雲回望合，青靄入看無。

詩歌意象提供猜想的成分，就是設定未知數，而未知數的設定，則是由模糊意象來完成的。王維詩中的白雲一「合」，就把未知數設定了，這就引發猜想，那被「合」起來的白雲中掩藏著一些什麼呢？那就是剛剛走過的路上所見到的景物，現在被白雲鎖住，因而那些景致也愈益顯得神奇了。[132]

　　詩歌意象是藝術思維活動的不可分割的最小單位。其次，意象思維具有以局部代表整體、以過去推知或暗示未來，從已知部分獲得未知部分的功能。意象在多數的情況下，是局部的、片斷的、甚至是模糊的，但它具有整體的功能。意象思維具有「完形」傾向，即具有自我完整，自我完美的傾向。意象思維的功能，在運用它的意義，「代表」或「象徵」它的作為思維單位的整體的含義。詩歌意象思維就是運用部分全息於整體的原理，從而高效率地、「經濟地」實現思維的飛躍。[133]如宋代馮去非詩〈所思〉：「雁自飛飛水自流，西風不寄小銀鉤。斜陽何處橫孤篆，十二欄干一樣愁。」「十二欄干一樣愁」這一句，形象孤立，殘缺不全，所言不知何物，可是我們卻很容易將它「補充」為一位充滿孤寂之

[131] 參見陳慶輝《中國詩學》，頁 70。
[132] 見王長俊《詩歌意象學》，頁 86。
[133] 見列維‧斯特勞斯《野性的思維》，商務印書館，1987 年版，頁 33。

感的少婦憑欄而立，思念遠方親人。[134]詩歌意象的物化形態是文字符號式的，文字作為符號，既有清晰性，又有模糊性；詩人的創作，一般說來，既有深層的思考，又有情感的跳躍；就詩的精煉程度而言，詩人是惜墨如金、追求意在不言中的。這幾種因素的存在，就會在意象之中、在意象與意象的組合之間，形成空白，形成未定點，等待讀者在閱讀中參與創造，加以豐富和發展。司空圖在《二十四詩品》中稱之為「不著一字，盡得風流」，「遇之匪稀，即之愈稀」。[135]而最典型的恐怕要算馬致遠的名作〈天淨沙〉。這首小令前三句九個語象層層疊加，不含任何語法關係，彷彿語象憑空而降，使人應接不暇。各語象之間全憑看不見的詩人的情思一線貫穿，形成一種跳躍性的心靈秩序。欣賞這種情態意象，只覺神餘言外，情思可掬，而全無堆垛之感。[136]有限的、特定的「言」，描繪出豐富的、變化的、活生生的「象」；特定的「象」提供了更為豐富的「意」，這就是「言外之意」、「象外之意」。主體在這言與象、象與意的極為豐富的結構關係中，完成對於意象的思維活動，生成無限的藝術空間。[137]

意象不是自然物的複印。事實上，文字的繁複朦朧反而賦予其適度的可塑性，以激發讀者的美感反應。[138]詩歌意象的模糊審美，是與其整體性特徵分不開的。一首詩，就是一

---

[134] 參見陳慶輝《中國詩學》，頁 158-159。
[135] 參見王長俊《詩歌意象學》，頁 167、251。
[136] 見陳慶輝《中國詩學》，頁 82。
[137] 見王長俊《詩歌意象學》，頁 287-288。
[138] 參見簡政珍《語言與文學空間》，頁 96。

個系統，它是由許多意象組成的。王維詩〈漢江臨泛〉中有「江流天地外，山色有無中」句，被譽爲寫景名句，意象顯然模糊，然而卻可以入畫。由此可見，這種模糊性，是一種清晰的模糊性。清晰的模糊性，是藝術家追求的一種目標。[139]精確的「小女年十七」，就遠不如「二十尚不足，十五頗有餘」更像是詩歌語言。[140]藝術品作爲「表現性形式」，是一個整體，它以整體向讀者顯示「意味」。[141]意象作爲文本結構的最小材料單元，在極爲崇尚以一總多、言外意韻外致的中國古典詩學裡。就像飽含眾多信息的貯存器，等待著接受主體選擇脈衝的觸發。每類意象一經前人使用過，那些佳篇名句的閃光點，也就具有了濃縮化的文化能量。[142]

　　象徵是一種常見的藝術表現手段，在長期的創作實踐中，無論中外，亦無論古今，幾乎所有的詩人，都認爲某種意象具有某種象徵意義。[143]象徵，就是不直接描繪事物，而根據事物之間的相互聯係，借助聯想，說的是乙，叫人聯想到甲。不少文藝作品的題目都是用象徵手法構成的，如屈原〈橘頌〉。[144]

　　追求話語的優美和含蓄是漢語修辭的優秀傳統，是漢民族文化的主流。[145]詩歌意旨的含蓄隱晦，是我國古代詩

---

[139] 參見王長俊《詩歌意象學》，頁 83、49。
[140] 見王希杰《修辭學通論》，頁 89。
[141] 見王長俊《詩歌意象學》，頁 40。
[142] 參見王立《心靈的圖景——文學意象的主題史研究》，頁 6-7。
[143] 參見王長俊《詩歌意象學》，頁 75。
[144] 參見王希杰《漢語修辭學》(修訂本)，頁 406-407。
[145] 參見王希杰《修辭學通論》，頁 113。

人和詩論家的追求之一。嚴羽曰:「語忌直,意忌淺,脈忌
露,味忌短。」[146]由於意象所含之意深遠不露,讀者會根
據自己的情感狀態對詩意加以理解。以〈嫦娥〉為例,一
個因愛人離去而低徊不已的讀者,會對這首詩產生強烈的
共鳴,他能領會詩歌意象背後所蘊含的詩人的深情;一個
懷才不遇、落魄不得志的文人,也被這首詩所感動,他能
理解詩人的孤寂和憂鬱。朱自清〈荷塘月色〉中的句子:「但
熱鬧是它們的,我什麼也沒有。」不過詩人並沒這樣說,
他只是將景象簡單地指點出來,詩就結束了,但我們從這
些意象的安排中,卻看出意象結構背後那含蓄不盡的旅
愁。[147]象徵性意符的創造,是為了能夠傳達出某種象徵寓
意服務的,意象作為抽象之物,即思想的荷載物。[148]象徵
的核心問題就是一種暗示性。象徵性意象的運用,不僅可
以擴大詩歌的容量,提高詩歌的聯想空間,而且對描述性
意象有補助意義,能夠增加詩歌意蘊的深度和厚度。所謂
「以少總多」、「以小見大」、「萬取一收」即是意象的含蓄
美與象徵美。象徵意象的魅力是無窮的,它是創造「詩味」
的最為重要的手段之一。象徵意象,能賦予詩歌以神秘色
彩,詩歌一旦具有某種神秘性,那味兒就來了。這是因為,
讀者在企圖揭示詩歌意象的意義時,發現它原來是一種象

---

[146] 見嚴羽《滄浪詩話‧詩法》《滄浪詩話校釋》,人民文學出版社,
1983 年版,頁 122。
[147] 參見王長俊《詩歌意象學》,頁 169、172。
[148] 見蘇珊‧朗格《情感與形式》,中國社會科學出版社,1987 年版,
頁 57。

徵，而這種發現，是一種「繞道的滿足」，於是，美感便油然而生，頓時就會覺得詩歌文本意味無窮。[149]

六、結語

　　從意象的角度，探研作品的內容呈現方式，具有凸出個別意象展現詞匯、鮮明藝術形象、與獲致審美享受等意義與價值。詞匯作為意象輸出的載體，表出的初始形式，除外在形體外，包含語音與語義兩部份。至於語法則歸諸文法的範疇，屬於邏輯思維的層次。詞匯是意義的集合名詞，以詞匯為零點，追求正確的表達，這就是同義手段的選擇，選擇的過程就具有表現性。而修辭則更進一步，在詞匯的基礎上，作積極的修飾。消極修辭即語病，排除在辭章美化的範圍之外。奠基在詞匯零度之上，才能向正偏離進軍，進入修辭的層次。並且這偏離的幅度，就指出了辭章意象表現的強弱。詞匯原型方面我們可以歸納出指代理性義的前提，以及語音方面的聲情之美，以此發揮文人的表現意圖；而在變型表現方面，還有潛性的形象、感情、語體色彩之分。辭章意象在詞匯上所表現出來的美感效果，是先由想像形塑表象，造成主客協調的美感，再運用準確的詞匯，引起人的審美注意，進入審美直覺。既是直覺就形成一體的、完形的，具有模糊美的格式塔。在中國古典美學中，叫做含蓄美或象徵美。了

---

[149] 參見王長俊《詩歌意象學》，頁 200、202、65。

解詞匯這個意象指代的符號，對辭章的鑑賞、創作、教學具有一定的助益。

參考文獻

(按姓氏筆劃排列)

一、專著

大陸九院校編《心理學》廣西：人民出版社，1982 年版

王立《心靈的圖景——文學意象的主題史研究》上海：學林出版社，1999 年 2 月版

王立《中國古代文學十大主題——原型與流變》文史哲出版社，1994 年 7 月初版

王長俊主編《詩歌意象學》安徽文藝出版社，2000 年 8 月 1 版 1 刷

王希杰《漢語修辭學》北京：商務印書館，2004 年 10 月 1 版 1 刷

王希杰《修辭學導論》杭州：浙江教育出版社，2000 年 12 月 1 版 1 刷

王希杰《修辭學通論》南京大學出版社，1996 年 6 月 1 版 1 刷

王希杰《修辭學新論》北京語言學院出版社，1993 年 10 月 1 刷

方師鐸《國語詞匯學——構詞篇》益智書局，1976 年 9 月再版

朱光潛《朱光潛美學文集》上海：文藝出版社，1983 年版

安德森《認知心理學》，楊清、張述祖等譯，長春：吉林教
　　育出版社，1989 年出版

呂叔湘、朱德熙《語法修辭講話》遼寧教育出版社 2002 年 8
　　月 1 版 1 刷

李澤厚《美學論集》(新訂版)，三民書局，1996 年初版

李澤厚《美學四講》三民書局，1996 年初版

林祥楣《現代漢語》北京語文出版社 1997 年 2 月 8 刷

林連通、孔曉、隋晨光等《詞語評改 300 例》北京語文出版
　　社 1995 年 6 月 1 版 1 刷

竺家寧《中國的語言和文字》臺灣書店，1998 年 3 月初版

胡雪岡《意象範疇的流變》南昌：百花洲文藝出版社，2002
　　年 1 月版

胡裕樹《現代漢語》(增訂本)新文豐出版公司 1992 年 9 月台
　　一版

孫全洲、劉蘭英主編，張志公校訂《語法與修辭》(下)新學
　　識文教出版中心 1990 年 1 月初版

符准青《現代漢語詞匯》北京大學出版社出版 2003 年 1 月 7 刷

馮友蘭《馮友蘭選集》北京大學出版社，2000 年版

黃慶萱《修辭學》三民書局，1994 年 10 月增訂 7 版

黃永武《中國詩學・設計篇》巨流圖書公司，1982 年版

張紅雨《寫作美學》高雄：麗文文化，1996 年 10 月初版 1 刷

葉朗《中國美學史大綱》滄浪出版社，1986 年初版

陳佳君《辭章意象形成論》萬卷樓出版社，2005 年 7 月

陳望道《美學概論》文鏡文化事業，1984 年 12 月重排初版

陳望衡《中國古典美學史》華正書局，2001 年版

陳慶輝《中國詩學》文史哲出版社，1994 年 12 月初版

陳植鍔《詩歌意象論》北京：中國社會科學出版社，1990 年版

陳滿銘《章法學新裁》萬卷樓出版社，2001 年初版

陳鵬翔《主題學研究論文集》東大圖書有限公司，1983 年出版

語文出版社編輯組《詞匯學新研究》北京：語文出版社，1996
　　年 8 月 2 刷

歐陽周、顧建華、宋凡聖《美學新編》浙江大學出版社，2001
　　年 5 月 9 刷

錢乃榮《漢語語言學》北京語文學院出版社 1995 年 7 月 1 刷

簡政珍《語言與文學空間》漢光文化事業，1991 年 6 月二版

嚴雲受《詩詞意象的魅力》合肥：安徽教育出版社，2003 年 1 版

二、論文

王立〈柳與中國文學——傳物文化物我關係一瞥〉，《煙台師
　　範學院學報》，1987 年，第一期

敏澤〈中國古典意象論〉，《文藝研究》，1983 年版，第 3 期

陳師滿銘〈談篇章的縱向結構〉，台灣師大《中國學術年刊》
　　22 期

陳師滿銘〈論篇章辭章學〉，台灣師大《國文學報》第 35 期，
　　2004 年 6 月

陳師滿銘〈辭章深究與章法結構〉《南通紡織業技術學院學
　　報》，第 3 卷第 3 期，2003 年 9 月 25 日

陳師滿銘〈論章法結構與意象系統——以「多」、「二」、「一

(0)」螺旋結構作考察〉《浙江師範大學學報》(社會科
學版)，2005 年第 4 期第 30 卷(總第 139 期)

陳師滿銘〈意象與辭章〉第六屆中國修辭學國際學術研討會《修
辭論叢》第六輯，洪葉文化，2004 年 11 月 6、7 日

陳師滿銘〈論章法「多、二、一(0)」的核心結構〉《師大學
報》，2003 年 9 月

陳良運〈意象、形象比較說〉，《文學遺產》，1986 年第 4 期

立意與篇章的解構與重建

——試以明末雲間詞派為例

謝奇峰

長庚技術學院通識教育中心兼任講師

一、前言

　　文學是生活的一部份，也是人類生命進程中，最自然的發抒。劉勰《文心雕龍》：「人稟七情，應物斯感，感物吟志，莫非自然。」而文學受時空的影響、地域的不同、民族的特性，進而產生各種不同的流別與風格，受到這些不同因素的影響，在數千年來的演進過程中，不同的時代往往都會產生屬於每個時代特有的文學。探討每一種文學的流變、每一種文學的特徵、每一種文學流別的創作技巧、每一個文學創作者的創作風格，以及之間的互動聯繫，他們所扮演的特殊角色，往往就成爲許多學術研究的主要重心與中心課題。

　　但究竟怎麼樣的文學研究與學術課題，才是最值得注視的呢？怎麼樣的文學研究課題，才能歸屬於學術研究的重要課題呢？文學研究可以將研究時限設定在文學流別最初出現的階段，亦可對特定文學的演進歷史與發展模式加以探

索，因著特定的研究目標，游移在想像（imagine）與真實（truth）之間，建構出每個研究的專有領域。而在建構的過程中，絕不能因人云亦云，而完全否定一個時代的文學興起、衰頹，與轉變的承繼。但是在明代詞作的研究方面，我們卻可以很明顯的發現到這種全然否定的顛覆情況。

明詞一向是詞學研究的斷層，提及明詞，論者莫不以為中衰，陳廷焯《白雨齋詞話》卷三：「詞至於明，而詞亡矣。」吳衡照《蓮子居詞話》卷三：「論詞於明，並不逮於金、元，遑言兩宋哉！蓋明詞無專門名家，一二人才如楊用修、王元美、湯義仍輩，皆以傳奇手為之，宜乎詞之不振也。」劉毓盤《詞史》第九章〈論明人詞之不振〉：「明人小詞，其工者僅似南曲，間為北曲，已不足觀，引近慢詞，率意而作，繪圖製譜，自誤誤人，自度各腔，去古愈遠，宋賢三昧，法律蕩然。」三百年間，文學流風，詞作不綴，時間的進程，歷史軸承的影響，諸家卻以「明詞中衰」定論，涵蓋三百多年的文學創作，僅以寥寥數語論斷其價值，有失公允。在這樣的過程中，論斷的學者完全忽略知識（Knowledge）的演進與認知（Knowing）的形成，否定了明詞本身創作主體的價值與明代文學的聯繫互動，也否定了明詞在承接宋清兩代詞學的關鍵作用。宋詞以降，清詞繼起，以文學流變的進程論，明詞在中間的創作過程中，必然扮演著承傳的支架角色，然其轉變的關鍵，即令中衰，而又繼起，之間起落的過程，少人研究，更遑論以文學史觀的角度，加以剖析立論。由宋詞至清詞的承繼與演變過程，出現將近四百年的空白與研究斷

層，不可不令人訝異。

一九八三年，中共國務院古籍領導小組開始進行《全明詞》編纂計劃，一九八八年陸續將兩百多萬字稿件，交付中華書局審閱，不久即將付梓。全書搜羅一千三百多家詞人，近一萬八千多首詞作，與《全宋詞》一千三百多家詞人，一萬九千多首詞作的規模，不相上下。在目前尚無法得窺全貌的情形下，單以創作數量論，《全明詞》在明代文學的創作歷史中，其實就已有其相當重要的地位。而其中的守成與創新，繼承前代詞學的正與變，衍伸出來的探討空間，其實亦可謂相當寬廣。明代詞學，衡諸當代，探討者少，乏人問津者多，而雲間詞派正值明末、清初，黍離之悲，家國之痛，詞作深沉的內容，甚至影響清初浙西詞派、常州詞派的詞學創作，為清初詞壇提供一個嶄新的視野，一掃先前明詞俚俗之弊，為明、清詞學研究的守成與創新，起了一個相當大的作用。王于飛〈雲間詞論與清詞中興〉：「清詞號稱中興，明末雲間詞派實肇其端。」[1]又云：「雲間派在明末清初的詞壇的努力，把詞作為一種獨立的文學形式，重新拉回現實生活中來，使之重新具有了一種豐厚土壤，為清詞的復興奠定了根基。」[2]

值是，本文以明末雲間詞派為例，試圖在立意與篇章的解構與重建中，探究諸家所言，釐清明末詞學發展的本來面

---

[1] 王于飛〈雲間詞論與清詞中興〉(重慶：《重慶師院學報》2002 年第 1 期)，頁 64。

[2] 同上注，頁 69。

貌，就既有的歷史記憶加以釐清，並重建明末詞學應有的價
值與地位。

二、雲間詞派概說

（一）雲間詞派的興起背景

松江古稱華亭，別稱雲間，唐置華亭縣，元初改稱松江
縣，明清時亦曾爲松江府駐地，曾列爲全國著名的十五個大
城市之一。明清的松江府大體上轄有今天蘇州河以南的大半
個上海市，在明初下轄華亭、上海二縣，後來陸續增設，到
清末擁有七縣（華亭、婁縣、上海、南匯、青浦、奉賢、金
山）和一廳（川沙）。據《紹熙雲間志》[3]、《松江府志》[4]、《華
亭縣志》[5]載：「松江，古揚州之城，春秋爲吳地，吳子壽築
華亭爲行獵宿會之所，而華亭之名始著閭閻。」現在雲間一
地則包括舊松江府所屬七縣：華亭、婁縣、金山、青浦、上
海、川沙、奉賢等，現爲中國上海市的市轄區，位於上海西
南，黃浦江上游，屬江蘇省。江蘇向爲中央與地方的命脈所
依存之地，掌控鹽業漕運之集散，蘇州的富庶安定，遂爲雲

---

[3] 宋·楊潛撰《紹熙雲間志》(臺北：新文豐出版公司，1989 年 7 月，
《叢書集成續編》第 228 冊)，卷上，頁 1-2。

[4] 明·顧清等修纂《松江府志》(臺北：成文出版社，1983 年 3 月)，
卷 1，頁 1-3。

[5] 清·馮鼎高等修、王顯曾等纂《華亭縣志》(臺北：成文出版社，1983
年 3 月)，卷 1，頁 1-2。

間詞派中，綺美色彩的來源。而雲間歷來文風興盛，邵曼珣〈明代中期蘇州文人尙趣之研究〉:「明代吳中爲文教最盛之地區，學風博雅好古。」[6]可爲雲間詞派的興起，提供一個例證。

（二）雲間詞派與明末幾社

明代文士盛行結社之風，而雲間詞派的代表作家，多爲幾社成員。幾社成立於明思宗崇禎二年（西元 1629 年），據清·杜登春《社事始末》[7]所言，係由陳子龍、夏允彝、徐孚遠、彭賓、杜麟征、周立勛等六人組成，號爲「幾社六子」，這六人均爲松江府人，故使雲間詞派附於幾社之下，成爲極富文學性與政治性的社團組織。

（三）雲間詞派的代表作家

雲間詞派爲明末地域性的詞學派別，踵繼者眾，最有名者，如陳子龍、宋徵輿、李雯、夏完淳、夏允彝等等，相爲附和，而陳子龍、宋徵輿、李雯三人，更被稱爲「雲間三子」。現僅就部份代表性詞家，介紹如下：

1、陳子龍

陳子龍（1608 年—1647 年），字臥子，號軼符，晚號大

---

[6] 邵曼珣〈明代中期蘇州文人尙趣之研究〉，《古典文學》第十二集，(臺北：學生書局，1992 年 10 月)，頁 188。

[7] 清·杜登春《社事始末》(臺北：新文豐出版公司，1989 年 7 月，《叢

樽，松江華亭人，崇禎進士，選紹興推官，師法黃道周。陳子龍爲夏完淳老師，擅長詩文，與錢牧齋、吳梅村齊名。[8]崇禎初年，陳子龍、夏允彝、徐孚遠、彭賓、杜麟征、周立勛六人組成幾社文社，陳子龍後來官至兵科給事中。夏允彝說陳子龍「自騷賦詩歌古文辭以下，迨博士業，莫不精造而橫出。」沈雄說他「文高兩漢，詩軼三唐，蒼勁之氣與節義相符。」

陳子龍爲雲間詞派代表人物，明亡後，南都再失，陳子龍遁爲僧，屢次起兵抗清，尋受魯王部院職銜，欲招集太湖兵起事，最終兵敗被擒，投水殉國。[9]

2、宋徵輿

宋徵輿（1618年-1667年），字直方，又字轅文，松江華亭人，號林屋，戀澄子，明諸生，後降清，清順治四年(1647年)進士，歷刑部主事、員外郎中，福建布政使等，後累官至督察院左副都御史，康熙六年卒，卒年五十。陳子龍對其詩文讚譽有加，其與從兄宋徵璧有大小宋之目。[10]

3、李雯

李雯，字舒章，號蓼齋，松江華亭人，明萬曆三十六年生（西元1608年），清順治四年卒（西元1647年），卒年三

書集成新編》第26冊），頁458-459。

[8] 清·凌雲《南天痕》(臺北：台灣銀行，1960年)，卷九，頁138-141。

[9] 明·陳子龍《陳子自述年譜》(臺北：國家圖書館特藏室微卷本)。

[10] 鄒秀容《雲間詞派研究》（臺中：中興大學碩士論文，1997年6月），

十九。李雯爲詞人，且爲復社主盟，與陳子龍、宋征輿並稱
「雲間三子」。明崇禎十五年舉人，明亡後仕清，授弘文院
撰文、內院中書舍人，並曾充順天鄉試同考官，後因病過世，
著有《雲間三子新詩合稿》等。[11]

4、夏允彝

夏允彝(1596 年-1645 年)，字彝仲，號瑗公，松江華亭
人，爲夏完淳之父，崇禎十年進士。崇禎初，當東林講習盛
時，蘇州張溥等結復社，陳子龍、夏允彝、徐孚遠、彭賓、
杜麟征、周立勛六人則組成幾社相應。明亡後，曾起兵抗清，
兵敗後，賦絕命詞，投水自盡，著有《夏文忠公集》、《私制
策》、《幸存錄》等。[12]

5、夏完淳

夏完淳(1631 年-1647 年)，乳名端哥，別名復，字存古，
號小隱，又號靈首，祖籍浙江會稽。明朝末年雲間詞家夏允
彝之子，師從陳子龍。夏完淳自幼聰明，「五歲而知『五經』，
九歲輒擅詞賦」[13]，十三歲即隨父從行赴任。其父抗清殉節
後，夏完淳和陳子龍繼續抗清，後兵敗被俘，洪承疇因其年
少，欲其降順，然夏完淳持節不屈，遂就義於南京，時年十

---

[11] 鄒秀容《雲間詞派研究》（臺中：中興大學碩士論文，1997 年 6 月），
頁 207-209。
[12] 清·凌雲撰《南天痕》(臺北：臺灣銀行，1960 年)，卷九，頁 136-138。
[13] 明·高宇泰撰《雪交亭正氣錄》(臺北：台灣銀行，1970 年)，卷四，
頁 112。

七歲，著有《玉樊堂集》、《內史集》、《南冠草》、《續幸存錄》等。[14]

6、柳如是

柳如是生於明萬曆四十六年（西元 1618 年），死於康熙三年（西元 1664），本姓楊，名愛，字影憐，後又改姓柳，又名隱、因、隱斐，又改名是，字如是，號蘼蕪君、河東君。柳氏為浙江嘉興人，為明末名妓「秦淮八豔」之首。

柳如是曾與陳子龍、李待問、宋轅文等發展過一段戀情，最後都無疾而終，尤其是與陳子龍的一段情愫，極為深厚，後因外力阻撓，遂告分離。[15]崇禎十三年（1640 年），二十二歲的柳如是不施粉黛，獨自面見錢謙益，願相許終身，錢謙益大喜過望，於次年迎娶。由於此舉不見容於流俗，致使非議四起，婚禮進行時，船被扔進許多瓦石。[16]後錢謙益任南明朱由崧弘光朝廷禮部尚書，當兵臨城下時，柳如是勸錢與其一起投水殉國，錢沉思無語，最後推託拒絕。而柳如是則「奮身欲沉池水中」，卻被錢謙益拉住。[17]順治四年（1647），錢謙益因黃毓祺反清案被捕入獄，柳如是四處奔走營救。錢對此感慨萬千：「慟哭臨江無孝子，從行赴難有賢妻」。康熙三年（1664 年）錢謙益病故，三十四天後，柳

[14] 明·查繼佐撰《東山國語》(臺北：台灣銀行，1963 年)，頁 101-103。
[15] 孫康宜《陳子龍柳如是詩詞情緣》(臺北：允晨出版社，1992 年)。
[16] 清·徐鼒《小腆紀年》(臺北：台灣銀行，1962 年)，卷第六，頁 260。
[17] 清·李天根《爝火錄》(臺北：台灣銀行，1963 年)，卷十，頁 579。

如是自縊身亡，年僅四十六歲，有《湖上草》、《戊寅卓》等詩集傳世。[18]

三、立意與篇章的解構

立意主旨屢被言及，古代文論家，常以「意」這一泛稱來加以概括[19]，如班固《後漢書自序》：「常謂情志所託，故當以意為主，以文傳意。」陸機《文賦》：「立片言以居要，乃一篇之警策。」而要探究一闋詞的篇章內容，最主要的是要掌握它的立意主旨，而其立意主旨依其安置的類型而言，可分為篇首、篇末、篇外三種，依其立意主旨的所在，有所不同。[20]而詞章立意篇旨的審辨，依其明顯易知，與隱而不言的不同，則可概分為篇旨立意的全顯、篇旨立意的全隱兩種。[21]現就這些類型，略敘如下：

（一）就篇章立意的安置類型而言

1、篇首

這是將主旨或綱領以開門見山的方式，直接安排在篇首

---

[18] 胡文楷《清錢夫人柳如是年譜》(臺北：商務印書館，1985 年 4 月)。

[19] 仇小屏《文章章法論》(臺北：萬卷樓圖書公司，1998 年 11 月)，頁 424。

[20] 陳師滿銘《國文教學論叢・續編》(臺北：萬卷樓圖書公司，1998 年 3 月)，頁 4。

[21] 陳師滿銘《篇章結構學》(臺北：萬卷樓圖書公司，2005 年 5 月)，頁 233-234。

的一種方式，如李雯〈菩薩蠻·憶未來人〉：「薔薇未洗胭脂雨。東風不合催人去。心事雨朦朧，玉簫春夢中。　斜陽芳草隔，滿目傷心碧，不語問青山，青山響杜鵑。」其章法結構如下：

```
┌─ 點：「薔薇未洗胭脂雨」句
└─ 染 ┌─ 因：「心事雨朦朧」句
      └─ 果：「不語問青山」句
```

　　回憶約未至的朋友，一開始先點明詞旨「薔薇未洗胭脂雨，東風不合催人去」，即未曾赴約見面，之後，再以此為主軸，發展出個人的失望與惆悵，即為篇旨位於篇首的例子。

　　2、篇末

　　這是先針對主旨或綱領，將內容條分為若干部份，以依序敘寫，到最後再總括主旨或綱領與篇末的一種方式，如宋徵輿〈踏莎行〉：「錦幄銷香，翠屏生霧，妝成漫倚窗住。一雙青雀到空庭，梅花自落無人處。　回首天涯，歸期又誤。羅衣不耐東風舞。垂楊枝上月華明，可憐獨上銀床去。」其章法的結構方式，先敘空閨之景，再敘獨守寂寞之意，末句「可憐獨上銀床去」，正為全首之詞旨所在。

　　就其章法結構來看：

```
┌─ 虛 ┌─ 景：「錦幄銷香」句
│     └─ 情：「回首天涯」句
└─ 實：「可憐獨上銀床去」句
```

先虛寫閨院的各式情景，並次第條陳，最後「垂楊枝上月華明，可憐獨上銀床去」，方才揭出全詞詞旨，為空閨獨守。

3、篇外

這是將主旨蘊藏，不直接在篇內點明，而讓人由篇外去意會的一種方式，如陳子龍〈唐多令・寒食〉：「碧草帶芳林，寒塘漲水深，五更風雨斷遙岑。雨下飛花花上淚，吹不去，雨難禁。　雙縷繡盤金，平沙油壁侵，宮人斜外柳陰陰，回首西陵松柏路，腸斷也，結同心。」

就其章法結構來分析：

```
┌ 底 ┌ 先：「碧草帶芳林」句
│    ├ 中：「雨下飛花」句
│    └ 後：「雙縷繡盤金」句
└ 圖：「宮人斜外」句
```

以「碧草」、「飛花」、「雙縷繡盤金」等句，為詞章的底色佈局，再以「宮人斜外柳陰陰，回首西陵松柏路，腸斷也，結同心」等句，作為真正全詞的重心所在。而作者所寄託寓興的家國之悲、黍離之痛，更在篇外顯現，「腸斷也，結同心」等語，語淺而意涵深遠。

（二）就篇章立意的主旨顯隱而言

1、全顯

詞章的立意篇旨清楚的經由詞面表達出來，而沒有任何隱晦之處者，即爲立意篇旨全顯的類型。夏完淳〈卜算子・斷腸〉：「秋色到空閨，夜掃梧桐葉。誰料同心結不成，翻就相思結。　　十二玉闌干，風動燈明滅。立盡黃昏淚兒行，一片鴉啼月。」即爲最明顯的例子，以「空閨斷腸」爲抒寫重心，全文之章法結構爲：

```
   ┌ 主 ┌ 因：「秋色到空閨」句
   │    └ 果：「誰料同心結」句
   └ 賓：「十二玉闌干」句
```

先揭開全篇詞旨爲閨怨之作，再言及相關感情的發展，及相關景語，詞旨明確，而全闋詞作以「斷腸」爲題，恰如其文。

2、全隱

詞章的立意篇旨因爲溫柔含蓄的創作要求，所以講求「意在言外」、「不著一字，盡得風流」者，無論敘事、或是寫景，均將立意篇旨全部隱藏於篇外者，即爲立意篇旨全隱的類型。李雯〈畫堂春・秋柳〉：「長條梳盡影珊珊，煙啼露冷風寒。暮鴉棲遍小憑闌，無限堪憐。　　猶傍朱樓舞袖，心驚落葉哀蟬，昔時攀折已相關。重對青山。」其章法結構如下：

```
┌ 點 ┌ 先：「長條梳盡影珊珊」句
│   └ 後：「暮鴉棲遍小憑闌」句
└ 染：「猶傍朱樓舞袖」句
```

　　全文重心在「秋柳」，所以一開始即先描寫柳樹之姿，接著再描述柳樹周圍情事，進一步再以旁觀者的角色，在一旁渲染開展，「猶傍朱樓舞袖，心驚落葉哀蟬，昔時攀折已相關。重對青山。」全文看似描述「秋柳」，可是實際重心卻在感慨以前雲間詞友的離別，有昨是今非的家國之懷，篇章意旨俱在篇外，隱而未見。

四、立意與篇章的重建

　　立意與篇章的關係重建，以形象思維為主的篇章內涵最居於關鍵地位，其中首推意象，情與理屬文章的立意部份，為核心成份；事與物為文章內容，即象的部份，屬外圍成份。意是內在的、主觀的、抽象的「情」或「理」，而象為外在的、客觀的、具體的「景」或「事」，因此為文的首要步驟就是立意，要先安排好篇章的中心意旨為何，再決定要抒發的理與情為何。現就篇章意象所形成的單一類型與複合類型，加以略述如下：

（一）篇章意象形成的單一類型

　　所謂的「單一」，是指構成辭章的「情」、「理」、「景」、

「事」等個別的主要成份而言。屬於篇章結構的各個層級，只要單獨出現，便屬於單一類型。

1、單情

這是指一篇辭章的「篇」或「章」，主要用以抒「情」的類型，由於這個「情」，往往是要用「景」（物）或「事」加以襯托的，所以這種全篇或全章用以抒情辭章，也極罕見。在雲間詞派的詞作中，如陳子龍〈江城子・病起春盡〉這闋詞中所述：「一簾病枕五更鐘，曉雲空，捲殘紅。無情春色，去矣幾時逢？添我幾行清淚也，留不住，苦匆匆。楚宮吳苑草茸茸，戀芳叢，繞遊蜂。料得來年，相見畫屏中。人自傷心花自笑，憑燕子，嘯東風。」表面寫的是病後暮春的心情，可是實際上卻是表達與愛人之間的離別之情，字裡行間，充滿著與柳如是離別的不捨之情。其章法結構如下：

```
┌ 因 ┌ 先：「一簾病枕」句
│    ├ 中：「無情春色」句
│    └ 後：「添我幾行清淚」句
└ 果 ┌ 虛：「楚宮吳苑」句
     └ 實：「人自傷心」句
```

一開始先寫其病後心情，以及所見景物與離別的感傷，接著再虛寫周圍人事，而實筆帶出「人自傷心花自笑」的感懷，全篇純以「情」為中心，逐步鋪陳出對柳如是的深懷。

2、單理

這是指一篇辭章的「篇」或「章」，主要用以說「理」的類型，一般而言，這個「理」，無論是議論或說明，常會引「事」作例證來呈現，所以全篇純說理的長篇辭章，是極少見的。而以詞作的性質而論，全篇說理的詞作，在雲間詞派的創作中，則未曾看見。

3、單事

這是指一篇辭章的「篇」或「章」，主要用以敘「事」的類型，這類辭章的篇旨或章旨全置於篇外，最明顯的例子，如陳子龍〈渡易水〉：「并刀昨夜匣中鳴，燕趙悲歌最不平；易水潺湲雲草碧，可以無處送荊卿！」，就其章法結構而言：

```
┌ 賓 ┌ 虛：「并刀昨夜」句
│    └ 實：「燕趙悲歌」句
└ 主：「易水潺湲」句
```

全文主要在寫荊軻易水送別的事件，先寫周圍客體，由時間、場地，再切入本闋詞的主題「易水潺湲雲草碧，可以無處送荊卿」之中，一以敘事、一以寓意，篇旨自在詞章之外。

4、單景

這是指一篇辭章的「篇」或「章」，主要用以寫「景」（物）的類型，這類辭章的篇旨或章旨，也全置於篇外，而篇內只有「景」（物）加以襯托而已。此種「單景」的敘述方式，如陳子龍〈山花子·春恨〉：「楊柳淒迷曉霧中。杏花零落五更鐘。寂寂景陽宮外月，照殘紅。　蝶化彩衣金縷盡，蟲銜畫粉玉樓空。惟有無情雙燕子，舞東風。」即可見一隅，其章法結構如下：

```
┌ 底 ┌ 點：「楊柳淒迷」句
│    └ 染：「寂寂景陽」句
└ 圖 ┌ 虛：「蝶化彩衣」句
     └ 實：「惟有無情」句
```

全詞以「楊柳淒迷」等句，先為詞作襯景，再將焦點轉移至「彩衣盡、玉樓空」的感傷中，全文單以景語為主，不言春恨，而意在篇外。

（二）篇章意象形成的複合類型

1、情與景的複合

這是指複合「情」、「景」（物）以形成「篇」或「章」某一層結構的類型。這種類型又可大別為「先景（物）後情」、「先情後景（物）」、「先景後情」……等不同的結構。宋徵輿〈憶秦娥·楊花〉：「黃金陌，茫茫十里春雲白。春雲白，迷離滿眼，江南江北。　來時無奈珠簾隔，去時著盡東風力。

東風力，留他如夢，送他如客。」

```
┌ 先 ┌ 點：「黃金陌」句
│    └ 染：「春雲白」句
└ 後 ┌ 因：「來時無奈」句
     └ 果：「留他如夢」句
```

全文以「楊花」爲描述重心，可是詞作之間，常帶景語，情與景交融爲一，先描述楊花開花的場景，再鋪陳周圍環境的改變。接著帶入自己的情感，因爲「來時無奈」，進而一切「如夢」，所見景物也都「如客」般的不真實。

2、理與事的複合

這是指複合「理」、「事」以形成「篇」或「章」某一層結構的類型。這種類型又可大別爲「先事後理」、「先理後事」、「事、理、事」、「理、事、理」……等不同的結構。宋徵輿〈蝶戀花·秋閨〉：「寶枕秋風金夢薄，紅斂雙蛾，顛倒垂金雀。新樣羅衣渾棄卻，猶尋舊日春衫著。　　偏是斷腸花不落，人苦傷心，鏡裡顏非昨。曾誤當年青女約，只今霜夜思量著。」

```
┌ 賓 ┌ 因：「新樣羅衣」句
│    └ 果：「寶枕秋風」句
└ 主 ┌ 因：「曾誤當年」句
     └ 果：「偏是斷腸」句
```

　　本詞先敘述空閨獨守的寂寞與無奈，接著再敘述事情的緣由，形成「先事後理」的類型，為詞作中「理」與「事」類型的一個例證。

3、其他類型的複合

　　所謂其他，是指「景」與「理」、「事」與「情」、「事」與「景」與「情」，或「景」與「事」，在「篇」與「章」上之複合而言。前三者，以章法而言，歸入「泛具」，而後者則屬於「全實」中「景」與「理」的複合類型，例如陳子龍〈二郎神·清明感舊〉：「韶光有幾？催遍鶯歌燕舞。蘊釀一番春，穠李夭桃嬌妒。東君無主，多少紅顏天上落，總添了數抔黃土。最恨你年年芳草，不管江山如許。

　　何處？當年此日，柳堤花墅。內家妝，搴帷生一笑，馳寶馬漢家陵墓。玉雁金魚誰借問，空令我傷今吊古。歎繡嶺宮前，野老吞聲，滿天風雨。」

　　其章法結構如下：

```
┌ 泛 ┬ 虛：「韶光有幾」句
│    └ 實：「年年芳草」句
└ 具 ┬ 因：「當年此日」句
     └ 果：「空令我傷今」句
```

　　本闋詞先以「韶光有幾」等句，泛寫清明景物，兼及物是人非，「多少紅顏天上落，總添了數抔黃土」的事理，而後具寫本闋詞的中心主旨，切入「時局動亂，國破家亡」的感傷。景、事、情，複合於一，為多重類型複合的例證。

五、結論

由雲間詞派的立意與篇章的解構與重建，來探討明詞正變的幾個研究面向，可以發現幾個在立意與篇章上的特殊情況：

（一）詞曲弊害的革絕

以詞爲曲、以曲爲詞，在於明代詞家對詞律的不解，往往不守既有詞律，所以詞、曲淆混，兩者無法辨明真僞。南宋以降，戰亂頻仍，詞譜失傳，元明不知，原本按譜塡詞的既有規律，遂破壞無遺。兼之宋詞流於雅化，元曲流行，新腔滲入民間，亦造成詞曲混淆不定。唐圭璋《詞學論叢》論及詞曲小令的混淆情形時，曾以〈人月圓〉、〈太常引〉爲例，謂：「詞曲無別，當是詞流入曲中。」歷代文學體類的淆混情況很多，「以詩爲詞」、「以詩爲文」的例子更是不勝枚舉，自雲間詞派之後，推尊詞體，重視詞作的地位，遂使詞曲淆混、俚俗入詞的不良風氣，就此扭轉。蔣平階《支機集》：「詞雖小道，亦風人餘事。吾黨持論，頗極謹嚴。五季猶有唐風，入宋便開元曲。故專意小令，冀復古音；屏去宋詞，庶防流失。」[22]即可爲代表。甚者，雲間詞派宗主陳子龍亦提出「四難」之說，具體言明做詩塡詞之法，以「用意」、「鑄

---

[22] 趙尊嶽《明詞彙刊》（上海：上海古籍出版社，1992 年 7 月），頁556。

調」、「設色」、「命篇」四項，標榜雅正之風[23]，明詞之弊，逐漸革絕，爲清詞復興，提供一個有力的外在環境。

（二）詞作興寄的深遠

受限於明末的動亂時局，雲間諸子紛紛起身反清，力抗外族的入侵，反映在詞作內容，即爲家國之恨、黍離之悲，如陳子龍〈點絳唇〉：「滿眼韶華，東風慣是吹紅去。幾番煙霧，只有花護。夢裡相思，故國王孫路。春無主，杜鵑啼處，淚染胭脂雨。」家國之思，滿溢於詞作內，趙尊嶽《惜陰堂明詞叢刻敘例》：「及於鼎革之際，忠義諸公，投袂束髮，或會荊棘之國，或勵葛薇之節，濟茲多士，孤憤勤王，而縮渡南疆，留都已破；頹波海國，國統垂亡。淒涼激楚，轉《河滿》之悲鳴；悱惻纏綿，慟宮聲之不返。」王于飛：「雲間詞人或以眾人遭遇，或以時世之悲，或以亡國之痛，或以恢復之志，一寓之詞，使詞的表情內容深沉而豐富，從本質上，加強了詞的表現作用」[24]。

（三）雲間詞派的詞學貢獻

明末雲間詞派，標舉雅正詞統，推尊詞體，進而提高詞品，爲明代詞作的作品風格，帶來大規模的提升，雲間詞派支派，如西泠詞派、柳州詞派、廣陵詞派，均受其影響，進

---

[23] 陶子珍《明代詞選研究》（臺北：東吳大學博士論文，2000 年 6 月），頁 28。

[24] 王于飛〈雲間詞論與清詞中興〉(重慶：《重慶師院學報》，2002 年

一步的爲清初詞學的復興，起了極大的作用。[25]其詞學創作
產生的影響，約可分爲三個方面，即(一)恢復雅正詞統，提
高詞品；(二)注意詞的抒情功能，豐富了詞的內涵；(三)提出
「極情窮趣」的看法，爲詞學創作開闢新的發展方向。[26]而
就後來清初詞派的詞學創作理論來看，浙西詞派「尙雅正、
重詠物」的前期創作風格，陽羨詞派的「尊詞本體」，有「厲
其思」、「博其氣」、「觀其變」、「會其通」的特色，均與雲間
詞派有著密切的關係，推擧其源，雲間詞派厥功甚偉。[27]

（四）歷史地位的建構與銜接

　　明詞約分三期，初由洪武至天順，次由成化到隆慶，末
由萬曆以降至清初，前期受宋元時風薰沐仍深，楊基、劉基、
高啓、瞿佑、李昌祺、王達善爲代表，田同之《西圃詞說》
以爲「溫雅芊麗，咀宮含商」。其後詞律漸失，用詞不究，
清徐釚以「明人決裂阡陌」來評斷，成爲明詞的中衰時期。
萬曆以後，詞作的詞意轉深，以雲間詞派爲代表，家國之思、
黍離之悲，遂爲明代詞作後期的代表。而在這樣的過程中，
承接宋元詞作的脈絡，繼而衰頹，又復振起，引入清初詞學
的奮起，清初詞家多爲晚明詞人的延續，雲間詞派影響所
及，用力既深，遂一改明詞中衰的面貌。清順治時期，陽羨

第 1 期)，頁 68。
[25] 同注 8，頁 323-347。
[26] 同注 9，頁 67-69。
[27] 清·陳維崧《陳迦陵文集》(臺北：臺灣商務印書館，1979 年 11
月)，卷 2，頁 14。

詞派以後，康熙前期，浙西詞派以朱彝尊爲首，形成宗尙南宋的風格。常州詞派，張惠言再補其失，清詞復振。就這樣的歷史進程來看，明詞的轉接與承傳，自然是相當重要的一項課題。在守成與創新，因革之際的正與變之間，雲間詞派的歷史地位建構與研究，其重要性自可見於一隅。

　　明末清初，時局遞嬗，起落雲間，家國之悲，至今翻閱諸家詞作，仍可感知。

參考文獻

王于飛(2002)，〈雲間詞論與清詞中興〉，重慶：《重慶師院學報》2002(1)，p64-69。

王　昶(1970)，明詞綜，台北：臺灣中華書局。

王顯曾(1983)，華亭縣志，台北：成文出版社。

任耕耘(1999)，明詞簡論，湖南：《安徽師範大學學報》27(4)，p548-549。

仇小屛(1998)，文章章法論，台北：萬卷樓圖書公司。

楊　潛(1989)，紹熙雲間志，台北：新文豐出版公司。

徐培均(1999)，〈無限傷心夕照中－試論明詞的愛國思想〉，上海：《社會科學》1996(2)，p70-74。

高士原(2004)，晚明幾社六子及李雯社會詩探微，未出版，台中：東海大學碩士論文。

趙尊嶽(1992)，《明詞彙刊》，上海：上海古籍出版社。

陶子珍(2000)，《明代詞選研究》，東吳大學博士班論文，未

出版，台北市。

陳友康(1999)，清詞中興論，雲南：《社會科學輯刊》1999(5)。

陳水雲(1996)，崇禎末至康熙初年的詞學思潮，湖北：《湖北大學學報》1996(2)。

陳佳君(2004)，辭章意象形成論(p208-241)，國立台灣師範大學國文研究所博士論文，未出版，台北市。

陳滿銘(1998)，國文教學論叢，台北：萬卷樓圖書公司。

陳滿銘(1998)，國文教學論叢(續編)，台北：萬卷樓圖書公司。

陳滿銘(2000)，詞林散步－唐宋詞結構分析（初版），台北：萬卷樓圖書公司。

陳滿銘(2000)，詞林散步－唐宋詞結構分析（初版），台北：萬卷樓圖書公司。

陳滿銘(2001)，談見於詩詞裡的凡目結構，章法學新裁，台北：萬卷樓圖書公司。

陳滿銘(2002)，論幾種特殊章法，《國文天地》，31，p191-196。

陳滿銘(2003)，從意象看辭章之內涵，《國文天地》，19(5)，p97。

陳滿銘(2003)，章法學綜論，台北：萬卷樓圖書公司。

陳滿銘(2004)，從意象看詞章之內容成份，《國文天地》，19(5)，p93-95。

陳滿銘(2005)，辭章意象論，師大學報50(1)， p17-39。

陳滿銘(2005)，篇章結構學（初版），台北：萬卷樓圖書公司。

陳麗純(2003)，明末清初性情詩論研究－以陳子龍,錢謙益爲考察對象，未出版，高雄：中山大學碩士論文。

錢仲聯(1997)，明、清詞紀事序，《蘇州大學學報》1997(2)，
　　p54-55。

顏智英(2005)，論稼軒「博山道中詞」篇章意象之形成及組
　　合，《師大學報》50(1)， p41-64。

黃淑貞(2005)，論辭章之「象不盡意」－以稼軒詞爲例，《師
　　大學報》50(2)，p1-21。

黃士吉(1996)，論雲間詞派，瀋陽：《瀋陽師範學院學報》
　　1996(3)，p48-51。

黃之雋(1985)，江南通志－四庫全書存目叢書，臺北：商務
　　印書館。

鄧紅梅(1999)，明詞綜論，山東：《中國韻文學刊》，1999(1)。

鄒秀容(1997)，雲間詞派研究，國立中興大學碩士論文，未
　　出版，臺中市。

孫克強(2002)，陽羨派詞論及其影響，河南：《南陽師範學院
　　學報》1(1)，p52-59。

孫克強(2003)，清代詞學年表，河南：《南陽師範學院學報》
　　2(8)，p59-67。

孫家政(1999)，論明詞衰蔽的原因，浙江：《寧波大學學報》
　　12(4)，p17-21。

張仲謀(2002)，論明詞的價值及其研究基礎，《西北師大學報》
　　39(5)，p62-67。

因果章法在國小語文教學之應用
——以低年級課文為考察對象

劉妙錦

國立台北教育大學教育與心理諮商學系碩士生

提要

　　陳滿銘先生提出：「章法」所探討的是篇章的條理，亦即是連句成節、連節成段、連段成篇的邏輯組織方式。而此邏輯組織方式，是對應於宇宙人生規律，根源於人類思維共通的理則所形成的。目前所發現的章法約四十種，如因果法、論敘法、凡目法等等，因「章法」是處理篇章中內容材料的邏輯關係，而「因果」關係是邏輯關係中最普遍、最基本的，亦是兒童智力結構形成的根本；所以，本文以「因果章法」切入國小低年級國語課文，共分析九篇課文，並畫出結構分析表，以了解國小低年級國語課文呈現的「因果」邏輯組織方式。此外，除了欣賞國小低年級國語課文「因果法」邏輯組織所呈現的美感與佈局技巧外，也結合心理學觀點中皮亞傑理論，檢視國小低年級學童

「因果」邏輯思維的發展，及參照閱讀文章「因果順序」對讀者的心理反應，期經由「章法」結構分析現行國語課文，檢討現行課文中對低年級學童的邏輯思維訓練與閱讀時的影響，進而豐富國小低年級國語課文的編排方式，促使學童的閱讀理解和邏輯思維能力更提升，令章法教學運用在國小低年級領域中更開拓。

關鍵詞

章法、邏輯、因果法、國小低年級國語課文

一、前言

陳滿銘先生在《篇章結構學》中說：「以邏輯思維爲主的篇章內涵，就是章法。」而所謂的「章法」，即是「連句成節（句群）、連節成段（句群）、連段成篇的一種邏輯組織。」而這種邏輯組織方式，是出自於人類思維共通的理則，以求形成秩序、變化、連貫，進而達到統一的美感[1]。至目前爲止，已發現的章法約四十種[2]，運用到篇章作品上，可協助組織材料內容，形成層次美感，彰顯作品內涵的意蘊。

基於章法所探討乃是篇章內容的邏輯關係，所以，邏輯關係中最基本、最普遍的「因果」條理，就顯得非常重要。陳波在其《邏輯學是什麼》一書中說：「因果聯繫是世界萬物之間普遍聯繫的一個方面，也許是其中最重要的方面。一個（或一些）現象的產生會引起或影響到另一個（或一些）現象的產生。前者是後者的原因，後者是前者的結果。科學的一個重要任務就是要把握事物之間的因果聯繫，以便掌握事物發生、發展的規律。」[3]足見「因果」在邏輯思維上之重要性。

在小學低年級階段，由於隨著識字量的增加，閱讀的行爲也日漸頻繁。適當引領學童在欣賞國語課文的佈局技巧和

---

[1] 見陳滿銘先生《篇章結構學》（台北：萬卷樓，2005.5），頁 24~25。
[2] 見陳滿銘先生〈論章法與層次邏輯〉（台北：《國文天地》18 卷 9 期，2003.2），頁 98~99。
[3] 見陳波《邏輯學是什麼》（台北：五南，2002.5），頁 154~155。

層次美感外，對課文的邏輯組織分析，亦有助於學童正確掌
握作品文意。本文以國編版、康軒版、南一版、翰林版和新
學友版等低年級課文爲範圍，以「因果」章法切入探討，並
結合心理學觀點中的皮亞傑理論，透過課文的結構圖，以了
解國小低年級國語課文呈現的「因果」邏輯組織方式。此外，
也欲檢討對低年級學童的邏輯思維訓練，期經由客觀的分
析，發現有無疏漏之處，以提升教學的品質。

二、因果法的理論

　　劉雨在《寫作心理學》一書中說：「從文章本身來看，
結構的形成過程顯然受邏輯的因果關係的支配，也就是說，
一種邏輯的因果規律在無形中制約著作者的整個思考路
線。」[4]，所以，這種預定的結構使作者的表述具有明確的指
向性，也爲文章內容結構的統一奠定良好的基礎。

　　然而，就讀者而言，如何去探求文章作者的邏輯思維，
以把握事物間的因果聯繫，掌握事物發生、發展的規律，便
是「因果」章法探求的課題。一般說來，因果關係有四大特
點[5]：第一：普遍性，即指任何現象都有它產生的原因，也有
它產生的結果，原因和結果總是如影隨形，恆常伴隨的。第
二：共存性，指原因和結果總是在時空上相互接近，並共同
變化的。但由於因果間的共存性，也易使人們倒因爲果，或

---

[4] 見劉雨《寫作心理學》（高雄：麗文文化，1995.3），頁 295。
[5] 見陳波《邏輯學是什麼》（台北：五南，2002.5），頁 155。

倒果為因，犯下「倒置因果」的錯誤。第三：先後性，即所謂的「先因後果」。一般說來，原因總是在先，結果總是在後。但是，值得注意的是，先後關係並不等於因果關係。第四：複雜多樣性。指因果聯繫是多種多樣的，雖有「一因一果」，但更多時候是「多因一果」。因此，篇章中「因果關係」的正確掌握，便是閱讀理解重要的指標，也是章法結構分析的基礎。

瑞士心理學家皮亞傑（Jean Piaget）認為，人類的智力思維主要是透過四個階段發展起來：感覺運動期（sensorimotor period：從出生至二歲）、前運思期（preoperational period：二至七歲）、具體運思期（concrete operational period：七至十一歲）和形式運思期（formal operational period：十一歲至青春期）。每一階段的演化皆是依序發展得來的[6]，兒童透過與環境的互動，逐漸建構出自己的知識，而因果架構的發展也源自於兒童嬰幼兒期最初對物理環境的經驗，經由兒童神經系統的日趨成熟，和與環境互動時機體的智力基模同化和適應，而逐漸發展成熟。

對國小低年級學童而言，其認知發展階段約在具體運思階段，具有可逆性思考的能力，而其因果架構的發展正由「前因果性」（pré-causalité）過渡到「合理的因果性」（causalité

---

[6] 見 Robert L. Solso 原著、黃希庭等譯著《認知心理學》（台北：五南，1992.4），頁 338。

rationnelle）[7]，亦即是說，前運思期時的兒童受到「自我中心觀」影響，會把事物間的因果關係用直接推理（transductive reasoning）方式或接近性爲基礎進行推論，設定其存有因果關係，例如：路是供腳踏車走的、閃電帶來降雨、月亮在跟隨他走……等。對事物本來在邏輯上不具有任何關連的關係，幼兒卻認爲它們是連結在一起，而做出不當的因果關係推論。然而，到了具體運思期階段的兒童，隨著神經系統和智力基模的日趨成熟，兒童漸能就外在物理世界的各種向度，予以區分和協調，因此，兒童對因果關係的知覺和推論，也會隨之發生變化[8]。不過，此期兒童對於物體的各屬性間具有之關係和確立的規則，有時仍不甚準確或協調。因此，明確、清晰的「章法」結構分析教導，有助於他們對事物間「因果聯繫」正確的掌握；此外，「因果」章法的認識及變化亦有助於日後更複雜抽象的邏輯思維能力的訓練。

陳李綢在《認知發展與輔導》一書中曾提及：「前運思期的兒童在理解因果關係上是主觀的，而且認爲事件的因果關係的發生，是很接近的（在時間上是很接近的）；因與果的關係並不能清楚的分開，而且不具有可逆性。……因果關係知覺發展成熟，必須是兒童及青少年已具有可逆性思考、同一性觀念，才能真正明瞭事件的因果關係。」[9]由此可知，

---

[7] 見杜聲鋒《西方文化叢書③皮亞傑及其思想》（台北：遠流，1988.10），頁118。

[8] 見卜拉絲姬著、王文科譯《兒童的認知發展導論》（台北：文景，1989.7），頁205~206。

[9] 見陳李綢《認知發展與輔導》(台北：心理，1992.7)，頁229~230。

就低年級學童的認知發展而言，「因果」章法的結構分析是適宜的，此外，更可協助他們掌握事物的真相，促進理解。而徐清美在《文章因果關係順逆對文學作品閱讀理解的影響》論文研究中發現，具備因果連貫性的作品，對閱讀理解與文學欣賞有正面促進效果，因此提出師長為學童選擇讀物時，應考慮其文章情節是否具備適當因果連貫性[10]。

總結以上所述，得知「因果」章法結構對學童閱讀時深具影響。目前，因果法所形成的結構類型包括：「先因後果」、「先果後因」、「果因果」、「因果因」等四種。以下試就國編版、康軒版、南一版、翰林版和新學友版等低年級課文為範圍，以「因果」章法切入探討，分析課文的結構圖，了解並檢討國小低年級國語課文呈現的「因果」邏輯組織編排方式。

三、「先因後果」類型

（一）「先因後果」結構簡述

最基本、最常見的因果結構是「先因後果」類型，藉由事物發展的順推而產生規律美，可全面地弄清楚事情的前因後果。因此，這類結構類型在國語課文中最多，它在課文中的構句通常是以「因為……所以……」型態表現[11]。徐清美

---

[10] 見徐清美《文章因果關係順逆對文學作品閱讀理解的影響》（國立中正大學教育研究所碩士論文，2003.1），頁 68~71。

[11] 參見陳滿銘先生《篇章結構學》(台北：萬卷樓，2005.5)，頁 121。及陳佳君〈從章法談國小作文運材教學——以幾種常用於論說文的章法為例〉《人

在《文章因果關係順逆對文學作品閱讀理解的影響》論文中發現順敘版的因果關係作品對讀者在難度高的文學作品上能促進整體閱讀理解；對難度低的文學作品上則能促進讀者對作品的文學賞析與情意投入[12]。以下即列舉三篇低年級國語課文爲實例，用「先因後果」章法予以分析欣賞。

（二）「先因後果」結構在低年級課文中之應用

在國編版第二冊第四課〈春天來了〉，即是以「先因後果」的結構佈局成篇，充滿了順敘的規律美：

> 花園裡，
>
> 草綠了，
>
> 花開了。
>
> 媽媽說：「春天來了。」
>
> 弟弟問媽媽：
>
> 「春天是誰？
>
> 他是坐車來的，
>
> 還是走路來的？」
>
> 媽媽笑著說：
>
> 「花開了，

文及社會學科教學通訊》12：4，2001.12)，頁132。

[12] 見徐清美《文章因果關係順逆對文學作品閱讀理解的影響》(國立中正大學教育研究所碩士論文，2003.1)，頁68~71。

　　　草綠了，

　　　天氣暖和了，

　　　　就是春天來了。」

　　其結構分析表如下：

```
┌ 因（先）：「花園裡……春天來了」
│                ┌ 問（弟弟）：「弟弟問媽媽……還是走路來的」
└ 果（後）┤
                 └ 答（媽媽）：「媽媽笑著說……就是春天來了」
```

　　這首童詩分作三節。第一節先描寫春天來了「草綠了，花開了」的景象，而後，帶出其後二節弟弟與媽媽間問答的結果，說明爲何知道春天來了。在結果的敘寫上，藉由弟弟與媽媽間的一問一答，讓此首童詩充滿童趣。本首詩歌雖依時間先後寫成，但若以「因果」章法切入，以點出第一節和第二、三節間的關係，會對整首詩歌的脈絡更易掌握[13]。「先因後果」結構是因果法中最單純的型態，也是兒童最容易理解的章法結構。而此種章法也可再予以變化，在國編版第三冊第十二課〈鵝媽媽真漂亮〉，亦是運用「先因後果」的章法結構。

　　在國編版第三冊第十二課〈鵝媽媽真漂亮〉，也是一則順推的課文：

---

[13] 課文結構表及說明參見仇小屏〈論常見於國小國語課文的幾類章法—以因果類、映襯類、時間類章法爲例〉(台北：《國立台北師範學院學報》17 卷 1 期，2004.3)，頁 27。

鵝媽媽，真漂亮，

頭上戴著黃帽子，

身上穿著白衣裳。

鵝媽媽，真漂亮，

游起水來，身子挺得直，

走起路來，脖子伸得長。

鵝寶寶看見了，游到媽媽身旁說：

「媽媽，媽媽，您真漂亮，

您走路的時候很神氣，

您游水的時候多好看。

我到什麼時候，才能像您一樣？」

鵝媽媽說：「不要急，乖寶寶，

只要多游游水，多吃點草，

就會長得像我一樣好。」

其結構分析表如下：

```
        ┌─ 一（外表）：「鵝媽媽……身上穿著白衣裳」
    ┌ 因┤
    │   └─ 二（神態）：「鵝媽媽……脖子伸得長」
    ┤
    │   ┌─ 問：「鵝寶寶看見了……才能像您一樣」
    └ 果┤
        └─ 答：「鵝媽媽說……就會長得像我一樣好」
```

這首詩歌分作四節。一、二節先敘寫鵝媽媽的外表與姿

態，多麼漂亮美麗、英姿勃勃，藉以引出其後二節鵝寶寶和鵝媽媽的對話。而透過鵝寶寶和鵝媽媽間的一問一答，除了讓文章更生動活潑外，又讓整個事件的「因」、「果」關係緊緊相扣在一起。而除了單層的「因果」關係外，國小低年級課文中亦有「因果」關係層層交疊在一起的實例，如：翰林版第四冊第十四課〈謝謝老師〉一文。

在翰林版第四冊第十四課〈謝謝老師〉一文，運用多層次的因果邏輯組織緊扣主旨。課文寫道：

> 我上一年級的時候，心裡有點兒害怕。
> 雖然在學校上課，可是一直想家。
> 老師知道我不習慣，
> 常常走過來跟我說話。
>
> 剛上二年級的時候，我愛跟同學吵架。
> 回家不想做功課，只等著學校放假。
> 老師勸我跟同學和好，
> 還告訴我讀書的方法。
>
> 現在我快上三年級了，
> 不像小時候那麼淘氣。
> 我的功課一天天進步，
> 也喜歡跟同學在一起。
> 老師每次見了我，

　　臉上總是笑咪咪。

　　謝謝老師的關心，謝謝老師的教導。

　　老師帶領我學習，老師陪伴我成長。

　　老師對我的恩惠，

　　不知道怎麼感謝才好。

其結構分析表如下：

```
        ┌ 先(一年級) ┬ 因：「我上一年級的時候」二行
        │            └ 果：「老師知道我不習慣」二行
  ┌ 因 ┤ 中(二年級) ┬ 因：「剛上二年級的時候」二行
  │    │            └ 果：「老師勸我跟同學和好」二行
  │    └ 後(三年級) ┬ 因：「現在我快上三年級了」四行
──┤                 └ 果：「老師每次見了我」二行
  └ 果 ┬ 因：「謝謝老師的關心」二行
       └ 果：「老師對我的恩惠二行」
```

　　這首詩歌分作四節。作者在前三節以時間先後順敘，其中，一、二節先敘寫作者一、二年級所發生的困擾，運用此種「因」，引出老師耐心教導、循循善誘的「果」。其後再透過前兩節的「果」，導致今日三年級時學校生活適應的良好，又讓前「因」後「果」緊緊相扣在一起。最後，在詩歌的第四節中，再次呼應前面所有的「因」，感謝老師的用心。整首詩歌讀來，運用多疊的「因」、「果」關係，層層扣緊題目與主旨，使全文極具條理性，而感念老師的主旨，亦越顯清

晰明白。

四、「先果後因」類型

（一）「先果後因」結構簡述

　　「先果後因」的結構是先交代結果，再說明原因，是一種逆推事理的思考方式，可引發讀者去思考「原因」爲何[14]；此外，作者藉由因果關係倒敘的手法，也可增加作品對讀者的文學效果，如好奇、懸疑等，引發讀者閱讀動機。由於是逆向思考，所以，對國小學童而言，年齡越低也就越爲困難。在朱作仁、祝新華的《小學語文教學心理學導論》一書中，對小學生作文的調查爲：「六年級學生的作文，順敘佔 **87.61%**，插敘佔 **3.54%**，倒敘佔 **8.85%**。小學生基本上只能運用順敘法。據黃仁發等的調查三年級學生只會順敘，五年級會插敘的佔 **2.28%**，個別學生作文有倒敘的萌芽，即開頭一、二句把後面的事情提前說。」[15]，由此可知，「順」的思考，對作者（學生）而言，遠比「逆」者的發展爲早、爲易[16]。

　　基於兒童認知發展因素，國小低年級國語課文也少見全篇「先果後因」的實例，雖說逆向思考對兒童較爲困難，但

---

[14] 參見陳滿銘先生《篇章結構學》(台北：萬卷樓，2005.5)，頁 121。及陳佳君〈從章法談國小作文運材教學——以幾種常用於論說文的章法爲例〉(《人文及社會學科教學通訊》12：4，2001.12)，頁 132。

[15] 見朱作仁、祝新華《小學語文教學心理學導論》(上海：上海教育出版社，2001.5)，頁 195。

[16] 見陳滿銘先生《篇章結構學》(台北：萬卷樓，2005.5)，頁 141。

此階段的學童已逐漸具有此項能力，此類文章極少出現在課文中，值得研究者深入探討其中的原因。

（二）「先果後因」結構在低年級課文中之應用

　　康軒第二冊第七課〈朋友〉一文，即是運用「先果後因」的佈局方式，引起讀者的想像力和期待欲：

> 兩隻小象河邊走，
> 伸出鼻子勾一勾，
> 就像——
> 兩個好朋友，見面握握手。
>
> 兩隻河馬來洗澡，
> 浮在水面像小島，
> 小島怎麼會漂呀漂？
> 原來是兩個好朋友，
> 正在水裡躲貓貓。

　　其結構分析表如下：

```
            ┌ 因：「兩隻小象河邊走」二行
 ┌─（小象）┤
 │          └ 果：「就像」二行
─┤
 │          ┌ 果：「兩隻河馬來洗澡」三行
 └─二（河馬）┤
            └ 因：「原來是兩個好朋友」二行
```

　　本首詩歌以並列法分作二節。第一節運用「先因後果」
結構鋪寫，以兩隻小象伸出鼻子勾在一起的形態，引出好似
朋友握握手的「果」。其後在第二節中，卻以「先果後因」
的結構設問，兩隻河馬（喻為小島）為何在水面上漂浮不定，
推出原來在水底下玩躲貓貓的「因」。其中第二節的「先果
後因」的佈局方式，讓讀者想像無限，充滿童趣。此外，除
詩歌體外，在說明文、論說文、及故事體裁的作品中，也可
見「先果後因」的章法結構，用以說明事情的源由，如國編
版課本第四冊第十二課〈家家大掃除〉一文，即是一個運用
「先果後因」章法結構佈局的實例：

　　　夏天到了，天氣漸漸熱起來。爸爸和媽媽這幾天正忙
　　著打掃房屋。媽媽把家裡的棉被，冬天的衣服，都拿
　　出來，洗的洗，晒的晒，收的收。爸爸提水把門窗刷
　　洗得乾乾淨淨。屋子裡外打掃後，又噴上殺蟲藥水。
　　我到同學家去，發現別人家也和我家一樣，都在大掃
　　除。
　　我回來問媽媽，為什麼許多人家都在端午節前大掃
　　除？
　　媽媽說：「端午節正是春天來夏天去的時候。這時候
　　各種毒蟲和細菌都活動起來，所以注意家庭衛生是很
　　重要的事。我國從古時候起，就有端午節前家家大掃
　　除的好習慣。不過現在殺蟲有藥水，不必再用雄黃和
　　香料這些東西了。」

媽媽又告訴我們，大掃除以後，就要忙我們最喜歡的端午節了。

其結構分析表如下[17]：

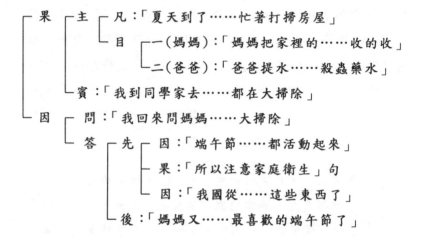

本篇文章分作二節。第一節就開門見山直述「家家大掃除」的景象。先藉由爸媽忙著打掃房屋，帶出「晒棉被」、「收冬衣」、「洗刷門窗」、「噴殺蟲藥水」的忙碌打掃情景細節。緊接著又透過觀察發現「同學家」亦是忙著大掃除，透露出主角心中的疑惑，進而帶出第一節事件背後的原因。在第二節時，則藉由媽媽的回答說明「家家大掃除」的「因」，並進而說明端午節前「家家大掃除」的習俗。整篇文章，運用了「果因」關係的邏輯，鋪陳故事的情節，條理清晰明白，可以引發學童們思考「家家大掃除」的「因」，瞭解「大掃

---

[17] 本課課文結構表根據陳佳君老師之說修正。

除」帶給大家的好處。

五、「果因果」類型

（一）「果因果」結構簡述

「果因果」的結構即是「因果」章法的變化結構。將兩個「果」置於「因」的前後，既可將事情的始末源來交代清楚，又可在最後做一總收，達到前後呼應，加強文章敘說之重點。此外，透過「因」、「果」間呈現的變化，除了產生層次變化的美感，更可深入解構篇章主旨的意涵，貼近作者的文意[18]。而運用「果因果」章法結構的國語課文非常多，在低年級國語文課文裡也很普遍。以下列舉三篇國語課文為實例，用「果因果」章法予以分析欣賞。

（二）「果因果」結構在低年級課文中之應用

在康軒版第四冊第十課〈夜晚的街道〉，即是以「果因果」的邏輯結構方式佈局成篇的：

> 我家門前的街道，
>
> 白天安安靜靜，

---

[18] 參見陳滿銘先生《篇章結構學》(台北：萬卷樓，2005.5)，頁 121。陳佳君〈從章法談國小作文運材教學—以幾種常用於論說文的章法為例〉(《人文及社會學科教學通訊》12：4，2001.12)，頁 132-133；及其〈論章法之族性〉，(《辭章學論文集（上冊）》福建：海潮攝影藝術出版社)，2002.12)，頁151-152。

一到晚上就燈火通明。

王伯伯的地瓜，香又香。

阿美姐的豆花，涼又涼。

李媽媽家的服裝店，掛著美麗的衣裳。

他們忙著招呼客人，

歡迎大家來逛一逛。

從小吃店到百貨行，

從撈金魚到烤香腸。

我家門前的街道，

一到晚上就變得多麼熱鬧。

其結構分析表如下：

```
┌ 果：「我家門前的街道……一到晚上就燈火通明」
│         ┌ 一：「王伯伯」二句
│    ┌ 目 ┤ 二：「阿美姐」二句
├ 因 ┤    └ 三：「李媽媽」二句
│    └ 凡：「他們忙著招呼客人……歡迎大家來逛一逛」
└ 果 ┌ 目 ┌ 一：「從小吃店到百貨行」句
     ┤    └ 二：「從撈金魚到烤香腸」句
     └ 凡：「我家門前的街道……一到晚上就變得多麼熱鬧」
```

這首詩歌分作三節。第一節就先直述家門前夜晚燈火通

明的「果」，藉由「果」的呈現，帶出其後第二節「王伯伯的地瓜」、「阿美姐的豆花」、「李媽媽家的服裝店」等商店生意往來時熱鬧繁華的情景，藉以說明為何家門前到夜晚就燈火通明的「因」。到第三節時，作者又列舉夜晚街道情景，讓整個事件的「果」又再次呼應第一節的「果」，形成兩個「果」交夾著「因」，驗證了第一節述說的情景，也營造出「因果」關係層次變化的美感。此外，在國小低年級課文南一版本第二冊第五課〈我的生日〉中，亦有運用「果因果」章法結構佈局的實例。

　　在南一版第二冊第五課〈我的生日〉，呈現以「果因果」佈局的變化美感：

　　　　一二三四五六七，
　　　　七歲生日真開心。

　　　　媽媽送我一朵花，
　　　　爸爸送我一本書，
　　　　哥哥送我一張生日卡。
　　　　一二三四五六七，
　　　　七歲生日真開心。
　　　　謝謝家人，陪我快樂長大。

　其結構分析表如下：

```
┌ 果:「一二三四五六七……七歲生日真開心」
│        ┌ 先(媽媽):「媽媽送我一朵花」一行
├ 因 ┤ 中(爸爸):「爸爸送我一本書」一行
│        └ 後(哥哥):「哥哥送我一張生日卡」一行
└ 果 ┌ 果:「一二三四五六七……七歲生日真開心」
        └ 因:「謝謝家人」一行
```

　　這首詩歌分作三節。第一節就直述七歲生日快樂的心情。藉由七歲生日快樂的「果」引出第二節的「因」:包括「媽媽送我一朵花」、「爸爸送我一本書」、「哥哥送我一張生日卡」等溫馨感人的行爲,藉以說明因何七歲生日真開心。到最後第三節時,作者又再次重複第一節的話語,形成加重語氣的效果,也感謝家人對他的付出。整首詩歌,妥善運用了「果因果」關係層次變化的邏輯組織方式,營造出章法「變化律」[19]的美感,相較於單層的「因果」、「果因」章法佈局,增添許多生動活潑的氣息。又,在翰林版本第三冊第十二課〈走走聽聽〉一文,亦即是一個運用「果因果」章法結構佈局的實例:

　　　　我喜歡和爸爸一起散步。
　　　　我們常常安靜的走著,
　　　　不說一句話,
　　　　卻聽見很多不一樣的聲音。

---

[19] 見陳滿銘先生《篇章結構學》(台北:萬卷樓,2005.5),頁143~151。

我聽見爸爸的皮鞋，

ㄆㄚ　ㄊㄚ　ㄆㄚ　ㄊㄚ

那是走路的聲音。

我聽到公園樹上的小鳥，

　ㄐ　ㄧㄡ　ㄐ　ㄧㄡ　ㄐ　ㄧㄡ

那是歌唱的聲音。

我聽到蜜蜂在花叢裡，

ㄨㄥ　ㄨㄥ　ㄨㄥ

那是工作的聲音。

散步真好，

走走聽聽，

安靜的走著，

聽到的都是快樂的聲音。

其結構分析表如下：

```
┌ 果 ┌ 果：「我喜歡和爸爸一起散步」句
│    └ 因：「我們常常安靜的走著……很多不一樣的聲音」
│    ┌ 先（皮鞋聲）：「我聽見爸爸的皮鞋……走路的聲音」
├ 因 ┼ 中（鳥叫聲）：「我聽到公園樹上的小鳥……歌唱的聲音」
│    └ 後（蜜蜂聲）：「我聽到蜜蜂在花叢裡……工作的聲音」
└ 果：「散步真好……快樂的聲音」
```

　　本首詩歌分作三節。第一節直述「喜歡和爸爸一起散步」的「果」，進而帶出爲何「喜歡和爸爸一起散步」的「因」。第二節中則列舉「和爸爸一起散步」時所聽到的聲音，有「爸爸的皮鞋聲」、「鳥叫聲」、「蜜蜂聲」等不同的聲音，以及這些聲音所代表的意蘊。最後，在第三節中則藉由第二節散步時所聽到的聲音所帶給主角的感受，是如此的快樂，再次呼應第一節的「果」——喜歡和爸爸一起散步。整首詩歌，運用了「果因果」關係層次變化的邏輯，鋪陳故事的情節，增添故事的生動性。

六、「因果因」類型

（一）「因果因」結構簡述

　　「因果因」的結構也是「因果」章法的變化結構。將兩個「因」放置於「果」的前後，強調事情的原由，對結果的影響。運用「因果因」章法結構所組成的文章，所著重的是「因」，也偏向逆向思考；由於文章結構的邏輯思維能力較爲複雜，所以，在低年級國語文課文裡很少發現。以下僅舉新學友書局版本第三冊第七課〈捉迷藏〉一文爲實例，用「因果因」章法予以分析欣賞。

（二）「因果因」結構在低年級課文中之應用

　　新學友書局版第三冊第七課〈捉迷藏〉一文，即是運用
「因果因」的佈局方式，鋪陳故事的情節：

　　　下課時，
　　　　我們在操場捉迷藏，
　　　　手帕蒙住我的眼睛，
　　　　我只能亂捉一場。
　　　好不容易，
　　　　終於捉到一個。

　　　　他乖乖的站著不動，
　　　　摸摸他，
　　　　肥肥胖胖的，
　　　　心裡想：
　　　　這個人一定是小胖！

　　　　我高興的把手帕拉下來，
　　　　仔細一看，
　　　　啊——
　　　　差一點昏倒，
　　　　原來捉到的人是校長。

　　其結構分析表如下：

```
┌ 因:「下課時……我只能亂捉一場」
│        ┌ 因(觸覺):「好不容易……一定是小胖」
└ 果 ┤ 果(視覺):「我高興的把手帕拉下來……差一點昏倒」
         └ 因(心覺):「原來捉到的人是校長」句
```

本首詩歌分作三節。在詩歌一開始,以下課了,帶出小朋友玩捉迷藏嬉戲的情景;因為被蒙住眼睛的原因,為其後的「果」鋪陳有趣的發展。而後描述捉到怎樣的人,如「乖乖的站著不動」、「肥肥胖胖的」等肢體接觸的感覺,藉由此觸覺的原因推測,為猜想的「果」做詮釋。最後,在詩歌的末四句,再藉由猜想的「果」,又轉出意外的「果」。詩歌的最後一句「原來捉到的人是校長」則道出事情的真相,又緊扣回第一節中的「我只能亂捉一場」一句文意。整首詩歌的第二層運用「因果因」結構,充分將「捉迷藏」時的懸疑、刺激,展露無遺,也讓文章更顯得生動有趣。

七、結語

本文以「因果」章法結構切入國小低年級國語課文,共分析了九篇課文。這樣的分析除能欣賞課文邏輯架構的秩序、變化美感外[20],更重要的是能協助學童釐清事物的前因後果關係,掌握事實真相,增進理解效果。透過章法分析文章中層層交錯的「因果」關係,才能正確解讀文章內容,貼

---

[20] 見陳滿銘先生《篇章結構學》(台北:萬卷樓,2005.5),頁 135~151。

近文意，達到「閱讀理解」。就目前教學現況而言，此種章法結構分析，在國小國語教學中，尚在開始階段，值得現場教師們繼續耕耘努力。

此外，在本文以「因果」章法分析國小低年級國語課文時，有三點發現：第一，國小低年級國語課文中「先因後果」、「果因果」的章法最普遍，而，「先果後因」、「因果因」的章法很少出現。第二，國小低年級國語課文中的「因果」關係聯繫都十分明確清楚，且都以學童生活經驗爲實例說明，文章情節因果連貫性強。第三，由這九篇國小低年級國語課文分析中，可以發現除「因果」章法外，也常見「並列」、「賓主」、「凡目」等章法，唯結構都較爲單純，很少變化[21]。

針對上述發現，可以得知，國小低年級學童的認知發展因正處於「具體運思期」階段，邏輯思維能力尚在發展，再加上識字量不多，所以，課文的章法邏輯架構也較簡單，且都以學童週遭環境或生活經驗，列舉說明，這是合乎此階段學童認知發展的。然而，在上述的第一點發現中，也得知另一現象，即國小低年級課文中逆向思維（「先果後因」結構）的課文極少出現。雖說，逆向思維對學童而言，較爲困難，但是根據前言所提及皮亞傑對人類認知發展理論時，已說明國小低年級階段已具有逆向思考的能力，所以，究竟是因爲學童無法理解，才沒有此類文章，抑或是因爲沒有注重逆向

---

[21] 參見仇小屛〈論常見於國小國語課文的幾類章法－以因果類、映襯類、時間類章法爲例〉（台北：《國立台北師範學院學報》17 卷 1 期，2004.3），頁 43~44。

思考能力培養，導致日後學童的逆向思考能力較弱，仍有待日後繼續追蹤研究。此外，在上述的第三點中也提及國小低年級課文中的章法結構都較爲單純，很少變化，乃爲符合此階段學童的認知發展。然而，根據徐清美《文章因果關係順逆對文學作品閱讀理解的影響》論文研究結果，順敘版的因果關係作品對讀者在難度高的文學作品上能促進整體閱讀理解，所以，在現行低年級國語課文中，若能善用因果章法結構的優點，可增加學童文學作品賞析的選擇範圍，而擴充其學習的視野。

「因果」章法是寫作文章運用最多、最爲普遍的一種邏輯組織。又陳波在其《邏輯學是什麼》一書中亦說明：「科學的一個重要任務就是要把握事物之間的因果聯繫，以便掌握事物發生、發展的規律。」[22]所以，「因果」章法對文章結構的分析，除了賞析它鋪陳的美感外，更重要的是，以客觀的方法釐清文章中事件的由來本末，而不「倒置因果」，曲解文意。在電子資訊、網際網路發達的年代，許多訊息接踵而來，彼此間的「因果」關係更形錯綜複雜，若能藉由國語課文章章法分析，教導學生運用自己的邏輯思維能力，深入解析課文，必能讓學童的閱讀理解和思考判斷能力更加提升。

參考文獻

---

[22] 見陳波《邏輯學是什麼》(台北：五南，2002.5)，頁155。

一、教材

(國編版)

國立編譯館《國民小學 國語》課本第二冊(一下)，台北：國
　　立編譯館，**1990.1** 改編初版。

國立編譯館《國民小學 國語》課本第三冊(二上)，台北：國
　　立編譯館，**1990.8** 改編初版。

國立編譯館《國民小學 國語》課本第四冊(二下)，台北：國
　　立編譯館，**1991.1** 改編初版。

(南一版)

南一《國民小學 國語》課本第二冊(一下)，台南：南一書局，
　　2002.8。

(康軒版)

康軒《國小 國語》課本第二冊(一下)，台北：康軒文教事業，
　　2004.2。

康軒《國小 國語》課本第四冊(二下)，台北：康軒文教事業，
　　2004.2。

(翰林版)

翰林《國民小學 國語》課本第三冊(二上)，台北：翰林出版
　　事業有限公司，**2003.8**。

翰林《國民小學 國語》課本第四冊(二下)，台北：翰林出版

事業有限公司，2003.2。

(新學友書局版)
新學友書局《國民小學 國語》課本第三冊(二上)，台北：台
　　灣 新學友書局股份有限公司，2000.8。

（二）專書

朱作仁、祝新華《小學語文教學心理學導論》，上海：上海
　　教育出版社，2001.5。
杜聲鋒《西方文化叢書③皮亞傑及其思想》，台北：遠流，
　　1988.10。
陳波《邏輯學是什麼》，台北：五南，2002.5。
陳李綢《認知發展與輔導》，台北：心理，1992.7。
陳佳君《虛實章法論》，台北：文津，2002.11。
陳滿銘《篇章結構學》，台北：萬卷樓，2005.5。
陳滿銘《文章結構分析》，台北：萬卷樓，1999.5。
劉雨《寫作心理學》，高雄：麗文文化，1995.3。
卜拉絲姬著、王文科譯《兒童的認知發展導論》，台北：文
　　景，1989.7。
Jean Piaget·Barbel Inhelder著、五南編輯部譯《兒童心理
　　學》，台北：五南，1988.6。
Ken Goodman著、洪月女譯《談閱讀》，台北：心理，1998.11。
Robert L. Solso 著、黃希庭等譯著《認知心理學》，台北：五
　　南，1992.4。

S. Ian Robertson 著、李美綾譯《思考模式》，台北：五南，
　　2001.5。

（三）論文、期刊

仇小屏〈論常見於國小國語課文的幾類章法—以因果類、映
　　襯類、時間類章法為例〉，
《國立台北師範學院學報》17：1，2004.3。

徐清美《文章因果關係順逆對文學作品閱讀理解的影響》，
　　國立中正大學教育研究所碩士論文，2003.1。

陳佳君〈從章法談國小作文運材教學——以幾種常用於論說
　　文的章法為例〉，《人文及社會學科教學通訊》12：4，
　　2001.12。

陳佳君〈論章法之族性〉，《辭章學論文集（上冊）》（福建：
　　海潮攝影藝術出版社），2002.12。

陳滿銘〈論章法的秩序律與思考訓練〉，《國文天地》19：10，
　　2004.3。

陳滿銘〈論「因果」章法的母性〉，《國文天地》18：7，2002.12。

黃淑貞〈從「因果」法談〈蘇軾稼說送張琥〉〉，《國文天地》
　　20：12，2005.5。

東坡詞「鼓」意象之應用與探討

朱瑞芬

臺灣師範大學國文研究所在職專班研究生

提要：

蘇軾豐沛的學養及多舛的人生境遇展現在其詞作中，便是多樣貌的形象與邏輯思維；透過意象的形成、表現與組織，構成動人的篇章。蘇軾在詞作中運用「鼓」意象，在不同的境遇下顯現當時的氛圍：宋神宗熙寧四年所作的〈南歌子〉（紺綰雙蟠髻）一詞中所用的「鼓」即渲染了熱鬧的氣氛；熙寧七年所作的〈蝶戀花〉（鐙火錢塘三五夜）一詞中，透過祭祀時沈穩的鼓聲扣緊寂寞意象；熙寧九年作〈一叢花〉（今年春淺臘侵年）中清圓的鼓聲映出初春病起的喜悅心情，同年作〈蝶戀花〉（簾外東風交雨霰），以佳人擊鼓烘托出歡樂的場景；元豐元年作〈永遇樂〉（明月如霜）中更鼓驚夢，顯現寂寞之感；宋哲宗元祐六年作〈西江月〉（小院朱闌幾曲），「畫鼓三通」，歡暢無限。「鼓」是歡樂的表現，也是寂寞的表現，在蘇軾詞作中可得論證。

關鍵詞：蘇軾、東坡詞、意象、鼓

一、前言

　　中國文學世界的遣詞用語，不論是古代或現代的時間差距，文學作品中的基本結構詞語，存有其相通的含義，如「落花」、「流水」、「柳」、「竹」、「蓮花」、「東風」等。陳植鍔先生認爲這些具有特定含義的詞組，「從語言學的角度講，它們是一些表象性的語詞；從心理學的角度講，它們是使用共同語言的人類的共同感情在深層意識中的長期積澱；從美學的角度講，它們是一些具有相對穩定性的獨立的藝術符號系統；從文藝學的角度」，它們便是「詩歌的意象」[1]。

　　再者，中國從古以來的詩，音樂的含有性是很大的，詩、詞、曲皆與音樂息息相關，因此可以說中國文學的特徵，就是所謂的「音樂文學」[2]。

　　音樂既與中國文學分不開，對於產生樂音的樂器，自是與使用者的情感有關。

「鼓」樂器所呈現的意象爲何？所象徵的意涵又爲何？筆者將針對東坡詞作中運用「鼓」的作品逐一分析，試圖由其「謀篇布局」的技巧中歸納東坡以「鼓」爲材料時情感的呈現，以及「鼓」樂器之意象。

二、辭章與意象

---

[1] 見陳植鍔《詩歌意象論》（北京：中國社會科學出版社，1990 年 8 月第一版），頁 9。

[2] 參見朱謙之《中國音樂文學史》（北京：北京大學出版社，1989 年版），頁 30-31。

　　辭章是結合「形象思維」、「邏輯思維」和「綜合思維」三者所形成的[3]。「形象思維」爲意象的形成與表現，包括「意象」、「詞匯」、「修辭」；「邏輯思維」爲意象的組織，包括「文法」與「章法」；「綜合思維」即是整體意象的統合。就「多」、「二」、「一（０）」的螺旋結構而言，「意象」、「詞匯」、「修辭」、「文法」與「章法」爲「多」；「形象思維」與「邏輯思維」爲「二」；統合二種思維而呈現出文章的「主旨」與「風格」則爲「一（０）」。

　　陳師滿銘建構了「多」、「二」、「一（０）」層次邏輯的辭章學，將辭章各內涵的關係做了有系統的結構：

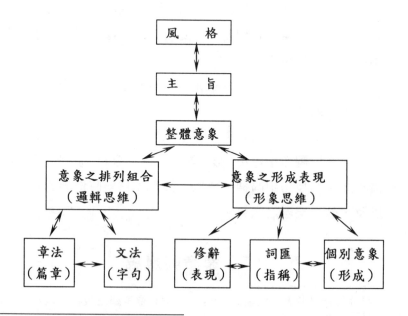

由上圖的對應關係顯示，不論是從正向的邏輯結構或從逆向的邏輯結構來看，辭章和意象是密不可分的。

「意象」一詞最早出現於東漢，王充說：

> 董仲舒申《春秋》之雩，設土龍以招雨，其意以雲龍相致。《易》曰：「雲從龍，風從虎。」以類求之，古設土龍，陰陽從類，雲雨自至。[4]

王充在此運用「雲從龍」的形象，發展成神龍行雨的意象，爲了證明「陰陽從類」，他又舉例說明：

> 禮，宗廟之主，以木爲之，長尺二吋，以象先祖。孝子入廟，主心事之，雖知木主非親，亦當盡敬，有所主事。土龍與木主同，雖知非真，示當感動，立意于象，二也。
>
> 天子射熊，諸侯射麋，卿大夫射虎豹，士射鹿豕，示服猛也。名布爲侯，示射無道諸侯也。夫畫布爲熊、麋之象，名布爲侯，禮貴意象，示義取名也。土龍亦夫麋、布侯之類，四也。[5]

王充以土龍、木主、熊麋畫布之物象歸結出「立意于象」之原則，此即以「象」立「意」，可見「意」與「象」是密不可分的。

---

[4] 參見王充《論衡·亂龍》（臺北：商務印書館，1983 年 2 月初版），頁 612。

[5] 同上註。

而以「意象」作爲文學理論的用語，則始於劉勰，其於
《文心雕龍・神思》中云：

> 是以陶鈞文思，貴在虛靜，疏瀹五藏，澡雪精神；積
> 學以儲寶，酌理以富才，研閱以窮照，馴致以繹辭；
> 然後使玄解之宰，尋聲律而定墨；獨照之匠，窺意象
> 而運斤，此蓋馭文之首術、謀篇之大端。[6]

劉勰以木匠之定墨、運斧爲喻，說明創作不可離開意象的經
營，欲經營意象則不可離開文思的醞釀，欲醞釀文思則須使
精神「虛靜」，心靜則能整理紛亂的思緒，梳理成源源不絕
的文思，進而創造出鮮明之「意象」，成就完美的篇章。

黃永武則認爲「是作者的意識與外界的物象相交會，經
過觀察、審思與美的醞造，成爲有意境的景象。」[7]

篇章之美，正由於「意象」運用得當，化「象」爲「意」，
將文字中情語與景語交織成美麗動人的篇章；正如王長俊所
言：「意象，是詩歌最基本也是最重要的元素。」[8]

三、「鼓」樂器界說

---

[6] 參見劉勰《文心雕龍・神思》（臺北：三民書局，2002 年 6 月初版
十三刷），頁 266。

[7] 參見黃永武《中國詩學・設計篇》（臺北：巨流圖書公司，1999 年 6
月初版十三刷），頁 3。

[8] 參見王長俊《詩歌意象學》（合肥：安徽文藝出版社，2000 年 8 月），
頁 17。

（一）鼓的沿革

根據文獻資料，鼓在我國有著悠久的歷史，早在殷商時代，鼓已應用在民間生活中，河南西北岡 127 號殷大墓道中，亦有一蟒皮鼓出土，說明了殷商時期已有製鼓的技術[9]。

周代的鼓已有很多種，例如：賁鼓、應、田、鼉鼓、鼛鼓、鞀鼓等等[10]；《周禮‧地官‧鼓人》亦云：「鼓人掌教六鼓四金之音聲，以節聲樂，以和軍旅，以正田役。教為鼓而辨其聲用。以雷鼓鼓神祀，以靈鼓鼓社祭，以路鼓鼓鬼享，以鼖鼓鼓軍事，以鼛鼓鼓役事，以晉鼓鼓金奏，以金錞和鼓，以金鐲節鼓，以金鐃通鼓。」[11]顯見鼓之種類繁多、運用廣泛。

秦漢至南北朝時期，隨著樂舞百戲、鼓吹、佛教音樂的發展，鼓類樂器又有了新的變化，特別是各種小型鼓類樂器，如山西雲崗石窟第六窟浮雕佛傳故事場面，在乘象降胎圖上有伎樂五人，其中有二人擊細腰鼓與小鼓；雲崗石窟第五窟藻井浮雕伎樂天八人，二人擊大鼓，二人擊答臘鼓、細

---

[9] 參見趙渢主編《中國樂器》（香港：珠海出版有限公司，1992 年 2 月初版）《中國樂器》，頁 **102**。

[10] 《詩經》中所見的鼓有：「賁鼓維鏞，於論鼓鐘，於樂辟廱」（〈大雅‧靈臺〉）、「應田縣鼓，鞀磬柷圉」（〈周頌‧有瞽〉）、「置我鞀鼓……鞀鼓淵淵，嘒嘒管聲。既和且平，倚我磬聲」（〈商頌〉）、「鼉鼓逢逢，矇瞍奏公」（〈大雅‧靈臺〉）、「鼓鐘伐鼛，淮有三州」（〈小雅‧鼓鐘〉）、「百堵皆興，鼛鼓弗勝」（〈大雅‧緜〉），十三經注疏本（台北：藝文印書館，1993 年版）。

[11] 參見《周禮》卷十二，十三經注疏本（台北：藝文印書館，1993 年版），頁 **190**。

腰鼓。

隋唐時期，除傳統的鼓類外，由於西域文化的交流影響，鼓的種類形制更加豐富多樣，如節鼓、黑鼓、齊鼓、答鼓、都曇鼓、雞婁鼓、胡鼓等一百餘種，鼓的應用幾乎涉及到宮廷、宗教、祭祀、民間音樂等各領域。[12]

到了宋元時期，隨著詞曲音樂、散曲、雜劇、南戲以及說唱音樂的蓬勃發展，無論是宮廷內的教坊樂部，或是民間的器樂合奏，鼓都是不可少的。

（二）鼓的特性

較常使用的鼓大致可分為大鼓、小鼓和板鼓[13]。

大鼓也叫大堂鼓，鼓面直徑在一尺半以上，可分中心、中圈、外圈等幾個部位，棰擊鼓面不同的部位，可引起鼓皮不同型式的振動，而產生不同的音色。鼓中心是主要的敲擊部位，發音低沉而厚實；鼓邊圈發音則稍短而薄，愈靠鼓邊愈單薄，在演奏時可以利用這些音色的變化來刻劃各種形象或襯托出各種動作。

以悶擊法（左槌尖端壓在鼓皮上，以右槌擊鼓）所發出的悶音，可以產生很多特殊的效果，在戲曲中常用此種敲擊法來表現追襲逃兵或夜襲開打的氣氛。

由於大鼓的鼓面較大，音量的力度變化很大。用大鼓滾

---

[12] 以上說明參見趙渢《中國樂器》，頁 102。

[13] 參見鄭德淵《中國樂器學》(台北：生韻出版社，1984 年 7 月初版)，頁 481-485。以下特性說明亦參見此書。

奏，可以表現激動興奮、侷促不安或莊嚴的氣氛；而將各種
不同的打法結合在一起，更可以產生很多的效果，如掙扎、
堅強不屈的情緒。

小鼓又名小堂鼓、戰鼓、高音鼓等等，形制與大鼓相同，
鼓面直徑約六、七寸，發音堅實而有彈性。

板鼓又叫單皮鼓，在西元六世紀的唐代清樂中已使用，
是革與木製成，圓形，鼓圈爲極厚實的木料，上面蒙以厚豬
皮，發音的鼓皮直徑只有五、六公分，以兩根藤或竹製的鼓
箭擊敲中心，演奏時將鼓身空懸於架上，發音堅實清脆。

板鼓發音堅實抔短促，常用震音奏法，在強奏時激烈而
緊張，弱奏時有如月琴的震音，可造成不同的情緒效果。

四、東坡詞「鼓」意象的使用

「音樂是『有意味的形式』，它的意味就是符號的意味，
是高度結合的感覺對象的意味。」[14]蘇珊・朗格說明了情感
與音樂之間的關係：

> 「音樂」的音調結構，是人類的情感形式——增強與
> 減弱，流動與休止，衝突與解決，以及加速、抑制、
> 極度興奮、平緩和微妙的激發，夢的消失等等形
> 式——在邏輯上有著驚人的一致。這種一致恐怕不是

---

[14] 參見蘇珊・朗格（Susanne K. Langer）《情感與形式》，劉大基、
周發祥譯（臺北：商鼎文化，1991 年 10 月），頁 42。

> 單純的喜悅或悲哀，而是與二者或其中一者在深刻程
> 度上，在生命感受到的一切事物的強度、簡潔和永恆
> 流動中的一致。[15]

所以音樂是一種情感的符號，選擇何種樂器呈現何種音樂，即象徵使用者的情感。

渾厚篤實的「鼓」樂音可以呈現莊嚴肅穆的氣氛，快節奏、輕擊所發出的「鼓」樂音則可以展現熱鬧歡暢的氣氛。東坡曾自製曲調，對於音樂有一定程度的瞭解，因此在創作時的意象取材必定有其使用意涵。

龍沐勛先生曾說：「東坡詞格，亦隨年齡、環境而有大轉移。大抵自杭州至密州為第一期，自徐州貶黃州為第二期，去黃以後為第三期。」[16]東坡詞作中運用「鼓」意象者凡六首[17]，分別見於此三期，以下就此分期來解析東坡對「鼓」意象之運用。

（一）自杭至密時期

神宗熙寧四年（西元 1071 年）七月，蘇軾離開黨爭頻仍的汴京，於是年十二月到杭州赴任。蘇軾在杭州任通判三年（熙寧四年至熙寧七年），期間訪僧、遊湖、觀潮、賞月、宴樂、嘗鮮、酬唱，令他胸襟闊大、性情開朗；除了坐享美

---

[15] 同上註，頁 36。

[16] 參見龍沐勛〈東坡樂府綜論〉，《詞學季刊》第二卷第二號（1933年 4 月），頁 6。

[17] 依據鄒同慶、王宗堂《蘇軾詞編年校註》（北京：中華書局，2002年 9 月第一版第一刷）。

景佳餚外，對於社會民生仍抱持高度的關懷。熙寧七年（西元 1074 年）五月，朝廷告下，命蘇軾以太常博士直史館權知密州，九月離杭，於十一月三日到密州任。

在此一時期，蘇軾詞中運用「鼓」的作品共有四首，其呈現的意象有歡樂及寂寞二種，分別敘述如下：

1、歡樂意象

（1）宴飲之作

〈南歌子〉楚守周豫出舞鬟，因作二首贈之
紺綰雙蟠髻，雲敧小帽巾。輕盈紅臉小腰身。疊鼓忽催花拍、鬥精神。　　空闊輕紅歌，風和約柳春。蓬山才調最清新。勝似纏頭千錦、共藏珍。

宋神宗熙寧四年（西元 1071 年），東坡自京赴杭州任通判，十月至楚州（今江蘇省北部），因受阻於大風，楚守設宴接待並出舞鬟佐飲，其詩〈十月十六日記所見〉云：

風高月暗雲水黃，淮陰夜發朝山陽。山陽曉霧如細雨，炯炯初日寒無光。雲收霧巷已亭午，有風北來寒欲僵。忽驚飛電穿戶牖，迅駛不復容遮防。市人顛沛百賈亂，疾雷一聲如頹墻。使君來呼晚置酒，坐定已復日照廊……惟有主人言可用，天寒欲雪飲此觴。[18]

---

[18] 參見《蘇東坡全集》上冊，（臺北：世界書局，1964 年 1 月初版），頁 24。本文所引東坡詩文皆參照此版，以下不再注明出處。

- 395 -

詩中所云「使君來呼晚置酒」與詞題「楚守周豫出舞鬟」相合，可見東坡在天寒風勁中對於楚守的熱情接待銘感在心，故有詩、詞爲記。

這首詞採「主賓」的結構寫成，其結構分析表爲：

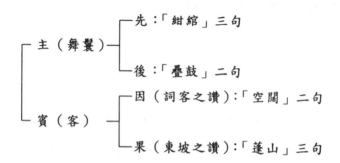

此詞上片先寫舞鬟之姿，少女濃密柔軟如雲的髮用深青而揚赤色的絲帛繫住，梳成一對蟠形的髮髻，其態「輕盈」、其容「紅臉」、其狀「小腰身」，短短三句寫盡舞鬟之嬌媚；後寫其疊奏大鼓、擊奏曲拍的技藝精湛，最後東坡以一句「鬥精神」總結舞鬟之態，這是「主」的部分。

下片則寫座中詞客讚美舞鬟之曼妙舞姿，以「空闊」二句寫舞鬟如輕紅從空中飄落、如細柳在春風搖曳。東坡聽了詞客之讚後，亦稱揚此位詞客清新絕俗、才調不凡，其讚賞之詞更遠勝於賞賜千匹錦帛，這是「賓」的部分。

（2）初春病起之作

〈一叢花〉初春病起

今年春淺臘侵年。冰雪破春妍。東風有信無人見，露

> 微意、柳際花邊。寒夜縱長，孤衾易暖，鐘鼓漸清圓。
> 朝來初日半含山。樓閣淡疏煙。遊人便作尋芳計，小
> 桃杏、應已爭先。衰病少情，疏慵自放，惟愛日高眠。

宋神宗熙寧九年（西元 1076 年）正月，東坡病起遣興而作
了這首詞[19]，採「先染後點」的結構寫成，其結構分析表為：

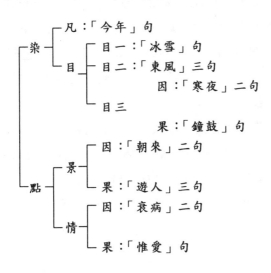

---

[19] 此詞朱本、龍本俱未編年，曹本編熙寧六年春作於杭州，鄒本引劉
崇德《蘇詞編年考》云：「詞題云：『初春病起』，詞中又有『衰病
少情』句，明言作者早春曾一度患病。蘇軾有〈立春日病中邀安國
仍請率禹功同來僕雖不能飲當請成伯主會某當杖策倚几於其間觀
諸公醉笑以撥滯悶也二首〉，王文誥于此詩編年時提到：『《續資治
通鑑長編》載熙寧八年閏四月，其下年立春適在歲除之時。』據此，
上年逢閏，立春日延至臘底，故熙寧九年恰為詞中所說『今年春淺
臘侵』。詩第二首云：『齋居臥病禁烟前，辜負名花已一年。此日使
君不強喜，早春風物為誰妍。』其一云：『孤燈照影夜漫漫，拈得
花枝不忍看。』寫臥病，惜花，與詞意相符合，用韻也一致。綜合
上述，此詞當作于熙寧九年早春。」參見鄒同慶、王宗堂《蘇軾詞
編年校註》（北京：中華書局，2002 年月第 1 版第 1 刷），頁 155。

上片寫景敘事，並寫初春病起的興奮之情，這是「染」的部分。先以「今年」句泛寫熙寧八年四月閏，因此今年春天來得比往常早，這是「凡」的部分。再具寫十二月便已有春意的情景，以「冰雪」句寫春意雖露，卻是寒意依舊，這是「目一」；再以「東風」三句寫東坡已察覺今春的不同，縱是「東風有信」也「無人見」，只在「柳際花邊」微露春意，這是「目二」；東坡何以察覺今春的不同，乃因「寒夜縱長」而「孤衾易暖」，於是心情轉喜，就連夜間的鐘鼓之聲也變得「清圓」了，這是「目三」的部分，自此可看出東坡初春病起喜悅的心情漸現。

下片由景寫情，因清晨日出後，「樓閣淡疏煙」春光明媚，料想遊人應「作尋芳計」，去欣賞林苑爭先開放的桃杏；然而畢竟是病況稍癒，體力尚未復原，自是「疏慵」而「少情」、自是「自放」而「惟愛日高眠」，心情不免較先前低落許多。如此由景入情，便自然呈現「景語」與「情語」的絕妙契合。

（3）宴飲之作

〈蝶戀花〉密州冬夜文安國席上作
簾外東風交雨霰。簾裡佳人，笑語如鶯燕。深惜今年正月暖。燈光酒色搖金琖。　　摻鼓漁陽撾未遍。舞褪瓊釵，汗濕香羅軟。今夜何人吟古怨。清詩未就冰生硯。

宋神宗熙寧九年（西元 1076 年）正月，時東坡四十一歲，在密州任上作此詞。這首詞題為〈密州冬夜文安國席上作〉，採「先點後染」的結構寫成，其結構分析表為：

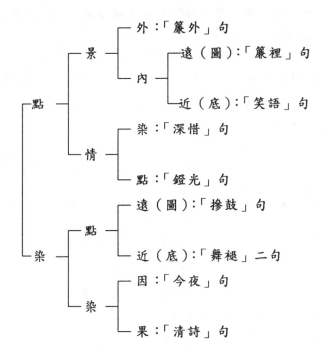

上片「由外而內」寫景，由於這一年春來得早，東坡先以「簾外」一句交代還寒乍暖的早春，再以「簾裡佳人」四句渲染在文安國席上宴飲之情景。下片則繼續鋪敘歡暢之宴，以擊鼓、舞踏點出滿座皆歡的場景；然而末二句筆鋒驟轉，因「今夜何人吟古怨」，東坡只好停止享樂而作此詞應和。

2、寂寞意象

〈蝶戀花〉密州上元

鐙火錢塘三五夜。明月如霜，照見人如畫。帳底吹笙
香吐麝。更無一點塵隨馬。　　寂寞山城人老也。擊
鼓吹簫，乍入農桑社。火冷燈稀霜露下。昏昏雪意雲
垂野。

東坡於宋神宗熙寧七年（西元 1074 年）九月，由杭州通判調
知密州（今山東省諸城縣），十一月三日到任，次年正月十
五日寫下這首詞。

此詞採「先昔（反）後今（正）」的結構寫成，其結構
分析表[20]爲：

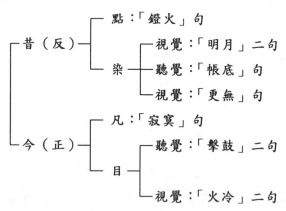

此詞題爲〈密州上元〉，上片先以「鐙火」句，再以「明月」
四句一染，藉追憶的方式，寫從前在「錢塘」上元時所見

---

[20] 此結構表及詞意賞析，參見陳師滿銘《蘇辛詞論稿》（臺北：文津
　　出版社，2003 年 8 月一刷），頁 12-13。

霜月之明、歌舞之盛與街道之潔；這是「昔」（反）的部分。中國自古即非常重視上元節，各地張燈結綵，放眼望去盡是一片燈海，且明月正圓，因此杭州仕女膏粱、鄉井小民莫不爭相遊賞，東坡看見滿城賞燈的遊人，便寫下「明月如霜，照見人如畫」的歡欣場景。東坡在杭州歡度三次元宵，對於富貴人家如何慶度元宵的排場相當明瞭，內心自是歡暢無比[21]。

下片筆鋒一轉，先以「寂寞」句，泛寫自己人老而寂寞；再以「簫鼓」四句，透過「簫鼓稀」的聽覺和「雪意濃」的視覺，具寫「寂寞」；這是「今」（正）的部分，就這樣以「昔」（反）襯「今」（正），將自己此刻寂寞悽惋之情宣洩而出。此處透過祭祀時沈穩而悶的鼓聲，緊扣東坡寂寞的心情。

密州的上元節之所以無「鐙火」、「吹笙」之樂，肇因於前一年的蝗災、乾旱，「天上無雨，地下無麥」[22]，連知州和通判也只能吃枸杞和菊花[23]，百姓的生活更是困苦，憂民之苦的東坡行走在寂寞山城中，聽到簫鼓之聲，循聲前看，原來是村民正在舉行社祭，祈求豐年[24]；東坡駐足直到「火冷鐙稀霜露下」才離去，但親民愛民的東坡內心亦期盼人民的

---

22 參見蘇軾〈論河北京東盜賊狀〉：「臣伏見河北京東，比年以來，蝗旱相仍，盜賊漸熾，今又不雨，自秋至冬，方數千里，麥不入土。」
23 參見蘇軾〈後杞菊賦〉序：「日與通守劉君廷式循古城廢圃求杞菊食之。」
24 《周禮·天官·鼓人》卷十二：「以雷鼓鼓神祀，以靈鼓鼓社祭。」按鄭《注》所云，即以八面鼓祭天神，以六面鼓祭地祇。頁 189。

災難能早點遠離，於是說「昏昏雪意雲垂野」，希望「今年好雨雪，會見麥千堆」[25]，於是一種「雪兆豐年」喜悅便一掃「寂寞山城人老也」的冷清，顯現東坡超曠的胸襟。

（二）自徐貶黃時期

蘇軾在徐州任上三年（熙寧十年至元豐二年），政績卓著：防洪、開發石炭、上書神宗皇帝請求增強地方兵力、要求皇帝准予各州縣各設醫人，專掌醫療病囚。雖然向神宗提出具體治理徐州的奏議未被採納，其用心治理地方的責任感卻深植徐州人民心中，後來他離任將赴湖州任時，徐州居民「洗琖拜馬前，請壽使君公，前年無使君，魚鱉化兒童」（〈罷徐州，往南京，馬上走筆寄子由五首〉之三[26]），州民的感激之情躍然紙上。

王安石在元豐二年罷相後，朝中充斥著權臣打擊異己的政治鬥爭，蘇軾在〈湖州謝表〉中云：「知其愚不適時，難以追陪新進；察其老不生事，或能牧養小民。」[27]因此更爲刺激了對他不滿而欲加治其罪的李定等人。

是年七月，監察御史李定、舒亶、何正臣等人「摭其表語，並媒孽所爲詩以爲訕謗」（《宋史・蘇軾傳》），上書指控

---

[25] 蘇軾〈出城送客不及步至溪上〉：「父老借問我，使君安在哉？今年好雨雪，會見麥千堆。」又熙寧七年十二月作詩〈雪後書北臺壁〉云：「遺蝗入地應千尺，宿麥連雲有幾家。」分類本注云：「雪宜麥而避蝗，故爲豐年之祥兆。蝗遺子於地，若雪深一尺，則入地一丈；麥得雪則滋茂而成稔歲，此老農之語也。」

[26] 參見《蘇東坡全集》上冊卷十，頁 120。

[27] 參見《蘇東坡全集》上冊卷二十五，頁 283。

蘇軾譏切時政、愚弄朝廷、傷亂禮教等罪名[28]，神宗將此案
交御史臺根勘，於七月二十八日派皇甫遵到湖州追攝，以「訕
謗新政」的罪名被逮至汴京，在八月十八日被關在御史臺的
監獄裡，此即為著名的文字獄----「烏臺詩案」。

　　蘇軾在獄期間，張方平雖已退隱南京，仍上書營救；章
惇、吳充亦勸諫神宗；蘇轍作〈為兄軾下獄上書〉請求「納
在身官以贖兄軾」；正在病中的曹太后亦出面為蘇軾說情；
連與蘇軾政治立場乖異而已退居金陵的王安石也出面說：
「豈有聖世而殺才士者乎？」[29]由於內外大臣的多方營救，
加上神宗本身亦賞識蘇軾的才華，最後才免於死罪，於元豐
二年十二月二十九日結案：責授檢校尚書、水部員外郎充黃
州團練副使、本州安置、不得簽書公文[30]。

　　在此時期，蘇軾僅一首詞作運用「鼓」，呈現的下寂寞
的意象：

---

[28] 參見清・畢沅編《續資治通鑑・宋紀》卷七十四，宋神宗元豐二年
　　秋七月條：「御史舒亶言軾近上謝表，頗有譏切時政之言，流俗翕
　　然，爭相傳誦。陛下發錢以本業貧民，則曰：『贏得兒童語音好，
　　一年彊半在城中。』陛下明法以課試群吏，則曰：『讀書萬卷不讀
　　律，致君堯舜知無術。』陛下興水利，則曰：『東海若知明主意，
　　應教斥鹵變桑田。』……并上軾印行詩三卷。御史何正臣，亦言軾
　　愚弄朝廷，妄自尊大。」（上海古籍出版社，1987年5月第一版），
　　頁382。

[29] 參見宋・周紫芝《詩讞》（臺北：廣文書局，1971年9月初版）頁
　　17。

[30] 參見《宋史・蘇軾傳》：「御史李定舒亶何正言，摭其表語，並媒糵
　　所為詩，以為訕謗，逮赴臺獄，欲寘之死，鍛鍊久之不決。神宗獨
　　憐之，以黃州團練副使安置。」見《宋史新編》卷一百十三列傳第
　　五十五，明・柯維騏編（臺北：文海出版社，民國63年12月影印
　　版），頁155。

〈永遇樂〉徐州夢覺，北登燕子樓作

明月如霜，好風如水，清景無限。曲港跳魚，圓荷瀉
露，寂寞無人見。紞如三鼓，鏗然一葉，黯黯夢雲驚
斷。夜茫茫、重尋無處，覺來小園行遍。　　　天涯倦
客，山中歸路，望斷故園心眼。燕子樓空，佳人何在，
空鎖樓中燕。古今如夢，何曾夢覺，但有舊歡新怨。
異時對、黃樓夜景，為余浩歎。

此詞題一本作〈彭城夜宿燕子樓，夢盼盼，因作此詞〉，因
王文誥《蘇詩總案》謂元豐元年十月「夢登燕子樓，翌日，
往尋其地，作〈永遇樂〉」，而名為〈北登燕子樓〉；縱觀詞
意，應是東坡夢覺後夜登燕子樓之作。

這首詞採「先具後泛」的結構寫成，其結構分析表[31]（如
次頁圖）。

上片即事寫景，先以「明月」六句寫燕子樓畔的月下清
景，「明月如霜，好風如水」之良夜，卻只有一人獨賞，因
而更顯現自身「寂寞無人見」的孤淒之感；再以「紞如」三
句交代夢醒，遠處傳來的更鼓驚夢，更增寂寞之感，而一葉
的飄落，聽之竟鏗然；然後再以「夜茫茫」三句寫醒後情形，
這是「具」的部分。下片則先以「天涯」三句寫自己外調許
久、歸鄉不得的痛苦，次以「燕子」三句寫人（盼盼）去樓
空的惆悵，再以「古今」三句寫自己與盼盼「不曾夢覺」的
哀傷，然後以「異時」三句將時間由「古今」伸向未來，想

---

[31] 此結構表及詞意賞析，參見陳師滿銘《蘇辛詞論稿》，頁 **18-19**。

像後世之人憑弔自己時，也發出無限失意之哀歎，這是「泛」的部分。

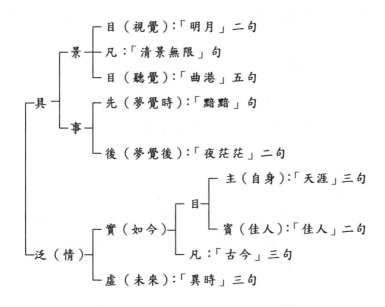

　　彭城為今江蘇省徐州市，東坡時為徐州知州。自熙寧四年（西元 1071 年）因與王安石新政意見不合，被迫外調，歷經杭州通判、密州知州至徐州，已匆匆六、七年，對於有濟世之志的東坡而言，外調以來的心緒頗為不快；故詞人寫燕子樓之事，通篇僅「燕子樓空」三句與題目相關，實則著重在寫景、寫夢、寫自己的感慨。

（三）去黃以後時期

　　蘇軾黃州五年的貶謫生活，自放於山水之間，幾經宦海沈浮後，「可說是飽經憂患、歷盡坎坷，因此他的思想是清

沉與豪放、傷感與達觀、得意時的『淡然』與失意時的『泰然』、儒家的『進取』與佛道的『看穿』，融貫於一體之中」[32]。這一時期，蘇軾亦僅一首詞作運用「鼓」，呈現的是歡樂的意象：

〈西江月〉坐客見和，復次韻
小院朱闌幾曲，重城畫鼓三通。更看微月轉光風。歸去香雲入夢。　　翠袖爭浮大白，皁羅半插斜紅。鐙花零落酒花穠。妙語一時飛動。

這首詞作於宋哲宗元祐六年（西元 1091 年）三月，時東坡以翰林學士承旨召還，罷杭州任，和曹輔龍山真覺院瑞香花詩後，再作〈西江月〉詞[33]。此詞採「由內而外」的結構寫成，其結構分析表為：

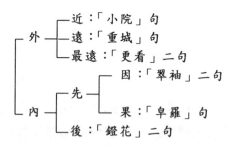

[32] 參見楊海明《唐宋詞史》（高雄：麗文文化事業股份有限公司，1996年 2 月初版一刷），頁 343-344。
[33] 蘇軾〈次韻曹子方龍山真覺院瑞香花〉詩：「幽香結淺紫，來自孤雲岑，骨香不自知，色淺意殊深。移栽青蓮宇，遂冠舊葡林，紉為楚臣佩，散落天女襟。君持風霜節，耳冷歌笑音，一逢蘭蕙質，稍回鐵石心。置酒要妍暖，養花須晏陰，及此陰暗間，恐致慳雷霖。綵雲知易散，鵯鶋憂先吟，明朝便陳迹，試著丹青臨。」

東坡將赴京上任前，於龍山真覺院與曹子方共賞瑞香花，作了〈西江月〉三首，此為第二首，題為〈坐客見和，復次韻〉，故知此詞為東坡在眾賓均已作過和詞後，再用前首的韻作詞[34]。

此詞先以「小院」句近寫真覺院內紅色的欄杆幾處迂迴曲折，再以「重城」句將視線遠移到城樓上，隨著「畫鼓三通」，更遠處的雲翳散去，人們將在因風而飄來的瑞香花味繚繞中入夢。上片寫外景，下片轉寫內景，東坡與眾客歡宴而不覺夜已深，故此時盡寫飲宴之情景。因群妓們爭相勸酒（「翠袖」句），故髮髻上插著的紅花已斜（「阜羅」句），最後以熱鬧場景作結，延續了無盡的歡暢。

五、結語

蘇軾在二百多首詞作中有六首詞運用了「鼓」。在蘇軾第一次自請外任杭州時，途經楚州而作〈南歌子〉（紺綰雙蟠髻），詞中「鼓」的應用呈現了作者歡愉的情緒。蘇軾在密州任時，有感於人民受蝗災、乾旱之苦，所作的〈蝶戀花〉（鐙火錢塘三五夜）一詞中，社祭的「鼓」聲便是傳達作者祈求人民早日遠離災難的寂寞肅穆之情。神宗熙寧九年正月，蘇軾初春病起，作〈一叢花〉（今年春淺臘侵年），由於

---

[34] 第一首為：「公子眼花亂發，老夫鼻觀先通。領巾飄下瑞香風。驚起謫仙春夢。　后土祠中玉蕊，蓬萊殿後　紅。此花清絕更纖穠。把酒何人心動。」（鄒本，頁 653-654）

心情因病稍瘥而轉喜，故「鼓聲清圓」。同年所作的〈蝶戀花〉（簾外東風交雨霰）中應用的「鼓」亦呈現歡暢之情。

由上述四首詞的情感來看，「鼓」呈現了歡樂氣氛的情感，也呈現了寂寞之情。因為在「自杭至密時期」，蘇軾雖未擔任朝廷重要命官，其仕途亦不算失意，所以「鼓」有歡樂的意象；但蘇軾畢竟是擔憂民生疾苦的，因此在寂寞山城中見人民祈求豐年時，亦表現出莊嚴的情緒。

蘇軾在元豐元年在徐州作〈永遇樂〉（明月如霜），久不得回京城的失志之情在此時顯現，夜半「紞如三鼓」更加凸出詩人「寂寞無人見」的不快。

經歷過「烏臺詩案」後，蘇軾擺脫了宦途順逆的羈絆、以佛道的超然處世哲學面對人生，因此在〈西江月〉（小院朱闌幾曲）中，「鼓」的應用寫盡飲宴的歡暢。

「鼓」樂器的快節奏、音色、力度的突出表現鼓動人的歡樂氣氛；慢節奏、沈穩的悶擊則可表現寂寞、肅穆的氣氛。透過上述六首詞作的分析，「鼓」可以呈現歡樂的意象，也可以呈現寂寞的意象。

重要參考書目

（一）古籍

《詩經》，十三經注疏本，台北：藝文印書館，1993 年版。

《周禮》，十三經注疏本，台北：藝文印書館，1993 年版。

〔東漢〕王充:《論衡》,臺北:商務印書館,1983 年 2 月初版。

〔梁〕劉勰:《文心雕龍·神思》,臺北:三民書局,2002 年
6 月初版十三刷。

〔宋〕蘇軾:《蘇東坡全集》臺北:世界書局,1964 年 1 月
初版。

〔宋〕周紫芝:《詩讞》,臺北:廣文書局,1971 年 9 月初版。

〔明〕柯維騏編:《宋史新編》,臺北:文海出版社,民國 63
年 12 月影印版。

〔清〕段玉裁:《說文解字注》,臺北:藝文印書館,1999 年
9 月七版二刷。

〔清〕·畢沅編:《續資治通鑑·宋紀》,上海古籍出版社,
1987 年 5 月第一版。

（二）近現代文獻（依作者姓名筆劃排列）

王長俊:《詩歌意象學》,合肥:安徽文藝出版社,2000 年 8 月。

仇小屏:《文章章法論》,臺北:萬卷樓圖書股份有限公司,
1998 年 11 月初版。

仇小屏:《篇章結構類型論》（增修版）,臺北:萬卷樓圖書
股份有限公司,2005 年 7 月再版。

朱謙之:《中國音樂文學史》,北京:北京大學出版社,1989 年版。

陳植鍔:《詩歌意象論》,北京:中國社會科學出版社,1990
年 8 月第一版。

陳滿銘《章法學新裁》,臺北:萬卷樓圖書股份有限公司,

2001 年初版。

陳滿銘：《蘇辛詞論稿》，臺北：文津出版社，2003 年 8 月一刷。

陳滿銘：〈辭章意象論〉，載於師大學報：人文與社會類，2005 年，50（1）。

陳佳君：《辭章意象形成論》，臺北：萬卷樓圖書股份有限公司，2005 年 7 月初版。

黃永武：《中國詩學・設計篇》，臺北：巨流圖書公司，1999 年 6 月初版十三刷。

趙渢主編：《中國樂器》，香港：珠海出版有限公司，1992 年 2 月初版。

鄒同慶、王宗堂：《蘇軾詞編年校註》，北京：中華書局，2002 年 9 月第一版第一刷。

楊海明：《唐宋詞史》，高雄：麗文文化事業股份有限公司，1996 年 2 月初版一刷。

鄭德淵：《中國樂器學》，台北：生韻出版社，1984 年 7 月初版。

龍沐勛：《東坡樂府箋講疏》，臺北：廣文書局，1972 年 9 月初版。

龍沐勛：〈東坡樂府綜論〉，《詞學季刊》第二卷第二號，1933 年 4 月。

蘇珊・朗格（Susanne K. Langer）：《情感與形式》，劉大基、周發祥譯，臺北：商鼎文化，1991 年 10 月。

論並列法與凡目法在小學讀寫教學中的應用
——以國小三年級為考察對象

陳玉琴

彰化縣鹿東國小教師

摘要

語文教育是一切學科教育的基礎，而近年來學生語文能力普遍低落，則是一個不容否認的現象，筆者有鑑於此，希望透過章法的條理思路、邏輯思考來加強學生的思維能力，期望能彌補語文領域教學時數的不足，進而有效增進作文和閱讀能力。

本研究以國小三年級學生為研究對象，考量國小三年級學生有限的語文知識，選擇並列法和凡目法為章法教學的入門，採用讀寫結合的行動研究方式，一方面進行範文的章法閱讀教學，一方面採用新題型作文的命題方式，讓學生進行應用寫作。

本研究著重在教學過程上，預期進行每週一次，為期七週的實驗教學，從畫結構圖、句和段的訓練入手，進而範文賞析、分析，建立學生對章法的概念，再設計相關題組讓學

生加強練習的機會。期望整個教學研究可以增進學生閱讀理解的能力，寫作上可以培養學生認清題目主旨、擬定寫作大綱、蒐集寫作材料的能力。

關鍵字：章法、並列法、凡目法、讀寫教學

一、前言

　　「聽、說、讀、寫」是語文活動的四個領域。其中「讀」就是「閱讀」，一個人是否具備競爭力，取決於他對於日新月異的知識和瞬息萬變的訊息傳遞，是否有抉擇的能力，而這個抉擇能力的取得，「閱讀能力」是一個很明顯的指標。民國八十九年起，曾志朗部長大力推廣閱讀，獲得很多人的迴響與認同，可見「閱讀」的重要性。然而，要學生讀，卻不教他如何讀，累積出來的只是閱讀的量，缺少相關的閱讀理解。章法學在閱讀領域上所提供的就是一種文章架構分析的策略，不僅可以讓學生在概覽全文之後，使用章法結構的分析方法，將範文做簡化，更能幫助學生對文章所涵括的意義及概念迅速理解。

　　「寫」就是「寫作」，是把個人腦海中的想法，以合理的邏輯、正確的文法和標點符號，用筆寫出句子，組成段落，進而構成一篇完整的文章。[1]在小學領域來說，就是時下小學生最害怕的「作文」。精確一點來說，「作文」是由說話、閱讀、寫字等互相結合的活動，也可以說是學生整體語文能力的總體現，是由平時閱讀累積下來的材料，透過文字的組織，在合理的架構下，呈現出來的內容。章法學是一種謀篇的技巧，可以有條理地整理個人的思緒，讓學生從中習得擬定大綱的技巧，這對於增進學生的寫作能力，應當有一定的

---

[1] 張新仁《寫作教學研究－認知心理學取向》高雄復文 1992，頁 1

幫助。

國民中小學九年一貫課程綱要明確把寫作能力列為國語文學習的六大能力之一。今（95）年起國中基測加考寫作測驗；國際上，美國申請大學須考的 SAT（Scholastic Assessment Test）亦從 2005 年春季起加考寫作測驗，足見培養寫作能力是當下語文教育的重點。

筆者在教學場域有十年的語文教學經驗，面對學生日益低落的語文能力，除了憂心忡忡外，更期望在語文領域節數不足的情況下，能對學生進行有效的寫作訓練。本研究的目的在於透過行動方案的設計與實施，探討章法落實在小學三年級的應用情形。希望一方面藉由章法結構圖的引導與認識，學生能將之內化為個人寫作時的策略，並提升對文章的有效理解；一方面能判斷並列法、凡目法的文章，並將這兩種方式運用於文章的組織上。

基於近年來多位研究者對章法學的提倡及發現其對於讀寫的幫助，筆者開始規劃研究藍圖，想要探討章法學在國小三年級讀寫方面的運用，一方面開發更多適合三年級的章法教學教材，一方面深入瞭解章法學對三年級學童讀寫的幫助或限制，進而澄清或重新建構個人在語文教學領域的信念及教學知識。

二、文獻探討

以下先就章法學在讀寫教學的立論基礎做探討，再以視

覺空間智慧說明和章法之間的關係，接著探討如何將章法融入讀寫的教學。

（一）章法學在讀寫教學的立論基礎

1、章法學的意涵

　　章法是陳滿銘教授從三十多年前開始深入探討，經過不斷地分析統整，所研發的一門有系統的學問。陳滿銘在《章法學綜論》一書中提到「章法處理的是篇章中內容材料的邏輯關係。」，目前所發現的章法約計有四十種，如今昔法、久暫法、遠近法、內外法、左右法、高低法、大小法、視角變換法、時空交錯法、狀態變換法、知覺轉換法、本末法、淺深法、因果法、眾寡法、並列法、情景法、論敘法、泛具法、空間的虛實法、時間的虛實法、假設與事實法、凡目法、詳略法、賓主法、正反法、立破法、抑揚法、問答法、平側法、縱收法、張弛法、插敘法、補敘法、偏全法、點染法、天人法、圖底法、敲擊法等。上述的章法是較常見的，就章法的秩序和變化規律來說，每一種章法又可形成四種結構，也就是說目前所發現的章法結構約有一百六十種之多。由於章法系統是開放的，不是封閉的[2]，只要是運用「客觀存在」的通則所創作的辭章，就有可能發展出新的章法。

　　簡而言之，「章法」是探討篇章內容的邏輯結構，也

---

[2] 王希杰〈章法學門外閒談〉，台北：《國文天地》18 卷 5 期，2002 年 10 月，頁 97

就是聯句成節（句群），聯節成段，聯段成篇的關於內容材料的一種組織。考量三年級學生有限的語文知識及理解力，研究者選擇並列法及凡目法為章法教學的入門，以下再針對二者做概括介紹。

2、並列法

並列法是指文章中的各個結構成份都是圍繞著主旨，圍繞著一個統一的中心思想，選取適合的材料，從各個方面、角度來闡發主旨；每個結構成分是並列的關係，彼此之間的關係未形成其他層次。[3]

句子本身成分的排比、句和句的排比乃至段和段構成的排比，都可以是並列法的一種。「貧賤不能移，威武不能屈，富貴不能淫」是句子成分的並列形式；「琵鷺們有的整理羽毛；有的拍動翅膀，戲水追逐；有的咬著岸邊的草，拉來拉去；還有的把又長又扁的嘴伸進水裡，撈起魚蝦往上丟，再張口接住。」[4]在這一個長句裡，將觀察所得琵鷺的活動情形，採用並列句式，逐一描繪出一幅美麗而生動的圖畫來，整齊中又兼顧活潑，四個並列都能扣緊主旨。

至於段和段的並列，一般以韻文出現較多，透過分段敘寫的方式，讓文章圍繞主旨來發揮。整體而言，並列法運用在文章上呈現的效果，包括形式反覆，所產生的整齊美，這

---

[3] 仇小屏《篇章結構類型論》，台北，萬卷樓圖書有限公司，2000 初版；再版，2005，頁 237

[4] 引自南一版第五冊第四課〈黑面舞者〉。

種整齊的形式，如果運用得恰到好處，能使文章的形象鮮明。仇小屏在《篇章結構類型論》中引用陳雪帆的說法，說明並列結構在大的方面是反覆的，但在小的方面，創造了互異的美感，這說明了並列法能獨樹一幟的地方。

3、凡目法

凡目法名稱出自《周禮・天官・宰夫》[5]，是指在敘述同一類事、景、情、理時，運用了「總括」與「條分」來組織篇章的一種章法。[6]「凡」是總括，具有統攝的力量，用來概括「目」的部分。「目」，也就是「條分」。條分的項目是並列的，因而具有一種整齊美，單就「目」的部分來看，它同時也是並列法，所以在並列法的教學之後，實施凡目法的教學，是一個符合教育循序漸進、螺旋結構的做法。

凡目法意同「分合法」和「總分法」，整體的形成，運用了邏輯的思維方式。根據章法的秩序律來看，凡目法可分為「先凡後目」、「先目後凡」兩種，其中歸納的思考會形成「先目後凡」的結構，演繹的思考會形成「先凡後目」的結構；再由章法的變化律來看，凡目法可分為「凡目凡」、「目凡目」兩種。

凡目法不僅在一般文章中應用極廣，在小學作文中出現的比例也非常高。其中採用得最普遍的，要屬「凡目凡」結

---

[5] 仇小屏《篇章結構類型論》，台北，萬卷樓圖書有限公司，2000 初版；再版，2005，頁 273
[6] 陳滿銘《章法學綜論》，台北，萬卷樓圖書有限公司，2003，頁 27

構，因爲將材料依主旨先總括以作一提示，接著再條分細寫，最後再總括作結，是最完整的謀篇方式之一。[7]

（二）語文智慧和視覺空間智慧

三年級的學生初學作文，對於作文的概念模糊，倘若在實施寫作教學時，能夠有一種策略可以幫助他們有效地建構寫作大綱，那麼學生對於寫作的掌握，一定更能駕輕就熟。相同地，對於閱讀方面，如果能經由某些策略，讓學生有效且快速地理解文章的內容，那麼對於教師教學成效的提升，一定有莫大的幫助。

1983 年，哈佛大學心理學家 Howard Gardner 的《心智架構》（*Frames of Mind*）一書，打破傳統智力偏執一方，只用單一量化的智能就能描述每個個體的說法，提出了「多元智慧理論」（the theory of multiple intelligences），爲教育者開展了新的視野。Gardner 在書中對「智力」重新下定義，他認爲智力是「在某一特定文化情境或社群中，所展現出的解決問題或製作生產的能力」，其中視覺空間智慧（spatial intelligence）是指對視覺或空間性的訊息之知覺能力，以及把所知覺到的加以表現出來的能力。[8]圖表、圖解或是照片等繪畫般的呈現方式，可以用來支持文字或語言，以幫助並強

---

[7] 陳佳君〈從章法談國小作文運材教學－以幾種常用於論說文的章法爲例〉，《人文及社會科教學通訊》十二卷四期，頁 142

[8] 黃永和《結合多元智慧的童詩寫作教學方案》，《人文及社會科教學通訊》十二卷六期，頁 173

化多數學生的學習。[9]

　　王萬清也提到文章的結構分明，所要表達的觀念自然清晰，文章的結構散亂，所要表達的觀念自然曖昧。[10]是以在寫作上，如果能夠先自行擬定一個簡明易懂的結構圖，將有助於學會選材、運材及提升自己在寫作上的功力。

　　上述所提到的章法，它在解讀一篇文章時，就是透過章法結構分析圖的呈現，這種章法結構分析圖本身就是一種繪畫的呈現方式，文章所傳達的訊息透過分析圖的表達，讓學生更容易抓住重點。這種方式和視覺空間智慧的內涵是類似的；反之，以章法來架構大綱的寫作方式，是一種把一個思考的程序轉化成文章組織的結構，也就是將文字聯結成意義，朝向文章的主旨發展，使讀者能清楚了解作者的意圖和觀點。[11]這可以讓學生確認哪些是文章中的必要成份，且在寫作的同時做自我澄清的工作。

　　以下將章法結構圖的優勢舉例做一說明。

9　郭俊賢、陳淑惠譯《多元智慧的教與學增訂版》，二版，Linda Campbell，Bruce Campbell，Dee Dickinson 著，台北，遠流出版社，1999，頁 93

10　王萬清《多元智能創造思考教學－國語篇》，高雄，復文，1999，頁 161

11　王萬清《多元智能創造思考教學－國語篇》，高雄，復文，1999，頁 161

表 2-2-1

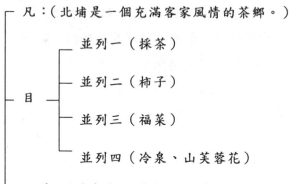

凡：（北埔是一個充滿客家風情的茶鄉。）

　　並列一（採茶）

　　並列二（柿子）

目　　並列三（福菜）

　　並列四（冷泉、山芙蓉花）

凡：（北埔是多樣的，是動人的，讓我們一起去欣賞美麗的北埔吧！）

　　這是南一版三上第三課的課文章法結構分析圖，正在學習這一課的學生，可以把課文題目填入左端的空格中，再根據文章內容的學習，把作者所提到的北埔的特色逐一列出，經由老師對並列法的講解，學生可以發現這些特色彼此之間是沒有層次的，只是分別從不同的方面、角度來闡發主旨，這種利用圖示來輔助寫作的方式，就是對應到視覺空間智慧。

　　把章法分析圖運用在寫作教學上，可以看做是語文智慧和視覺空間智慧的結合，或者更進一步說是把視覺空間智慧當做一種工具，在讀或寫的時候，把腦海中未經組織的意念，透過思考整合，一步一步地擴寫出來，這樣藉由章法分析圖輔助寫作的方式，正是高度融入語文智慧和視覺空間智慧。

（三）讀寫結合

讀寫結合教學就是把閱讀教學與寫作教學適時地結合，引導學生把透過閱讀學到的知識用到寫作練習中。讀寫結合教學的必要手段就是「模仿」，模仿是一種社會心理現象。任何一種學習，開始都離不開模仿。模仿是溝通讀和寫的橋樑，朱作仁在《小學語文教學心理學導論》提到

> 一方面範文能示範性地把文章的結構格式以及如何遣詞造句、謀篇布局的方法直觀地呈現在學生面前，形象地告訴學生應該怎樣寫。一方面，範文能幫助學生習作時擴充知識，開拓思路，豐富想像，而且學生可以學習範文觀察事物、分析問題的方法。[12]

這段話說明了讀寫結合中「模仿」的重要性，也告訴我們通過模仿可以實現作文知識的直接遷移。

「遷移」是指已經獲得的知識、技能、甚至方法和態度對學習新知識、新技能的影響。

學習章法的目的，就是要學得謀篇與佈局的方法，不僅能在閱讀時有效幫助自己做閱讀理解，迅速獲得文章所要表達的知識，更能在寫作時，快速地整理思緒，將收集的資料，有條理地放入文章中。這樣的成果正是一種經由「模仿」而產生的「遷移」，章法在讀寫領域的優越性由此可知。

---

[12] 朱作仁、祝新華編著《小學語文教學心理學導論》，上海，上海教育出版社，2001，頁 212

三、行動研究方案的設計及實施

（一）讀寫教學設計前的反省

1、在讀寫教學準備上

在教學現場上，一直有感於語文能力的重要性，然而在投入章法寫作的教學之前，也只是利用坊間有關提升閱讀、寫作能力的「便利」書，依樣畫葫蘆，經常是模仿這本一段時間，模仿那本一段時間，整體而言是零碎而缺乏系統的。這次經由章法的讀寫實驗教學中，能將完整課程計劃做事先規劃，並和課內教材互相配合、互為補強，這樣的思考整合工作是前所未有的，希望透過這種方式，對教師及學生有更多的啟發。

2、在讀寫指導上

以往在教學上提供的作文指導方式，是見一個題目，說一種方法，對三年級的學生來說，缺乏持續而有效的練習，是以在下次遇到同類型的題目時，仍然面臨無法下筆的窘態。希望在這次的教學實驗上，針對同類型的題目，做反覆的練習，讓學生在寫這類型的題目時，能有效運用教師所教的文章結構形態，增進運材佈局的能力。

（二）教學對象分析

九十四學年度起，筆者被分派為三年 10 班級任教師，

由於所規畫進行的是行動研究，這次研究的時間又長達十個星期，為便於筆者觀察記錄，因此以所任教的班級為研究對象。

這次實施章法實驗教學的場域是彰化縣鹿港鎮的鹿東國小，鹿東國小是一所鄉鎮小學，在鹿港鎮屬於新興學校，只有七年的歷史；但由於附近新興社區不斷增加，所以七年內已經發展成六十幾班的規模，是鎮內最大的小學。這次實施的三年級總共有十一班，以研究者擔任級任導師的班級學生為實驗研究對象，學生家長的社經背景為工或自由業為多，少數從事商業；學生共 31 人，男生十七名，女生十四名。其中男生有兩位是經鑑定的學習障礙學生，每週有二節課在資源班上課；另有一人是學習落後，經由輔導室輔導的學生。

經過開學以來兩個月的觀察，發現男生活潑好動，上課也較不認真；女生則較沈靜好學，上課也較認真；但總體而言，全班只有少數 2~3 位有課外閱讀的習慣，而且沒有人有曾經主動寫作的經驗，之前的寫作經驗都是老師上課要求或安親班加強的作業。

在實施行動研究之初，為了要瞭解學生的起始行為，特別以題目〈我的家人〉要求學生進行命題作文，除了能確實發現學生的作文能力外，更能從學生的自我介紹中，促進老師對學生的認識，便於對日後對教學的掌握。

（三）前測分析

1、內容

（1）、作文中有口語的感覺

作文雖可說是「說話」的文字形式，但是作文應較說話來得嚴謹、簡潔、有條理。太囉唆的句子，太直接的翻譯口語，都是不恰當的。

如：我的媽媽每次都煮很好吃的菜，*也給我錢去買早餐*。（前 1401）

（2）、前後意義不連貫

如：我的姐姐很愛幫助別人，*有時我和她為了一件事就吵架*。（前 1001）

如：我喜歡假日和爸爸一起去工作，因為爸爸有時會叫我幫他操作。

我的家人有爸爸、媽媽、弟弟和我。

我的興趣是打球和打電腦還有我最喜歡的足球。（前 0401）

（3）、字詞重複太多

文章是由文字所組成，假如沒有豐富的詞彙，就不能作出好文章；字詞太多重複，讀來令人乏味、繁瑣。

如：我覺得他們都對我很好，我覺得我很開心喔！我覺得我很幸福哦！（前 1401）

（4）文章偏離主題

　　我的媽媽很漂亮，*暑假時，我們全家去清水岩爬山，我一口氣就爬到山頂，媽媽說我很厲害。*（前 2001）

2、形式

（1）標點符號不正確

　　小朋友認為一段中，所有的停頓點只能標上逗號，一段完成之後才能標上句號。

　　如：*我的爸爸最好了，我不高興的時候，爸爸就會安慰我，爸爸什麼東西都會修理，爸爸像個萬能的超人，爸爸上班回來我都會跟他撒嬌。*（前 1101）

（2）分段忘了空兩格

　　我的家人有爸爸、媽媽、弟弟、妹妹還有爺爺跟奶奶。*爸爸是攝影師*，爸爸的拍照技術好厲害，家裡有好多爸爸的獎杯喔！（前 2601）

　　本次前測的題目，很適合採用「凡目法」來發揮，最簡單的方式是用一個總起句來介紹家庭的成員，「我的家有五個人，有奶奶、爸爸、媽媽、我和妹妹」，這就是「凡」的部分，是多數文章主旨及綱領安置的位置；「目」是條分，就〈我的家人〉這一篇文章而言，再分段介紹「我的每一個家人」，「每一個家人」分段逐次介紹，每段可以獨立，也可以說是並列法的作法延伸。

全班 31 人，共有 12 人會用總起句的方式，只有 7 人會把總起句放在開頭，另有 5 人會用這樣的句子，但是是擺在第二段之後，造成意義上跳脫、上下文無法連接。

（三）確立教學目標

基於一種嘗試的想法，再加上指導教授的鼓勵及趙逸萍、王慧敏的教學實驗研究都證明章法在小學的可行性，於是在對章法有了進一步的認識之後，便著手對本學期要進行的研究開始收集資料，界定研究的焦點，確立教學目標。

九十二年版《國民中小學九年一貫課程綱要》指出語文領域第一階段（一至三年級）的能力指標，有關閱讀的教學目標是：

E-1-1 能熟習常用生字語詞的形音義

E-1-2 能讀懂課文內容，了解文章的大意

E-1-3 能培養良好的閱讀興趣、態度和習慣

E-1-4 能喜愛閱讀課外讀物，主動擴展閱讀視野

E-1-5 能了解並使用圖書室（館）的設施和圖書，激發閱讀興趣

E-1-6 認識並學會使用字典、百科全書等工具書，以輔助閱讀

E-1-7 能掌握閱讀的基本技巧

寫作的教學目標是

F-1-1 能經由觀摩、分享與欣賞，培養良好的寫作態度與興趣

F-1-2 能擴充詞彙，正確遣詞造句，並練習常用的基本句型

F-1-3 能認識各種文體的寫作要點

F-1-4 能練習運用各種表達方式習寫作文

F-1-5 能概略分辨出作品文句的錯誤，並加以修改

F-1-6 能概略知道寫作的步驟（從收集材料到審題、立意、
選材及安排段落、組織成篇），逐步豐富作品的內容。

由於本研究鎖定在章法學的運用上，而章法學強調的是
文章的運材及布局，閱讀在本研究的目的是以讀促寫，是以
根據教育部擬定的目標為準則，另訂教學目標為：

1、能利用章法結構圖進行文章材料的收集

2、能用章法的概念，分析所閱讀的材料

3、能利用所提供的範文，進行同形式的仿作

4、能藉由對凡目法的認識，判斷文章的主旨

（四）研究方法與設計、修正

本文的研究方法是以在實際教學情境中發現問題，先透
過所學的章法，設計解決方案，進行改變，省思和修正，而
後再次行動的行動研究（action　research）為主，希望能從
這種一再反覆行動與修正的教學方法中，尋求最為可行的教
學模式，以提升自我的教學、併真正改善學生的寫作表現及
增進閱讀理解能力。

本次研究教材以自編為主，配合九年一貫統整教學的精
神，融入國語科南一版第五冊課本，藉由章法結構圖的介
紹，再將章法學領域的並列法及凡目法融入語文讀寫教學
中。

表 3-5-1

次數	實施日期	教學單元名　　稱	教學材料	章法呈現方　　式	讀寫內容	讀寫教學目標
前測		〈我的家人〉			直接命題作文〈我的家人〉	
一	10/17	家族結構圖	配合康軒版社會第一冊第二單元	用家族結構圖方式帶入	1、家庭結構圖試畫 2、「書」家族－小組討論	能畫出分析結構表
二	並列法教學	10/24	猜謎大會	配合《南一版國語第五冊》第四課及《丁有寬讀寫結合教例與經驗》	並列句的呈現	童詩仿作	1、能理解文章分析圖的畫法 2 能仿寫並列句的寫法與畫結構分析圖
三		11/10	我的學校	配合《丁有寬讀寫結合教例與經驗》	並列結構段的呈現	學生習作片段作文〈媽媽的外表〉	1、能學會寫並列結構段 2、能判斷是否為並列句 3、透過師生討論能畫出文章分析圖
月考週						

四	11/21	愛 在 哪裡？	學生作品	全文為四段，以四個並列段呈現	學生習作作文題目〈假如我是……〉	1、能完成並列結構的文章 2、能自行繪製文章分析圖
五	12/5	夏日蓮鄉	《南一版國語第五冊第一課課文》	從凡到目	改寫「目」的部分〈動物速寫〉	1、能補寫「目」 2、能發現「目」的結構和並列法相似
六	12/12	新詩－謝謝老師	《南一版國語第七冊第一課課文》	從目到凡	學生補寫「凡」〈謝謝爸媽〉	1、能發現「凡」是一篇文章主旨所在 2、能補寫總結段－「凡」
七	12/19	北埔風情	《南一版國語第五冊第三課課文》	凡目凡	〈鹿港風光〉	1、能仿〈北埔風情〉寫〈鹿港風光〉 2、能運用視覺摹寫來幫助寫作
後測	12/26	〈新年新希望〉			凡目法或並列法的綜合練習	1、能用章法結構圖幫助思考、蒐集材料 2、能說明個人的文章架構是採用何種方式

（「凡目法教學」為第五、六、七列的跨列標示）

（五）活動實施

由於三年級正是作文教學的起步階段，教師扮演了一個啓蒙者的角色，透過一連串不斷的教學與改進，期望在語文領域能達到師生雙贏的局面。

1、章法結構圖

繪製章法結構圖的用意，在於建立學生寫作時能針對題目作出通篇文章的概要計畫，讓學生在寫作時有一個指引，不至於無所適從，對材料的取捨，也有一定的幫助。然而章法的結構分析圖是一個抽象的概念，筆者第一個要面臨的挑戰即是要如何將分析圖教給三年級的學生，並且讓分析圖成爲學生日後讀寫上會使用的策略。

適逢康軒版社會第一冊第二單元主題是「家庭倫理」，內容介紹了各種家庭（小家庭、核心家庭、大家庭）的組成人口，筆者思及此正好和劉寶珠老師設計的家族結構表[13]有異曲同工之處，一方面又可以配合生活經驗，一方面正適合把結構圖的概念不落痕跡地教給學生，於是進行章法結構圖的教學。

爲了強化結構圖的概念，以「書」爲整個圖表的上層概念，請小朋友就「書」可以想到的種類，逐一提出來，下一步再將小朋友提出的項目做分類，以做爲次層的概念。由於

---

[13] 劉寶珠《作文運材教學設計》，臺灣師範大學碩士論文，2002，頁148~153

是剛開始接觸，研究者採用小組討論的方式進行，由於高學習力的學生可以很快從教師的示範中學習到圖表的使用方式，再由同儕之間的互相模仿，所以全班有 28 人可以完成至少三層的結構圖。

之後每一次的章法範文講解上，研究者都會一再地強調結構圖的重要性，而且在之後的短文習作上，也會要求學生要先畫結構圖再進行文章的撰寫，當學生在做文章的習寫或仿寫時，發現他們在結構圖的擬定上花了較文章本身更多的時間。

例如在習寫並列法的作文〈如果我是〉時：

> T 問：看到這個題目，你會想先怎麼做？請小朋友說說看！
>
> S19 答：想一些和題目有關的內容
>
> T 問：然後呢？你還會做什麼？
>
> S19 答：把這些寫在結構表上
>
> T 問：怎麼寫？全部寫上去嗎？
>
> S19 答：可以全部寫上去，再把不要的擦掉，也可以先想好再寫上去。
>
> （教學日誌 941121 觀 04）

2、並列法

文章的組織結構就好比房子的鋼筋，利用上述圖表的方式，可以增進學生就文章材料進行有秩序的蒐集，但是有了

材料之後，就要指導學生將文章的材料加以組織排列，選擇章法中較易入門的並列法先著手。

（1）並列法介紹教學活動

藝術與人文課程中的視覺藝術，用簡單的幾何圖形做排列，因為排列的方式不同，所引發的趣味也不相同，研究者因此決定用勞作的方式帶入並列法的概念。先將裁剪成大大小小不等的長方形、圓形、三角形、正方形色紙發給學生，詢問學生在形狀分開的原則下，可以如何排列？雖然課堂上的氣氛活絡，學生也很認真地試著去排列這些圖案，但是在教學後，教學者卻產生了迷思。

> 雖然已經使用勞作的方式來引導學生認識並列法，企圖用視覺上的刺激與效果，讓學生明瞭並列法的層次關係，教學過程很熱鬧，但有達到預定的教學目標嗎？

（教學日誌 941024 省思 03）

（2）並列法的判斷－從句到段

〈猜謎大會〉是用兩小篇短詩來做為舉例，第一篇的謎面是用四句結構類似的短句寫成的，先進行閱讀之後，學生很容易就猜出答案，接著帶領孩子感受詩的意境，判斷本詩的章法，並請學生試畫結構表。馬上打鐵趁熱，請學生繼續第二首，第二首小詩分為兩段，兩段分別就這種動物的外表

及習性來寫，一樣在閱讀之後，請學生猜一猜答案，猜謎的作法對引起學生的學習興趣，有很大的幫助。

教師再自編一些有關學校生活的並列句，請學生畫結構圖，寫上重點，大部分的學生也都能做到了。

> 前述對於並列法的介紹，自己覺得並不理想，但是，學生在這一次的教學實驗中，表現得超乎預期，終於有點信心了。

（教學日誌 941024 省思 04）

（3）並列法作文習作

片段作文僅是完整作文的一個構件，但它相對來說是完整的，「麻雀雖小，五臟俱全」，可訓練的內容很多。而且只有能寫好語段，才能寫好一篇完整的作文，因此，爲了不打擊學生的士氣，採用漸進的方式，先由一段的訓練，漸至一篇。

在寫作之前，仍舊採用小組共同討論，題目範圍僅限於〈媽媽的外表〉，由於是學生最親近的人，所以教學時，只要給予重點提示，請學生先觀察自己的外表，避免脫離主題太遠即可。等到結構圖初稿完成時，請小組推派代表發表，由全班共同來修改，刪去非必要的成份。

學生提出「五官、身材、膚色、衣著、聲音」等外表的項目，研究者在此時就會加入並列法的說明，再請學生在每一項之前加入章法的結構。現在整個材料都確定好了，研究

者會給學生一個總起句－「我的媽媽叫xxx」，本段結尾再要求學生寫出「感覺」，最後請學生站起來口述作文。

最後，請學生將口述作文的內容寫下來，要再三提醒學生的是，要一項寫完再寫下一項，務必注意每一個項目彼此之間是並行的。

在日常生活中，我們扮演的角色都是固定的，可是有時候，我們會想像「如果我是『他』的話，我會怎麼做？如果我是『他』的話，那該有多好！」於是在並列法的練習中，研究者還設計了最後一個練習，題目是〈假如我是......〉，設計內容如下：

※題目請訂為「假如我是xx...」，『xx』可以替換成任何一種動物或人

　※要把自己想像成那種動物，那種動物有什麼 特性 或 本領 ，是你所羨慕或要學習的；有什麼 缺點 ，是你想改進的。你可以利用這篇文章來滿足你自己的想像。

※每一段文章的開始都要用「假如我是xx」開頭，至少寫三段。

※這一篇文章請你用 *並列法* 的形式完成，請你先完成構思，寫出每一段要寫的重點。

下面是學生的寫作成果

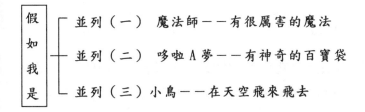

假如我是魔法師，我要把世界變得很和平，不會讓星際壞人有機會來到地球，在國與國之間要打仗時，用魔法消除戰爭；我要讓地球到處綠意盎然，不會有空氣污染；我要用很厲害的魔法，幫助需要幫助的人。

假如我是哆啦Ａ夢，我要用縮小燈，把欺負弱小的人縮小，把他們交給警察；我要用任意門去世界各地，去課本上介紹的國家；我要從百寶袋拿出很多的金銀財寶來幫助窮人。

假如我是小鳥，我要餵鳥寶寶吃蟲，還要唱出我美妙的歌聲；我要在天空中飛來飛去，摸一摸白雲是不是軟軟的，看一看飛機如何飛。

（941121 作品 0204）

就學生所畫的結構圖及文章內容來評析，整個結構圖符合研究者在教學上所指導的模式，可見得學生不僅懂得如何畫，更把結構圖視為文章大綱；內容上雖無特別的創新，但除了第三段「我要餵鳥寶寶吃蟲，還要唱出我美妙的歌聲」，

不符合段落大意外，整體來看，仍是一篇佳作。

3、凡目法

對並列法有了粗淺的瞭解後，也等於是對凡目法中的「目」有了概略的認識，於是接著進行「凡目法」教學。

（1）凡目法介紹教學活動

由於「凡」、「目」的名稱概念，對三年級的學生來說，不容易理解，甚至連「總分法」、「分合法」，他們都聞所未聞。所以決定利用多日，家家戶戶都會吃到的火鍋來和「凡目法」之間搭一座橋，讓學生先對「凡目法」有所認識，並加深對「凡目法」的印象。先利用多媒體教材展示有關火鍋的圖片。隨後問學生：

> T 問：有沒有吃過「火鍋」？
>
> S 答：有（全班不約而同）
>
> T 問：吃過哪一種火鍋？
>
> S06 答：丸子、豬血、青菜還有肉
>
> T 問：老師要問的是哪一種類的火鍋？譬如沾沙茶醬的叫沙茶火鍋、裡面全部是素食的叫做素食鍋，你們還聽過哪一種火鍋的名稱？
>
> S11 答：菇菇鍋、泡菜鍋
>
> T 問：還有嗎？
>
> S31 答：海鮮鍋、巧克力鍋
>
> ....

　　看到學生開始熱烈搶答後，研究者隨即中斷他們的想法，「說明『凡』就是一個總說，是最高層次的，就好像大家庭裡，『爺爺、奶奶』就是最上層的人『爸爸、叔叔、堂兄弟』是因為爺爺、奶奶而衍生來的，再請他們進行判斷，上面哪一個是總說？」果然，借用日常生活經驗是一個引導的利器，學生很容易就說出老師想要的答案。

　　接著引入「目」的概念，強調「目」是條分，「凡」的部分具有綜合的力量，「目」的作用，是用來說明「凡」的。之後要求學生根據上面的例子，說出「目」部分，結果顯示，這個問題，對大部分的學生而言也是容易的。

（2）由凡目法發現文章的主旨

　　凡目法在國小課文中出現的比率很高，在找範文時，也比較容易入手。研究者先以學生上過的課文為例：

　　〈北埔風情〉（南一版第五冊第三課）是以「凡目凡」的結構來佈局的，先點出全文的主題，確認文章的方向，以下再條分細寫，最後再總括作結：

> 　　北埔是一個充滿客家風情的茶鄉。
>
> 　　每到採茶時節，身穿花布衣的採茶女，一大早就在連綿的茶園裡，一邊採茶，一邊唱著山歌。美妙的歌聲在微涼的晨風中此起彼落，讓人忘了工作的辛苦。

　　　　到了秋天，柿子成熟了，人們也跟著忙了起來。當九降風吹起，很多人家門前，有一排排的柿子等著風乾。遠遠看去，橙黃的柿子有如一個個可愛的小太陽。

　　　　勤樸的北埔農人，在稻子收成後，還利用農地種了很多蔬菜。吃不完的蔬菜，一籮籮的放在屋頂上、巷子裡，在暖暖的冬陽下，晒成了可口的客家福菜。

　　　　假如你來到北埔，除了聽客家山歌，吃客家美食外，還可以去泡泡冷泉。這樣不但可以享受冷泉的清涼，還能觀賞兩旁的山芙蓉花海。清晨的山芙蓉花潔白如雪，午後慢慢的轉成粉紅。。放眼看去，一波波忽高忽低的花浪，讓人有身在畫中的感覺。

　　　　北埔的物產是多樣的，北埔的風情是動人的，讓我們一起去欣賞美麗的北埔吧！

　　首段先說明北埔的特色，在後三段中就「充滿客家風情的茶鄉」這個特色，舉例來說明，最後一段「北埔的物產是多樣的」，和中間用「茶、柿子、福菜、美食」來說明，形成呼應；「北埔的風情是動人的」，則和「山歌、九降風、冷泉、山芙蓉」，形成呼應。

　　筆者先請學生發表對於客家村的印象，並展示相關圖片，學生很容易就發現中間段的重點，都是和「客家村」有關，也就會突顯主旨在「凡」的特性出來了。

　　學生經由筆者蒐集的文章反覆地練習，對於主旨落在

「凡」的篇章，就能很快地掌握內容。

（六）後測成果

1、後測成果之一

新年新希望　　　　　　魏子譯

我使用凡目凡的章法寫成的

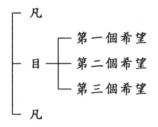

凡
目 ── 第一個希望
　　── 第二個希望
　　── 第三個希望
凡

時間過得非常快，又是新一年了，俗話說：「好的開始是成功的一半。」那今年我一定要好好規劃一下。

在這新的一年的開始，我第一個希望，便是希望自己能努力用功，成績優異，更上層樓。

再來我希望爸爸的生意能接不完，能賺好多好多的錢，能夠買一間漂亮又美麗的房子，我能擁有屬於自己的房間，裡面擺設的東西都是我最喜愛的東西。

我相信每個同學都有自己的希望，那麼，從現在開始，每個都應該好好的把握時間，努力向上。不過，也要好好注意自己身體的健康，因為有健康的身體，才有體力實現希望，所以我的第三個希望就是擁有健康的身體。

　　新的一年，新的開始，大家都要好好的把握現在，做好自己的工作，而我就是要從做好自己學生的本份、努力學習、認真讀書開始。

2、後測成果之二

　　　　新年新希望　　　　　　　　蔣季樺

我使用並列法寫成的

```
┌第一個希望
├第二個希望
├第三個希望
└第四個希望
```

　　我的第一個新年新希望是我今年能過得比去年還要好，因為去年總是遇上不好的事情，而且爸爸、媽媽常常吵架，所以，我希望全家都過得比去年更快樂。

　　我的第二個希望是希望我的動作快一點，最好像音速小子一樣，不要像大烏龜一樣慢慢的爬，希望這個願望最快實現。

　　我的第三個希望是希望我的字能更漂亮。現在我的字愈寫愈醜，有時候自己看了都覺得不好看呢！

　　我還有一個願望就是希望我的弟弟能乖一點、我的脾氣能好一點，每次我要寫字時，弟弟們就會開始鬧，搶我的簿子、拿走我的筆，然後，我就會大叫：「安靜！」我希望他們能乖一點，這樣我就不會經常生氣了。

我的最後一個願望就是希望我的願望通通可以實現喔！YA

3、 檢視後測成果

檢視全班的寫作成果，發現採用凡目法的有 18 人，採用並列法的有 4 人，其餘 9 人中，有 2 人採用「問答法－先問後答」當開頭，其下逐一說明每個新希望；有 1 人採用「敍論法－先論後敍」當開頭。另外有 1 人每句一段，全文共分成十段；有 1 人全文未分段，只成一段；有 4 人未能成篇。

四、研究結論與啓示

由於行動研究是一門「從做中學」的學問，且本身亦具有反省、觀察、修正等特性，是一個可以藉由反覆循環的行動來驗證的學門，因此雖然這次的研究暫告一段落，其中的歷程郤是研究者進行下一次行動研究的參考。以下就本次行動所得結論及啓示做一說明：

（一）研究結論

根據上面的研究及後測分析，研究者歸納了幾項發現：

1、三年級學生運用章法於閱讀及寫作的優勢

（1）學生可以在教師鷹架作用的協助下，完成章法結構。
（2）章法結構圖的學習是一種提綱挈領的訓練，幫助學生

進行有條理的敍述。

（3）章法結構圖的學習，有助於學生想法的聚焦與歸納。

（4）並列法的學習有助於學生閱讀和寫作時畫分段落。

（5）凡目法的學習有助於學生發現文章主旨，檢視文章的重點。

（6）凡目法和並列法的學習幫助學生學習摘取段落大意。

（7）章法的學習增進學生閱讀時「發現」的樂趣。

2、三年級運用章法於閱讀寫作的限制

章法對於三年級學習寫作而言，在文句的修飾、鍛鍊上較無成效

（二）研究啓示

1、加強對章法的掌握，以便於課程的設計與規畫

這次的研究發現，學生在學習兩種章法之後，對於文章主旨的判斷、文章材料的蒐集、擬定文章大綱等，都有明顯的進步，因此可以肯定的是章法應用於學生的讀寫教學是可行的。

目前章法開發約四十餘種，本研究僅以其中二種為本次行動研究內容，相較於全部，仍可發現尚有許多適合於小學學生使用的章法。研究者應加強對章法的掌握，便於在日後的研究中，設計適用於研究對象的課程活動。

2、配合平時語文教學，儲備學生語文基礎能力

　　反省這次研究，發現學生對於「修辭」方面的能力仍有待加強，由於修辭之於寫作，具有畫龍點睛的功效，是語文教學中不可或缺的一環。在今後的語文教學上將朝兩方面進行：

（1）持續章法教學－指導學生從課文內容、形式探究出發，加強對章法的認識，領會文章內在的美。

（2）加強修辭教學－觀察力、想像力的訓練培養以及字詞的鍛鍊與修飾都是寫作上不容忽視的環節，文章外在的美有賴於修辭能力的精進。

　　配合章法和修辭，一個是內在，一個是外在，兩者並行，相信對學生的語文能力必定有所裨益，且可以達成相輔相成的功效。

參考書目

（一）專書

丁有寬《丁有寬讀寫結合教學教例與經驗》，北京，人民日報出版社，**1996**

王萬清編著《多元智能創造思考教學－國語篇》，高雄，復文圖書出版社，**1999**

朱作仁、祝新華編著《小學語文教學心理學導論》，上海，上海教育出版社，**2001**

仇小屏《文章章法論》，台北，萬卷樓圖書有限公司，**1998**

仇小屏《篇章結構類型論》，台北，萬卷樓圖書有限公司，
　　2000 初版；再版，2005

陳滿銘《章法學綜論》，台北，萬卷樓圖書有限公司，2003

陳滿銘《篇章結構學》，台北，萬卷樓圖書有限公司，2005

郭俊賢、陳淑惠譯《多元智慧的教與學增訂版》，二版，Linda
　　Campbell，Bruce Campbell，Dee Dickinson 著，台北，
　　遠流出版社，1999

（二）期刊

仇小屏〈論常見於國小國語課文的幾種章法〉，《國立臺北師
　　範學院學報》第十七卷一期，頁 23~46

陳佳君〈從章法談國小作文運材教學－以幾種常用於論說文
　　的章法為例〉，《人文及社會科教學通訊》十二卷四期，
　　頁 131~154

陳怡靜、張湘君〈國小低年級實施視覺空間智慧取向之寫作
　　教學行動研究〉《九十一學年度師範院校教育學術論文
　　發表會論文集，頁 1643~1670

黃永和〈結合多元智慧的童詩寫作教學方案〉《人文及社會
　　科教學通訊》十二卷六期，頁 169~182

（三）論文

王慧敏《章法在國小三年級寫作教學之應用—以並列、凡目、
　　今昔三種章法為例》花蓮師範學院國民教育研究所碩
　　士論文 2004

林靜宜《國小高年級實施概念圖示作文教學之行動研究》台
　　中教育大學語文教育學系碩士論文 2005

徐華聲《國小六年級學生作文組織能力教學之研究》台中師
範學院國民教育研究所碩士論文 2004

陳明發《國小五年級讀寫結合修辭技巧合作學習教學方案之
行動研究》台中教育大學國民教育研究所碩士論文
2003

趙逸萍《章法在兒童寫作教學運用之研究－以國小二年級爲
例》花蓮師範學院國民教育研究所碩士論文 2005

劉寶珠《作文運材教學設計》，臺灣師範大學國文系碩士論
文，2002

蔡銘津《文章結構分析策略教學對增進學童閱讀理解與寫作
成效之研究》，國立高雄師範大學教育學系博士論文，
1995

附　　錄

【第一屆辭章章法學學術研討會工作人員分配表】

組　別	人　員	工　作　項　目	備註
主持人	陳滿銘老　師		
召集人	仇小屏		
文書組	負責人：陳佳君林淑雲黃淑貞	1. 籌備會議之聯絡、紀錄。 2. 設計、製作、寄發海報及邀請函。 3. 編製大會手冊。 4. 文宣及新聞稿。 5. 擬訂計畫書（包括打字及印製）。 6. 發文申請經費。 7. 場地布置。	
總務組	負責人：謝奇懿蘇秀玉	1. 計畫書中預算之編列。 2. 場地租借。 3. 訂購餐點。 4. 辦理停車優待證。 5. 各款項請領、核發及核銷。	

論文組	負責人： 蒲基維 李靜雯	1. 邀稿、徵稿通知（彙整回函）。 2. 催稿。 3. 彙整論文發表人資料。 4. 論文審查會議，確定論文發表人。 5. 寄發論文原作者校對審定。 6. 論文集編輯、印製。	
議事組	負責人： 顏智英 謝奇峰	1. 會議工讀生招募、訓練、及工作分配。 2. 聯絡主持人、主講人及特約討論人。 3. 大會報到、接待貴賓。（會議前受理報名） 4. 會場器材借用、布置。（含製作路標） 5. 排定議程。 6. 製作名牌。	會場工作人員： 蕭千金 簡蕙宜 楊雅貴 賴鈺婷 李怡佩 蔡宏杰 周珍儀 陳鳳秋 謝美瑩 陳盈君 余毓敏 藍淑珠 賴慧娟

【第一屆辭章章法學學術研討會議程】

會議時間：95 年 5 月 7 日（星期日）

會議地點：臺北市和平東路一段 129 號　國立臺灣師範大學教
　　　　　育大樓 2 樓國際會議廳

主辦單位：辭章章法學學會籌備會

協辦單位：國立臺灣師範大學國文學系

　　　　　國文天地雜誌社

歡迎各界蒞臨指導！！

時間	地點	五月七日（星期日）				
08:20 ― 08:40	師大教育大樓 2 樓	報　　到				
場次	地點	主持人	主講人	論　文　題　目		特　約討論人
08:40 ― 09:50	國際會議廳	王開府主　任	陳滿銘教授	開　幕　式		
				專　題　演　講		
09:50 ― 10:10	國際會議廳	茶　　敘				

10:10 | 11:50 第一場	國際會議廳	傅武光教授	李靜雯	論辭章意象指代的原型與變型	仇小屏
			黃淑貞	談「象不盡意」在廟宇石雕之體現	陳佳君
			陳玉琴	論並列法與凡目法在小學讀寫教學中的應用	林淑雲
11:50 | 13:20	國際會議廳	午　　　餐			
13:20 | 15:00 第二場	國際會議廳	蔡宗陽教授	馮蔚寧	論新聞語言章法美	顏智英
			謝奇峰	立意與篇章的解構與重建－試以明末雲間詞派為例	謝奇懿
			仇小屏	論「知覺」與「心覺」之呼應－以「知覺轉換」章法切入作考察	陳滿銘
15:00 | 15:20	國際會議廳	茶　　　敘			
15:20 | 17:20 第三場	國際會議廳	張春榮教授	林淑雲	陶淵明〈五柳先生傳〉與王績〈五斗先生傳〉比較研究	黃淑貞
			劉妙錦	因果章法在國小語文教學之應用	李靜雯
			顏智英	從對稱性看章法的轉位之美	謝奇懿
			朱瑞芬	從辭章意象論東坡詞「鼓」之應用	陳佳君
17:20 | 17:30	國際會議廳	陳滿銘教授	閉　幕　式		

國家圖書館出版品預行編目資料

章法論叢 ／辭章章法學會籌備會主編, -- 初版 --
臺北市：萬卷樓, 2006- [民 95-]
　　冊；　　公分
ISBN 978－957－739－571－9 (第 1 輯：平裝)
　1. 中國語言－作文－論文,講詞等

802.707　　　　　　　　　95016361

章法論叢(第一輯)

主　　　編：辭章章法學會籌備會
發 行 人：許素真
出 版 者：萬卷樓圖書股份有限公司
　　　　　　臺北市羅斯福路二段 41 號 6 樓之 3
　　　　　　電話(02)23216565 · 23952992
　　　　　　傳真(02)23944113
　　　　　　劃撥帳號 15624015
出版登記證：新聞局局版臺業字第 5655 號
網　　　址：http://www.wanjuan.com.tw
E－mail　：wanjuan@tpts5.seed.net.tw
承 印 廠 商：晟齊實業有限公司
定　　　價：420 元
出版日期：2006 年 9 月初版

ISBN-13：978－957－739－571－9
ISBN-10：957－739－571－6